全译插图典藏版

机器岛

L'île à hélice

[法] 儒勒·凡尔纳（Jules Verne）◎ 著

邱公南　黄岩英◎译

湖南文艺出版社
HUNAN LITERATURE AND ART PUBLISHING HOUSE

博集天卷
CS-BOOKY

cns
PUBLISHING & MEDIA
中南出版传媒

图书在版编目（CIP）数据

机器岛 /（法）凡尔纳（Verne,J.）著；邱公南，黄岩英译 .—长沙：湖南文艺出版社，2012.1
ISBN 978-7-5404-5290-2

Ⅰ .①机… Ⅱ .①凡… ②邱… ③黄… Ⅲ .①科学幻想小说—法国—近代 Ⅳ . ① I565.44

中国版本图书馆 CIP 数据核字（2011）第 257782 号

上架建议：青少年阅读·经典名著

机器岛

作　　者：［法］儒勒·凡尔纳（Jules Verne）
译　　者：邱公南　黄岩英
出 版 人：刘清华
责任编辑：丁丽丹　刘诗哲
监　　制：吴成玮
特约编辑：丛龙艳
封面设计：张丽娜
版式设计：崔振江
出版发行：湖南文艺出版社
　　　　　（长沙市雨花区东二环一段 508 号　邮编：410014）
网　　址：www.hnwy.net
印　　刷：北京正合鼎业印刷技术有限公司
经　　销：新华书店
开　　本：880mm×1270mm　1/32
字　　数：256 千字
印　　张：13
版　　次：2012 年 1 月第 1 版
印　　次：2018 年 2 月第 7 次印刷
书　　号：ISBN 978-7-5404-5290-2
定　　价：28.00 元

质量监督电话：010-59096394
团购电话：010-59320018

目录
contents

Part 1

L'île à hélice

Part 2

L'île à hélice

Part 1

开始不顺利而最后却一帆风顺的旅行是非常罕见的。至少，有四位器乐演奏家的遭遇使他们持有这种看法。瞧他们的乐器吧，横七竖八地躺在地上。他们被迫在铁路中断处下了火车，不得不上了这辆破马车。这不，马车从路边的斜坡上翻了下来。

Chapter1　四重奏的伙伴们

开始不顺利而最后却一帆风顺的旅行是非常罕见的。至少，有四位器乐演奏家的遭遇使他们持有这种看法。瞧他们的乐器吧，横七竖八地躺在地上。他们被迫在铁路中断处下了火车，不得不上了这辆破马车。这不，马车从路边的斜坡上翻了下来。

"没人受伤吧？"第一个音乐家问道，他已一骨碌从地上跳了起来。

"我只碰破了一点儿！"第二个一边擦着脸颊一边说，玻璃碎片将他的脸颊划了好几道伤痕。

"我才擦破了一点儿皮！"第三个人回答道。他的小腿上流下几滴血。总之，情况不太严重。

"我的大提琴怎么啦？"第四个嚷了起来，"但愿它完好如初！"

运气还好，琴盒都完整无损。大提琴、两个小提琴、中提琴都没有摔坏，只须稍稍调一下音就行了。名牌乐器嘛，就是好！

"短命的铁路不把我们送到目的地，害得我们一筹莫展！"其中一个接着说。

"该诅咒的老爷车，翻在这荒无人烟的穷乡僻壤！"另一个接着说道。

"翻得不早不晚，刚巧天开始黑了！"第三个接着说。

"幸好我们的演奏会定于后天举行！"第四个补充道。

于是，四个音乐家插科打诨，相互开起玩笑来。他们虽然遇上了倒霉事，但嘻嘻哈哈地处之泰然。其中一个按老习惯，借用音乐术语来开玩笑，说：

"瞧！这会儿我们的马车四脚朝天①了。"

"班希纳！"一个伙伴叫道，他想制止他。

"我觉得，"班希纳继续往下说，"意外事故也实在太多了！"②

"你可以闭嘴了吗？"

"那么我们还是把东西搬到另外一辆马车上去吧！"③班希纳居然敢于继续调侃。

是的，这次旅行中事故是太多了，读者们不久就会知道还会有什么意外的变化。

以上的话都是用法语说的，但这些话完全可以用英语来说，因为这个四重奏小组都会讲司各特④和柯柏⑤的语言。由于他们经常在盎格鲁－撒克逊国家里巡回演出，讲英语就像讲母语一样得心应手。这次，他们对马车夫讲话用的就是英语。

马车的前轴断了，老实巴交的车夫吃的苦头最大。在轴断的一刹那，他被从座位上抛了出去。不过，只是受了几处挫伤，疼得厉害，但后果并不严重。因为脚扭伤了，他不能走路。这么一来，得找个办法把他送到最近的村子里去。

说实在的，这次事故没有死人，真是奇迹，因为道路蜿蜒曲折地在山区盘行，紧贴着深壑，好几处地方旁边又有轰鸣的激流，时而又有浅滩横贯道路，很难行路。假设前轴晚断一会儿，那么毫无疑问，马车早就从山崖上滚到深谷里去了，也许他们之中没有一个人能从这场飞来的

---

① 原文中为"背着地"，而法语中的"背"与音阶中的第一个音发音相同，所以这儿是谐音双关语。
② 此句又是双关语，"事故太多"在原文中又可以解释为"谱号里的临时变音太多"，系音乐术语。
③ 双关语，原文还可以理解为"转入下一支曲子"。
④ 司各特（1771—1832），英国诗人及小说家。
⑤ 柯柏（1789—1851），美国作家。

横祸中活下来。

无论如何，马车是没法再用了。两匹马中，一匹脑袋磕在锐石上，躺在地上气息奄奄，另一匹则腰部受了重伤。所以既没有车辆，也没有牲口来拉车。

简言之，在下加利福尼亚的土地上，四个音乐家在劫难逃，二十四小时里遇到了两次灾祸，若不是他们深明事理，豁达开朗，后果……

当时，该州的首府旧金山同圣迭戈市之间有铁路相连，圣迭戈市的位置几乎到了从前加利福尼亚州州界的边缘。而四位艺术家就是要去圣迭戈演出的，他们后天要上场，演奏会的情况早已大张旗鼓地宣布，大家都等着他们呢。他们昨晚从旧金山出发，当第一次意外情况发生时，火车距离圣迭戈仅五十英里了。

说意外情况就算意外情况吧！乐队中最乐天派的人称之为"意外情况"，因为他从前得过编写视唱教材的优秀奖，所以从他口里出来的华丽辞藻，伙伴们还是勉强接受了。

火车到了帕肖站就被迫停下来，因为洪水暴发，三四英里长的铁轨被冲走了，他们又不可能到两英里之外的地方再上火车。水灾发生后仅仅几小时，铁路局还没能组织旅客继续旅行。

这时，必须作出决定，要么等到铁路修复后继续旅行，要么到下一个小镇随便找一辆马车去圣迭戈。

四重奏乐队决定采取后一种解决办法。到了下面一个村子，他们找到了一辆双篷的四轮马车。那车的铁皮都烂得叮当响，木头上蛀虫乱爬，坐着一点儿也不舒坦。他们同车夫讨价还价，最后答应给他不低的小费后，才诱使他上路。他们的行李都没能带上车，仅仅带了乐器。出发时是下午两点左右，直到晚上七点，一路还算顺当，也不太累。可就在这时，第二个意外情况发生了。马车翻了，糟糕到了极点，他们无法再使用马车继续赶路。

这时，四重奏乐队离圣迭戈还有足足二十英里路呢！

四位音乐家，都是法国国籍，而且还都是在巴黎出生的。他们居然不可思议地跑到下加利福尼亚来冒险了。他们为什么要来这里呢？

为什么？我们简明扼要地说明一下，用几笔概述一下被偶然事件卷进这不同凡响的故事中的四位演奏家。

这一年——我们说不出精确的年份，上下会相差三十年以上——美利坚合众国国旗上的星星数翻了一番①。美国在兼并了英联邦的加拿大自治领土后，扩充势力范围直至北极，随后又扩张到墨西哥、危地马拉、洪都拉斯、尼加拉瓜及哥斯达黎加的一些省份，一直伸展到了巴拿马运河。美国正处于工商业空前发达、全面繁荣的时期。同时，美国侵略者开始有了钟爱艺术之心。一方面，在美学领域他们的创作为数极其有限，他们在美术、雕塑及音乐上的民族才能还只是表现为对抗英国传统；但是，另一方面，对优秀艺术作品的欣赏需求已经在美国普遍地深入人心。由于他们竞相以重金购买古代及现代大师的名画以便开办私人的或公共的画室，不惜重金聘用著名的歌剧或戏剧艺术家、最富才华的器乐演奏家，所以，他们培养了自己对于一切美好的、高尚的东西的感受力，这也恰恰是长期以来美国人所缺乏的东西。

讲到音乐，新大陆的爱好者们首先热衷于听十九世纪下半叶著名作曲家的作品，如梅耶贝尔、哈列维、古诺德、柏辽兹、瓦格纳、威尔第、马撒、圣-桑、雷叶·玛诗奈、德里勃这些人的作品。然后，他们逐渐听懂更高深的作品，如莫扎特、海顿、贝多芬的作品，他们逐渐追溯到这门崇高艺术的发源时期，即十八世纪，那时音乐正值鼎盛时期，绕梁于殿堂。歌舞剧之后，人们对抒情剧趋之若鹜，此后又热衷于交响乐、奏鸣曲、乐队组曲。而在我们的故事所发生的年代，在美国好几个州里，

---

① 美国国旗上每一颗星代表一个州，说星星的数目翻了一番，就是指州数增长了一倍。

奏鸣曲正红极一时。美国人心甘情愿地出钱买作品,一个二分音符二十美元,一个四分音符十美元,一个八分音符则五美元。

当四位技艺高超的演奏家知道美国人正迷恋音乐时,他们想到了要去美国成名成家,发财致富。四位好朋友从前都是巴黎国立音乐学院的学生,他们在巴黎都享有盛名,他们演奏的室内音乐均得到了极高的评价。在当时的北美,室内音乐还没有推广。他们进行弦乐四重奏时,两把小提琴、一把中提琴、一把大提琴配合演奏莫扎特、贝多芬、门德尔松、海顿、肖邦的那些专为四重奏写的作品时,简直达到了炉火纯青的地步,他们配合得天衣无缝,并融入了深厚的感情。确确实实,没有一点儿嘈杂的感觉,没有一丁点儿走调,演奏得无可挑剔,真是无可比拟的演奏技艺!四重奏小组之所以取得辉煌的成就,另一个原因是:当时大家正开始对那些庞大的和声乐队及交响乐队腻味起来。就算音乐是用艺术手段将振动的声波加以组合吧,毕竟也不能把声波搞成震耳欲聋的嘈杂声响。

简言之,四位演奏家决定开导开导美国人,让他们学习如何享受室内音乐的柔和以及那种不可言喻的感觉。他们四人一同出发来到新大陆。两年以来,美国音乐爱好者既没少喝彩,又没少给钱。他们的音乐会不论是日场还是夜场,场场爆满。大伙儿把他称做四重奏小组。四重奏小组忙得不可开交,这才勉强满足了富商巨贾们的邀请。没有他们的演奏,一切喜庆聚会、交际晚会、下午的茶会、游园会等社交活动,大众就不屑光顾。因为美国人如痴如醉地欣赏他们,四重奏小组的财富滚滚而来,假如他们把这些钱积攒起来放在纽约银行的保险箱里,早已成为一大笔资产了。为什么要否认事实呢?说实话,他们大手大脚,挥霍无度,我们的巴黎人已经美国化了!这些琴弓王子、四弦王国的皇帝想不到要积蓄。他们喜欢上了这种冒险生活,心中有数,相信自己走遍天下总可以受到欢迎,赚到大钱。于是,他们从纽约跑到了旧金山,从魁北克走到新奥尔良，又从新苏格兰跑到得克萨斯，说到底，随心所欲，放荡不羁，像波希米亚人一样。波希米亚的青年放荡不羁，自古而然，这样的随便、无拘无束也最可爱，最使人羡慕。波希米亚也是古代法国人最喜爱的地方之一。

作者扯得太远了，现在是时候了，应当把四名演奏家指名道姓地一一向读者介绍，特别向那些以前从来没有、今后也不可能听到他们的美妙琴声的读者作个交代。

伊夫内斯是第一小提琴手，三十二岁，身材略高，相当瘦，而他也不希望胖起来；金黄色头发，发梢卷曲，不长胡须，黑色的大眼睛，双手很长，天生就可以无限制伸长，在琴上活动自如。他举止优雅，喜欢穿灰暗色的大衣，还喜欢戴丝织大礼帽，也许有点做作。然而，他无疑是演奏组里最无忧无虑的人，他对敛财最缺乏兴趣，是个十足的艺术家，热烈地追求一切美的东西，是位才能出众、前程灿烂的演奏家。

弗拉斯高林，第二小提琴手，三十岁，个子不高，正在发胖，他为此忧心忡忡。他精明强干，有棕褐色的头发、棕褐色的胡子、黑色的眼睛，鼻子很长，鼻翼常常会动，在眼镜夹鼻处显出红色的痕印，他离不开这副金丝边夹鼻眼镜。他为人善良，客气殷勤，助人为乐，苦活累活他都愿意揽下，替朋友效劳。在四重奏小组里，他管理账务，他主张节俭，但从来没人肯听他的话。他从来也不嫉妒他的同伴伊夫内斯的成就，也从无雄心壮志梦想有朝一日上台独奏。其实，他也是一名出类拔萃的音乐家。此刻，在旅行套装的外面，他穿了一件宽大的防尘风衣。

班希纳是中提琴手。通常，大家称呼他为"殿下"，二十七岁，是这个班子中年龄最小的一位，也是最爱嬉闹玩耍的。他属于那类"不可教诲的孺子"，一辈子永远长不大。小小的脑袋，一双眼睛总是炯炯有神，看得出他才思敏捷。他的头发有点偏红棕色，唇须顶端尖尖翘起，舌头老在皓白尖利的牙齿间"嗒嗒"作响。他最喜欢开玩笑，说俏皮话、双

关语，随时随地会向别人发起进攻，也会随时随地反击别人。他的脑筋时时刻刻都在不停地转，他认为自己脑子快是由于演奏中提琴这一职业形成的，因为演奏中提琴的人必须极迅速地读出各种谱号。他称中提琴为"胖嫂回娘家必须带着的包袱"。他的情绪永远是愉快的，时而甚至恶作剧，把别人弄得很尴尬，自己由此取乐，也不管对方如何不高兴，因此，他多次被四重奏小组的头儿"逮住"，受到责备和训斥。

四人组中还是有一个头儿的，那就是大提琴手塞巴斯蒂安·左恩。左恩因为有才能而当头儿，也因为他比人家年长而当上了头儿。他五十五岁了，矮胖，金黄色的头发依然浓密，在两鬓处卷曲，唇须直立起来插入鬓角，而鬓角则呈尖状。他脸色红润，镜片之后的眼睛熠熠闪光。当他仔细辨读时还加上一副夹鼻镜，他的双手肥圆，右手习惯于琴弓波浪式的运动，无名指及小指上戴着大戒指。

我们觉得用这点儿笔墨来描述这位人物、艺术家已经足够了。可是，读者要懂得，把一个音箱放在膝盖之间夹了四十年后，一个人就被烙上了印记，他就会一辈子受到音乐的影响。这也会影响到一个人的性格。大多数大提琴手都相当饶舌，容易发怒，说起话来大声嚷嚷、口若悬河，还有，他们思维也很机敏。塞巴斯蒂安·左恩就是这么一个人物。伊夫内斯、弗拉斯高林、班希纳都心甘情愿地把巡回演出队的领导权留给了他。由于他喜欢做主，所以大家都听他的话，由他办事，大家也习惯于他风风火火的处事方式。一旦他做得"太过分"①了，大家就笑他，对一个决策者来说，不免有点儿可惜，班希纳这个不懂礼貌的人常常指明这一点。演出节目的安排、巡回的路线、同经理人的通信联系，一切繁重的工作都落到了他头上，因此，他张扬的习性和脾气得以在各种场合宣泄出来。有一类事情，他从不插手，那就是收益问题，凡是有关大

---

① 双关语，原文中又有演奏时不合拍之意。

家共同的钱如何使用的事宜，都托付给第二小提琴手，也就是首席会计师——既仔细又谨慎的弗拉斯高林。

现在，四重奏小组的成员就像站在台上一样，被介绍给各位读者了。大家也已对每个不同性格的人物有所了解，他们的气质性格并非古怪奇特，可是确实各不相同。还请读者继续往下看，让这个奇怪故事里的情节一点点发展吧！读者将看到这四个巴黎人在美利坚合众国博得了如此多的喝彩后将漂泊到何处，又将去扮演何种角色……但是我们不能着急，"殿下"肯定会嚷起来："别匆匆忙忙乱了套，赶什么拍子呀！"

话说回来，四个巴黎人就这样，在晚上八点钟被扔在下加利福尼亚一条少有人烟的路。他们的旁边是"翻了的破车"，这是班希纳说的，因为博瓦第厄[1]有篇作品的题目就是如此。弗拉斯高林、伊夫内斯和班希纳对于这次事故倒是逆来顺受，还用行话来开玩笑，但是，这个四重奏小组的领导却有了一个发泄狂怒的机会。有什么办法呢？凡大提琴手都肝火盛，并且像人们说的，会七窍生烟。就为这个缘故，伊夫内斯声称左恩是古代希腊著名的脾气恶劣的人埃阿斯[2]及阿喀琉斯[3]的后代。

为介绍得完整，还要提一提，塞巴斯蒂安·左恩是个性急暴躁的人，但伊夫内斯是冷静的，弗拉斯高林则心平气和，班希纳一贯兴高采烈，而四个人都是极好的朋友，相互间充满了兄弟情谊。他们之间的这种感情是任何利害关系方面的争吵或自尊心受到伤害都不能摧毁的。他们之间由于意气相投、志同道合而联系在一起。他们的心就像他们的名牌乐器一般，总是能保持同一个调子，和谐完美。

---

[1] 博瓦第厄（1775—1834）又译为布瓦尔迪约，法国著名作曲家。
[2] 埃阿斯是希腊神话中的人物。荷马史诗中，在大英雄阿喀琉斯死后，为得到他的武器同俄底修斯争夺，结果失败，狂怒之下把希腊羊群当做敌人杀了，后来认识到错误而自杀。
[3] 阿喀琉斯是荷马史诗《伊利亚特》中的核心人物。他是特洛伊战役中最勇猛的英雄，战无不胜。由于阿伽门农抢走了他的宠姬，他拒绝打仗，差点使希腊人大败，他的朋友被杀。为了报仇，他重返战场。他由于身体唯一的薄弱部分足跟中箭而死。

Part.1
四重奏的伙伴们

当塞巴斯蒂安·左恩一边咒骂一边摸着大提琴盒看看它究竟是否安然无恙时，弗拉斯高林走近了车夫，对他说：

"那么，朋友，请问我们该怎么办呢？"

"既没了马，又没了车，我们只能干等了……"车夫回答道。

"守株待兔！"班希纳叫了起来，"要是兔子不来呢？"

"我们去找啊。"弗拉斯高林说，他的务实思想始终根深蒂固。

"哪儿？"塞巴斯蒂安·左恩嚷了起来，他在大路上发疯似的，坐立不安。

"哪儿有就到哪儿去呗！"车夫答道。

"嘿！车夫，你倒说说看，"大提琴手又接着说，他的声调越来越高，"你这算是回答问题啦！怎么……你就是这么个笨家伙，把我们摔了，把车摔破了，马也爬不起来了，最后倒轻巧地来一句，'你们走吧，到哪儿是哪儿'？"塞巴斯蒂安·左恩生来能言善辩，一开口就没完没了地斥责起来，实际上这些话根本无济于事。这时，弗拉斯高林把他打断了：

"左恩兄，让我来办吧。"

然后，弗拉斯高林问车夫："朋友，现在我们到哪儿啦？"

"离富兰绍五英里。"

"富兰绍是个火车站吗？"

"不……是海边的一个村子。"

"那儿能找到四轮马车吗？"

"四轮马车嘛……肯定没有，两轮的大车可能会有……"

"就像墨洛温王朝①时，用牛来拉的大车吗？"班希纳大声说道。

"这又没什么关系！"弗拉斯高林说。

"还是问问他，在这偏僻的富兰绍有没有旅社……"塞巴斯蒂安·左

① 墨洛温王朝，是法兰克王国第一个王朝，从公元5世纪初开始到公元751年卡洛林王朝建立止。

恩又接着说，"日夜兼程都烦透了！"

"朋友，"弗拉斯高林询问道，"富兰绍有没有旅社？"

"有呀，本来我们应该在一个旅社换马的。"

"那么，只要沿着大路走，就能走到这个村子？"

"对，一直走。"

"咱们走吧！"大提琴手大声命令。

"可是，把这个老实巴交的人扔在这里也有点儿太狠心了，他身处困境……"班希纳提醒说，"让我们看看，朋友，你能不能自己撑起来……"

"不可能！"车夫说道，"再说，我宁肯留在这儿，同我的马车在一起……明天天亮了，我再想办法脱身……"

"一到富兰绍，我们就能让人来帮助你……"弗拉斯高林接着说。

"是的，旅社老板和我很熟，他不会见难不救……"

"我们走不走？"大提琴手又大声地说道，他已把琴盒竖了起来。

"马上就走。"班希纳答道，"但先要帮车夫一下，让他靠着路边的斜坡躺下。"

确实，必须把车夫从大路中间抬走，正因为他的双腿受了重伤不能行走了，所以班希纳和弗拉斯高林把他抬了起来，靠在一棵大树边，这棵树枝叶垂得很低，形成了一个顶棚。

"还不走吗？"塞巴斯蒂安·左恩又怒吼起来，这是第三次了。他已经用配好的两根专用带子将大提琴背好了。

"好了，准备完毕。"弗拉斯高林说。

然后，他转过去对车夫说："就这样，我们讲定，富兰绍旅社的老板会派人来救援，直到他们来之前，你不需要帮什么忙了吧，朋友？"

"不，还需要帮个忙。"车夫答道，"如果你们的瓶里还有杜松子酒，给我一大口。"

班希纳的酒瓶还是满满的，"殿下"乐意作出这点牺牲。他说："有这瓶酒，好家伙，今晚你可以不怕挨冻了！"

大提琴手最后吆喝了一声，于是大伙儿又上路了。还算好，他们的行李都留在火车上，没装上马车。他们到达圣迭戈肯定迟了，但至少乐师们不用把行李一直搬到富兰绍村。小提琴盒背在身上已经够沉的，大提琴则更加沉重。事实是，一位名副其实的乐师永远也不会与他的琴分开，就如一名士兵不会离开他的武器、一只蜗牛不会离开它的壳一样。

Chapter 2　刺耳的奏鸣曲倒产生了巨大的威力

他们夜间跋涉于荒凉地带陌生的路上，通常这种路上是土匪多于行人，因此令人提心吊胆。四重奏小组现在就处于这种情况下。法国人是勇敢的，大家都知道，这四位朋友也壮足了胆量，但是，毕竟从勇士到莽夫还是有距离的，理智告诉我们，勇敢也不能超过一定的界限。说到底，要不是铁轨让大水给淹了，要不是马车在离富兰绍五英里处翻了，乐师们也不至于星夜兼程，在这条有强盗出没的道路上冒险。但愿不要发生任何麻烦事情。

当塞巴斯蒂安·左恩和伙伴们按照车夫指明的路沿着海边的方向前进时，大约已八点钟了。中、小提琴手们只有小小的提琴和皮制琴盒，既小又轻，如果还要怨天尤人就不识相了。所以他们倒毫无怨言，明智的弗拉斯高林也好，快乐的班希纳也好，理想主义者伊夫内斯也好，都太平无事。唯独大提琴手，那么大的琴盒——像个衣柜似的驮在背上，够戗！他又是脾气不好的人，我们可以理解，他肯定会觉得，许多东西都值得他大发雷霆。于是，他一会儿嘟嘟囔囔，一会儿"哎哟""哇啦""哼唷"，连续不断。

夜已深沉。乌云在天空疾走，有时偶尔露出狭窄的亮光，那是上弦的月亮，仿佛在讥笑他们。或许就是因为左恩生来易怒、一触即发的缘故，就连金色的月亮女神也惹他生气，他伸出拳头对月亮叫道：

"怎么！瞧你那个破烂样儿！我没见过天上的月亮有那么个丑模样，像一片半熟的西瓜似的，真寒碜，还老跟着我们走！"

"月亮要是能正面对着我们就好了！"弗拉斯高林说。

"为什么？"班希纳问道。

"因为那样我们就看得清楚了。"

"啊，纯洁的狄安娜女神[①]，"伊夫内斯朗诵起来，"静谧的夜的使者，大地的银色卫星，啊，可爱的安狄美恩神[②]的心上人儿！"

"你的抒情诗作完了没有？"大提琴手嚷嚷起来，"这些小提琴手，一旦开始演奏，就再也停不下来了。"

"步子迈大一些，"弗拉斯高林说道，"否则我们可能要露宿在野外，仰望星星了……"

"那也得有星星呢，可现在呢？我们可能已经赶不上圣迭戈的音乐会了。"班希纳说。

"你想得太美了，真是的！"左恩叫道，一边把他的琴盒耸了一耸，里面的提琴发出了颤声，如同在唉声叹气。

"可这是你自己想出的主意，老朋友，"班希纳说，"都是因为你！"

"因为我？"

"当然喽！我们为什么不留在旧金山呀！加利福尼亚的听众都听得如痴如醉。"

"你再说一遍，"大提琴手问道，"为什么我们走了？"

"因为你要走。"

"唉！得承认，我有点儿想入非非，要是……"

"喂，朋友们。"伊夫内斯指着天空说。他指的地方有微弱的月光在

---

① 希腊神话中的月亮女神名叫狄安娜。
② 安狄美恩是希腊神话中的牧羊神，是狄安娜的爱人。

一条长条云的边上滚上了一道白乎乎的边。

"什么东西，伊夫内斯?"

"你们看看这朵云彩像不像一条龙? 翅膀展开，尾巴犹如孔雀，毛上都带有圆圈，如看守母牛的百眼巨神阿尔古斯①。"

看来左恩绝没有百眼神的本领，做不到上观天象、下观四面八方，不巧，一只脚踩进了一道深深的车辙里，因此摔了个大马趴，由于他背了一把大提琴，所以简直就像一只甲壳虫似的匍匐在地上。

于是，大提琴手大发雷霆——事出有因嘛——接着又开始责备正在观赏天空中巨龙的第一小提琴手来:

"都怨伊夫内斯不好，如果我不看那该死的龙……"

"现在已经不像龙了，变成一个双耳尖底瓮了，只要稍有一点儿蹩脚的想象力，就可以看到这个瓮在青春女神爱蓓的手中，她正在倾洒佳酿……"

"小心点，瓮里的酒掺了太多的水，"班希纳高声说道，"这美丽的青春女神要给大伙儿冲凉水澡了!"

这下事情又麻烦了，是真的，天气变了，像是要下雨。所以，为了能到富兰绍避雨歇夜，他们还宜谨慎行事，迅速赶路。

于是，大家把大提琴手扶了起来，他依然火冒三丈，站稳后还是牢骚不停。乐于助人的弗拉斯高林提议代左恩背大提琴。开始，左恩不肯，因为这是名牌"甘特和贝纳特"。此外，一名大提琴手不与他的乐器在一起，简直像缺少了他身体的一部分。可是他坚持不下去了，于是他身体上最宝贵的一部分转到了助人为乐的弗拉斯高林的背上。弗拉斯高林把他轻便的小提琴换给左恩背。

---

① 阿尔古斯是希腊神话中的人物，他有100只眼睛，其中50只总睁开着，可以观察事物。他死后，女神伊拉用他的眼睛来装饰孔雀尾。

大家又上了路，疾走了两英里，倒也平安无事。这时天色越来越黑，雨马上要下来了。果真，天空中落下了大滴大滴的雨点，雨点之大，说明确实是从高空的雨云中落下来的。然而美丽的青春女神手中的双耳瓮却即刻停止了倾洒，我们的四名夜游神可望在到达富兰绍时不会变成落汤鸡。

此外就是始终要十分小心谨慎，以免在这条道上摔倒。路途漆黑，有许多深谷，有时路突然拐弯，既蜿蜒曲折，又坑坑洼洼，旁边就是黑洞洞的深渊，深渊里传来湍急的水流声。伊夫内斯认为这情景很富有诗意，而弗拉斯高林却总觉得心神不定。

这条路地处下加利福尼亚，是绿林大盗出没的地方，令人害怕，一旦碰到这种事，几位赶路人的安全就很成问题。四重奏小组所有的武器就是四把琴弓。当时最精良的武器——柯尔特①手枪就是在本地发明的。显然，四个琴弓是远远不够防卫的。假如左恩及其伙伴们都是美国人，他们的裤子上会有一个专门的枪袋，袋里必然放上一支柯尔特手枪。若要坐火车从旧金山到圣迭戈，一个真正的美国人不拿上一支柯尔特六发手枪是不会出发的。但是，现在他们是法国人，觉得没有这个必要。我们得交代明白：他们连想也没有想到。不过，现在看来，他们可能会后悔的。

班希纳在前面开路，他用目光搜索着道路两边。当路面不是十分开阔时，他稍微放心一点儿，不用担心有人突然发动袭击。他是个极爱开玩笑的人，有时真想捉弄一下他的几个朋友，和他们开个玩笑，吓唬吓唬他们，比如说，突然间停下来，用恐惧颤抖的声音轻声说："哎哟！瞧那儿是什么？准备开火……"但他终于忍住了，没这么做。

可是，当道路深入茂密的森林中时，四周都是大树，有一百五十尺高，是加利福尼亚地区的巨杉巨松，又称"世界爷"。这时，班希纳再也

---

① 柯尔特（1814—1862），美国工程师。他于1835年发明了一种手枪，以他的名字来命名。

没心思开玩笑了。每一棵硕大无比的树干后边都可以埋伏下十个强盗……或许他会看到一团耀眼的火光，接着会有一声清脆的爆发声，然后就是子弹飞行的呼啸声……他们是不是马上将见到火光、听见枪声？在这适合于夜间袭击的地方，显而易见，时时刻刻都会中圈套的。如果说他们有幸没碰上强盗，那么是因为这些仁兄在美国西部已经销声匿迹，或者说，那时他们正忙于在欧洲及美国的市场上做金融投机生意！卡尔·摩尔以及强·施博格这些加利福尼亚大盗的子孙最后倒是财运亨通。若不是伊夫内斯想得到这些，是没有别人会想得到的。

"看来，"伊夫内斯想，"这儿地势险要，令人生畏，但实际上却没什么惊天动地的事情！"

突然，班希纳停止不前了。

跟在他后面的弗拉斯高林也驻足不前。

立刻，左恩和伊夫内斯也站住了。

"什么事？"第二小提琴手问。

"我似乎看见了……"中提琴手答道。

他压根儿不在开玩笑。千真万确，有个影子在树丛中闪动了一下。

"是人影还是动物的影子？"弗拉斯高林问。

"不知道。"

究竟是碰到人幸运一点儿还是碰到动物更幸运点儿，大家都说不出。他们一边相互靠紧，一边目不转睛地瞧着，大家都一动不动，一言不发。

月光从云朵的空隙里穿出，洒在这座昏暗树林的树冠上，然后又穿过巨杉树枝的空隙照射到地上，因此方圆一百步内的地面上都能看清了。

班希纳并没有看花眼，他见到的庞然大物远比一个人大，只可能是巨大的四足动物。什么四足动物呢？一头猛兽？肯定是一头猛兽……但究竟是什么猛兽呢？

"一头跖行动物！"伊夫内斯说。

"见鬼了，畜生！"左恩以十分不耐烦的口气低声地嘟囔着说，"我说的畜生可是指你哪，伊夫内斯！你就不能说大家都能听懂的话？究竟是什么动物？什么叫跖行动物？"

"就是用足尖走路的动物。"班希纳解释道。

"一头熊！"弗拉斯高林回答说。

是的，那是一头熊，一头个儿特别大的熊。在下加利福尼亚森林里，既碰不到狮子，又碰不到老虎，也碰不到豹子。通常，森林的主人就是熊，人一旦碰到熊，往往凶多吉少。

所以这些巴黎人不约而同地想到，还是退避三舍为妙，这个想法也是顺理成章的。何况，这儿本来就是它的家嘛……所以这一伙人紧靠在一起，面对着熊，慢慢地倒退着走，他们从容不迫地后退，从表面上看不出是在逃命。

可是这头畜生却跟着他们慢步追上来，它举起了两只前爪，两个爪子像电报机上的悬臂一样，它扭动着腰部往前踱步，如同一名卖弄风骚的西班牙女人。渐渐地，它越走越近，显出越来越敌视的样子，并发出嘶哑的吼叫声，一边将血盆大口一张一合，使人魂飞魄散。

"我们各人往一个方向分散逃命好不好？""殿下"建议。

"不能那么办！"弗拉斯高林回答，"那样，我们之中将会有一个人被它抓住，他必然会为了救其他人而惨遭伤害！"

总算，他们没有干出这鲁莽的事，显然，若这么做了，后果不堪设想。

四重奏小组就这样紧紧挨着走到了一片林中空地边上，这儿稍微亮一点儿。熊已经走近了，与他们相距仅十来步。它是不是觉得这个地方比较合适，可以让它发起攻击？很可能，因为它变本加厉地吼叫着，并且越走越快。

这时，四重奏一伙人加快了倒退的步子，第二小提琴手反复叮咛："请镇定，朋友们，镇定！"

他们已经穿过了空地退到了树林中，躲进了树丛。可是那里的危险并没有减少。因为这头熊从一棵树后闪到另一棵树后，随时可能扑过来，他们根本无法预见到它什么时候会发动袭击。而且，看来它马上就要跳起来，因为这时它已经停止可怕的吼叫，而且它的步子也正慢下来……

就在这时，黑咕隆咚的夜色中振荡起一种动人肺腑的音乐来，这是一种富有情感的广板，从乐声中听得出一名艺术家的坦荡胸襟。

是伊夫内斯，他把小提琴从琴盒里取了出来，在琴弓强力的推拉下，小提琴奏出了音乐。真是天才的主意！音乐家们为什么就不能向音乐求得救助呢？不是吗，希腊神话中安菲翁①的音乐感动了巨石，它们自己不胫而走，在色勃城四周排列起来？不是吗，野兽在抒情音乐的感召下被驯服了，都跑到了奥尔菲②的膝下？既然如此，就得相信，这头加利福尼亚熊在祖传的音乐天赋的感召下，变得同神话中的同类一样深谙音乐，因为它的野性顿时无影无踪了。迷恋音乐的本能左右着它。随着四人小组有条不紊地后撤，它始终跟随着他们，一边听音乐，一边随心所欲地跟着发出轻轻的叫声，差点没喊出："好哇，再来一个……"

一刻钟后，左恩和他的伙伴们已经到了树林的边沿。他们穿出了林子，伊夫内斯手里依旧拉个不停……

熊站住了。看来它并不想走出树林。它将两只巨大的熊掌对拍起来。

这时，班希纳也拿出他的乐器来，并大声说：

"奏一段《熊之舞》吧，来点劲儿！"

于是，当第一小提琴手采用长调使劲乱拉这个大家熟悉的大调曲子时，中提琴手则用变了音的小调中音来配。

这时，那只熊就跳起舞来，一会儿举起右脚，一会儿抬起左脚，它

---

① 安菲翁是希腊神话中宙斯的儿子，诗人兼音乐家。为了替母亲报仇，他杀了色勃的王后，然后奏笛子和竖琴，石头被音乐感动而自动排列起来，形成了色勃城的城墙。

② 奥尔菲是希腊神话中最伟大的音乐家，由于他的音乐美妙动听，野兽都会听得驯服，匍匐在他的脚边。

扭动身躯，手舞足蹈，这时演奏组上了路，在大路上越走越远了。

"呸！只不过是一头马戏团的熊罢了！"班希纳说。

"管它是什么！"弗拉斯高林回答说，"伊夫内斯这精灵鬼，点子倒出得很棒！"

"咱们快溜吧，'小快板'①！"大提琴手接着说，一边头也不回地往前走。

当阿波罗神②的四位弟子安然无恙地抵达富兰绍村时，差不多九点钟了。走最后一程时，尽管熊已经不在后面追了，但他们还是紧赶慢赶地直往前冲。

在一个广场附近，有四十来幢房屋，或说得更确切，四十来所小木屋，广场上种了不少山毛榉，这就是富兰绍，孤零零的，离海边约两英里。

艺术家们穿过树荫下昏暗的木屋鱼贯进村，走到了一个广场上。他们依稀能看见远处一座小教堂那座不高的钟楼。就像他们将要即兴演奏一段曲子一般，四个人排成了一个圆形，他们站停在那里，想商量点什么事情。

"就这么个村庄！"班希纳说道。

"难道你还想见到一个像费城或纽约一样的城市吗？"弗拉斯高林反诘道。

"可是这村里的人们都已经入睡了。"左恩耸了耸肩辩驳道。

"不要唤醒一个沉睡的村子。"伊夫内斯轻叹一口气说，声调委婉。

"正相反，应该叫醒它吧！"班希纳高声说。

确实，除非他们愿意露宿，不然就必须采取这个办法。

再则，广场空无一人，一片沉寂。没一扇窗户，也没一扇板窗透出

---

① 小快板，属于音乐术语，特点为快，每分钟可达128拍。
② 阿波罗神在希腊神话中专司美术和音乐。

一丝光线来。即使传说中睡美人的宫殿在这广场上平地盖起来，也不会影响此地的安宁。

"嘿，那么旅社呢？"弗拉斯高林问道。

是啊，车夫讲起过，遇难的旅行者在那儿可以得到热情的接待和找到合适的住宿，可这旅社呢？还有，旅社老板会很快派人去救援倒霉的车夫，那么，老板呢？是不是那可怜的车夫梦呓？要不，就是左恩和他的伙伴们迷了路，这又是另一种解释，如果是这样，这里根本就不是富兰绍！

对于各个问题，都必须有一个明确的回答，所以也就必须询问一名当地居民，而要问居民就必须去敲门。当然，如果运气好能找到这家旅社，最好还是敲旅社的门。

于是，四名音乐家就在漆黑的广场周围进行了侦察，他们沿着房子正面的墙竭力搜索，想看看橱窗前有没有挂招牌……可是，看来不像有旅社。

但是，即使没有旅社，总不至于连安顿旅客的场所都没有吧？反正大家都不是在苏格兰①，入乡随俗，到了美国就按美国方式来吧，他们每人吃一顿晚餐睡一个夜晚肯付出一美元，甚至肯付两美元。富兰绍当地的居民难道还会谢绝？

"敲门吧。"弗拉斯高林说。

"对，按节拍，敲八分之六拍！"班希纳补充说。

哪怕敲四分之三拍、四分之四拍，结果也是一样的。

没一扇门，也没一扇窗会打开的，四重奏小组已经敲过十多间房子的大门了。

"莫非我们搞错了？"伊夫内斯说，"这儿不是一个村庄，而是一所公

① 苏格兰人以热情好客著称，常免费款待客人。

墓，在公墓里的人可不是一般的睡觉，而是睡长觉了……我们在这儿像是在荒野里布道。"①

"阿门！""殿下"答道，他的声音雄浑，像教堂里唱诗班的人。

村庄一片沉寂，也没有反应，做什么好呢？继续向前去圣迭戈？可是又饿又累、筋疲力尽，简直要倒下去了……再说，在这茫茫黑夜中又没有向导，该走哪条路呢？

找下一个村庄吧！哪一个呢？照车夫的说法，在这片沿海地区根本也没有村子了，越走越迷失方向，最好还是等到天亮！可是这天，乌云密布，压在头顶上，似乎马上要化做倾盆大雨。在这么个天气，一点儿无遮掩，等上六七个小时，总不是一个办法，哪怕对于四位艺术家来说，也是接受不了的。

这时班希纳又有了一个主意。他出的主意不一定妙，但是他头脑里的点子确实很多，这个主意倒得到了精明的弗拉斯高林的赞同。

"朋友们，"他说道，"既然我们对付熊的办法成功了，为什么不能以此对待一个加利福尼亚的村庄呢？一点儿音乐可以使头跖行动物变得驯顺，那么我们就可以开个轰轰烈烈的音乐会把这些村民都唤醒，那时既拉快板又加强奏。"

"可以试试。"弗拉斯高林答道。

塞巴斯蒂安·左恩没等弗拉斯高林的话说完就把大提琴从琴盒里取出，竖立起来，因为没有座位，他只能站着，手持琴弓，正准备把音箱里所有的声音全都拉出来。

顿时，伙伴们个个准备就绪，跟随他奏出最强音来。

"昂斯罗②的四重奏，降B调。"他说，"来吧，随便来个拍子。"

---

① 语出《新约全书》。耶稣弟子圣让曾在荒野布道。后"布道"一词转义，意为说话没人听。
② 昂斯罗是英国作曲家。

这曲慢四重奏，他们都已记得滚瓜烂熟，技艺精湛的演奏家们根本不需要看谱，他们熟练的手指在大、中、小提琴上移动自如。

艺术家们的乐感上来了，沉醉其中。也许他们在娱乐场所及联邦大剧院还从未如此投入，从未发挥出这样的才华，夜空中回荡着和谐优美的乐曲。若非聋子，人们怎么能不被这美妙的音乐陶醉？即使如伊夫内斯所说，他们面对的是一所公墓，那么，听着这悦耳的音乐，坟墓都会开启，死人会站起来，骷髅都会鼓掌叫好……可村庄里始终没有动静，人们依然酣睡。乐章到了终曲，乐声清脆高昂，可富兰绍村子却没有显出一点儿生气和反应。

"嘿！居然这么无动于衷！"左恩高声说，他已恼怒到极点，"大概要奏一点儿嘈杂喧嚣的东西，像拉给熊听的那种音乐，才适合这些野蛮人的耳朵吧？好吧！重新开始，不过，你，伊夫内斯，你拉 D 调，弗拉斯高林，你拉 E 调，班希纳，你拉 G 调，我还是降 B 调，好吧，使劲拉！"

多么刺耳的怪声音啊！震耳欲聋，似乎鼓膜都要被撕裂了，使人想起儒安维尔亲王①在巴西一个不知名的穷乡僻壤曾经指挥的那场即席演奏，简直就像在醋缸子上敲打出的可怕的交响乐，像把瓦格纳的作品倒过来演奏！

总之，班希纳出的是个绝妙的主意。委婉动听的音乐未能达到效果，用这喧闹杂乱的噪音却如愿以偿。富兰绍开始苏醒了。这儿，那儿，窗户亮起来了，两三扇窗户后透出了灯光。村子里的居民没有死，他们有动静了。他们也不是聋子，因为他们听见了，也正在聆听着……

"他们要扔苹果砸我们了！"当演奏到一个休止符时，班希纳说道。虽然奏这段谱没有调音，但拍子还是一点儿没走样。

"哟！我们求之不得，刚好吃苹果。"讲求实际的弗拉斯高林回答。

①儒安维尔亲王（1818—1900），路易·菲利普的第三个儿子，在殖民战争中功勋卓著。

于是，在左恩的指挥下，音乐会演奏得更加起劲了，然后，当乐章在一个强有力的和音上以四种不同的调子结束时，艺术家们就停了下来。

不！二十扇或三十扇洞开的窗后面并没有人扔苹果过来，相反是一片热烈的掌声、欢呼声和喝彩。富兰绍村民们从来也没有欣赏过如此美妙悦耳的音乐！毫无疑问，每家每户都已准备好盛情接待这几位无法比拟的高手。

然而，正当四重奏小组激情奔放地演奏时，有一个新的听众向他们走过来，他们都没有注意到。这个人物从广场转角上一辆带长凳的电动车上下来。在这昏暗的夜色中依稀可以辨出，这是个身材很高、体躯魁梧的人。

巴黎人正在猜想，开了窗之后，人们会不会把门打开以接待他们时——看来这一点很难——刚走过来的人靠近他们了，他并且用正宗的法语和颜悦色地说：

"我是个音乐迷，先生们，我能有机会为你们喝彩，十分幸运。"

"喝第二场的彩吗？"班希纳以讽刺的口吻问道。

"不，先生们，我说的是第一场，昂斯罗的四重奏奏到这种炉火纯青的地步，我很少听到。"无疑，来人是个行家。

"先生，"左恩以集体的名义回答说，"听到您的夸奖，我们很受感动，我们的第二场音乐，想必震得您耳朵欲聋，那是因为……"

陌生人把他打断了，因为越解释就越讲不清楚。

"先生，我从未听到过这样演奏走了调却又奏得如此天衣无缝的演奏。我理解你们为什么要这么做，是为了叫醒富兰绍村的居民们，可是他们现在已经重新进入了梦乡。那样吧，先生们，你们不得已采用这个办法所想要得到的东西，请允许我向你们提供……"

"招待我们？"弗拉斯高林问道。

"是的，招待你们，比苏格兰人更盛情地招待你们。要是我没有搞错，

那么我面前的应该是整个富庶的美国家喻户晓的四重奏小组，你们让全美国的人听得兴趣盎然、热情洋溢……"

"先生，"弗拉斯高林觉得应该说话了，"我们真是受宠若惊。那么，亏得您的帮助，请问我们可以到哪里安顿下来呢？"

"离这儿两英里的地方。"

"是另一个村子吗？"

"不，在一个城市里。"

"是一座大城市？"

"当然。"

"请问，"班希纳有点儿奇怪了，"人家对我们说，到达圣迭戈之前是没有城市的。"

"他说错了，我也不知道怎样才能解释清楚。"

"错了？"弗拉斯高林重复了一下。

"是的，先生，如果你们愿意陪我走一遭，我答应向你们提供像你们这样技艺精湛的艺术家应该享受到的款待。"

"我认为应该接受……"伊夫内斯说。

"我也同意你的意见。"班希纳表示赞成。

"别着急，等一等。"左恩嚷起来，"你们表态比乐队指挥还快！"

"什么意思？"美国人问。

"意思是说，还有人在圣迭戈等我们呢。"弗拉斯高林答道。

"去圣迭戈，"大提琴手补充说，"这个城市请我们去演奏一系列早场音乐会，其中第一场定在后天，就是星期天就要举行……"

"哟！"这个人叫了一声，听得出他的声调中有相当明显的不快，然后，他又接着讲了下去。

"没关系，先生们，"他补充说，"用一天的时间，你们可以参观一座城市，这座城市很值得看一看。我保证把你们送到下一个火车站，让你们在预定的时间内到达圣迭戈！"

　　说实话，他提供的接待颇具吸引力，也正是大家所企求的。于是四重奏小组心中踏实了，能有一家像样的旅馆，找到一间舒适的房间了——且不说这位助人为乐的人士保证给他们提供贵宾的待遇。

　　"先生们，你们同意吗？"

　　"我们同意。"左恩回答说，饥饿及困乏迫使他接受这种邀请。

　　"一言为定。"美国人说，"我们马上就走，用二十分钟的时间我们就到了，我可以肯定地说，你们会感谢我的。"

　　不用说，刚才那种噪音演奏会所引起的最后几声欢呼喝彩声过后，窗户就关上了，灯光也熄灭了。富兰绍村又重新沉浸到梦乡之中。

　　四位音乐家走近了电动车，把乐器放了上去，坐在车身后面，而美国人则坐在前排，在驾驶员的旁边。一根操纵杆一拨动，电池就发动起来，车子也就启动了。不一会儿，车子就以相当快的速度往西开过去。

　　一刻钟以后，前面出现了一大片白茫茫的灯光，像是月光一样，照得他们有些眼花，那里确是一座城市，巴黎的朋友们无法怀疑它的存在。

　　这时车子停下了，弗拉斯高林随即说："我们总算到海边了。"

　　"海边……不，"美国人答道，"这是一条河流，我们要渡过河去。"

　　"怎么过去？"班希纳问。

　　"就用这艘渡轮，车子开到渡轮上。"

　　果然，那里有一艘渡轮，这种渡轮在美国到处都有。于是车子以及乘客们就都上了渡轮。这艘渡轮大概是用电开动的，因为不见轮船冒汽，而两分钟之后，它已驶到河对岸，靠到了港湾深处一个船坞码头边上。

　　于是车子又上了路，穿过乡村的小路进入一个花园，花园的上空有一些照明装置，这些装置放射出耀眼夺目的光芒。

　　花园栅栏门打开了，通向一条又宽又长的用石板铺的路。五分钟后，

音乐家们已经下车，到达了一个舒适的宾馆的台阶下。美国人说了一句话，就有人很殷勤周到地接待了他们。看来这里的待遇将是很不错的。有人马上又把他们领到了饭桌前，菜肴丰盛。他们胃口大开，饱餐了一顿，这些我们可以想象得到。

饭后，领班把他们领到了一间宽敞的灯火辉煌的房间里，开关稍一旋，灯光又变得非常柔和。房间的四角放着四个床铺，他们一会儿就进入了梦乡，而究竟这奇异美妙的地方是怎么回事，放到明天再说了。不一会儿，他们就鼾声如雷，这鼾声也配合得很和谐，正是这种高度的协调使得他们名噪海内外。

Chapter 3　一位口若悬河的导游

翌日清晨，刚七点，大房间里，首先是模仿部队起床号的军号声响了起来，接着就有人说话了，或者说嚷嚷起来。

"起来起来！嘿，还不快爬起来……二分之一拍的速度！"班希纳高声吼叫道。

四重奏小组中最漫不经心的是伊夫内斯，宁肯用四分之三或四分之四拍慢慢地钻出被窝，但是，他必须学伙伴们的样，改变平卧的姿势而站起来。

"我们可没有一分钟的时间可以浪费……一分钟也没有！""殿下"提醒大家。

"是的，"左恩答道，"因为明天我们得赶到圣迭戈。"

"得！"伊夫内斯说，"用半天参观一下这个客气的美国人的城市也够了！"

"我觉得很奇怪，"弗拉斯高林接上来说，"在富兰绍村附近有这么大的城市……可车夫怎么会忘了告诉我们？"

"重要的是我们到达了这座城市，傻瓜！"班希纳说，"嘿！我们硬是到这儿了！"

大量的光线穿过两扇宽大的窗户进入房间。放眼看出去，能看清一英里长的漂亮的林荫街路，旁边种着树。

四位朋友就在一间舒适的盥洗室里梳洗打扮，既快捷又方便，因为有种种机器都是现代化的先进设备：有可调温的热水和冷水龙头，有自动排水放水的水斗，有热水器、熨斗、自动喷香水器、电动的排风扇，而刷子是机械的，只须将脑袋伸上去，衣服靠近或皮靴凑近，就可以洗头、刷衣服、擦皮鞋，效果显著。

此外，时钟、电灯伸手即开，这还不算，好多地方还有电铃或电话，一个机关里各个办公室拿起电话即可通话。

左恩和他的朋友们不仅可以同宾馆里对话，而且还能同城里任何一个区通话，而班希纳则猜想，可能还能同美国的任何一个城市通话呢。

"或许还能打电话到欧洲大陆呢。"伊夫内斯补充说道。

他们还没来得及有机会试一试，电话已经用英语向他们传来了以下这句话，这时是七时四十七分：

"卡里杜斯·蒙巴向四重奏小组的各位贵客致早礼，请你们准备好后，即下楼到意惬宾馆餐厅用餐。"

"意惬宾馆！"伊夫内斯说道，"这个歇脚住宿处的名字取得真棒！"

"卡里杜斯·蒙巴，就是那个帮助我们的美国人。"班希纳说，"他的名字也很好呀！"

"朋友们，"大提琴手又嚷了起来，他的胃同他的性格一样急躁，"早饭已经上桌了，我们就去吧，吃完后……"

"吃完后就浏览一下这个城市。"弗拉斯高林接了上去，"可这究竟是什么城市？"

巴黎的朋友们有的已穿戴就绪，有的马上就可以穿好，于是班希纳就用电话回答，说他们五分钟之内就恭敬从命，接受卡里杜斯·蒙巴先生的邀请。

果然，梳洗整理完毕，他们走向电梯。电梯启动了，将他们带到了宾馆的大厅里。大厅宽敞又高大，一头是餐厅的门，巨大的餐厅里金碧辉煌。

"先生们，欢迎欢迎，请不要见外！"

说话的就是昨天晚上的那个人。有一类人，人们一见面就认识他们了，好像早就见过面，或者说得更确切，从来就是"老交情"，卡里杜斯·蒙巴属于这一类不介绍就自然熟悉的人。

卡里杜斯·蒙巴算来应有五六十岁的年纪，但看外表只有四十五岁的样子，他身材比普通人高，腹部微挺起，四肢强壮有力，身体强健，精力充沛，动作利索，说得通俗点，"能打得死老虎"。

左恩和他的朋友们多次碰到过这种人，这种人在美国也随处可见。卡里杜斯·蒙巴有着一个大圆脑袋，一头金黄卷曲的头发在脑袋晃动时像微风轻拂的簇簇枝叶；他的脸色红润，络腮胡子相当长，有点儿黄色，最后分开呈尖形，唇须剃得干干净净；嘴巴两角向上，笑容可掬，特别有一点儿爱开玩笑的表情。他的牙齿洁白釉亮，鼻尖有点大，鼻翼翕动，从鼻子一直连到额头有两条纹路，鼻梁上夹一副眼镜，夹鼻眼镜则由一根如丝绒般柔软的银线固定。在夹鼻镜后面，是炯炯有神的眼睛，眼瞳呈微绿，眼珠骨碌碌转动着。粗壮的脖颈把大脑袋连在躯干上。他的大腿显得肉鼓鼓的，两腿坚实，双脚有点儿外"八"字。

卡里杜斯·蒙巴身穿宽大的茶色斜纹料上装，胸袋边沿上露出一角带图案的手帕。里面是白色背心，裁的弧形很大，有三颗金纽扣。内外两个口袋之间连着一根粗大的金链，一头是一只挂表，另一头是一个计步器，而链条的中间有不少精美装饰物，发出叮叮当当的响声。加上他肥胖红润的手上戴着一连串戒指，使一整套金饰完整无缺。衬衫雪白，上了浆后变得非常挺括并引人注目；衬衫上有三颗钻石；领子很宽，领口很自然系着一条领带，上面有暗金色的单一的饰条。他的裤子是宽条纹的料子，折缝很宽，越往下，裤腿越瘦，直垂到皮靴上，鞋带的搭扣是铝做的。

　　至于这个美国人的面貌，则是表情极其丰富，一切均流露于外面。有些人对一切都胸有成竹，他们像有人说的那样"见过大世面"，眼前这个美国人的面部就是这种表情。他肯定是个机灵的有办法的人，也是一个刚毅有力的人，只要看他坚韧的肌肉，看他眉弓和下巴明显地收缩就可以断定。此外，他会随心所欲地放声大笑，可是这笑声与其说是从口中发出的，倒不如说是从鼻子里发出来的，这是一种冷笑，生理学家们把这种笑声称为"马嘶笑声"。

　　以上我们介绍了卡里杜斯·蒙巴。四重奏小组一进餐厅，他就脱下宽边的帽子——就是连路易十三世也不肯少装一根羽毛饰的那种帽子——致敬，同四位音乐家一一握手。他把他们带到一张桌子前，桌上茶壶正沸腾着，烤面包冒着烟。他不断地讲话，别人连提个问题的空当都没有——也许他是不想回答别人的问题吧——他夸耀这个城市的富丽堂皇，建立该城市是多么不平凡，他自言自语，也没个间隙。当早餐用完时，他用以下的话结束了他的独角戏：

　　"来吧，先生们！跟我来。但是我有一件事要叮嘱你们……

　　"什么事？"弗拉斯高林问。

　　"我们这儿路上是绝对禁止吐痰的……"

　　"我们可没有这个习惯。"伊夫内斯分辩道。

　　"好！那样就没人罚你们钱了。"

　　"不要吐痰……在美国！"班希纳喃喃地说道，他的声调中既有惊奇，又带有怀疑。

　　想要找到一个比卡里杜斯·蒙巴更完美的导游，是很难的事。对这座城市，他了如指掌，没有一家旅馆，他说不出老板是谁；没有一座房子，他不知道谁住在里边；没有一个路过的人，不同他热情友好地打招呼。

　　这座城市建设得很规范。林荫大道和马路边都筑有廊檐，街路都是直角相交，像棋盘一般。从建筑图形来说，整体是格调一致的。再说，

从房子的风格直到内部各自的特点却又千变万化，所有的住房都由其设计师照他们的想象力建成。除了几条商业街外，这些房子颇像宫殿，庭院里有漂亮的亭台楼阁。门庭的建筑布局气派高贵，尤其是看到华贵的外观，人们就可以设想里面套房及花园的富丽堂皇，也不用说屋后的花园了。值得注意的是，由街上的树看得出，它们是新栽的，枝叶尚不茂盛。而市里大马路间，街心公园草坪上，草是嫩绿色的，在花坛里见得到热带和温带常见的花草，只是它们也是新长出来的，所以根发得不深，叶子也并不茂盛。这一特点与西部美洲形成了醒目的反差，在西部美洲、加利福尼亚一带的大城市附近，巨大的森林比比皆是。

四重奏小组往前走，每个人都以自己的眼光去观察这座城市，吸引伊夫内斯的东西不一定吸引弗拉斯高林，左恩感兴趣的东西，班希纳也许一点儿不感兴趣。但是，每个人都对这个不知名城里的一切奇异神秘的东西感到好奇，从各种各样不同的观点中也会产生比较客观的看法。再说，卡里杜斯·蒙巴就在旁边，他什么问题都回答得出。不！我们说"回答得出"？这不切合实际，他可不让人家提问题。他老是一个人说个不停，话匣子一打开就没完没了。

离开意惬宾馆一刻钟后，卡里杜斯·蒙巴说：

"本市有三十条大街，现在我们到了第三大街。第三大街是最繁华的商业街，就是我们这里的百老汇大街、摄政王大街及意大利大街①。在这些商店里既有生活必需品，又有高档消费品，市场包罗万象，一切最现代化的舒适生活之所需，在这里都可以买到。"

"我只见商店却不见顾客。"班希纳发表他的见解。

"可能时间还太早了吧？"伊夫内斯补充道。

"这是因为，"卡里杜斯·蒙巴答道，"商店里大多数订单是通过电话

---

① 这是分别指当时纽约、伦敦、巴黎三个城市中商业最繁荣的大街。

甚至传真电报来进行……"

"这是什么意思？"弗拉斯高林问。

"这里大家普遍使用传真电报，这种机器更先进，它能传送文字，就像电话能传送声音一样。此外，还有摄像机，摄像机记录运动，就同留声机记录声音的原理一样，只是留声机是用来听的，而摄像机的运动是用来看的，另外又有放像机，专门用于重放摄成的图像。这台传真电报机比电报更严密可靠，张三李四都可以用一份电报骗人，但传真电报能用来邮寄一份汇款或一张汇票，上面可以通过电来传送亲笔签名……"

"那么结婚证书也可以发传真吗？"班希纳用讥讽的口气问。

"毫无疑问，中提琴手。人们完全可以通过传真电报来办理结婚手续……"

"那么离婚呢？"

"离婚也可以！我们现在使用传真电报办手续的人中，最多的就是办理离婚的人！"

说完这句话，我们的向导哈哈大笑，使得他背心上的金链饰物也跳动起来。

"蒙巴先生，你是个乐天派。"班希纳对美国人说，一边说一边哈哈地笑了起来。

"是的，快活得如鱼得水！"

走到这儿，有一条横向的大街出现在面前，那是第十九大街。在第十九大街上，禁止商业活动。有轨电车的轨道穿过这条大街，车辆疾驰而过，没有扬起一点儿灰尘，因为道路都铺上了一层澳大利亚防腐松木板——用巴西桃花心木，也没什么不可以的——特别干净，路面像用铁屑擦过一般。此外，弗拉斯高林对物理现象有很强的洞察力，他注意到，踩在马路上像踩在钢板上一样会发出咚咚声。

"他们搞的才是大型的钢铁业。"他心里想，现在他们连马路都是用钢板做的。他刚想问蒙巴，这时蒙巴却大声说：

"诸位先生，瞧瞧这座公馆吧！"

他指着一幢巨大的建筑，建筑外观雄伟壮丽，它的正面突出，两侧有精致的庭园，四周用铝制的栅栏围起来。

"这个公馆——也可以称为宫殿——里面住着本城豪门之中的一家，主人叫詹姆·谭克东，他是伊利诺伊州永不枯竭的油田的老板，或许是本城的首富，他是全城百姓最可敬的人，也是最受到尊敬的……"

"他大概有好几百万？"左恩问道。

"呸！"卡里杜斯·蒙巴说，"我们这儿一百万可不算什么，起码得有好几亿才算富有。在这个城市里，大阔佬一群一群。所以在几年之内，商业区里的小商人都发了大财——我说的商人是指零售商，因为在我们这个绝无仅有的弹丸之地，大商人或批发商是没有立锥之地的。"

"那么实业家呢？"班希纳问。

"没有实业家。"

"船东呢？"弗拉斯高林问。

"也没有。"

"那么食利阶层呢？"左恩接上来。

"这里只有食利阶层以及正在变为食利阶层的商人。"

"怎么！那工人呢？"伊夫内斯发问了。

"当需要工人时，从外面招，先生们，工作一结束，工人们就回去了……当然带回去一大笔钱！"

"瞧！蒙巴先生，"弗拉斯高林说，"你们城里总还有几个穷人吧，哪怕是为了不让这个阶层的人绝迹，也该留下几个吧？"

"穷人？第二小提琴手，你一个也找不到！"

"是不是本城禁止乞讨？"

"因为乞丐进不了本市，所以就从来也没想到禁止乞讨。在合众国的

大城市里禁止乞讨是对的，那里有拘留所，有收容所，有贫民习艺所，有教养所等，可以填补这个职能……"

"你是不是要说，这儿没有监狱？"

"既没有监狱，也没有囚犯！"

"可是罪犯呢？"

"他们都留在了欧美大陆，只有在那里，这些英雄才有用武之地！"

"嘿！真的，照你说，蒙巴先生，"左恩说道，"我们觉得我们已经不在美国了？"

"昨天你们还在美国，大提琴手。"总是令人吃惊的向导回答道。

"昨天？"弗拉斯高林反问道，他弄不清这句奇怪的答话究竟是什么意思。

"不错！今天你们在一个独立的城市里，一个自由的城市，联邦政府对这座城市没有任何管辖权，城市是自治自决的。"

"这座城市究竟叫什么名字？"左恩问。他的脾气易怒，不知蒙巴葫芦里卖的是什么药，所以开始不耐烦了。

"它的名字？"蒙巴说，"请允许我暂时不告诉你们。"

"我们什么时候才可以知道？"

"当你们的参观结束时。我们城对你们的来访感到很荣幸。"

美国人这种保留的态度至少是奇怪的。但说到底，也无所谓。中午之前，四重奏小组就可以结束这次奇怪的参观了，即便是必须离开城市时才能知道它的名字，也足够了，不是吗？唯一要考虑的是：这么大的一座城市，占据加利福尼亚海边的一片土地，怎么会不属于美利坚合众国？还有，车夫不知道有这个城市，从未提及，这又怎么解释？无论如何，重要的是，二十四小时之后，一旦音乐家们到达了圣迭戈，那儿的人肯定会向他们解释清楚的，哪怕卡里杜斯·蒙巴决定不告诉他们。

这个古怪的人物又开始滔滔不绝、绘声绘色地讲述起来，但他使人们感觉得到，他并不想系统明白地把一切都讲得更加清楚。

"先生们，"他说道，"我们现在要进入第三十七大街。观赏一下我们前面的景观吧！在这个区里，禁设商店市场，没有商业街区的商业繁荣。这里只有公馆、私人住宅，但这个区里的居民不如第十九大街居民那么富裕，这里的人年息收入约为一千到一千二百万……"

"不过是一些寒酸鬼罢了。"班希纳接上去说，一边把嘴撇了一下，以示轻蔑。

"哟，中提琴手，"蒙巴回答说，"一个人总可以成为寒酸鬼的，问题在于同谁相比。一个家产百万的人比起只有十万的人来说，他是富翁，但同亿万巨富比，他就不是富翁了！"

音乐家们发现，向导所用的词中出现频率最高的要数"百万富翁"这个词了。如果说，有些词让人听了会五体投地，那么这个词就是其中一个。他说的时候，腮帮鼓起，发出掷地有声的铿锵回响。简直可以说，他一开口讲话，钱币就会叮当作响。从这位神仙[1]的口里出来的不是钻石、珍珠、祖母绿，而是金币。

于是，塞巴斯蒂安·左恩、班希纳、弗拉斯高林、伊夫内斯就在这座他们不知地理名称的奇异城市里漫步。热闹的街上人来人往，所有的人都穿着整齐，绝不会看到一个当地人衣衫褴褛而感到兴味索然。到处都行驶着有轨电车、平板货车和卡车。某些主要的街路上，人行道都是活动的，由不见首尾的铁链牵引，而且，在活动的人行道上，行人还可以随意地走动，就像他们在行进的火车上一样，可以自由地来来回回。

街路上也有电动汽车开来开去，它们无声无息地行驶，就像桌球在台面上滚动似的。至于赶车的人以及车马设备，即传统的由马来拉的车子和华丽的马车、鞍具等，那只有在富人区才能遇得上。

---

[1] 据法国古代传说，有位仙女施展法术时，善良的人可以张口就吐出珍宝来。

"哟！这里有一个教堂！"弗拉斯高林说。

他指着一幢结构凝重、风格并不突出的建筑物说，该建筑很像萨瓦地方的建筑群体，位于广场中心，四周都是郁郁葱葱的草坪。

"这是座基督教堂。"蒙巴走到教堂前，停下来说道。

"你们这个城里有没有天主教堂？"伊夫内斯问。

"有的，先生。再说，我应当向你说明，尽管现在世界上有大约一千种不同的宗教信仰，但在本城，我们只信仰天主教和基督教新教。这儿同美国不一样。所谓合众国是个分裂国，虽然政治上不分裂，但宗教上四分五裂，美国的宗教派别同家族一样，多如牛毛。什么卫理公会、英国圣公会、长老会、再洗礼教派、威斯利教派等。这儿只有罗马天主教以及恪守加尔文教义的新教的忠实信徒。"

"那么，这里的人说什么语言？"

"英语和法语是最常用的……"

"值得庆幸。"班希纳说。

"城市分成两个部分，基本上一样大小，"蒙巴接着说，"这儿是……"

"西区吧？"弗拉斯高林一边比较太阳的位置一边说。

"说西区也可以。"

"怎么'也可以'？"第二小提琴手听了回答有点奇怪，反问道，"是不是在这个城市东南西北是随心所欲地变化的？"

"对，也不对。"蒙巴答道，"以后我会对你们解释的。我再回过头来说，这个城区，你可以说是西区，这里的居民全是新教教徒，他们都进行宗教仪式的修行；而东区的居民则是天主教教徒，他们更注重教义，情感更加细腻。就是说，这个教堂是个新教教堂。"

"从外表上看也很像，"伊夫内斯说，"这个教堂的建筑沉重，在这里做祷告看来传不到天上去，只能被压到地下……"

"说得精彩！"班希纳大声称赞道，"蒙巴先生，在这么一个现代机器化的城市里，人们听布道也好，做弥撒也好，都可以通过电话机来进行吧？"

"完全正确。"

"也可以做忏悔吗？"

"就像用传真电报办结婚手续一样，你会同意的，这种做法非常方便、实用……"

"方便得简直难以置信，蒙巴先生，"班希纳回答说，"难以置信！"

Chapter 4　被蒙在鼓里的四重奏小组

到了十一点钟，走了这么长的一段路，肚子饿也是人之常情。所以，音乐家们可以充分利用这个借口了。他们饥肠辘辘，一致同意：不管怎么样，先吃午饭。

卡里杜斯·蒙巴也同意了，他同客人们一样都是食人间烟火的，问题是他们是否回意惬宾馆去呢？

要回去。因为，看来这个城市里饭店不多，大家可能都喜欢深居简出。欧美来的旅游者似乎也寥寥无几。

坐上电车，只用几分钟的时间，饿汉们就回到了宾馆，他们立即坐到了一桌佳肴前。这桌饭菜同美国式饭菜有天壤之别，美式饭菜内容不少，但吃不饱。可今天的牛羊肉却都美味可口，鸡鸭肉又香又嫩，而鱼肉则新鲜得很，令人垂涎欲滴。此外，美国饭店里只饮冰水，这里却可以饮各种啤酒和法国梅多克及勃艮第地区①十年以前的佳酿。

于是班希纳和弗拉斯高林开怀畅饮，一点不比左恩及伊夫内斯逊色。当然，卡里杜斯·蒙巴一定坚持要请他们的客，四人却之不恭，不如欣然从命。

再则，这位美国人滔滔不绝，口若悬河，兴致勃勃。他奢谈有关这

---

① 法国纪龙德省梅多克地区以产红葡萄酒著称，勃艮第也是一个省，也以盛产葡萄酒著名。

个城市的一切，可就是不谈客人们极想知道的事情，也就是这个独立城市的名称，他总拖着不肯说出。请耐心点儿，当考察结束时，他会讲出来的。他是不是想让四重奏小组喝得酩酊大醉，让他们耽误去圣迭戈的火车？又不像。可是他们却在饱尝佳肴之后又畅饮醇醪。正当他们吃着甜点慢慢呷茶、咖啡及消化酒时，一阵巨大的爆炸声震动了宾馆的玻璃窗。

"怎么回事？"伊夫内斯跳了起来。

"别担心，先生们，"卡里杜斯·蒙巴答道，"是天文观测台上的报时炮声。"

"如果只是十二点报时的话，"弗拉斯高林一边看手表一边说，"我肯定它慢了……"

"不，中提琴手，不对！这儿的太阳同任何一个地方的太阳都走得一样！"

这时美国人的嘴唇奇怪地向上翘了一翘，他夹鼻镜下的眼睛闪烁着熠熠的光彩，他搓着双手，使人感到他因为开了一个善意的玩笑而沾沾自喜。

弗拉斯高林不像其他的伙伴那样，酒足饭饱后他依然精神抖擞，他用怀疑的目光瞅着蒙巴，不知如何去解释这一切。

"来吧，朋友们，请允许我这么称呼你们。"他补充说，一边做出非常亲切的样子，"现在我们将要参观的是本城的另一个部分，一旦有什么东西被遗漏掉，我准会失望至极，我们不能浪费时间……"

"到圣迭戈的火车几点开？"塞巴斯蒂安·左恩询问道，他一心惦记着不要迟到，以免违约。

"是啊……几点哪？"弗拉斯高林重复道。

"哦！是晚上。"卡里杜斯一边回答，一边眨了眨眼，"来吧，我的贵客们，来，我带你们游览参观，你们绝对不会后悔的！"

怎么能不听从这么好客殷勤的主人呢？于是四名音乐家离开了意惬宾馆，沿着大街溜达起来。说实话，他们酒喝得太多了，因为一个个只觉得腿有点儿打战，似乎地面要从他们脚下滑走一般。可是他们并没有置身于自动行走的人行道上。

"喂，喂，我们大家步子走稳点儿。再来一瓶夏地罗①葡萄酒！""殿下"打着趔趄高声嚷嚷。

"我看我们是多喝了点儿！"伊夫内斯一边擦着额头的汗珠一边说。

"是啊，巴黎的客人们，"美国人说，"只此一次，下不为例嘛！总该为你们接接风，洗洗尘！"

"可是，我们都把'洗尘的壶'洗了个底朝天。"班希纳答道，他一点也没比别人少喝，因此，这会儿正觉得从来也没有像现在这么兴致高昂、心情舒畅。

由卡里杜斯·蒙巴引导，穿过一条街，他们就到了本城另一部分街区。这儿，是另一番热闹景象，样子不像前一半街区那种清教徒的气派。他们一下子就觉得像从美国的北方诸州跑到南方各州，像从芝加哥一下子到了新奥尔良，或从伊利诺伊到了路易斯安那。这儿的商店顾客摩肩接踵，而住房设计更加别出心裁，富有想象力，家庭的住房更加舒适。这儿的宾馆同新教的那个区一样富丽堂皇，可是外表更讨人欢喜。居民的外表、行为举止同那一半街区不同。这一切使人想到这座城市的两部分就像两个不同的星球一样反差巨大，只是它们是两个平行的城市，而不是像一个星球绕着另一个星球运转。

差不多走到该区的中心时，这群参观者停下来了，这里几乎已接近第十五大街的中心，伊夫内斯叫起来：

"我敢保证，这是个宫殿！"

---

① 法国著名的葡萄酒产地。

"这是考弗莱家的府邸！"卡里杜斯·蒙巴回答，"奈特·考弗莱同詹姆·谭克东一般……"

"比他还富有吗？"班希纳问。

"不相上下。"美国人回答说，"他从前是新奥尔良的一个银行家，富可敌国，资产在十亿以上！"

"真是富商巨贾，亲爱的蒙巴先生！"

"就像你们说的，完全正确。"

"那么，这两位名流詹姆·谭克东与奈特·考弗莱一定是相互倾轧的敌人喽，自然的……"

"至少是竞争对手，他们都想在本城的社会事务中占上风，于是相互嫉妒……"

"他们最终会把对方吃掉吗？"左恩问。

"也许……而如果一方把另一方吞掉……"

"真到那一天，这一方也会肚子痛的！""殿下"的话使蒙巴觉得很好笑。

在宽阔的广场之中，矗立着天主教堂。由于广场太大，教堂相比之下显得小了。建筑是哥特式的，不必离太远，就能一目了然，评价它的风格。因为这座教堂主要是由垂直线条构成的，而垂直线条的美感在远处是观察不到的。圣母马利亚教堂的尖塔很细很高，教堂前的圆花窗也显得轻巧，而火焰式尖形拱肋极其典雅，合掌形的窗也特别优雅，所以这座教堂令大家赞叹不已。

"盎格鲁－撒克逊人建造的哥特式建筑的杰作！"伊夫内斯说，他是业余建筑学爱好者，"蒙巴先生，你说得很对，贵城两个部分的差别就同新教教堂与天主教堂的差别一样大。"

"可是伊夫内斯先生，这两个部分却都是同一个母亲生下的孩子……"

"怎么？不是同一个父亲？"班希纳指出。

"不，不，亲爱的朋友们，是同一个父亲，只不过两个区后来的发展和建设各不相同，人们使得每个区都与当地居民的习惯和观念相适应，因为到这里来的居民就是为了来过无忧无虑的幸福生活的……在欧洲也好，在美洲也好，没有一个城市可以提供这种生活。"

"上帝呀！"伊夫内斯说，"蒙巴先生，你可不要太刺激我们的好奇心，就像开始唱一个曲子，前面的音符出来了，让人家等着主音，却千呼万唤不出来……"

"弄到后来，耳朵也听累了。"塞巴斯蒂安·左恩加了一句，"瞧！现在时间到了吧，可以告诉我们这古里古怪的城市的名称了？"

"还没到时间呢，亲爱的朋友们，"美国人一边扶正了鼻梁上的夹鼻金边眼镜，一边回答道，"要等到我们参观完毕。现在请继续。"

"参观之前，我有一个建议。"弗拉斯高林觉得好奇中又掺上了一种隐隐约约的不安，所以有了新主意。

"什么建议？"

"为什么我们不登上圣母马利亚教堂的钟楼？从那儿我们可以俯瞰……"

"不！"卡里杜斯·蒙巴头发散乱的大脑袋像拨浪鼓似的摇着，"现在不，以后再登……"

"以后，什么时候？"大提琴手问道。对方老有那么多神秘的遁词，到后来有点使他恼火了。

"当我们结束散步的时候，左恩先生。"

"到时我们再回到教堂来？"

"不，朋友们，我们参观的最后一个景点是天文观测台，那个塔比圣母马利亚教堂的钟楼还要高三分之一。"

"可是，究竟为什么不利用这个机会？"弗拉斯高林执意问。

"因为……这样会使我导游的效果黯然失色！"

再也没有什么办法可以从这位神秘人物的口中得到其他的答复了。

最好还是顺从他的意见。于是他们认真走遍了该市第二部分的条条大街。然后，他们参观了商业区，服装街、鞋帽街、肉食街、杂货街、面包街、水果街等。卡里杜斯·蒙巴遇到的人中，大多都同他招呼致意，他带着扬扬得意的表情——回礼。他像变戏法似的，不断地夸夸其谈，摇唇鼓舌，说得天花乱坠。

大约到了下午两点，四重奏小组到了该市这一部分的尽头。城边就是漂亮的铁栅栏，铁栅栏上饰有花朵，还爬着攀缘植物。栅栏之外是乡村，乡村的边缘与天边地平线合在一起。

走到这里，弗拉斯高林心里产生了一点想法，他觉得不应当立刻告诉伙伴们。这一切，在他们登上天文观测台时肯定会真相大白的。他注意到一件事情：太阳在下午两点时应该位于西南方，现在却处在东南方。

对于像弗拉斯高林这样才思敏捷的人来说，这个现象确实令人惊奇，于是他绞尽脑汁地思索，就在此时，卡里杜斯·蒙巴叫了起来，打断了他的思路：

"先生们，再有几分钟，电车就要开了，上路吧，我们去港口……"

"港口？"左恩反问道。

"哦，最多不过一英里路——去那儿还可以沿路欣赏一下本城的公园。"

如果有港口，港口总得位于比城市往北一点或往南一点的地方，位于下加利福尼亚……说实在的，港口总是在沿海一带什么地方，否则能在何处呢？

音乐家们有点儿诧异，在一辆华丽的大客车的车厢中坐下，车上已经坐着好几位旅客。他们都同卡里杜斯·蒙巴握手问候——这家伙居然人人熟识。接着，有轨电车的直流电机就发动起来，非常迅速地运转，

电车开了。

卡里杜斯·蒙巴将这座城市周围的乡村都称为公园，他确实言之有理，园中小径延伸出去，一眼望不见尽头，草地绿茵茵的，周围有油漆好的栅栏，有的栅栏笔直，有的又是弯弯曲曲，大家称之为"篱笆"。在自然保护区的四周有矮树丛，深处有橡树、槭树、山毛榉、栗树、朴树、榆树、雪松等，都是年头不多的小树，各种树上有千百种鸟类栖息着。这完全是一个英国式的花园，泉水喷涌而出，椭圆形的花坛里春意盎然，百花怒放。灌木丛中，千百种树木变化纷纭，巨大的天竺葵像生长在蒙特卡洛的，还有橙树、柠檬树、橄榄树、夹竹桃、乳香黄连木、芦荟、山茶、大丽菊、亚历山大白蔷薇、绣球花、白荷花、粉红荷花、南美西番莲，各个品种的倒挂金钟、鼠尾草、秋海棠、风信子、郁金香、藏红花、水仙花、银莲花、波斯毛茛、蓝蝴蝶花、仙客来、兰花、蒲包花、乔木状蕨。此外，这里还有热带地区特有的树种：美人蕉、棕榈树、椰枣树、无花果、桉树、含羞草、芭蕉树、番石榴、葫芦藤、椰子树，等。总而言之，凡一个植物爱好者能说得出名字，能向包罗万象的植物园询问的，这里应有尽有。

伊夫内斯喜欢吟诗作赋，于是触景生情，觉得似乎进入了"阿丝特莱"[1]田园牧歌式的意境。真的，在这一片片嫩绿的草地上不乏羊群，奶牛在栅栏后吃草、黄鹿、牝鹿和其他性情温和的森林四足动物都在花丛中跳来跳去，但就是不见"阿丝特莱"中杜尔菲笔下的牧人和可爱的牧羊姑娘们，他甚至觉得很惋惜。至于作者描绘的利尼翁河，则可以由眼前一条蜿蜒曲折潺潺而流的小河来代替，这条小河名叫"曲蛇河"，它缓缓穿过乡村高低起伏的田野。

---

[1]《阿丝特莱》是17世纪初法国作家杜尔菲的作品，其中对田园生活的描写以及对于爱情故事的细致描述在法国文学史上有相当大的影响。

只是这一切都给人以人工造就的感觉。因此班希纳又叫了起来，他生来好取笑别人："哟，就这么点儿，也算河流吗？"

卡里杜斯·蒙巴回答："河流？有什么用？"

"见鬼，用于取水！"

"取水，你的意思是指取用那种肮脏的、充满微生物的会引起伤寒症的那种物质？"

"就算是吧，但水可以净化……"

"为什么要多此一举呢？制造清洁卫生的水是如此方便，里面既没有脏物，又可以根据需要做成汽水或含铁的……"

"你们的水是自己制造的吗？"弗拉斯高林问道。

"当然！我们这儿的水分成热水、凉水送往家家户户，同这儿的照明、音响、钟点、热量、冷气、动力、防腐剂及电一样，都通过自动系统送到每户人家。"

"那么，让我继续设想下去。"伊夫内斯反问道，"你们这儿也人工造雨，以便浇灌草地及花卉？"

"你说得很对，先生。"美国人一边捋着胡子一边回答，他故意让手上的珠宝饰物在浓密的胡子中闪闪发光。

"哈，预订一场雨！"塞巴斯蒂安·左恩嚷着说。

"是的，亲爱的朋友们，我们在地下安了通道，雨水通过管道分流出去，能完全按照我们的要求和规定在最合适的时机流过去，非常方便。这难道不比等大自然高兴时才施舍的好？那样，你得听命于天气的无常变化，天气不好时你大发雷霆，可又无法改变，要么持续潮湿阴雨，要么旷日持久的干旱……"

"说到这里，我要打断你了，蒙巴先生。"弗拉斯高林高声说，"你们能随心所欲地人工造雨，这倒算了，但你们想使雨不从天上降下来，则有点……"

"天上？这与天又有什么相干？"

"天，或者你喜欢，可以说是云，云凝成雨，就是气流，也会形成旋风、龙卷风、狂风、飓风……这样，比如到了天气不好的季节，就会……"

"天气不好的季节……"卡里杜斯·蒙巴重复说。

"是的，冬天……"

"冬天？什么冬天？"

"说的是冬季，降霜、下雪、结冰！"左恩高声叫道，美国人回答时的讽刺味使他恼怒了。

"我们不懂这是怎么回事！"卡里杜斯·蒙巴平静地答道。

四个巴黎人面面相觑。他们眼前这个人是个疯子还是个故弄玄虚的人？假如他是疯子，则应当把他关起来；假如他在糊弄人，则应该狠狠教训他一顿。

然而，有轨电车却在迷人的花园中徐徐地行驶。塞巴斯蒂安·左恩和他的伙伴们似乎觉得，这个无边无际的花园之外有一片片精耕细作的土地，呈现出缤纷的色彩，就像从前裁缝店门口挂着的各种不同布料样品一般。这大概就是菜地吧，有土豆、圆白菜、胡萝卜、白萝卜、大葱，反正可以熬牛肉浓汤的一切蔬菜这里应有尽有。

不过，他们的车迟迟开不到真正的乡下，只有在那里，才能观察得到这个奇怪的地区所长的庄稼：小麦、燕麦、玉米、黑麦、荞麦以及其他谷物。

这时，有一座工厂出现了，低低的屋顶上面耸立着钢铁做的大烟囱，屋顶都是用磨砂玻璃制成的。大烟囱由铁索支撑，看起来像一艘正在航行的"巨轮东方"号上的烟囱，此巨轮动力达十万马力，可以驱动强大的螺旋推进器。只是稍有一点差别，即烟囱里并不冒出浓浓的黑烟，而只是跑出一缕缕轻淡的烟，这类烟尘根本不会污染空气。

工厂占地面积约为一万平方码，差不多一公顷。四重奏小组由美国人带出来"郊游"，直到现在还是第一次见到一座工厂。请原谅我们用了"郊游"这个字眼。

"嘿！这是什么地方？"班希纳问。

"这是一座工厂，有通过燃烧石油产生蒸汽的蒸汽机。"蒙巴回答道，他锐利的目光似乎要把夹鼻镜的玻璃穿透。

"那么你们这个工厂生产什么呢？"

"发电。电发出后通往全城各个地方——花园、乡村，转变成动力或者用于照明。这个厂也同时向各种机器设备供电：电报、传真、电话、摄像机、电铃、电灶、工具机器、电弧机以及白炽灯、铝质月亮灯、海底电缆……"

"你们有海底电缆？"弗拉斯高林激动地问道。

"有啊！把本城同美国沿海许多地方连接起来的海底电缆。"

"有没有必要建那么大的一个工厂呢？"

"我认为是必要的，我们消耗很多的电能，我们还消耗很多很多的精神！"卡里杜斯·蒙巴回答说，"要知道，先生们，我们不知费了多少精神才建成这座举世无双的城市！"

巨大的工厂里，机器发出沉闷的轰隆声。蒸汽突然间猛烈地喷发，机器断断续续地启动或停止，土地表层的震动及回响，所有这些都说明该工厂所产生的机械动力已经远远超过了迄今为止现代大工业所能产生的一切动力。从前，有谁会想得到人们居然需要那么多的能量去驱动电机或充蓄电池？

电车继续向前开去，走出大约四分之一英里远的地方，它停在港口的车站上。

乘客们陆续下车，而他们的导游始终不断地赞美这座城市，他陪他们漫步走到了沿河的马路上。路的两边是仓库及码头。港口呈椭圆形，

足够容纳十来条船，但也只能停泊这些船了。说它是码头，倒不如说它是船坞，它的尽头是防波堤，在钢骨架的基础上造了两道海堤，从海上开来的船在灯光下可以较方便地驶入港口。

这天，船坞里只有五六艘船，有的是运石油的，有的是运日常生活必需品的商船，还有几艘小船带有电动渔具，是出海的渔船。

弗拉斯高林注意到这个港口是朝北的，他得出结论，该港的位置一定在下加利福尼亚州靠太平洋沿岸突出部位面向北部的地方。同时，他也注意到海水大量地涌向东边，冲上了突堤的堤首，就像一艘正在行驶的船侧面常会有水冲上来使甲板盖上一片水幔。这大概就是涨潮的作用，尽管在美国西海岸海潮并不很厉害。

"那么昨晚我们乘渡轮渡过的那条河在哪里？"弗拉斯高林问道。

"那条河现在在我们后面。"美国人仅仅作出这样的回答。

可是，最好不要在这里久留，因为他们还要回城里，以便坐夜车去圣迭戈。

塞巴斯蒂安·左恩提醒卡里杜斯·蒙巴，重提他答应的条件，蒙巴回答说：

"亲爱的朋友们，不用害怕，我们来得及。有轨电车可以把你们送回城里，事先我们还要沿海岸走走……你们还想看一下这个地区的全景，要不了一小时，你们就可以从天文观测台顶上看到全貌了。"

"你向我们保证来得及？"大提琴手又重申了一下。

"我向你们保证，明天早晨太阳升起来时，你们肯定已经不在这儿了！"

音乐家们不得不接受这个不是很明确的回答。而生来比伙伴们更好奇的弗拉斯高林，对这个回答更是兴奋到了极点。美国人还讲过，在天文观测台顶上能看到方圆一百英里的地平线尽头，可这登高望远的时刻却姗姗来迟。现在是个机会，可以把话题引到这个莫须有的城市的地

理位置问题上，错过了这个机会，再想要谈这个话题，就再也不可能了。

在船坞的尽头，有另一路有轨电车，这条路线沿海边走。有轨电车有六节车厢，不少乘客已经坐在车里。车厢由电气机车牵引，电能由一系列蓄电池组供应，其电压达到两百伏特，速度可以达到每小时十五至十八公里。

卡里杜斯·蒙巴邀请四重奏小组上了有轨电车，这些巴黎的客人觉得这路电车似乎就在等待他们，待他们一上去就开了。

他们所见到的乡村的风貌，同从城里到港口途中经过的花园没什么大的差别。土地同样显得很平整，耕作精细。只是草地不见了，只见一片片绿色的草原和庄稼地。就是有一点差别，庄稼地里种的是蔬菜，而不是谷物。

这时，从地下管道里喷出了人工雨水，这甘霖顷刻就降落到了方方正正的大块大块的地里。

要是天然降雨，绝不可能降得如此适量，也不可能计算得如此准确，时机也不会那么巧。

轨道沿海岸延伸，一边是海，另一边是乡村。电车就这么开了四五公里。然后，他们停在一个炮台前，这里有十二门大口径的大炮，炮台入口写着这几个字：船艟炮台。

"这些炮，同古老欧洲的许许多多大炮一样，炮弹虽上了膛，却永远不打出去。"卡里杜斯·蒙巴评论道。

这里海岸线轮廓鲜明，形成了一个海岬，非常尖长地伸入海里，就像一个船首，甚至像一艘装甲舰的舰首冲角。水流到这里即被劈成两路，溅起的水花和泡沫就洒落在船首。大概是由于海潮的作用，大海上的汹涌波涛到这里时就变成了一望无际的高低起伏，随着日落西山，波浪越来越平稳。

到这儿，又有一条有轨电车的线路，这条路线直通向市中心，而原来的这条路线则继续沿着弯弯曲曲的海岸向前伸展。

卡里杜斯·蒙巴请他的客人们换坐一路电车，并告诉他们，他们将直接回到城里。

朋友们也已经参观够了。卡里杜斯·蒙巴把他的怀表掏出来，这块表是日内瓦西万表店的杰作，是能报时的表，能发出声音来。蒙巴先生按了一下表钮，表就发出了清晰的声音："四点十三分。"

"你不会忘记我们还要登天文观测台吧？"弗拉斯高林提醒说。

"忘了登天文观测台？亲爱的朋友们，我们已经是老朋友了！我就是忘了自己的名字，也不会忘了登天文观测台呀！话说回来，我倒是小有名气，我的名字家喻户晓……还有四英里路，我们就到壮观的天文观测台了，天文观测台建在第一大街的尽头。第一大街也就是把本城分割为两个部分的那条大街。"

电车开动了，田野里还下着雨，美国人把这雨叫做"午后雨"。他们在田野另一头又看到了栅栏围起来的花园，里面都是草地、花坛和树木。

这时四点半的钟声敲响了。那是一个巨大的时钟，钟面上两个大针指着时间，钟的样子同伦敦国会大厦上的钟相似，钟就在一个四角形塔楼的正面。

在塔楼的下面，是所属天文观测台的大楼群。不同的部门位于不同的大楼里，其中有几个楼的楼顶呈半球形，系金属做成，金属球面上安有玻璃窗，可以让天文学者们追踪星体的运行。

大楼群又围绕着一个中心庭院，庭院正中矗立着一座一百五十码高的塔楼。在塔楼最高层的瞭望台上，极目眺望，由于视野里没有任何突出的建筑物，没有丘陵、山坡，可以看得到半径二十五公里远的地方。

卡里杜斯·蒙巴走在客人们前面，一个穿着华丽制服的看门人为他开了门，他进了门。在大厅的另一头，电梯设在一个小房间里，四重奏小组同主人一起进去，站好了位置。电梯启动了，轻缓平稳地上升。

四十五秒钟后，电梯就在塔楼最高层的平台上安稳地停了下来。

在平台上，立着一根旗杆，一面大幅旗帜在北方吹来的和风下飘扬。

这面旗帜是哪个国家的？四个巴黎人中没有一个能认得出来。从横向的红条白条来看，是美国国旗，但当时的合众国旗帜上应有六十七颗[①]星星闪烁光芒，可眼前却只有一颗。严格说来，这不是星星，而是一个金灿灿的太阳。在蔚蓝底色的旗帜上，金太阳在左上角光芒四射，这个图案似乎有意与真正的太阳争辉夺目，一比高低。

"先生们，这是我们的国旗。"卡里杜斯·蒙巴一边说一边恭敬地脱下帽子。

塞巴斯蒂安·左恩和他的伙伴们不知如何是好，于是也学他的样子脱帽致敬。然后，他们沿着平台向前走，一直走到栏杆边上，探身张望……

他们不禁喊了起来，这是无法言状的发自内心的呼喊——首先，他们大吃一惊，接着便成了怒吼。

整个乡村都一目了然。所谓乡村实际上只是一个规则的椭圆，周围只是一望无际的汪洋大海，穷极千里目也不见一小片土地。

可是，昨晚离开富兰绍村后，左恩、弗拉斯高林、伊夫内斯和班希纳坐在美国人的车里不停地前进，沿着两英里的公路前进……后来他们连同汽车上了渡轮，渡过了一条河……上岸后他们确实感觉到是在陆地上……说实话，一旦离开加利福尼亚的土地登上任一艘船只，他们肯定可以发现的……

弗拉斯高林转身对卡里杜斯·蒙巴说："我们现在是在一座岛上吗？"

"就像你所见到的一样！"美国人回答说，他的嘴角露出一种最亲切的微笑。

"那么，这是什么岛？"

---

① 本书是科幻小说，这里只是影射美国扩张势力向外侵略的行径，所以任意将美国的州加到67个。

"标准岛。"

"这个城市呢？"

"亿兆城。"

Chapter 5　标准岛和亿兆城

在故事发生的年代，还没有一个统计学者兼地理学家作过统计，并精确地算出分布在地球表面的岛屿究竟有多少座。说它们有好几座也不算夸张吧。在这几千座岛屿中居然没有一座能符合标准岛建造者的要求、符合该城未来居民的需要吗？没有！正因为如此，才有了这个现实的设想，即用人工建造，拼凑起一座高度机械化的美国式的岛屿。这座岛屿是现代冶金工业水平的最新集中体现。

标准岛——可以理解为"样板岛"——是一座靠螺旋推进器推进的机器岛，岛国的首都就是亿兆城。为什么称为亿兆城呢？显而易见，这个都市是亿万富翁们的城市，是巨富戈蒂、冯·代比特、鲁彻特家族①的城市。会不会有人提出反对意见，说"亿兆"这个词在英语里面不存在？欧洲及美洲的盎格鲁－撒克逊人过去一向只说"一千个百万"，而"亿兆"是个法国词……这一点我同意，可是，几年以来，大不列颠和美国人也常常用这个词了。所以说，标准岛的首都用这个词来命名倒是名副其实的。

建造一座人工岛屿，就其本身来讲并不是一个了不起的想法。只要在河流中、湖泊中，或在有足够沉积物的海里，人类具有足够的能力可

---

① 这三个家族均是当时的富豪。

以建出一座岛来。然而，光建成一座岛屿是不够的，还要考虑到这座岛屿的用途、它所需满足的要求，该岛必须能够活动，因此，它必然是一座能漂流移动的岛，做到这些就比较难了。由于现代机器的功率几乎是无穷大的，所以借助钢铁厂的产品可以克服这些困难。

求大是美国人的本性，他们对一切庞然大物都倍加赞赏。早在十九世纪末期，他们就已经计划在几百海里远的海上造起一个巨大的木筏，巨大的木筏用锚来固定。当时要是建成了，那么那里即使成不了一个水上城市，起码也是大西洋上一个泊船的地方，上面会有饭店、宾馆、俱乐部、剧院等，在那里游客们可以找到凡在海港城市所能找到的一切最时兴的娱乐。嘿，这会儿，美国人的计划实现了，并且还得到了扩充。不过，现在造起来的不是固定的木筏，而是浮动的岛屿。

在我们所讲的故事开始前六年，有个美国公司成立了，它的名称为"标准岛股份有限公司"。其资本为五亿美金，共分为五百股，公司的目标是建立一座人工的岛屿，专门为美国的大阔佬提供各种各样在地球其他居民区享受不到的优待和便利。五百股很快就被大家一抢而空，因为当时美国富翁多得很，他们的财产或来自于经营铁路，或来自于经营银行，或来自于石油产出，或来自于卤猪肉的买卖。

人们用了四年的时间建成了这座岛，我们也应当说明这座岛的幅员、岛内整体布局、移动岛的动力结构。由于有了牵引机器，这座岛能利用广阔的太平洋的最佳水域游弋。我们将用公里，而不用英里来说明岛的幅员——过去，十进制曾经招致老习惯的盎格鲁－撒克逊民族莫名其妙的讨厌，但这时候，十进制已经被采纳了。

此类浮动的村庄，在中国的扬子江上，在巴西的亚马孙河上，在欧洲的多瑙河上，都存在，只是那些浮动建筑都是临时性的，在一些树干连接起来的筏木排上建造小屋。一旦到了目的地，筏木排也就拆散了，房子自然就拆了，浮动小村庄也就消失了。

可故事中的这座岛是另一回事了。因为它需要出海，要能一直存在下去……这里说的"存在"是指人类双手造出的东西能存在多久，这座岛就最大限度地继续存在下去。

再则，据拉文斯坦[①]说，一些学者能极确切地断定，到二〇七二年，地球上的居民数将达到六十亿，谁知道哪一天居民觉得土地太窄了？那时，陆地上人满为患，岂不需要在海上建设居住区了吗？

标准岛是一座钢质岛屿，其外壳强度经精确计算，确认可以承受它所需要承受的一切重压。全岛由二十七万个钢箱组成，其中每个箱子高十六点六米，长十米，宽十米。箱子的表面积为十乘十，即一百平方米。所有这些箱子，一个个都用螺母固定，铆紧连在一起，岛表面有两千七百万平方米，即二十七平方公里的面积，制造者将岛做成椭圆形，长七公里，宽五公里，其周长凑个整数就是十八公里[②]。

岛屿浸没在海里的部分约三十码，露出水面约二十码，换句话说，标准岛满负荷时吃水十米，岛的体积为四亿三千二百万立方米，排水量是自身体积的五分之三，即两亿五千九百万立方米。

沉浸在水中的岛身钢箱表面是如何加工处理的呢？经过长期的研究，人们才找到了解决办法。发明此材料的人因此成了富翁。这样的表面可以阻止钢板同海水接触时藻类植物及其他贝壳类动物附着在钢板上。

由于岛身外壳的钢板都由高强度的牵条相互支撑，所有的螺丝、铆钉又都是就地紧固上去的，因此极其坚固，所以这座新岛的地下部分既不怕弯曲又不怕折断。

当年制造这个巨大的海上设施时，不得不配备专用的造岛基地，标准岛公司就是这么办的。他们先买下玛德琳海湾及海岸地带，它位于古

---

① 拉文斯坦（1834—1913），德国地理学家。
② 为给读者一个参考，可以提供下列数字：巴黎各城堡连接起来的城市周长为39公里。古代巴黎城墙一周为23公里。

代加利福尼亚半岛长长的岛尖部位，即差不多靠近北回归线的地方。工程就在海湾展开，由标准岛公司的工程师们指导，总工程师是著名的威廉·特森，标准岛造好几个月后他就谢世了。正如布鲁内尔①工程师一样，"巨轮东方"号还未推到水中他就与世长辞了。这座标准岛除了比"巨轮东方"号更现代化，比它更大上几千倍，又与它有什么两样呢？

大家知道，这座岛不可能在全部竣工后再被送到水里，因此，只能在玛德琳海湾的水域中一块一块地建造、一块一块地并列起来，所以美国海岸线的这一部分也就成了这座浮动巨岛停歇的港湾，当它需要维修的时候就驶入港湾，恰好嵌入。

可以说，岛的骨架以及它的钢质外壳是由二十七万个分隔钢碇组成的，除了市中心部分外，都在表面覆盖有一层植被土壤。市中心钢碇的钢板另外加厚加固。这层植被土壤足以使得一定的植物和草地生长起来，使得花坛、灌木、树丛、草坪、菜地都能生长。想要使得这种人工的土地产出谷物以供应牲畜食用，以便当地能有肉食供应，这似乎有点不大现实，这里的肉食类实际是经常依赖进口的。不过，人们也建立了一些必要的基地，使得有时也可以从岛上获得奶制品和家禽。

标准岛上四分之三的土地均有植物覆盖，面积约为二十一平方公里，公园一年四季绿草如茵，耕种的田地里作物生长茂盛，蔬菜瓜果丰盛，人工草原上有一群群牛羊在低头吃草。此外，这个地方普遍采用电气化耕作，也就是说利用直流电的效应，蔬菜生长出奇的迅速，其个头儿也格外大，例如萝卜能有四十五厘米直径，而一个胡萝卜有三公斤重。花园、菜地、果园可以同弗吉尼亚和路易斯安那州最好的花园、果园及菜地媲美。也不用为此感到惊奇，因为这座岛上的居民挥金如土，不惜工

---

① 布鲁内尔（1806—1859），英国工程师，曾参与泰晤士河的开凿工作，并参加建造当时全世界最大的船——"巨轮东方"号。

本，所以标准岛又被称为"太平洋上的瑰宝"也就理所当然了。

标准岛的首府亿兆城面积约五平方公里，或五百公顷，城区周长约九公里，亿兆城占了岛上二十七平方公里中的大约五分之一。读者在前几章已读到左恩与他的伙伴的参观经历，因此对这座城市已经比较熟悉，不会迷失方向。况且，美国的城市都非常现代化，而现代化既有得天独厚的舒适享受，又不免有美中不足。舒适，就舒适在市内交通十分便利；不足，就不足在这里基本无艺术性和想象力可言。我们知道，亿兆城是椭圆形的，分为两个部分，中间由第一大街横贯分开，第一大街长三公里多一点。岛的一端屹立着天文观测台，另一端则耸立着市政府，这也是个巨大的建筑。大楼里集中了所有公众事务的管理机关：身份档案、自来水、道路、园林、旅游、警察、海关、市场、殡葬、收容所、各种学校、宗教以及文艺场所。

现在来看看这方圆十八公里之内的居民究竟是哪些人。

目前，全世界共有十二个城市的居民超过一百万，其中四个在中国。但标准岛上居民仅一万名左右，全都是土生土长的美国人。当初人们之所以到这座人工制造的、如此现代化的岛屿上来，是为了寻求休憩和安宁，绝不希望居民间产生国际纠纷。但从宗教角度来看，他们不属于同一个教派，这已经有点麻烦了，甚至太麻烦了。现在标准岛的左半部是由美国北方人居住的，而右半部则由南方人居住①，倘若想把居住该岛的权利只提供给其中一方，会是难上加难。再说，为此，标准岛公司必然要作出很大的投资。

当金属地面构造成功、城区规划部署完毕、大街小巷的设计图已被采纳后，建岛工程也就开始了。豪华的宾馆、相对朴实的住宅、零售商店、公共建筑、教堂及寺庙都拔地而起，然而这里没有那类芝加哥常见

---

① 美国北部信仰新教的人居多，南部信仰天主教的人居多。

的"摩天大楼"。这里用的建筑材料则既轻巧又坚固。用得最广泛的抗氧化材料是铝，同样体积的铝的重量仅为铁的七分之一。正因为如此，圣－克莱尔[①]把铝称为"代表未来的金属"，它可以具备一切坚固建筑物所必须有的优良性能。然后在铝骨结构上，再加上人工石方。所谓人工石方即水泥，水泥可以随着需求而变化，砌成一定的形状。这些建筑中甚至还采用了玻璃砖，它像玻璃瓶一样中间是空心的，是用空气吹成型的。玻璃砖相互之间是用细灰浆黏合。因为玻璃砖透明，所以可以用来建造理想的玻璃房屋。不过，实际上这里采用得最普遍的技术是金属骨架构造法，如同目前造船业制造一些样品船一般。其实，标准岛还能是什么别的东西呢，它只不过是一艘巨轮罢了。

这座岛上所有的产业均属于标准岛公司。岛上的居民哪怕是家财万贯，也只不过是承租人。此外，公司早就细心地预见到富可敌国的美国人可能会提出的各种舒适要求和特殊设备。这些富翁如果同欧洲的君主或印度的富豪相比，定会使后者黯然失色。

确实，照统计数字看，全世界的黄金储备总计价值为一百八十亿，而银子的储备值二百亿。那么也就是说，"太平洋上的瑰宝"的居民手上掌握了储备价值中相当大的一部分。

再则，这宗生意一开始就财运亨通。宾馆及住宅的租金极其昂贵。其中有的年租价位在几百万以上，但照样有不少家庭毫无拮据之感，每年挥霍巨额用于租房。仅此一项收入，公司财源就滚滚而来。众位不得不承认：标准岛大都会的名字起得名副其实。

撇开这些豪门不谈，我们可以举出几百户人家，其每年的房租价位在十万至二十万法郎之间，他们家境平常，也就将就住着。其余的居民就是一些教师、供货商、职员以及服务人员，还有就是外国人，不过外

---

① 圣－克莱尔·德维尔（1818—1884），法国化学家，发明了一种制铝的方法。

国人总数波动不大，他们无权在亿兆城及标准岛长期定居。这儿律师很少，诉讼更罕见。医生则屈指可数，死亡率也低得难以相信。实际上，每位居民非常准确地了解自己的身体情况，有测力器测肌肉力量，有肺活量计测肺活量，有脉搏测量计测量心脏的收缩力，还有磁力测定计测量生命活力程度。另外，本城既没有酒吧，又没有咖啡馆，也没有夜总会，没有任何因素会引起酒精中毒，人们都不知道酗酒是怎么回事。另外，可别忘记，公共事务部门还供应电能、照明、动力、取暖、压缩空气、稀薄空气、冷气、自来水，提供气压传送信件服务及电话通信。在标准岛上，人们系统地控制一切气候的不利变化，也不受任何细菌的侵害。当然，人最终还是会死的，可是这座岛上的居民可以活好几百年，直到生命耗尽才寿终正寝。

标准岛上有没有军队？有！一支五百人的军队归斯蒂瓦特上校指挥，因为必须考虑到太平洋沿岸并非太平无事。在某些群岛附近，常有海盗出没，为谨慎起见，对于可能出现的进犯，还须做好准备。这支民兵队伍军饷很高，每个士兵的津贴高于欧洲的将帅，这也不足为奇。由政府对士兵提供住房，供应饮食、服装。征募士兵时，因条件优越应征者众多，所以可随便挑选。而负责征兵事务的长官享有极高的薪俸，同克洛伊索斯①一样富有。

标准岛上有没有警察局？有！有几个小队，这些人足以保证亿兆城的安全，因为这里没有任何滋事生非的缘由。要到这座岛居住，必须获得市政府的准许。海岸由一队海关警察日夜轮班守卫，外人只可能从码头登上岛来。坏人怎么可能进得来呢？至于当地人中，若有变坏了的，转眼间就会被捕，经审判按罪行轻重被流放到太平洋的西边或东边，流放到新大陆或旧大陆上的某个角落，罪犯将永远不准回到标准

---

① 克洛伊索斯是吕底亚的末代国王，是公元前6世纪的历史人物，因为他的国家盛产黄金而以富裕著称。

岛上来。

我们讲到过标准岛上的各港口，那就是说岛上有好几个港口？对了，有两个，它们分别位于椭圆形岛两边的两个端点。按照法国航海术语，一个港口称为"左舷港"，另一个称为"右舷港"。

在任何情况下，都不用担心定期的货轮靠不了岸而造成进口暂停，这是因为两个港口方向正相反，一旦天气恶劣，因风向关系无法在一个港口靠岸时，轮船可以在另一个港口靠岸，因此进口不会中断。无论风向怎么转，供给总是有保障的。各种商品货物的供应，包括面粉、谷物、葡萄酒、啤酒及应时的其他饮料、茶叶、咖啡、巧克力、杂货、罐头等，都通过左舷港或右舷港运入，而石油也由专门的油船运来，经两个港口输入。牛、羊、猪都是从美洲最高档的市场购进，也运入这两个港口，这就保证了鲜肉消费需求。这两个港口也输入了最挑剔的美食家所要求的食品。审美观最高雅的绅士或最典雅漂亮的女士可能会买的布料、内衣、时装也都由两个港口输入。亿兆城商店的店主以什么价钱出卖这些货物，我们不敢说出来，怕读者不相信。

说到这儿，读者会问，标准岛就其特点来说，是座活动岛屿，今天它在海岸线这一点，明天也许又到了二十英里以外的地方。在这种情况下，怎么能保证美国沿海地区同标准岛之间的船运工作定期地顺利进行呢？

答案相当简单。标准岛从不随意漂流，它是根据最高决策机关确定的计划、参照天文观测台气象学家的意见来航行的。岛屿每一次移动也是一次游览，行驶在太平洋上最美丽的岛屿之间的海域上，时而也稍稍改变航线以尽量避免温差太大的变化。因为这种冷热骤变往往引起肺部疾病。正因为如此，有一次谈到冬季时，卡里杜斯·蒙巴曾回答说：

"什么冬天？我们不懂这是怎么回事！"

标准岛仅仅航行于赤道南北纬各三十五度之间，其活动范围也就七十度纬度，约合一千四百法里①。这片海域是多么美丽，多么令人神往啊！运输的货船始终知道在哪里可以找到"太平洋上的瑰宝"，因为它的航线是预先计划好的、有规律的，大海上的那些风光旖旎的群岛犹如沙漠中的块块绿洲，标准岛就在群岛之间游移漂浮。

即使在标准岛漂浮移动的情况下，货船也不是在海上漫无目标地东寻西找标准岛的。标准岛公司不愿意利用澳大利亚中国东方开拓公司的二十五根长达一万六千英里的电缆来通信，因为标准岛不想依赖别人。其实这也并不复杂，只要在海面上安置上几百根浮标，浮标上都有终端接口，终端通过电缆同玛德琳海湾相联结。当标准岛靠近这些浮标时，可将天文观测台上的设备与浮标终端相连，这样，从岛上发出电报就可以把关于标准岛的位置信息、所处经纬度通知给海湾的人员。供货轮船因此能极其准时地把补给品送到岛上。

然而，还有一个很重要的问题值得说明：岛上所需的各种用途的淡水从何处来？

在两个港口附近有两个工厂专门生产蒸馏水，通过管道把淡水引到家家户户，或让淡水灌溉到田野的深层。这样，淡水可供家庭各种用途，也可供应街道室外各种用途，又可以化为雨水，在田野草地上普降甘霖，使得它们不再受反复无常的天气的制约。由于这种水不仅仅是一般淡水，它已经过蒸馏和电解，所以比欧美纯净的泉水更加卫生。其实欧美所谓的纯净泉水，每一滴针尖大小的水中就含有一百五十亿个细菌。

剩下来还需要说明的是这个奇妙的机器是怎么移动的。既然半年之中，从南北方向上看岛屿一直处在热带赤道附近，东西方向上总在西经一百三十至一百八十度地区附近，那么它是不需要快速开动的，每昼夜行十五到二十英里就够了，标准岛也不求更快。像这样的行动速度，

---

① 这里指古代法国海里，1400法里约合5556米。

当初完全可以考虑采用拖轮来拖的方法，把一根印度黄麻做成的缆绳绕在标准岛的两端，把缆绳的另一端接在蒸汽推动的牵引机上，那么，标准岛就可以像在某些河上拖动的船只一样来来回回了。这种黄麻缆绳既轻又坚韧，可以在深水和浅水中漂浮，即使深入海底碰到东西也不会断裂。可是要拖动标准岛这么个庞然大物，这根缆绳必须极其粗大，往往会引发事故。此外，若采取拖轮拉的办法，标准岛的行动自由就必然会受到限制，它必须受这根缆绳的束缚，必须严格走拖轮的路线。而每当涉及自由问题的时候，自由美国的公民是绝对不肯让步的。

幸好当时电气工程师已经使该行业取得了长远的进步，以至于人们已经可以用电来做一切事情，电已成了万物之灵。因此标准岛的动力源也采用了电机。两个发电厂足以使电机运转，而电机的功率可以说是无限大，发电机所供的是直流电，其电压也不需很大，仅两千伏。这组电机用以推动安装在两个港口旁边的一套强功率的螺旋推进器运转。每个推进器都有五百万马力。推进器依靠几百个锅炉烧蒸汽，锅炉采用石油做燃料，它们比煤块轻，占地面积小，不像煤焦油那样产生污染，此外产生的热量也更高。两个电厂由两名总工程师领导，名叫华逊及宋华，他们每人手下都有许多机械师及司炉协助。

最高指挥者是舰长艾戴·辛高叶。辛高叶舰长住在天文观测台瞭望塔。他始终同电厂保持电话联系，两个电厂一个在左舷港附近，另一个在右舷港附近。前进或后退的命令就由他根据已确定的航线发出。二十五日的那个夜里，就是他下命令让标准岛停泊。当时标准岛刚开始每年一次的航行，正位于加利福尼亚海岸附近。

读者中间若有人愿意通过阅读及假想而放心地登上标准岛，将能亲自参与太平洋海面的这次航行，并且经历其航程中所发生的各种曲折离奇的遭遇，那么这些人很可能会觉得很庆幸，而不会后悔。

　　现在我们告诉读者，标准岛若用足它的一千万马力开动时，其最高时速可达到八节①。当海风骤起，掀起最大的海浪时，标准岛仍然稳如泰山。由于岛身巨大，在海浪中不会颠簸，因此岛上居民也从不会晕船。登上标准岛的头几天，会有很轻微的震感，这是由推进器运转引起的，但仅此而已。岛首岛尾均有六十米的尖首，用以劈波分水，标准岛就这样四平八稳地乘风破浪，在广阔的海域漫游。

　　不用说，两个工厂生产的电能除了用于推动标准岛，还有其他的用途。这里的电还用于乡村、花园、城市的照明。正是这里发出的电使得灯塔放射出强烈的光芒，光束打到海面上，从很远就让人知道标准岛的存在，并防止发生船与标准岛碰撞的事故。也正是这两个电厂发出的电用于私人住宅以及商业区的电报、录像、传真电报及电话所需。此外，也是用这里产生的电向人造月亮供电。每个人造月亮的亮度为五千根蜡烛的亮光，能照亮五百平方米的面积。

　　当时，这台非同寻常的海上机器正在进行第二次太平洋航行。标准岛于一个月前离开了玛德琳海湾，向北驶向北纬三十五度处，然后在夏威夷群岛附近进入航程。

　　就在开到下加利福尼亚海岸边的时候，卡里杜斯·蒙巴从电话里得到消息，说四重奏小组离开旧金山后正往圣选戈去，他就自告奋勇要求帮助这几位杰出的艺术家。以后的事情读者已经知道了，他是如何对待他们的，又如何把他们请上了标准岛。

　　标准岛当时正抛锚停在离岸仅几个锚链处。读者也知道他们如何靠恶作剧奏出拙劣的噪音才使得亿兆城的音乐迷们听到美妙的室内音乐。

　　以上我们向读者介绍了世界上的第九奇迹，无愧于二十世纪的人

---

① 航行速度以"节"为单位，每小时行1海里为1节，行8海里为8节。

类智慧的杰作。现在，两名小提琴手、一名中提琴手及一名大提琴手就是该杰作创造者们的贵宾了。标准岛正载着贵客驶向太平洋西部的海域。

Chapter 6　客人被强制就范

即使塞巴斯蒂安·左恩、弗拉斯高林、伊夫内斯、班希纳都见怪不怪，处变不惊，此时此刻也很难不大动肝火，简直想扑上去揍卡里杜斯·蒙巴。他们神志清醒，蛮有把握地认为自己脚踩北美的土地，可事实上却正漂在大洋上；他们心想自己离开圣迭戈约二十英里路，人家还在等着他们第二天去开音乐会，突然间得到消息说他们正在一个漂浮的人工岛屿上，而且离开圣迭戈越来越远。在这种情况下，就算大发雷霆也是情有可原的。

幸好美国人没在场，他没成为音乐家们发泄怒气的对象。就在四重奏小组成员面面相觑、还没定下神来时，他乘机离开了天文观测台，进了电梯。所以，此刻四个巴黎人声色俱厉的指责和埋怨，他都幸免了。

"无赖透顶！"大提琴手骂道。

"畜生！"中提琴手骂道。

"咳！咳！这不，亏得他，还让我们开了开眼界呢。"第一小提琴手随便说了一句。

"那么，你就原谅他喽？"第二小提琴手问道。

"不原谅。"班希纳说，"假如标准岛上有法院，我们要让法院判他刑，这故弄玄虚的美国佬！"

"对，如果有刽子手的话，我们要让刽子手把他送上绞刑架！"左恩高声说。

但是要想做到这一切，首先还得下天文观测台，要到亿兆城的地面上去，到居民们居住的地方去。警察局也不会在一百五十码高的地方办案的。只要可以下楼，速度倒是很快的。可是电梯并没有上来，眼前看不见任何楼梯，四重奏小组在瞭望塔顶同全人类隔绝了。

起初，左恩、班希纳、弗拉斯高林发泄了满腔的怨恨和怒火，让伊夫内斯一个人在那里赞叹，接着他们平静了下来，在那里呆若木鸡。在他们的头顶上，国旗在旗杆上哗啦啦地招展。左恩咬牙切齿，想上前把旗杆绳割断，让旗帜降下来，就像一艘战舰投降时一样。但是，最好还是少惹麻烦事儿，当他拿起一把锋利的弯月刀时，他的伙伴们阻止了他。

"千万别让人家挑我们的错。"还是弗拉斯高林识实务。

"那么，你就甘心听人摆布了？"班希纳说。

"不甘心，可是也不能把事情弄得一团糟呀！"

"别忘了我们的行李正在运往圣迭戈！""殿下"双手交叉在胸前提醒大家说。

"还有我们明天的演奏会……"左恩高声说道。

"我们演奏，让他们在电话里听呗！"第一小提琴手说。他的玩笑并没能平息大提琴手气冲如牛的怒火。

我们都还记得，天文观测台位于第一大道尽头宽阔的广场中间，这条重要的三公里长的轴心大道将亿兆城划分为两个部分。而在第一大道的另一端，音乐家们可以依稀见到一个巨大的壮丽建筑，顶上有一个钟楼，钟楼建筑显得轻巧但非常典雅。乐师们猜测该建筑大约就是政府机关所在地市府大楼吧？他们设想亿兆城也该有个市长，有几个市长助理。他们倒没猜错。刚好，这时候，钟楼上的时钟开始发出清脆欢快的乐声，这乐声随着和风悠扬地飘到天文观测台上。

"听！是 D 长调。"伊夫内斯说。

"还是四分之二拍。"班希纳说道。

钟敲了五下。

"晚饭呢?"左恩嚷嚷着,"还有睡觉呢?说不定因为这混账的蒙巴,我们还得在半空中平台上过夜呢。"

要是电梯不上来,四位音乐家就像囚犯一样被困在里面出不去了,吃和睡的问题真是令他们担心。

确实,由于纬度很低,黄昏时间极其短暂,太阳很快地往地平线下落,四重奏小组的乐师们望眼欲穿,却只见浩瀚的天空与茫茫大洋连为一片,洋面上空空如也,没有一叶扁舟,也没一缕轻烟。电车在岛沿周围来回开,或连接两个港口。

此时,花园里还很热闹,从平台往下看,那里简直像一个大花篮,里面的花卉竞相开放,有杜鹃、铁线莲、茉莉、紫藤、西番莲、秋海棠、鼠尾草、风信子、大丽花、茶花,还有上百种玫瑰、蔷薇。散步的人也摩肩接踵,有成年人、年轻人。这里的年轻人可不是那种令欧洲大都市汗颜的外表英俊的纨绔子弟,而是身强力壮、体魄健壮的大小伙子。妇女和年轻姑娘们在溜达她们那些美丽的穿真丝背心、背带上带有金饰的猎兔狗。大多数女性都穿着淡黄色的服装,凡在炎热地区,大家都是偏爱淡黄色。草坪之间,偶尔会有一条条铺着细沙的小径,绅士、淑女们在小径上散步。这边有人躺在电动车的坐垫上,那边又有人坐在绿荫丛中的长凳上,再远一点,年轻的雅士们正在打网球、棒球、高尔夫,踢足球,也有人骑着矫健的马在打马球。绿草如茵的场地上,一群群儿童在游玩。美国儿童极易感情外露,他们的个性发展也比较早,特别是女孩子。有几个骑手在精心养护的跑道上驰骋,此外,又有人在紧张的游园会比赛中相互较量。

这时,亿兆城的商业区里依然不乏顾客光临。

主要干道上的活动人行道满载着客人前进。在瞭望塔脚下,天文观

测台广场上，行人不断地来来往往。若能吸引这些行人的注意，这四名关在塔上的人倒也可以解放了。所以班希纳和弗拉斯高林好几次高声叫喊起来。果然，下面的人听到了，因为他们把双手朝他们举了起来，甚至有几句话都传到音乐家们的耳朵里了。可是他们一点也没有显出惊讶的样子。看到平台上令人同情的人声嘶力竭，他们似乎一点也不觉得奇怪。至于下面人说的话，则是"再见""您好"等一些表示友好和客气的话。简直可以说，亿兆城的居民们已经得到消息：有四个巴黎客来到了标准岛，卡里杜斯·蒙巴盛情招待了他们。

"这太不像话了，他们根本不当一回事儿！"班希纳说。

"我看他们压根儿不想帮我们！"伊夫内斯接着说。

一小时过去了，这整整一个小时里，尽管音乐家们呼喊求助，但毫无成效。弗拉斯高林的苦苦请求并不比左恩的粗俗谩骂更加有效。而当到了吃饭时分，花园里逐渐变得空荡荡的，再也不见散步者了，街上游逛的人们也稀少起来。最后，那场景直叫人怒火往上冒！

"我们像是一些亵渎圣灵的人，鬼使神差般跑到了这个禁地，因为看到了不应该见到的东西，于是被惩罚，要受苦受难……"伊夫内斯回想起小说里读到的情节，对大家说道。

"他们要把我们饿死！"班希纳接口说。

"想要我们死，也没那么容易，我们会想尽一切办法来延续生命。"塞巴斯蒂安·左恩高声说。

"饿到我们不得不吃人的时候，我们就把伊夫内斯第一个吃了。"班希纳说道。

"你们想吃的时候就吃吧！"第一小提琴手似乎动了恻隐之心，声音都变了，他叹了口气，一边低下了脑袋等人给他一刀。

就在这时，塔底传来声音，电梯升上来了，停到了平台上。被关在塔中的四位客人心想，卡里杜斯·蒙巴即将出现，于是准备"回敬"他的款待。

电梯里却空空如也!

算了,君子报仇,十年不晚。受愚弄的人总会找到欺骗者的。当务之急是必须回到地面上,而摆在面前的办法就是乘上电梯。

于是,他们一行付诸行动。大提琴手同他的伙伴们一进入小房间里,电梯就启动了,不到一分钟时间,他们已经到达天文观测台的底层。

"真想不到,我们脚踩着的却不是真正的大地。"班希纳一边使劲踩着地,一边高声说。班希纳一语双关,法语中的"大地"与"第五音阶"相同,但是这样的场合开如此的玩笑,不免离谱了,所以没人答理他。门开了,四人鱼贯而出,院子里空无一人,他们穿过院子顺着广场小路往前走。

这里有几个人来来往往,但是似乎没有人对这些陌生人稍加注意。弗拉斯高林提醒左恩还是谨慎点儿,所以左恩停止发泄他的怨恨。想要伸张正义、断定是非还须诉诸当地政府部门,况且目前他们没有什么危险。回意惬宾馆,明天再去讨还自由人的人权,大家就此决定了。于是四重奏小组又走上了第一大道。

几位巴黎客有没有吸引到公众对他们的注意呢?既吸引到了,又没吸引到。有些人瞧着他们,可是并不盯着他们横看竖看,大概是因为有时也有旅游者来参观亿兆城。他们因为碰到了如此意外的非常事件,心里总觉得忐忑不安,好像别人都在注视着他们,其实却不然。此外,岛上的这些居民跑来跑去,宁愿远离同类,在我们星球上最广袤的大洋上漂流,难怪艺术家们会觉得这些人有点古怪,再夸张一点地说,简直可以把他们当做太阳系另一个行星上的居民了。

伊夫内斯就是这么认为的,他的想象力一旦被激发起来就会想入非非。班希纳则仅仅评论说:

"所有人看上去都是百万富翁,真的,他们趾高气扬的样子使我觉得似乎他们的脚下也蹬着推进器,就同这座岛一样。"

可这时候，他们的肚子咕咕直叫，午饭早就吃过，现在肠胃开始提意见了，所以他们必须尽快返回意惬宾馆。明天一早，就按先前约定的做法，标准岛上一艘轮船送他们去圣迭戈。当然，事先卡里杜斯·蒙巴应该向他们支付一笔赔偿费，这是天经地义的。

但是，当他们沿着第一大街走着时，弗拉斯高林在一幢富丽堂皇的建筑前驻足不前了。该建筑的三角形门楣上写着金光灿烂的大字："娱乐城"。大门上华丽的门拱右边是装饰着阿拉伯装饰图案的玻璃，透过玻璃窗可以见到一张张桌子，其中有的桌子已经由就餐的人占据了，在客人周围，众多的服务员正忙碌穿梭，由此可见，这里是个饭店。

"这儿有饭吃！"第二小提琴手一边用目光征询着饿慌了的朋友们，一边说。

对此，班希纳立即简单扼要地作出了回答："我们进去吧！"

于是他们一个紧接着一个进了饭店。别人似乎并不对他们特别注意，因为这家饭店经常有外国客人光临。五分钟后，饥肠辘辘的朋友们的头几道菜就已上来了，他们立即开始狼吞虎咽。这是一顿美味可口的晚餐，因为班希纳自告奋勇提出要求，所以菜是由他点的。幸好，四重奏小组的钱包鼓鼓囊囊，而且，即使他们在标准岛把钱花完，到圣迭戈后很快就可以赚回来，钱袋又会鼓起来。

这里的饭菜鲜美可口，远比纽约或旧金山饭店里的饭菜精美。饭菜都是在电炉上做的，电炉既有猛火可炸、炒，又有文火可以炖、煮。他们吃的菜有干贝汤、玉米粒烩肉、生拌芹菜、传统糕点，接着又有极新鲜的鱼、鲜嫩无比的牛排，还有很可能是从加利福尼亚草原及森林中猎来的野味以及本岛种植的蔬菜。至于饮料，完全不是普通的美国人流行喝的冰水，而是各种啤酒及勃艮第、波尔多及莱茵河流域葡萄园的佳酿。当然，我们可以想象，把这些酒运到亿兆城的酒窖，价格肯定不菲。

丰盛的酒菜使得巴黎客人恢复了体力，精情振奋。他们的想法也起了变化，也许他们对自己的遭遇看得不那么悲观了。众所周知，铜管乐演奏家们都善狂饮。奏管乐的人因为需要鼓起腮帮吹气才能发出音韵，喝烈酒还情有可原，但是，奏弦乐的人暴饮就很难被原谅了。管他呢！伊夫内斯、班希纳、弗拉斯高林都开始乐观起来，将一切都看得很顺利，甚至连亿兆富翁的城市在他们心目中都发出闪闪的金光。只有塞巴斯蒂安·左恩依旧同伙伴们的意见相左，就是地地道道的法国产葡萄酒也无法使他平息满腔怒火。

总之，到了付账的时候，四重奏小组的成员们用从前高卢人的一句话来说，已经"飘飘欲仙"了。一位穿着黑色制服的侍应长把账单交给了他们的会计弗拉斯高林。

第二小提琴手将账单浏览了一下，站了起来，接着又坐了下去，重又站起。他揉了揉眼皮，然后抬头望着天花板。

"你怎么啦？"伊夫内斯问。

"我感到一阵阵发颤，从头到脚都在抖。"弗拉斯高林回答道。

"是贵吗？"

"不仅仅贵……得二百法郎……"

"四人？"

"不，每人二百。"

真的，一百六十美元，既不多又不少。而其中的细账标出：松鸡十五美元，鱼二十美元，牛排二十五美元，而梅多克及勃艮第葡萄酒则都是三十美元一瓶，而其他的食品也差不多这个价格……

"真见鬼！""殿下"叫起冤来。

"骗子！"左恩也嚷了起来。

这些伙伴是用法语交谈的，所以倜傥潇洒的侍应长听不懂。然而他还是感觉到了事情有点不对头。这时，他嘴角露出了一丝微笑，然而，这绝不是轻蔑的嘲笑，而是奇怪的微笑。因为对他来说，四个人一顿晚

饭吃一百六十美元是完全公道的。标准岛上就是这个价格。

"别现眼丢丑的！"班希纳说道，"我们可代表着法兰西呢！掏钱吧！"

"无论如何！"弗拉斯高林答道，"先上路去圣迭戈再说吧！哪怕后天我们连买个三明治的钱都没了！"

尽管这么说，他还是拿出钱包，抽出厚厚一沓美元，还好，亿兆城里可以用美元结账，就在他要将钱交给侍应长时，听到一个人说：

"这些客人不用付账。"是卡里杜斯·蒙巴的声音。

美国佬刚走进餐厅，他一如往常，满面春风，和蔼可亲。

"就是他！"左恩大声叫道，他想要扑上去抓住他，就如他拉强音使劲按住提琴指板那样紧紧地按住这个人，不让他动弹。

"请你息怒，亲爱的左恩。"美国佬说，"请您和您的朋友们到客厅去，咖啡已经煮好了，在那儿谈可以从容点儿，谈完后我们……"

"就掐死你！"塞巴斯蒂安·左恩说。

"不，您将会吻我的手……"

"我决不会吻你的任何东西！"大提琴手叫道，他的脸上一阵青一阵白。

过了一会儿，卡里杜斯·蒙巴的客人们已躺在柔软的沙发上，这时主人则躺在摇椅中悠悠地摇着。

接着，他向客人们介绍了自己，他是这么说的。

"我叫卡里杜斯·蒙巴，来自纽约，五十岁，是知名人士巴纳姆[①]的侄孙。目前，我是标准岛的艺术总监，也负责同油画、雕塑、音乐以及一切亿兆城娱乐有关的活动。好了，现在你们都认识我了，先生们……"

"你是否有时候也当警察，"塞巴斯蒂安·左恩问道，"负责把人引诱

[①] 巴纳姆（1880—1891），一位美国剧院老板，开办了类似旧上海大世界一样的游乐场，尤以各种新奇的演出吸引观众。

到陷阱里，然后强制将他们禁闭在那里……"

"请别急着替我下结论，大提琴手，等我把话说完。"总监答道。

"我们是等着哪。"弗拉斯高林用严厉的语调说，"我们倒要听你说下去！"

"先生们，"卡里杜斯·蒙巴做出和蔼的样子接着说，"这次谈话，我只想同你们谈谈音乐。当然，我说的音乐是指现在我们标准岛上这个词的概念。现在，亿兆城里还没有剧院，但当我们需要时，剧院就会神奇地从地里冒出来。截至目前，我们的同胞通过性能高超的设备来满足他们的音乐爱好，这类设备可以播放出各个作曲家优雅的代表作品，包括古代的、现代的和当代的，还有目前最走红的。所有这些人的作品，我们都通过留声机放出来，什么时候高兴，就什么时候放……"

"你们的留声机不过是一个八音盒而已！"伊夫内斯表现出一点鄙夷不屑的样子。

"可并不是你想象的那样，小提琴独奏大师。"总监答道，"我们拥有一些设备，当你们在波士顿、费城演奏时，我们还不止一次地偷听过呢！而且，只要你们同意，你们还可以在这里为你们自己的演奏鼓掌。"

那时候，大名鼎鼎的爱迪生的种种发明已达到了十全十美的地步。留声机也已经不再是简单的刚发明时的八音盒了。由于发明家独具匠心，使得演奏者、歌唱者即时表现出的天赋才能可以像塑像或绘画一样，不折不扣地保存下来，以供后世欣赏。这种留声机再播放时，就像是回放一样，与原来的丝毫不差，就像拍照片一样，将原来形象中的每一点细微的变化都再现出来，它能把歌唱或演奏中种种奥妙传神的地方都完全忠实地表达出来。

蒙巴在叙述过程中如此热情洋溢，使得听的人为之深深感动。他提到了圣－桑、雷叶、哈列维、罗西尼、贝多芬、海顿以及莫扎特这些人的不朽作品。他谈到这些人时，似乎他对他们了如指掌，又对他们倍加推崇，好像他为他们当了半辈子的经纪人，为推广他们的作品贡献了自

己的岁月和精力，但他介绍得确实很生动。只不过，他似乎并没受到瓦格纳狂热的影响，再则，当时的瓦格纳热正在减退。

当他停下歇口气时，班希纳利用这个空隙说：

"你说的这些倒很新鲜，但是，我看得出来，你们的亿兆城从来只听留声机的声音，也就是听音乐罐头，就像人家吃沙丁鱼罐头、牛肉罐头一样……"

"请原谅我，中提琴手。"

"本'殿下'原谅你，但是必须强调一点：你们的留声机里只装着陈曲滥调，以前的东西，而亿兆城里的人从未听到过音乐家当场演奏的作品……"

"你不得不再次原谅我，中提琴手。"

"只要你请求，我们的朋友班希纳总会原谅你的，蒙巴先生。"弗拉斯高林说道，"他的口袋里装满了'原谅'，不过，他刚才的推论是正确的。即使你们可以同美洲或欧洲的剧院直接接通……"

"你认为这不可能吗，可爱的弗拉斯高林？"总监一边停止摇动他的摇椅，一边高声说。

"你再说一遍？"

"我说，这只是个钱的问题，本城居民有足够的钱可以满足他们的一切幻想、一切音乐方面的渴望，所以本城就已经办起了……"

"怎么做？"

"就在这个'娱乐城'，音乐厅里安装了剧院转播器。公司不是在太平洋海底安有许多海底电缆吗？电缆的一头连着玛德琳海湾，而另一头则连到了浮标上。于是，当有位同胞想要听欧美某一位歌唱家唱歌时，只要跟玛德琳海湾的管理员打个电话，他们将电缆同欧洲或美洲的线路接通，这儿拿起一根电缆同某一个剧院或某个音乐厅接通，那么坐在我们'娱乐城'的音乐爱好者就可以如临其境地聆听远处的实况演出，并且为他鼓掌。"

"可是，那一头的演出者听不到他们的掌声呀！"伊夫内斯说。

"对不起，亲爱的伊夫内斯先生，另有一根传回去的线，所以演出者能听到。"

接着，卡里杜斯·蒙巴先生侃侃而谈，借题发挥，讲起他对音乐的精辟见解来。他认为，音乐不单是一种艺术的体现，同时也是一种医疗手段。根据威斯敏斯特修道院詹·哈福特的学说，亿兆城的居民发现音乐能产生非凡的医疗功效。这套音乐治疗方法使他们保持着强健的体魄。因为音乐对于神经中枢能产生反作用，和谐的振动有扩张动脉血管、促进血液循环的功效，可以根据身体的需要增加或减少血流量。音乐可以通过声音的高低强弱来调整心搏的速度及呼吸运动的节奏。同时，音乐也可以促使机体组织吸收营养。因此，在亿兆城有许多"音乐转播加强站"，通过电线能将声波送到每个家庭，等等。

四重奏成员们听得目瞪口呆，他们从来也没听人从医学的角度去议论他们从事的这门艺术，所以他们听后有点快快不乐。不过，好幻想的伊夫内斯却已跃跃欲试，加入有关这个理论的讨论了。该理论可以追溯到扫罗①王朝，当时著名的竖琴演奏家大卫就曾用他的处方来治疗国王。

"对了，对了！"蒙巴在高谈阔论了一阵后，嚷了起来，"药方都是现成的，只要按照诊断来选择配方就行了。凡属抑郁气质的人，最好听一些瓦格纳或柏辽兹的作品②……"

"多血质的人最宜听门德尔松及莫扎特的音乐③，这比用溴化锶④的效

---

① 扫罗（前1020-前1000），古以色列王朝第一个王，建立了一个军事强国。年纪大后，他患有神经衰弱症，让大卫用音乐来为他治病。大卫先曾得他宠爱，娶了扫罗的女儿。后由于大卫战功赫赫，扫罗担心王位不稳，开始迫害他，他不得不流亡出走。扫罗死后，大卫成为以色列国王。
② 瓦格纳和柏辽兹的作品宽广坦荡，雄壮有力。
③ 门德尔松和莫扎特两位作曲家的作品优美柔和，温文雅致。
④ 溴化锶是当时使用的一种镇静剂。

果更好。"卡里杜斯·蒙巴接着说道。

他们聊得正热闹的时候，塞巴斯蒂安·左恩插进来，他的口气相当粗暴：

"乱弹琴！你把我们带到这里来究竟是为了什么目的？"

"因为弦乐的药效最强烈！"

"原来如此，先生！你中断了我们的旅行，阻止我们去圣迭戈，不让我们举行明天的演出，就是为了医治你们的神经病和神经症！"

"不错，亲爱的朋友们。"

"你只不过把我们当做用音乐治病的实习医生和药剂师？"班希纳大声说。

"不，先生们。"卡里杜斯·蒙巴一边回答一边站了起来，"我把你们当做才华横溢、名扬四海的音乐家。四重奏小组在美国巡回演出博得的喝彩也传到了我们岛上。标准岛公司觉得现在时候到了，应该有活生生的有血有肉的人来代替留声机及剧院转播器了，让看得见摸得着的人来演奏，给予亿兆城的居民无法言状的最高的艺术享受。公司希望首先举办室内音乐会，以后再组织演歌剧的交响音乐会。公司想到了你们，因为你们正是吸引人的室内音乐家的代表。他们把任务交给了我，让我一定要不惜代价请到你们，哪怕需要绑架也在所不惜。所以，你们是登上标准岛的首批音乐家，请你们想象一下，人们会如何热烈地欢迎你们！"

伊夫内斯和班希纳被总监热情的话语打动了。他们根本不去想一想，也许蒙巴又在故弄玄虚，糊弄人。而弗拉斯高林是个惯于深思熟虑的人，他正考虑对蒙巴的邀请是不是要认真对待。不过，说到底，在这座不同凡响的岛上，任何事情怎么可能按俗套办呢？至于塞巴斯蒂安·左恩，他坚决不肯屈服。

"不，先生，"他大声说道，"在别人不同意的时候不可以强迫！我们要去起诉你们。"

"起诉？你，你多忘恩负义呀，你该对我感激涕零才对。"总监反驳道。

"我们还要求得到一笔赔偿费呢，先生。"

"赔偿费，当我给你们比想象中的要多上一百倍的时候……"

"怎么回事？"务实的弗拉斯高林问。

卡里杜斯·蒙巴掏出了钱包，从里面抽出一张印有标准岛岛徽的纸。他把纸递给音乐家们后说：

"在这个合同上面签上你们四个人的姓名，我们这笔交易就成了。"

"不读就签字？"第二小提琴手答道，"世界上没这种做法。"

"你们绝对不会后悔的！"蒙巴接着说，他哈哈大笑起来，笑得浑身的肉都在发颤，"那么，我们就按部就班地办吧。"

"这是公司提出的聘书，合同从今天算起，一年后到期，内容为你们将演奏在美国巡回演出的那些节目——室内音乐。一年之后，标准岛将回到玛德琳海湾，那时你们及时赶到……"

"圣迭戈的音乐会，是不是？"塞巴斯蒂安·左恩高声说，"圣迭戈的人会吹口哨赶我们走的！"

"不，先生们，他们会热情地喝彩叫好，欢迎你们！像你们这样的艺术家能光临，那里的音乐迷们会受宠若惊，他们愿等你们，哪怕是等一年再听也没关系！"

对这样一位人物，还能怨他恨他吗？

弗拉斯高林拿起纸，仔细读起来。

"我们能得到什么保证吗？"他问道。

"标准岛公司的保证书，上面有我们总督西柳斯·比克斯泰夫先生的签字。"

"我们的报酬将是合同上所说的？"

"完全正确，也就是一百万法郎。"

"四个人吗？"班希纳叫了起来。

"每个人。"卡里杜斯·蒙巴微笑着回答说，"这笔数字同你们的功劳相比，只是区区一个小数，你们的才能是无法用金钱衡量的。"

蒙巴先生已经客气到顶了，再苛求会使人感到难堪的，他们都意识到了。可是，左恩还是不满意。无论对方出什么价钱，他都不同意。他坚持要去圣迭戈。费了九牛二虎之力，弗拉斯高林总算把他的火气消下去了。

对于总监先生提出的这个聘书，他们心里还存有疑问，订一年的合同，每位音乐家的聘金有一百万法郎，这事靠得住吗？弗拉斯高林再次追问时发现，这份聘书非常靠得住。

"什么时候付聘金？"

"分四期支付。"总监回答说，"第一期现付。"

卡里杜斯·蒙巴的钱包里塞满了一沓一沓的纸币。他将钞票分成四沓，每沓五万美元，约合二十五万法郎，他将钞票递给弗拉斯高林及伙伴们。

这是一种做交易的方式，完全是美国式的。

塞巴斯蒂安·左恩的心里开始一阵阵地动摇了。但是，江山易改，他的坏脾气难移，他忍不住总要从坏的角度去考虑问题，于是说道：

"说到底，这座岛上的物价，哼！一个鹧鸪卖二十五法郎，买一副手套可能就要一百法郎了，一双靴子大约要五百法郎吧？"

"哟，左恩先生，公司不会去计较这些鸡毛蒜皮的小东西。"卡里杜斯·蒙巴大声说，"四重奏小组的艺术家们在岛上逗留期间的一切生活所需都将由标准岛公司免费提供。"

有人提供如此优惠的条件，如果他们不在合同上签字，又怎么交代呢？

于是，弗拉斯高林、班希纳和伊夫内斯就签上了大名。左恩嘟嘟囔囔地说，这件事简直荒唐透了，跑到了一个机器岛上来，弄得人人都丧失了理智，走着瞧吧，这事不会有好下场……到最后呢，他还是签了字。

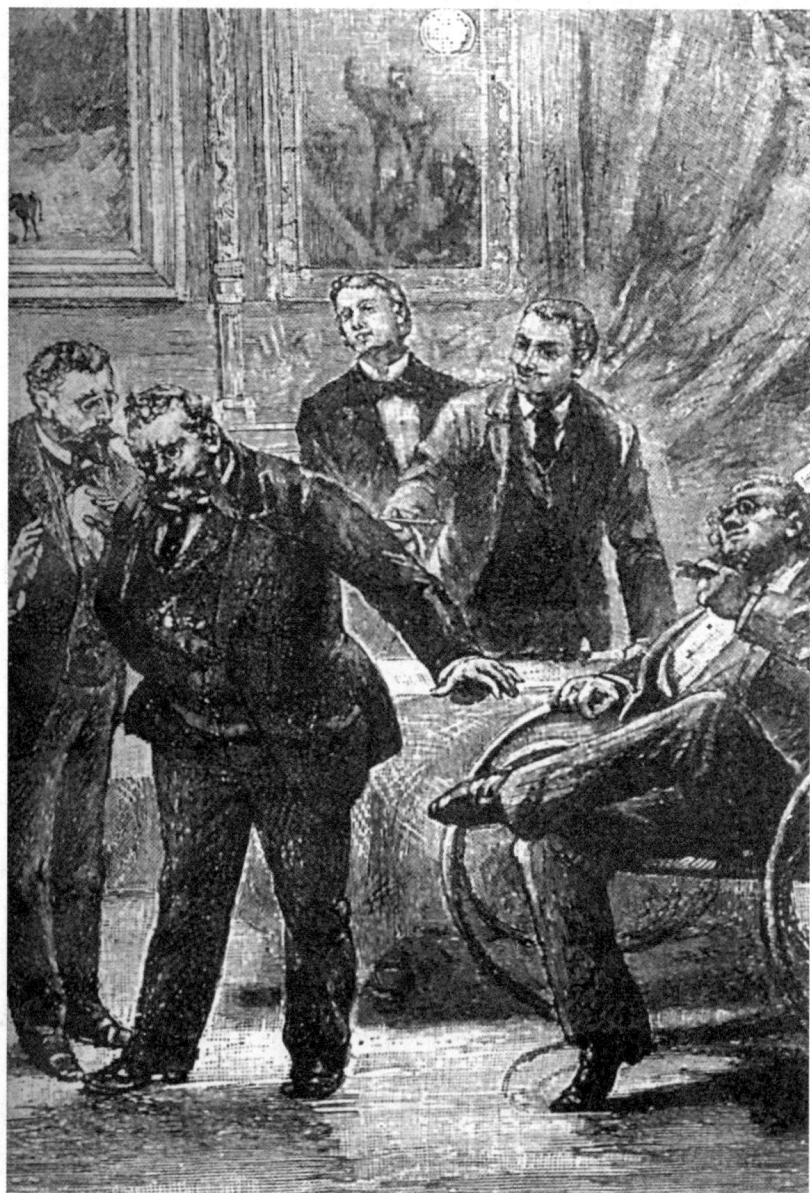

签字手续办理完毕，弗拉斯高林、班希纳和伊夫内斯虽然没有去亲吻蒙巴的手，但至少还相当热烈地握了握他的手。一共握了四下，每下都值一百万哪！

四重奏小组就这样被卷进了一场无法想象的冒险中，成了标准岛软硬兼施请来的客人。

Chapter 7 西 行

　　标准岛在太平洋上徐徐地行驶，每年的这个季节，太平洋名副其实，洋面上风平浪静。

　　塞巴斯蒂安·左恩同伙伴们一昼夜以来已经习惯于这种水平方向的平稳移动，他们甚至已感觉不到正在航行。标准岛的推进器力量巨大，有一千万马力。岛的金属外壳上只有一点点微弱的振动，岛上的人几乎感觉不到。亿兆城的地基并不抖动，在海军中最坚固的装甲舰上，人们也会感到海浪的颠簸，可是在标准岛上却一点也没有感觉。岛上的房屋建筑中，既没有防震桌也没有防震灯。有什么必要呢？巴黎、伦敦、纽约房子的地基再固若金汤，也不过同标准岛一样罢了。

　　在玛德琳海湾休息几周之后，标准岛上由公司总裁召集会议，聚集了社会知名人士召开会议，确定了本年度的航行计划。标准岛将穿梭航行于东太平洋的各群岛之间，游弋于纯净卫生的空气之中，因为洋面上的空气有丰富的臭氧，其氧气含量高，呈离子状态，普通状态下的氧气不具备臭氧层独特的电离活性。由于标准岛能自由移动，它自然要充分利用这一点，可以随心所欲地航行，既可以向西漫游，又可以向东进发。只要它愿意，就可以靠近美国沿海地区；如果它心血来潮，也可以出现在亚洲东海岸。标准岛爱去哪儿就去哪儿，目的在于享受在各种不同海域航行时的不同乐趣。甚至，当它想要离开太平洋开往印度洋或大西洋

时，它只要绕过合恩角或好望角，调整方向就行了，而且，读者可以坚信，任何海潮狂澜、暴风骤雨都不能阻止它到达目的地。

不过，他们并不想远涉重洋去如此遥远的地方。因为，在那里，"太平洋上的瑰宝"找不到这边由一连串群岛点缀的大洋所能向他们提供的优越条件。这儿优越的地理条件使他们能驶上不同的航线，标准岛可以从一个群岛开往另一个群岛，尽兴畅游。虽然标准岛没有动物所特有的本能，没有辨别方向的第六感觉把它带到它要去的地方，可是标准岛由精通航海的人来指挥，也是按照多次反复讨论后一致决定的计划来航行的。迄今为止，左舷区居民同右舷区居民对航线的意见始终没有出现矛盾。此刻，标准岛正根据关于西行的决议向夏威夷群岛行进。从四重奏小组登上岛的地方到夏威夷群岛约有一千二百法里，以普通速度开进，标准岛大约需要开一个月的时间。然后，它将在夏威夷群岛休整。到了某一天，大家同意去南半球的哪个群岛时，标准岛再重新起锚。

在那个值得纪念的日子的第二天，四重奏小组离开了意惬宾馆，在娱乐城酒店的一个套房里安顿下来。这个套房是专门向音乐家们提供的，有舒适便利的一切设施，陈设豪华，从窗口看出去，第一大街向前延伸。左恩、弗拉斯高林、班希纳、伊夫内斯每人有一间卧室，房门就开在公用的客厅里。酒店的天井中有枝叶茂密的树荫及喷泉供他们休息纳凉。天井的一边是亿兆城博物馆，另一边是音乐厅。巴黎来的音乐家们荣幸得很，因为他们将替代留声机和剧院转播器。只要他们想吃，每天两顿、三顿或爱吃几顿就吃几顿，都在这里吃，而侍应长再也不会叫他们付昂贵得出奇的账单了。

这天上午，当他们在客厅会面，即将下楼用午餐时，班希纳说：

"嘿，弹棉花的朋友们，你们对我们所碰到的事作何感想？"

"像是做了个梦。"伊夫内斯答道，"这个美梦中，我们签了个一年一百万的合同……"

"但是这却是不折不扣的现实。"弗拉斯高林回答说,"你摸摸口袋吧,首期付款,这一百万的四分之一就在兜里……"

"还得瞧这事结果怎么样呢。我想一定很糟糕!"左恩高声说,他大有鸡蛋里也要挑出骨头来的架势。

"再说,我们的行李怎么办?"

真的,行李应该在圣迭戈还给他们,现在也没法还给他们了,而他们又不能去圣迭戈提取。行李嘛,就是很简单的生活必需品,几个箱子、一些内衣、梳洗用具、换洗衣服,当然还有他们出场演出时的礼服。

实际上根本不用担这份心,他们这些衣服都已经显得有点陈旧了,两天之内,主人就会送给四位音乐家们新衣服—— 一千五百法郎一件的衣服,五百法郎一双的皮靴,都不用他们自己掏钱。

而卡里杜斯·蒙巴呢,这件棘手的事情被他安排得如此巧妙、天衣无缝,所以十分高兴,他尽量让四重奏小组的一切都尽善尽美,使他们无所再求。想要找到一个比他更加殷勤周到的总监简直是不可能的。他在娱乐城酒店也有一个套房,而该酒店里的各个部门都由他领导,公司给他的工资当然与他的气派以及慷慨相应,至于其具体数字,还是不披露的好。

娱乐城里有一些阅览室及游戏室,但是诸如"银行家"、三十点与四十点,轮盘赌、扑克牌以及其他投机性赌博,都一律严格禁止。在这里还见得到一个香烟工厂,有一家新开张的公司加工烟草,然后把烟送到每家每户。燃烟机里面的烟草燃烧生成的烟经过净化并去除尼古丁,一直通到特别装上的琥珀烟嘴,供瘾君子们吸用,他们只要将嘴凑上去就行了,管子边还装有香烟计量表,记录烟民每日的消费。

在娱乐城,音乐爱好者只能陶醉于从遥远地方传来的音乐,现在有了四重奏小组当场表演的四重奏乐。娱乐城里除了音乐厅,还有亿兆城博物馆,众多的珍藏,丰富的古代和现代绘画馆藏,可以让美术爱好者一睹许多名画的风采。这些画价值连城,其中有意大利画派的、荷兰画

派的、德国画派的、法国流派的等，连巴黎、伦敦、慕尼黑、罗马及佛罗伦萨的博物馆都会羡慕本馆的丰富馆藏。这里保存有以下画家的杰作：拉斐尔、达·芬奇、乔其奥内斯、高雷日、多米尼根、里贝拉、姆里约、吕达尔、伦勃朗、鲁本斯、古以泼、弗朗司、阿尔、豪勃马斯、范·戴克、赫班等。此外，还有一些当代画家的作品，如弗拉戈纳尔、英格雷、德拉克洛瓦、谢菲尔、卡巴、德拉罗舍、雷涅欧、库蒂尔、梅索涅、米耶、卢梭、儒勒·杜普雷、勃拉斯卡萨、麦卡、特纳、特罗阿雍、柯罗、多比尼、博德里、博纳、卡罗吕斯·迪朗、儒勒·勒菲弗、伏龙、布雷东、比内、伊翁斯、加巴内尔，等等。为了使这些佳作永不损坏，它们都陈列在真空的玻璃橱窗里。值得我们注意的是，凡属印象派、感伤派、未来派画家的作品并不多见，但是，过不了多久，大概标准岛也会受到颓废派这种瘟疫的侵袭。博物馆也拥有一些货真价实的雕像，古代的以及现代的著名雕塑家的大理石像，石像就放在娱乐城的庭院里。幸亏这里既不下雨又没有雾，因此雕塑群像、全身塑像及半身塑像都能经得住坏天气侵蚀而不受损伤。

但是，真要说这些佳作经常有人来参观，说亿兆城的富翁们对这些艺术作品有着特别的鉴赏能力，说他们的艺术感出类拔萃，那却也不见得就是这么回事。值得注意的是，右舷区的艺术爱好者比左舷区的多。此外，每当他们想要购进一个名作或代表作时，总是全体一致同意，于是，他们会在漫天开价的大拍卖中，从所有的王公贵族、从欧美的大收藏家手中抢下来。

阅览室是娱乐城中来客最多的地方，阅览室里有欧洲和美国的报章杂志。这些读物均由标准岛上的小轮船带来。标准岛同玛德琳海湾之间有固定的船班。杂志一旦经读者翻阅以及重读之后，就被陈列到书架上。书架上排列着好几千册，想把这些杂志分类，那就必须有一名年薪达两万五千美元的图书管理员来做这份工作。他可以算是标准岛上最悠闲的公务员了。本阅览室也有一定数量的有声读物，也就是说，没有必要去一字一句念，只要按一下电钮，就可以听到一个出色的播音员朗读古典名著，也许就是勒古维①在朗读拉辛②的"费德尔"。

至于"地方报刊"，是由两位总编辑领导下的娱乐城的工作室编写、排版、印刷的。一份报纸名叫《右舷新闻报》，供右舷区读者阅读；另一份报纸是《新先驱报》，供左舷区读者阅读。所谓新闻，主要讲的是社会杂事，如邮船抵达、海外消息、航海中的邂逅、各种行情价目，商业区里的人们自然很关心这些，公布标准岛每日的经纬度、岛上社会知名人士会议的决议、总督的命令以及各种身份变迁，出生、结婚、死亡（后者很少发生）。除此以外，这里从来没有偷盗、凶杀类事件。法庭只处理民事及私人纠纷。再也不见百岁寿星被登报，因为在这儿长寿已不是某几个人的福气，大家都能颐享久长的天年。

至于国际政治方面的消息，报刊通过玛德琳海湾过来的电话讯息编辑获得，玛德琳海湾有太平洋海底电缆将岛屿同外界接通。世界上发生的任何事情，只要对标准岛有一点意义，亿兆城的市民就可以知道。另外，《右舷新闻报》同《新先驱报》之间的竞争并不激烈，直到目前为止，它们和睦相处，但是我们不能保证它们间的意见交换能永远彬彬有礼地进行下去。标准岛上的宗教方面，新教与天主教都采取了仁慈为怀、妥协的态度，因此相安无事。将来，一旦丑恶的政治卷了进去，一旦有人头脑里的商业利益膨胀起来，或者个人利益及自尊荣誉受到损害时，真的，很难说……

除了这两家日报，岛上还有周刊及月刊，主要转载外国报刊上的文章，如萨尔赛、勒迈特、夏姆、富耐、戴尚、傅基叶、弗朗士③等人的接

---

① 勒古维（1807—1903），法国著名剧作家。
② 拉辛（1639—1699），法国最著名剧作家、诗人。
③ 这里列举的都是19世纪有名的专栏作家、诗人及评论家。

班人撰写的文章，以及其他著名评论家的文章。此外，还有画报及十余种俱乐部内部刊物、刊载聚会消息以及马路新闻等专谈社交新闻的小报。这些刊物的目的仅仅是为了消遣生活，让你从精神上放松一下，有时甚至是叫你开开胃口……是的！有几种小报印在可以食用的面片上，文字则是由巧克力制成的。报纸读完后，一顿饭就吃掉了。其中，有的小报吃了能止泻，有的有通便的功效，人体对这种食物报纸相当适应，四重奏小组认为这个发明既能满足食欲，又非常便利。

"这才是所谓'容易消化吸收'的读物！"伊夫内斯的评论一语双关，言之有理。

"也就是平时说的'营养丰富'的文学！"班希纳接了上去，"面点和文学再配上健康音乐，真是十全十美了！"

自然，这会儿音乐家们就想到了一个问题：标准岛要供养享有这么优越福利条件的居民，它的经济来源是什么呢？欧美任何一个国家的居民都不可能接近这个生活水平。考虑到标准岛要向各个部门提供的财力，向每个雇员直到最普通的工作人员支付的工资，标准岛上的总收入必须要高到难以相信的程度！

当他们问及这个问题时，艺术总监说：

"这儿没人做生意。我们既没有贸易公司，又没有交易所，甚至也没有工业，至于小买卖，只是为了满足岛上的生活所需。而像一八九三年芝加哥万国博览会及一九〇〇年巴黎世界博览会了之类的博览会，我们从来也不举办，绝对不办！凡商业中千方百计赚钱的原则，在这里是看不见的。我们决不鼓励人们拼命赚钱，不叫他勇往直前去赢利。只有令'太平洋上的瑰宝'前进时，我们才说勇往直前。因此，标准岛日常生活所必需的钱财，我们并不从生意中求得，而是从海关关税中获得。是的，关税足以满足预算各个方面的需要……"

"那么，这个预算有多少？"弗拉斯高林问道。

“两千万美元，朋友们。”

“那就是一亿法郎！”第二小提琴手高声叫道，“而本城只有一万个居民！”

“你说得对！亲爱的弗拉斯高林，这笔钱的唯一来源就是关税。我们不征入市税，因为本地几乎不生产什么。我们只在左舷港和右舷港两个港口征税。你可以从中看明白，为什么这里消费品那么贵。其实，贵也是相对而言的，因为对于你来说是很贵的东西，对于有一定消费能力的人来说，却是与他的财力相应的。”

于是，卡里杜斯·蒙巴重新眉飞色舞地吹嘘起来，夸耀他的城市，炫耀他的岛屿。他说标准岛是坠落到太平洋上的一颗高等行星的一部分，这是一个水土伊甸园，是明智的贤人修身养性的所在。要是在这里还找不到真正的幸福，那是因为真正的幸福根本就不存在。他活像一个流浪戏班子的班主，在门口吹牛，对过路人说：“进来吧，先生，进来吧，太太！把票子拿出来，位子很少！好戏马上要开始了……谁要买票？”

不错，位子是不多，票子也很贵！艺术总监是在玩他的把戏，一百万一百万地玩，玩得得心应手。其实，在亿兆城里，一百万只不过是一个普通的计数单位而已。

就在他口若悬河、手舞足蹈的夸夸其谈中，四重奏小组对标准岛行政管理的各个部门有了一点了解。首先，关于学校，这里实行义务必修教育制度，教育工作由教师负责，他们的工资同部长的一般高。在学校里，学生学习语文，其中包括已不再使用的古文和现代语言，学习历史、地理、物理及数学，还有一门游艺学。据蒙巴说，这里的教育比欧洲任何一所大学或学院的都好。但事实上，班里的同学们没有力争上游拔取头筹的竞争压力。目前学校里的学生，其中学还是在美国念的，所以基础还不错，今后一代一代所受的教育将会越来越少，而这些人可得的银行利息却极其可观。这是一个缺陷，人就是这样，一旦与其他群体隔离，会失去很多。

　　哟，难道这座人工岛上的人就从不出国旅行吗？他们就从来不去海外其他国家或欧洲大都会观光？不去瞻仰历史留下的杰作？不，有人去的。有时好奇心驱使他们跑到遥远的地区，但多数人在那儿会感到厌烦、筋疲力尽，觉得那里没一样东西可以同标准岛相比。他们一会儿中了暑，一会儿着了凉，一会儿得了感冒，可是在标准岛，人们是不会感冒的。因此，他们归心似箭，只想早早回到岛上，他们觉得自己当初欠考虑，不该想出这个馊主意而离开标准岛。从这类旅行观光中他们能有什么收益呢？没有任何好处。就如希腊谚语所说："如行李般游览，回家时还是这几个。"我们还想补充说：永远是这几个。

　　我们知道，自从艾菲尔铁塔建立起来，它就成了世界第八大奇迹，至少人们是这么说的，而标准岛就成了世界第九奇迹了。标准岛名声大噪后吸引来的外国人，按卡里杜斯·蒙巴的看法，永远不会很多。再则，尽管两个港口的大门可以为他们带来新的收入，岛上的人也并不希望有许多人来。去年光临本岛的人中，大多还是美国人，其他国家的人则极少或没有。但是，来过几个英国人，这很容易从他们的裤子上看出来，因为英国人借口伦敦经常下雨而把裤腿挽起来。除此之外，英国人还相当敌视标准岛的建立，他们认为这座岛妨碍了海上交通，如果这座岛消失了，那倒是大快人心的事。至于德国人，岛上的人认为，只要让他们登上标准岛，他们很快会把亿兆城变为另一个芝加哥，所以德国人受到的接待也不怎么好。由于法国人在欧洲不是喜好扩张的民族，所以在所有外国人中，法国人是最受欢迎的，最能得到关心和照顾。可是标准岛建成以来，有没有一个法国人在这儿出现过？

　　"不太可能吧！"班希纳说道。

　　"我们法国人没那么多钱……"弗拉斯高林补充道。

　　"当食利者是不太可能。"艺术总监回答，"但是当公职人员还是可能的。"

　　"那么亿兆城中还是有我们同胞喽？"伊夫内斯问道。

"有一个。"

"那么，这位名得天独厚的同胞是谁呢？"

"阿塔那兹·多雷姆先生。"

"这位阿塔那兹·多雷姆在此干什么？"班希纳高声问。

"他是舞蹈以及礼仪教师。行政部门给他一份极可观的工资，另外，他为私人上课的收入还不计在内。"

"也只有法国人才有能力教这种课！""殿下"紧接了上去。

现在，四重奏小组对于标准岛上的公众生活、政府机构有了初步的了解，他们知道自己应该怎么办，可以尽情地去西太平洋体验这次航海的情趣。要不是辛高叶舰长下令改变方向，使得太阳一会儿在岛的这边升起，一会儿又从另一边继续升起，左恩和他的伙伴们会认为自己脚踏着实地呢。在他们上岛后的半个月里，起了两次风暴，狂风大作，太平洋有时也不太平，有时也有不测风云。海涛汹涌，咆哮着冲上岛的金属外壳，掀起的浪潮淹没了岛面，犹如海浪涌上沿岸会吞噬岸边礁石一般。可是在这怒涛翻腾的海浪冲击下，标准岛巍然屹立，纹丝不动。愤怒的大洋在它面前黔驴技穷，人类的聪明才智战胜了自然力。

半个月后，六月十一日，他们即将举办第一场室内音乐会。海报在几条重要的大街上都用霓虹灯打出来。不用说，器乐演奏家们事先都已受到了总督和市府的接见。西柳斯·比克斯泰夫最热烈地迎接了他们。新闻界扼要地介绍了四重奏小组在美国巡回演出的巨大成功，并且感谢艺术总监先生的大力鼎助，尽管他的办法有点强人所难，这一点我们都已知道。能在听到音乐家、演奏大师们杰作的同时看到他们，该是多么美妙的享受啊！对于内行的人而言，能听出真味，又是多么过瘾啊！

根据娱乐城给四位巴黎人的报酬，我们也可以推想到他们的音乐会对听众是不会免费的，绝对不可能免费。就像美国剧院经理人一样，歌手每唱出一个节拍，乃至每一个音符，他们都得付出一美元，所以听众

要买票。同经理人一样，市府也想从音乐会中赚一笔钱。通常，听众要买票才能从娱乐城的剧院转播器、留声机中听音乐，这会儿票价当然要贵得多了。所有的位子都是同一个价钱：二百美元，一个带靠背的扶手椅。折成法国钱，等于一千法郎。卡里杜斯·蒙巴预计音乐厅会客满。

果然不出所料，所有的位子都预订出去了。舒适又雅致的音乐厅总共才一百来个座位。如果把位子拿到拍卖行去拍卖，谁也说不出音乐厅可以赚多少钱，这是真的，不过，这种做法同标准岛一贯的做法不符。岛上一切有市场价值的东西，都事先在市场行情表上公布，无论是对无用的东西还是对生活必需品，都一视同仁。由于岛上有的居民财力巨大，他们有可能垄断市场，所以要采取这个周密措施以避免市场混乱。

右舷区的富人去听音乐会是因为他们酷爱音乐，但是左舷区的富人们去听音乐则可能只是为了标榜自己具有艺术修养罢了，这也是事实。

当塞巴斯蒂安·左恩、班希纳、伊夫内斯以及弗拉斯高林出现在纽约、芝加哥、费城、巴的摩尔的听众面前时，他们会毫不夸张地说："这里的听众都是百万富翁。"可是，今晚若不作亿兆富翁的估计，那么他们就大大低估了实际情况。可以想一想，詹姆·谭克东、奈特·考弗莱和他们的家族都光彩照人地坐在第一排的椅子上，其他位子上坐着许许多多音乐爱好者，即使他们的家产不到十亿，也是像班希纳说的："钱包都是实实足足的。"

到了登台的时候，四重奏小组的负责人说："来吧！"

于是他们上台了，再说，他们也不比以前更激动，甚至比面对巴黎听众时更冷静，巴黎听众口袋里的钱可能很少，但在他们的灵魂里却有着更多的艺术灵感。

必须说明，尽管塞巴斯蒂安·左恩、伊夫内斯、弗拉斯高林、班希纳从来也没听过他们的同胞多雷姆上课，可是他们的穿戴却是十分整齐：二十五法郎一个的领结，五十法郎的珠灰色手套，七十法郎一件的衬衫，一百八十法郎一双的皮鞋，两百法郎一件的西装背心，五百法郎一条的黑色西裤，一千五百法郎的黑色上装——当然所有这一切都记在市府的账上。听众热烈地欢迎他们，右舷区的居民掌声特别热烈，比较起来，左舷区居民鼓掌时稍欠热情，主要原因在于两区居民在文化习性、气质上的差异。

音乐会的节目单上有四个节目，是娱乐城图书馆向他们提出的曲目，图书馆在艺术总监先生的关心下，图书资料极为丰富。四个节目如下：

> 降 E 调第一弦乐四重奏，门德尔松作品第十二号；
>
> A 大调第二弦乐四重奏，海顿作品第十六号；
>
> 降 E 调第十弦乐四重奏，贝多芬作品第七十四号；
>
> A 大调第五弦乐四重奏，莫扎特作品第十号。

在太平洋的这个洋区，水深超过了五千米，海底深谷之上的水面却正浮动着一座大岛，在岛上的音乐厅中，亿万富翁们洗耳恭听着令他们如醉如痴的美妙音乐。四重奏小组的演出获得了巨大成功，他们也受之无愧，特别是右舷区的音乐爱好者更成了音乐发烧友。看看艺术总监先生吧，在这个令人永远铭记在心的晚会上，他欣喜若狂，好像是他在亲自演奏一样，似乎两把小提琴、一把大提琴和一把中提琴都是他一手拉的。这一切，对于四重奏小组的四名佼佼者来说，对于艺术总监来说，都是一个多好的开端啊！

除了室内爆满，我们留意一下即可发现，娱乐城门口也是人山人海。确实，有许多人非但没买到票，连加座都搞不到，况且另外还有些人付不起高价票。所以音乐厅外面的人只能找一个立锥之地，远远地听，乐声宛如从留声机音箱中或电话间里发出来的，尽管如此，外面的掌声也一样此起彼伏。

当音乐会结束时，塞巴斯蒂安·左恩、伊夫内斯、弗拉斯高林和班希纳在左侧平台上亮相时，周围响起了震耳欲聋的掌声。第一大街上灯火辉煌，高空的人造月亮自上倾泻如同白昼般的亮光，使得月亮神塞勒涅[1]都得相形见绌。

在娱乐城对面的大街上离人群一段距离处，一对夫妇引起了伊夫内斯的注意。男人站在那儿，一名妇女挽着他的胳膊。男子的身材高大，气宇轩昂，显得相当严肃，甚至有点忧郁的表情，看上去五十来岁的样子。他身边的妇女比他年轻几岁，身材高挑，有几分清高的样子，帽子下面露出了几绺白发，岁月不饶人啊。

他们矜持的态度使伊夫内斯有点奇怪，他指给卡里杜斯·蒙巴看。

"他们是谁？"他问艺术总监。

"这两个人？"艺术总监回答道，他的嘴往上努了一下，显出鄙夷不屑的表情，"无非就是发烧友呗！"

"那么他们为什么不买两张音乐会的门票？"

"大概是买不起吧。"

"那他们的家产该有……"

"只有二十万法郎的年金罢了。"

"才那么点儿！"班希纳说道，"这些可怜虫究竟是谁呢？"

"马列伽利亚的国王和王后。"

---

① 这里所说的塞勒涅即前面提到过的月亮女神狄安娜。

Chapter 8 航　行

标准岛公司在建成这个不同寻常的航海机器后，面临两个需要：第一，必须建立航海管理机构；第二，必须建立行政管理机构。

大家知道，航海管理机构的领导，说得更确切点儿，是船长，那就是艾戴·辛高叶。他原来在美国海军服役，五十岁，有着丰富的航海经验，对太平洋沿海地带包括海潮、风暴、礁石、珊瑚礁都了如指掌。因此他胸有成竹，具备足够的能力来指挥标准岛航行，也能面对上帝、面对标准岛公司的股东们负起千斤重担，即为岛上富豪们的生命财产负责。

而行政管理机构包括各个行政管理部门，则由标准岛总督领导。西柳斯·比克斯泰夫是北美缅因州人，在南北战争这场同室操戈、兄弟相残的斗争中，缅因州是合众国中参与战争最少的一个州。正因为如此，岛上左舷区和右舷区的人都幸运地选中了他，认为他是个不偏不倚的合适人选。

标准岛总督已经临近六十，独身一人。他是个冷静、自制能力很强的人。他表面上无动于衷，内心却是充满活力，由于他谨慎持重，颇具绅士风度，他的一言一行都体现了外交家的审慎，所以很有英国人的气派。若不是在标准岛，在任何其他国家，他可以成为一位举足轻重的人物，因此也必然会受到大家的尊重。但是在这里，他仅仅是公司的一位高级职员。此外，尽管他的薪俸等于欧洲一个小国君主的年俸，但算不上有钱人，在亿兆城的阔佬面前，他怎么算得上一位大人物呢？

西柳斯·比克斯泰夫既是标准岛总督，又是首都的市长。作为市长，他就是市府机关的主人。市府大楼耸立在第一大街的一头，与天文观测台遥遥相对，艾戴·辛高叶就住在天文观测台。市政府的各个办公室就在市府大楼里，一切身份证件手续，出生、死亡、婚姻手续都在这里办理。标准岛上的出生率足以保持岛上的人丁不减少，岛上的人死后就被葬入玛德琳海湾公墓里。至于婚姻，按照标准岛法典的规定，新人先到市政府登记，办理行政仪式，然后再举行宗教仪式。行政管理的各个部门都在市府大楼办公，岛民对他们的工作从来没有怨言，故此，市长及其助手们的信誉卓著。

当艺术总监把塞巴斯蒂安·左恩、班希纳、伊夫内斯、弗拉斯高林介绍给总督时，四个伙伴对总督的亲自接见产生了良好的印象，在他们心目中，总督是一个善良正直、讲求实际，既不带有偏见又不会不着边际地空想的人。

"先生们，"他对他们说道，"请到你们，我们真是三生有幸。也许，我们艺术总监所采取的办法并不是很礼貌的，可是我相信，你们会原谅他的。再说，你们对本市也没有什么可抱怨的。市府只要求你们每月举行两次演奏会，其余时间由你们自由安排，可能有人会向你们发出邀请，你们可以接受私人邀请。你们是技艺精湛的音乐大师，市政府衷心地向你们致敬，市政府也永远不会忘记你们是我们有幸接待的首批艺术家。"

四重奏小组得到如此优厚的待遇，受宠若惊，也毫不掩饰他们的满意。

"是的，西柳斯·比克斯泰夫这个人非常可亲。"艺术总监稍稍耸了一下肩膀回答说，"很可惜，他没有十亿二十亿的财产。"

"十全十美的事情天下难找。"班希纳接口说道。

标准岛总督兼亿兆城市长有两位副手，他们帮助他处理标准岛上相

当简单的行政事务。他们手下又有为数不多的几名职员分别管理各个不同的部门，这些公职人员待遇也相当不错。市议会根本不存在。何必再去搞一个呢？已经有了一个由社会贤达名流组成的知名人士会议替代了市议会。社会知名人士会议由三十来名最聪明干练、最富有的资深人士组成。当要采取某一个重要行动时，就举行协商会议。所谓重要的行动也包括确定航行路线。决定航线时，必须考虑到全岛卫生方面的利弊因素。就像巴黎朋友们所见到的，有时在这个问题上倒是有不少东西可以讨论的，而且想要达到一致意见也颇费周折。然而迄今为止，由于西柳斯·比克斯泰夫巧妙和明智的斡旋，他总能使得原本相互对立的利害关系调和起来，又使得他领导下各方的自尊心不受到伤害。

这是大家商量好的结果，在市长先生的两位副手中，一位是新教教徒，名叫巴特勒米·卢日；另外一位是天主教教徒，叫于伯莱·哈库。两位人选都来自标准岛公司的高级管理干部层。他们俩都尽职尽力地辅助西柳斯·比克斯泰夫工作。

就这样，一年半以来，标准岛有着完全的独立自主权，甚至同外国没有外交关系，在无边无际的太平洋上自由地驰骋，到它愿意去的天地航行，一切恶劣的气候都不能影响到它。

四重奏小组将在该岛上居留整整一年。也许这一伙人会有某些奇异遭遇，也许将会有预见不到的祸福，他们既无法去想象，又不知怎样担心害怕，反正，无论大提琴手说什么，一切都按部就班、正确无误地进行着。可是，人类的智慧在创造了这样一座人工岛屿，又将它置于大洋之上时，是否已经超越了上帝创造人时所赋予人的权力？

标准岛继续西行。每天当太阳越过子午线时，由艾戴·辛高叶舰长指挥的天文观测台工作人员就确定一下本岛的方位。市府大楼钟楼的每一个侧面都有方位盘，从四个盘上都看得出本岛目前所处的精确经度及纬度，这消息还通过电报传到十字路口、宾馆、政府机关大楼及私人住

宅内，同时由于向西航行或向东航行有时差，所以当时的标准时间也与方位一并传送。亿兆城的居民时时刻刻都能知道标准岛已经走到航线上的什么地方。

除了在太平洋洋面上移动外，亿兆城同欧美大陆上各个大都市没有什么差别，况且它的移动也使人感觉不到。生活在标准岛上跟生活在这些大都市里一样，不论是公众生活还是私生活，其情况也一致。总的说来，演奏家们并不忙碌，一有空就先去参观"太平洋上的瑰宝"里隐藏着的奇异事物。他们乘有轨电车游遍了整座岛屿。两家发电厂使他们赞叹不已：如此简单的生产指令就能操纵机器，机器的功率又如此强大，可以推动一对螺旋推进器。这两家电厂，一家由华逊工程师领导，另一家由宋华工程师领导，他们的工人自觉地遵守纪律。每隔一定的时间，根据当时的地理位置，在哪一个港口靠岸更加方便，左舷港或右舷港就在它的泊船区内接收指定为标准岛补给的船只。

塞巴斯蒂安·左恩固执己见，不愿意赞赏标准岛上的美妙世界，弗拉斯高林的反应比较理智，伊夫内斯这位热情洋溢的年轻人则始终兴奋异常，情绪始终很激动。按他的观点，二十世纪里，水上浮动城市必将应运而生，海上一定会有一座座城市随波逐浪驶来驶去。将来，水上城市必然是最进步最舒适的环境。设想一座活动岛乘风破浪去大洋洲拜访它的姊妹城市，该是多么新鲜的景象！

至于班希纳，在这挥金如土的地方，他听别人谈论几百万元时就像其他地方的人说二十五个金路易①那样轻巧，这使他特别神往。这里大额纸币司空见惯，口袋里的零钱就有两三千美元。"殿下"不止一次地对弗拉斯高林说：

"老朋友，你身边有没有五万法郎零钱？"

① 金路易是法国古时货币，一个金路易合当时的20法郎。

在这段时间里，他们深信到处都会受到热情的接待，所以四重奏小组已经结识了几个朋友。此外，在蒙巴先生不厌其烦的关照下，谁还会不赶紧殷勤地接待他们呢？

首先，他们去拜访了同胞阿塔那兹·多雷姆——舞蹈兼礼仪教师。

这位正直的先生住在右舷区第二十五大街一幢普通的房子里，房子的租金约三千美元，一位老年黑妇人伺候他，月薪是一百美元。能结交一些法国人、一些为法国争得荣誉的同胞，他很高兴。

这是位七十岁的老人，身材瘦削、矮小，目光依然炯炯有神，一口牙齿都还完好，满头浓密的微微卷曲的头发都已白了，胡子也一样。他迈步相当稳健，从容不迫，上身朝前倾，腰部有点躬，臂膀圆圆的，一双脚有点外"八"字，穿着无可挑剔的皮鞋。音乐家们很高兴和他聊聊。他也很乐意，正准备打开话匣子呢，因为他最擅长的两样东西，除了礼仪，就是长谈。

"我真高兴，亲爱的同胞们，我真高兴。"当音乐家们第一次登门时，他重复了不知多少遍，"见到你们，我实在太高兴了！你们想到来这个城定居，是个极好的主意。你们不会后悔的，现在，我已经完全习惯本城的生活了，我怎么也无法设想再换一种方式生活！"

"那么，多雷姆先生，您到这儿来了多久了？"伊夫内斯问。

"一年半了。"教师回答道，一边把他的脚缩回来，成了舞步中的第二步定位，"我是标准岛基金会的成员。我原来在新奥尔良谋事，由于那里的人对我印象极好，有口皆碑，所以，我们敬爱的标准岛总督西柳斯·比克斯泰夫先生把我聘来了。打这个值得庆幸的日子起，我就在此办一所舞蹈及礼仪学校，由此所得的薪金使我可以在这儿生活得……"

"像一个百万富翁一样。"班希纳大声说。

"啊，百万在这儿只是……"

"我知道，我知道，老乡，但是听艺术总监先生说，似乎舞蹈学校的

学员并不多……"

"我只在校外收学生，老实告诉你，而且我只收一些年轻小伙子。美国姑娘都认为自己生下来就礼貌、优雅。因此，小伙子们喜欢偷偷摸摸地学习礼仪。我呢，就这样，不知不觉中把法国的礼仪习惯都灌输给他们了。"

他一边说一边微笑，还装模作样，活像一个卖弄风情的半老徐娘，他刻意作出各种优雅的姿态。

阿塔那兹·多雷姆是庇卡底桑代尔人，少年时离开法国来到美国，在新奥尔良定居。在四重奏小组刚依依惜别的路易斯安那州，在当时的法裔移民中间，他有的是发挥才能的机会。他曾在当地几个大家族执教，成效卓著，并也积蓄了一些钱。可他的积蓄有一天被一名美国佬巧取豪夺卷走了。当时，标准岛公司正在推广它的计划，大做广告，建岛工程即将上马，并正动员超级巨富们来参加，这些人靠铁路、矿山、油田、鲜咸猪肉买卖等赚下了无数的财富。于是，多雷姆想出了点子，要求新兴城的市长给他一份工作，因为他认为在新城市里，他这种教师不会遇到什么竞争。好在他还同考弗莱家族相识，因为该家族也来自新奥尔良，其族长又即将成为亿兆城右舷区最富声望的人物之一。在考弗莱的推荐下，他被接纳了。这就是一个法国人，一个庇卡底人之所以出现在标准岛公职人员中间的由来。他说得对，他的课只在家里教授，而娱乐城教室里从来只有教师自个儿对着镜子思索。这也没什么关系，他的薪水并不因此减少。

总而言之，他是个好人，有点可笑，有点怪癖，还相当自负，深信自己有舞蹈家韦斯特里以及罗马教皇圣莱昂的遗风，又具备"摩登皇帝"布鲁梅尔①以及西摩爵士的传统。另外，在四重奏小组成员看来，

———————————
① 布鲁梅尔（1778—1840），英国绅士，外号"摩登皇帝"。

他毕竟是个同胞，在远离法国几千里外，这一点是无论如何不可等闲视之的。

于是四个巴黎人把最近的遭遇告诉他，他们在什么情况下来到标准岛，卡里杜斯·蒙巴是如何引诱他们上岛——说"引诱"并不过分——当他们登上岛后几小时，标准岛又怎么起锚远航了。

"对我们艺术总监的所作所为，我觉得没什么可大惊小怪的。"老教师回答道，"他的骗人伎俩不一而足，这只不过是其中一个小花招罢了。他耍过不知多少花招，也定会继续耍下去！巴纳姆家的后代有这种传统，他总有一天会连累公司的……真是一个肆无忌惮的人，他倒是很需要听听礼仪课……他同他们美国北方来的人一样，一坐到椅子里，两只脚就会跷到窗台上去。说到底，他人倒不坏，但总是有恃无恐，什么事都能做。不过，同胞们，你们不要怨恨他，因为，除了耽误圣迭戈的音乐会使你们扫兴之外，你们反倒应该为来到亿兆城而感到庆幸。这里的人将会非常敬重你们，你们将深受感动……"

"特别是每到结算工资的时候！"弗拉斯高林紧接着说，现在，他作为演奏班子的出纳员，职能变得格外的重要。

他们询问阿塔那兹·多雷姆，岛上左右两舷区是否有对立情绪。多雷姆证实了蒙巴的说法。据他的看法，这就好比是地平线远处出现了一个黑点，将来甚至会变成暴风骤雨。在左舷区居民同右舷区居民之间，人们害怕会发生利害冲突及相互间伤害尊严的事。谭克东家族与考弗莱家族——本地最富的大家族，相互嫉妒猜忌，而且正在变本加厉，如果某种办法不能使他们相互妥协，也许冲突就会爆发。会的，一旦爆发的话……"

"只要标准岛不爆炸，就不用我们操这份心。"班希纳说。

"至少，我们住在岛上的时候，别发生这种事。"大提琴手说道。

"哦，它是非常坚固的，亲爱的同胞们。"阿塔那兹·多雷姆回答说，

"一年半以来，它在海上转悠，从来也没发生过任何意外事故，仅仅做过一些小修理，这类小修根本不必到玛德琳海湾停泊下来再修。你们想想，这是钢板做的！"

这个回答足以驱散一切疑虑了。世界上只有钢板才有绝对的保证，难道还有别的金属更加可靠吗？钢是由铁微量碳化而炼成的，而我们的地球本身只是一个巨大的碳化物而已，它还能是什么其他物质呢？那么，标准岛就跟地球一样坚固，只是它的体积小一点罢了。

这段话启发了班希纳，他问教师对西柳斯·比克斯泰夫有何看法。

"他也是钢铸铁打的吗？"

"是的，班希纳先生。"阿塔纳兹·多雷姆答道，"他精力充沛，是名干练的行政管理者。可惜的是，在亿兆城，光是钢铁做的，还不能左右……"

"必须是财神爷。"伊夫内斯接了上去。

"你说得对，否则他就是无足轻重的人！"

这句话讲到了实处。西柳斯·比克斯泰夫尽管身居要职，他还只是公司的一名职员。他管理一切身份手续，负责征收关税，管理公共卫生，甚至扫街及田园养护，还负责接待纳税人的上访——一句话，专门做大多数居民的冤家，不做任何其他事。在标准岛，人是要用财富来衡量的，而教师说了："西柳斯·比克斯泰夫排不上。"

此外，他的职责迫使他严守在两派中间持不偏不倚的立场，采取调和的态度，绝不能冒亲一派疏一派的风险，搞政治真不容易啊。

确实，已经看得出一点苗头来，将来两大派之间很可能会爆发冲突。右舷区居民到标准岛上来是为了平静地生活，享受他们的财富，但是左舷区的居民却已经开始惋惜他们有那么多生意不做，他们想：为什么不能利用标准岛做商船，为什么不装载货物运到大洋洲的各个海外商行去，为什么标准岛上不兴办实业……简言之，尽管左舷区的人上岛还不到两年，这些北方佬以谭克东为首，积习难改，又想做生意了。虽然到目前为止，他们仅仅口头上说说，但是西柳斯·比克斯泰夫总督已心事重重。他希望，将来矛盾不要激化，内部的意见分歧不要破坏标准岛的安宁，因为这座岛本来就是为了享受安宁而特意建造的。

辞别阿塔那兹·多雷姆时，四重奏小组答应再来探望他。通常，每天下午尽管教室里空无一人，多雷姆老师都去娱乐城的教室。因为他不愿意听别人说闲话，说他不守时，所以这天他还是去了，去那里空候着学生。同时，他在教室里没人使用的镜子前备课。

日复一日，标准岛的位置向西推移，同时略往西南方向偏一点，以便靠近夏威夷群岛。目前，看纬度他们已接近热带，气温已相当高。倘若没有阵阵海风吹来，亿兆城的居民会热得受不了。幸好，夜里非常凉爽。而且即使在大伏天，草坪、树木都呈一片青翠，赏心悦目，这是因为有人工降雨系统进行浇灌。每天正午，市府大楼钟盘上标出的地理方位通过电报发往各街区。到了六月十七日，标准岛的方位在西经一百五十五度、北纬二十七度处，它已靠近热带了。

"简直像是太阳在拖着它走。"伊夫内斯诗兴来了，"或者，说得文雅点儿，是阿波罗神①把我们套在了他的马车上。"

这个感想既准确又富有诗意，不过左恩听后只耸了耸肩膀。他才不愿意扮演这样的角色，被人牵着鼻子走，何况他根本就不同意登上这座岛的……

"再说，走着瞧吧，这种事情结果不会妙！"他几次三番重复这句话。

每天，当许许多多的人在公园里散步的时刻，四重奏小组基本上都会去那儿蹓一圈。那儿有的人骑马，有的人步行，有的人坐车，但凡亿兆城里有点名望的人物这时都会在草坪周围相遇。社交场的太太小姐们

---

① 阿波罗神是希腊神话中的太阳神，他驱马车走一圈就是一天。这里指标准岛离热带近，始终紧跟太阳。

到这个钟点已经穿上一天的第三套服装了，这套服装是单色调的，从帽子一直到高筒皮靴都是同一种颜色，衣料通常是印度绸，今年流行印度绸。岛上的妇女也常常用人造纤维丝，穿上能闪闪发光，甚至还用杉木松木制的人造棉服，面料上没有纹路，非常平滑。

织物能由人造，使得班希纳又发表他的见解：

"将来，你们会看到，人们为忠诚的朋友做衣服时用常青藤，为寡妇做衣服时用垂着脑袋的垂柳。"

亿兆城里的富太太及阔小姐们，对凡不是从巴黎来的面料，她们绝不肯接受，对凡不是由巴黎时装之王设计的服饰，她们绝对不穿。我所说的这位时装之王就是公开宣扬以下至理名言的那一位，他说："女人漂亮不漂亮，仅仅在于打扮。"

有几次，马列伽利亚国王及王后在活跃的绅士淑女中间走过。国王夫妇失去了君主的权贵，倒赢得了我们音乐家们实实在在的同情。看着这对庄严肃穆的夫妇手挽手，音乐家们心里想什么呢？在富可敌国的人中间，国王夫妇显得比较穷酸，可是人们感觉得到，他们有一种自豪感、一种尊严感，就像已经摆脱了尘世间一切世俗观念的先哲。其实，标准岛上的美国人也很得意，因为有位国王愿意来当平民。大家也都保持了对一位从前国王的尊敬。四重奏小组呢，每当在大街上或公园小路上遇见国王夫妇，都会对他们毕恭毕敬地致礼。国王及王后对法国式的礼仪也颇为感动。但是，总体来讲，国王和王后陛下在岛上的地位并不比西柳斯·比克斯泰夫高，甚至还不及他。

说实在的，害怕航行的旅客倒应该坐在一座移动的岛上航海。在这种情况下，根本不用担心大海上的各种不测风云及事故。标准岛有一千万马力，热带上升的洋流影响不到它，它有足够的力量劈风斩浪。如果说撞船是一种海上事故，对标准岛却不成问题。任何船只哪怕开足马力扯起满帆冲过来，也只是鸡蛋碰石头，只能自认倒霉。何况标准岛上有铝箔制成的人造月亮，每到夜晚，电光将天空照得似白昼，港口、船首和船尾都在灯光之下，因此也不用担心会发生碰撞事故。至于暴风雨，更加不值一提，任何惊涛骇浪面对标准岛时都无法再肆虐。

可是当班希纳和弗拉斯高林散步到标准岛的岛首或岛尾时，也就是到了船舷冲角炮台或船舰炮台时，他们俩达成一个共识，即标准岛缺乏海岬、岬角、海湾及沙滩。标准岛的岛沿只是用几百万个螺母和铆钉铆起来的钢铁长堤。若有个画家来画这座岛，他必然会感叹，这里没有嶙峋粗糙的崖石，涨潮的时候，浪涛拍岸，轻抚着这些崖石上的藻类植物，那种诗情画意尽在不言中。无须多说，工业即使能生产出奇迹来，也比不上大自然的隽美秀丽。尽管伊夫内斯无时无刻不佩服得五体投地，他也不得不承认这一点。在这座人工制造的岛上确实缺少本来世界的自然痕迹。

六月二十五日晚上，标准岛穿越了北回归线，到了太平洋靠近热带的边缘海域，这时，四重奏小组正在娱乐城音乐厅里进行第二次演出。要知道，由于首次演出的轰动效应，票价上涨了三分之一。

票价贵也没关系，音乐厅还是显得太小了。发烧友们竞相争订座位，很明显，室内音乐的确对健康大有裨益，没有一个人会对它的治疗功效产生怀疑。根据处方，这次还是采用莫扎特、贝多芬、海顿的作品来治疗。

演奏者获得了巨大的成功，如果台下是巴黎听众的一片喝彩声，他们自然会更加兴高采烈。但是一旦不是巴黎听众在台下，对于伊夫内斯、弗拉斯高林和班希纳来说，亿万富翁在台下鼓掌叫好，这样也可以知足了。唯独塞巴斯蒂安·左恩始终表现出绝对的轻蔑态度。

"我们还能要求他们做什么呢？"伊夫内斯说，"我们正在穿过北回归线……"

"热带音乐仪式①！"班希纳又来搞讨厌的文字游戏了。

---

① "北回归线"同"热带音乐仪式"是同一个词，一语双关。

　　当他们走出娱乐城时，在那些掏不出三百六十美元买一张入场券的人中瞥见了谁？马列伽利亚的国王和王后正可怜巴巴地站在门口"听壁脚"。

Chapter 9　夏威夷群岛

　　在太平洋的这个地区，海底有从西偏西北到东偏东南方向绵延约九百法里的一座山脉，而山脉同大洋洲其他陆地之间有四千米深的沟壑相隔。这座逶迤的山脉共有八个高峰，分别是尼华、考爱、瓦胡、莫洛凯、拉奈、毛伊、卡胡拉韦、夏威夷。这八座岛屿大小不一，组成了夏威夷群岛，又称做桑德维奇群岛。整个夏威夷群岛除了向西延伸的呈分散状的礁石外，其他都位于热带之内。

　　班希纳、伊夫内斯、弗拉斯高林让左恩在旁边发牢骚，他对大自然一切稀奇古怪的东西一律无动于衷，就像提琴在琴盒里，他把自己同外界隔绝了。而三位朋友却另有想法，并且很有道理，听他们说吧。

　　"说真的，能来夏威夷群岛参观，我倒觉得不枉此行。"其中一个说，"既然我们将跑遍太平洋，最好带上对它的回忆回去。"

　　"最好让我们遇到一些真正的尚未开化的土著居民、夏威夷群岛上的自然部落、一些吃人肉的人，免得老是看那些鲍尼人、西乌人、印第安人，都看腻了，美国最西部的这些土著受到现代文明的影响太多。"另一位补充道。

　　"夏威夷人现在还吃人肉吗？"第三个人问道。

　　"但愿他们还吃。"班希纳非常严肃地回答，"是他们的祖父吃掉了库克船长。一旦祖父尝过这位著名航海家的滋味，他的子孙必然会垂涎人

肉的香味！”

必须承认，"殿下"用这种口吻讲述一七七八年发现夏威夷群岛的英国航海家，确实属大不敬。

从这番谈话中我们可以听出的内容是：音乐家们希望在航行之中能遇到真正的土著居民，并且希望在土著居民作息生活的地方遇到他们，而绝不是看到在经过风土驯化了的花园中展出的形象。所以他们迫切地需要到达夏威夷群岛，他们每天都等候瞭望台观察哨向他们报告夏威夷群岛前沿岛屿的出现。

七月六日早晨，期望的事情发生了。消息不胫而走。娱乐城的标牌上用传真打出了这句话：

"标准岛已望见夏威夷群岛。"

是的，还有五十法里的路，但是由于天气晴朗，群岛最高的夏威夷诸山峰海拔达四千二百多米，远远望过去还能看得出轮廓。

标准岛从东北方向驶来，艾戴·辛高叶舰长下令驶向了瓦胡岛，该岛的首府是檀香山①，檀香山也是夏威夷群岛的首府。由北往南，瓦胡是第三座岛。尼华岛则是一座巨大的畜牧场，考爱岛在它的西北方。瓦胡岛只有一千六百八十平方公里，而夏威夷岛却有一万七千多平方公里，所以瓦胡岛远不是第一大岛。至于其他的岛屿，其面积总和仅三千八百一十二平方公里。

不用说，巴黎艺术家们从一出发就同标准岛的主要官员们建立了友好的关系。总督先生、舰长、斯蒂瓦特上校以及两位总工程师华逊及宋华，所有的人都亲切殷勤地招待他们。他们也常常去天文观测台参观，在瞭望塔台上流连忘返。正因为如此，音乐家中最热情奔放的两位——伊夫内斯和班希纳，这天早上十点钟光景又来到此地，也不是什么出人

---

① 檀香山即火奴鲁鲁，华人通常称其为檀香山。

意料的事了。电梯将他们俩送到了"桅杆"顶上,"殿下"是这么称呼瞭望塔顶的。

艾戴·辛高叶舰长已经在塔台上,他把望远镜递给两位朋友,建议他们观察一下重重迷雾之下西南地平线上的一个黑点。

"这就是夏威夷岛上的冒纳罗亚。"他说,"或者是冒纳凯亚,是两座壮丽的火山,在一八五二年及一八五五年喷发过,流出来的岩浆覆盖了岛面上七百平方米的地方,而一八八零年的一次火山爆发喷出的物质达七亿立方米!"

"了不起!"伊夫内斯答道,"舰长,你说我们有没有运气看到这等壮丽的景象?"

"这倒很难说,伊夫内斯先生。"艾戴·辛高叶回答说,"可惜火山不听舰长的命令。"

"哟!只须叫它喷一次,而且采取一切防护措施呢?"班希纳补充说,"如果我和谭克东先生和考弗莱先生一样腰缠万贯,我宁肯出高价买个火山爆发来欣赏欣赏……"

"那敢情不错!我们同他们谈谈。"舰长微笑着回答,"我毫不怀疑,只要你们几位高兴,他们会尽一切努力的。"

说到这儿,班希纳插进来问桑德维奇群岛的居民有多少。舰长告诉他,本世纪初居民数曾达到二十万,但是现在已经减少了一半。

"好啊,辛高叶先生。十万土著,还有不少哪!只要他们还是茹毛饮血的野人,只要他们的老胃口不变,那么标准岛上所有的亿兆富翁加起来,只够塞他们的牙缝!"

标准岛停靠夏威夷,这不是第一次。去年,它被这里舒适、有益于健康的气候所吸引,曾经从这里经过。实际上,岛上有从美国来休养的病人,欧洲的医生们也正准备将病人送到这里来呼吸太平洋上的空气。送过来有什么不便呢?现在从巴黎到檀香山只需二十五天时间,当医生

想让病人的肺部吸纳在其他地方都呼吸不到的氧气时……

标准岛于七月九日早晨到达肉眼能看清岛屿的地方。瓦胡岛在他们西南方五法里处。东边出现的钻石峰从前是一座火山。峰后是港口，那里还能见到一座圆锥形山顶，英国人称之为潘趣酒酒杯。按舰长的说法，即使这个巨形酒杯里装满了白兰地或杜松子酒，约翰牛[①]也会肆无忌惮地把酒喝个精光。

标准岛从瓦胡岛及莫洛凯岛中间通过，就像一艘船一样，通过调节左舷及右舷的推进器，在舵的作用之下前进。绕过了瓦胡岛的东南角之后，这个浮动机器停下来了，因为它吃水很深，所以就停在离海岸十链[②]的地方。由于掉头的需要，必须同陆地保持足够的距离，因此标准岛没有抛锚。实际上标准岛也不使用锚，在水深一百米或一百多米处绝对不可能用锚。所以标准岛停泊时是通过机器使岛身前进、后退等来使它保持静止的，但它能够像夏威夷群岛中的八座岛屿一样巍然屹立，纹丝不动。

四重奏小组看着片片岛屿在眼前展开，极目望去，只见树丛高低起伏，呈现出一片片橘林及美丽的热带植物。从西边看，礁石形成一个缺口，出现了一个环形的内湖，称做珍珠湖，实际上这是一个布满火山的湖底平原。

瓦胡岛的景观相当优美，班希纳多么想要一睹食人土著的尊颜，说实话，这些食人土著作出如此壮举的环境也是无可指摘的。只要他们依然有食人肉的本能，那么，"殿下"的一切要求都能得到满足了。

这时，他突然高呼起来："上帝啊！我看见的是什么？"

"你看见了什么？"弗拉斯高林问。

---

① "约翰牛"是对英国人的谑称，就像美国人被称为"山姆大叔"一样。
② "链"为航海中的长度单位，一链约合185.2米。

"那边，教堂钟楼……"

"是的……还有塔……和宫殿的正门。"伊夫内斯回答道。

"库克船长在这种地方让人给吃了，绝不可能！"

"这儿不是夏威夷群岛！"塞巴斯蒂安·左恩耸了耸肩膀说，"舰长走错道儿了……"

"肯定走错了！"班希纳接着说。

不，辛高叶舰长一点也没迷失方向，这里确实是瓦胡岛，而这个占地面积达好几平方公里的城市就是檀香山。

不对，必须改变原来的想法。自从英国的航海家发现这个群岛以来，这里发生了多大的变化啊！传教士们在此地虔诚热情地传教，一个比一个更忠诚地为本教会服务，有卫理教会的，有英国圣公会的，有天主教的，各教会都力争扩大自己的影响，结果使得文明发展起来了，战胜了从前的卡纳克①各种异教，不仅原来的语言正在逐步消失，由盎格鲁－撒克逊语言来取代，而且群岛上有了美国人、中国人及葡萄牙人。中国人大多数被当地种植园主雇用，而且在这里形成了一种一半为中国种族的人，称为哈白巴开。葡萄牙人则依靠夏威夷群岛同欧洲之间的海上运输来到这里。这里还有土著居民，而且剩下的土著居民足以使我们的四位艺术家一饱眼福，只是土人由于麻风病流行已经大量地死亡。他们已经不再食人肉。

"啊，地方色彩。"第一小提琴手感叹地说，"哪只手把你放到了现代调色板上去掺和了！"

是的，时间、文明、进步（进步也是一条自然规律），几乎把地方色彩抹掉了。当标准岛的一艘电动小艇越过一长溜的岩礁，把塞巴斯蒂安·左恩以及他的伙伴们送上陆地时，他们不得不惋惜地承认这个事实。

---

① 卡纳克是大洋洲的一个土著种族。

在两个栅状突堤相接近而组成的一个尖角处，有一个港口，它背靠着山，吹不到风，在这里形成一片空地。自从一七九四年以来，保护港口免受浪涛冲击的礁石已经升高了一米。但是这儿的水深仍然足够让吃水十八到二十码的轮船停泊。

"大失所望，大失所望！"班希纳咕哝着，"实地旅行使人脑子里美好的幻想一下子成了泡影，真令人伤心哪……"

"还是待在家里更好！"大提琴手一边耸耸肩膀，一边反唇相讥。

"不！"伊夫内斯高声说，他始终兴致很高，"一座人工岛屿来拜访大洋中的群岛，难道还有什么可以与此相比吗？"

夏威夷群岛上居民的精神面貌发生了变化，这使得音乐家们感到很可惜，也很扫兴。然而，岛上的气候却一成不变。尽管群岛的地理位置处于称做"热海"的地带，但它们是整个太平洋海域内气候最宜人、最有益于健康的地方。尽管不刮东北信风时，这里温度相当高，尽管西南的反信风会在本地形成叫做"快司"的风暴，但是总的看来，檀香山的平均气温不会高过摄氏二十一度。在热带边缘地区有如此的气候，再要抱怨的话，那就是存心找碴儿了。所以，这里的居民毫无怨言，而且，就像我们已经说过的那样，美国病人们络绎不绝地来到群岛。

无论如何，四重奏小组的艺术家们越深入了解到岛上的种种秘密，他们原来的幻想也就破灭的越多，破灭得像风中的一个个肥皂泡。他们说，都怪以前人家夸大其词把夏威夷说得太玄乎了，而实际上则是他们自己把夏威夷想得太神秘了，其实，他们应该怪自己不好。

"这事又得怨卡里杜斯·蒙巴，是他让我们上了当。"班希纳说。他提醒大家，艺术总监曾经对他们说，夏威夷群岛是太平洋上保存土著民族野性的最后一个堡垒。

而当艺术家们尖刻地理怨他时，他一边眨着眼睛一边回答道：

"有什么办法呢，朋友们？自从上次我来过以后，这儿的变化那么大，连我自己都认不出来了！"

"你这家伙！"班希纳说着在艺术总监的肚皮上重重地给了他一记。

有一点是肯定的，即一切变化都发生得极其迅速。不久前桑德维奇是一个君主立宪国家，它建于一八三七年，有上下两院。一为贵族院，只有地主才有权选出该院议员，上院议员任期为六年；所有会认字写字的人都有权选举下院议员，下院议员任期为两年。上下两院各有二十四名议员，在皇家内阁会议上一同参加讨论，皇家内阁由四名国王咨政组成。

"那么，"伊夫内斯说道，"当时也有一位国王，一位立宪君主，而不是毛茸茸的猴子当政，外国人来拜见时也不是对着猴子诚惶诚恐地行礼喽！"

"我敢肯定，"班希纳说，"这位国王陛下的鼻子上连鼻环都不穿的……而且，他的假牙都是美国最好的牙医给安的！"

"啊，文明……文明！"第一小提琴手重复说，"这些卡纳克人既然直接撕咬战俘的肉吃，想必连假牙都不用！"

请读者务必原谅这些空想者考虑问题的方式。是的，檀香山有过一个国王，或者至少有过一个王后，她的名字叫利留卡拉妮，现已被废黜。她曾经为维护她儿子亚岱殿下的王权而斗争。当时夏威夷王国在位的是凯乌拉妮公主，她正觊觎檀香山王国的王位。总之，在相当长的一段时间里，夏威夷群岛都处于革命时期，就像美洲及欧洲的许许多多国家一样，夏威夷同这些国家相像，就连革命也类似。那么，这种形势会不会导致夏威夷军队卓有成效地干预并发动政变改朝换代呢？不，大概不至于，因为这支军队一共只有二百五十名应征士兵及二百五十名志愿兵。用五百人的一支军队是推翻不了一个政权的，至少，在太平洋海域是做不到的。

但是，英国人始终在那里密切注视着事态的发展，凯乌拉尼似乎得到了英国人的同情。此外，日本政府也准备争取群岛的宗主权，它已经

在苦工中找到了支持者，因为这里的种植园里大量雇用劳工。

那么，人们要问，美国人呢？美国人持什么态度？这实际上也是在谈到明摆着的军事干预时弗拉斯高林向卡里杜斯·蒙巴提出的问题。

"美国人吗？"总监回答道，"他们对宗主权一点都不在乎。只要在夏威夷群岛上能有一个停泊港给他们太平洋各条航线上的邮船，他们就称心如意了。"

可是，一八七五年，卡美哈美哈国王去华盛顿拜会格兰特①总统时，将夏威夷群岛纳入了美国的保护国范围。而十七年之后，当克利夫兰②决定让利留卡拉妮复位时，夏威夷群岛已经建立了共和体制，共和国总统为桑福德·多尔先生，这一复辟在两国都掀起了轩然大波。

其实，各国人民命运的史册上已写定了的东西是任何人也不能改变的，无论这个国家是个古老的国家还是现代的国家。从一八九四年七月四日至今，夏威夷群岛是在多尔总统先生领导下的共和国。

标准岛开始休整十天左右。所以岛上的居民们充分利用这个时机来游览檀香山及其周围地区。考弗莱家族的人及谭克东家族的人——亿兆城里名气最大的人士天天坐小艇登陆。同时，尽管标准岛已是第二次出现在夏威夷，然而夏威夷的居民对该岛佩服得五体投地，他们成群结队地来参观这个奇迹。西柳斯·比克斯泰夫的警察局对外国人入境的检查相当严厉。于是一到晚上，警察就检查参观者是否已经在规定的时间里离去。由于采取了保安措施，一个外人如没有获得准许便想要留在"太平洋上的瑰宝"上，是难上加难的，而想要获得居留准许也不是容易的事。不管怎么说，标准岛与夏威夷群岛之间的关系是良好的，然而两岛之间不搞官方的往来。

---

① 格兰特于1869—1876年任美国总统。
② 克利夫兰于1885—1888年、1893—1896年任美国总统。

　　四重奏小组作了几次饶有趣味的散步。巴黎人很喜欢当地居民，他们的种族特点很突出，皮肤呈棕褐色，面部表情既温和又带着自豪。并且，虽然他们已经建立共和体制，夏威夷人可能还在怀念他们过去那种原始的独立呢。

　　夏威夷人有一句谚语："我们国度里的空气也是自由的。"而现在呢，这里的居民已经不再自由。

　　自从卡美哈美哈征服了夏威夷群岛以及一八三七年君主立宪制建立后，每一座岛都由一名行政长官来治理。目前，在共和制度下，各座岛上又分为省和县。

　　"这样的话，"班希纳说，"只要再加上几个省长、县长和参议员，那不跟法国大革命第八年的宪法①一模一样了吗？"

　　"我想走了。"塞巴斯蒂安·左恩说道。

　　如果他真的走了，不观赏一下瓦胡岛上几个主要的风景区，那就大大失策了。这里的花草树木也许不茂盛，但景致秀丽无比。在沿海地区，生长着许许多多的椰子树和棕榈树，还有面包树，可以榨油用的三叶油桐、蓖麻、曼陀罗以及木蓝树。在山谷里，有种叫"梅耐维亚"的草，茂密地铺盖着土地，整座山谷由山涧溪流浇灌，不少小灌木如藜科植物以及一种叫"亚拉贝泼"的巨大天门冬都长得极高大，如乔木一般。植被一直绵延到海拔两千米的森林地带，有各种木质树，如高大的桃金娘、参天的酸模，还有盘根错节如同缠在一起的一堆蛇似的蔓藤树。至于土产嘛，有大米、椰子和甘蔗，可以做商品，也可以出口。因此，各岛之间有船只频频来往，以便集中产品运往檀香山，这些产品再从檀香山运往美国。

　　本地的动物品种不多。卡纳克人虽然投入了现代文明中，但是这里

---

① 这里指 1799 年法兰西共和国第八年雾月政变后开始实行的宪法。其特点是军事专政，权力集中于第一执政官。

的动物却没有发生变化。家畜只有猪、鸡和山羊，这里没有野兽，最多偶有几对野猪。这里也有蚊子，要想灭蚊可不是一件容易的事情。此外，这儿蝎子很多，还有多种与人无害的蜥蜴。这里也有鸟，是太平洋极乐鸟，这种鸟从不啼鸣，黑色的羽毛中又夹杂着黄色。卡美哈美哈那件闻名的大氅就是用这种羽毛做成的，但是当地土人足足用了九代人的时间才把这大氅制作成功。

在夏威夷群岛上有许多居民，这些居民按照美国的模式把群岛都变成了现代文明社会，功绩卓著。这里有学术机关，有于一八七八年国际博览会上受到奖励的实行义务教育制的学校，有汗牛充栋的图书馆，有用卡纳克语及英语出版的报纸。对此，巴黎来的朋友一点也不觉得意外，因为岛上的社会要人都是美国人，而且，美国的语言及货币是通用的。

自然，自从标准岛来到瓦胡，瓦胡港口的小船常载着岛上的居民来标准岛四周绕上一圈，风和日丽，水波不兴，在标准岛的外围做一次二十公里左右的水上漫游确是种舒心的娱乐。由于标准岛上的海关职员警戒严密，他们与这座钢岛始终保持一个锚链的距离。

在这些游船中，若留心的话可以发现，有艘又轻又小的船，它每天都来，就在标准岛的水域附近转悠。这艘船是一艘马来亚①双桅船，船尾为方形，船上有十来个水手，由一名外表强悍的船长指挥。尽管他们反复出现，标准岛总督并没有因此对他们产生怀疑。实际上这些人确实不断地在观察标准岛上的每一处。他们从左舷港兜到右舷港，仔细地考察标准岛沿岸的设施。说到底，即使他们心怀叵测，船上这十几个人怎么可能与亿兆城一万居民为敌，干出什么惊天动地的事来？所以，标准岛上的人对这艘双桅船的所作所为——无论它是白天在这里打转，还是夜里在此过夜，都没当做一回事。当然，他们也没有去询问檀香山海运管

---

① 马来亚是马来西亚西部土地的旧称。

理队这是怎么回事。

七月十日上午，四重奏小组辞别瓦胡岛。黎明时分，由强大的推进器推动，标准岛起航了。就地转了方向后，它就朝西南方驶去，以便停靠夏威夷群岛中的其他岛屿。它必须斜穿过赤道由东向西的洋流，逆向朝南行驶，因为这里有一股顺着群岛走向向北的洋流。

为了使标准岛左岸的居民高兴，标准岛大胆地驶入了莫洛凯岛与考爱岛之间行驶。考爱岛是夏威夷群岛中最小的岛屿之一。考爱岛上有座一千八百米高的火山，称做尼尔哈乌火山，山顶上还在冒出黑压压的烟雾。山脚下是由一片片珊瑚形成的岩石。岩岸上面有一片沙丘。当海浪猛烈地拍击珊瑚岩时，声音传到沙丘上，在沙丘前产生了铿锵的金属回音。夜幕降临了，标准岛仍然处于两岛之间的狭长地带，在辛高叶舰长的指挥下，大家没有什么可以害怕的。标准岛离开海港后，那艘双桅船就随它出港，一直企图留在标准岛的水域附近。直到太阳从拉奈岛的山后落下去时，瞭望哨才观察不到这艘船。其实，我们已经说过，何必要把这艘马来亚小船当一回事呢？

翌日清晨，天亮时，那艘双桅船成了北方海平面上的一个小白点。

这天白天，标准岛继续在卡胡拉韦及毛伊两个岛之间航行。由于毛伊岛的面积相当大，在夏威夷群岛中占第二位，它的首府叫拉海依纳，是捕鲸船停泊的港口。岛上哈莱阿卡拉火山，即"太阳之家"，矗立于附近，海拔三千米，一直伸向灿烂的太阳。

接连两天，标准岛一直沿着广阔的夏威夷岛航行。我们已说过，夏威夷岛上的山是群岛中最高的。库克船长就曾在基拉凯卡湾受到当地土人的欢迎，他们开始曾把他当做神仙来顶礼膜拜。为了纪念英国著名的海军大臣，库克以大臣的名字来为该岛命名，称桑德维奇[①]岛。可是，就

---

① 桑德维奇（1718—1792），曾任英国海军大臣，是库克的上司。

在发现该岛一年之后，即一七七九年，库克被杀害于基拉凯卡湾。夏威夷岛的首府是希洛，由于该城市位于东海岸，现在看不见，但位于西海岸的科纳市远远地可以瞥见。夏威夷岛幅员辽阔，岛上铁路线达五十七公里，主要用于运输商品。四重奏小组可以望得见机车上冒出的缕缕白烟。

"越怕见到它，越见到它！"伊夫内斯说道。

次日，"太平洋上的瑰宝"离开了夏威夷群岛。与此同时，马来亚双桅船正绕过夏威夷岛的尽头。那儿的制高点就是冒纳罗亚火山，山顶直插云霄，海拔四千米。

"不合算，不合算。"班希纳说道，"我们亏了！"

"说得对。"伊夫内斯答道，"如果我们早一百年来这里该多好啊！但那时我们可没法坐在这美轮美奂的机器岛上航行了！"

"这倒没关系！可现在呢，上帝呀，什么都给搞乱了。卡里杜斯·蒙巴这老滑头骗我们说这里的土人茹毛饮血，可是我们见到的却是穿西装翻衣领的人！我真怀念当年库克上岛时的环境！"

"可是，如果这些野蛮人把'殿下'你给吃了呢？"弗拉斯高林提醒说。

"那也好，我心灵上得到了慰藉，因为，这一辈子里，至少有一回，有人喜欢我，喜欢我的身体！"

Chapter 10　穿过赤道

自从六月二十三日起，太阳开始偏向南半球，因此标准岛必须离开即将受到恶劣气候蹂躏的地区。既然太阳在向赤道运动，最好是跟着它也穿过赤道。赤道的另一边气候宜人，尽管正是十月、十一月、十二月、一月和二月，但这正是南半球暖和的季节。从夏威夷群岛到马克萨斯群岛的距离大约为三千公里，所以标准岛开足了马力，想早日抵达。

严格地说，波利尼西亚是北起赤道、南至南回归线的这片辽阔海域。这片面积达五百万平方公里的海域有两百二十个岛屿组成了十一座群岛，其陆地面积为一万平方公里。这一万平方公里的面积还包括了成千上万座小岛的面积。这些岛实际上是海底山脉的峰巅，山脉从西北走向东南，一直延伸到马克萨斯群岛及皮特凯恩群岛，山脉旁边又分出一系列平行的支脉。

我们设想，一旦突然间把大洋水抽干，或者，克莱奥法斯[1]放出来的跛足魔鬼[2]把这一大片海洋都吸干——就像他曾把马德里城的屋顶全揭掉那样，那么，这儿将会呈现一幅什么样的景象啊！瑞士、挪威、中国、

---

① 克莱奥法斯是耶稣的门徒。

② 法国作家勒萨日讽刺小说《跛足魔鬼》中的主角。他将马德里城的屋顶都揭开了，使居民的一切活动都暴露无遗。

哪片土地能比得上这一片辽阔？这些海底山峰，大多系火山，其中少数是由珊瑚石形成的，而珊瑚石又是由珊瑚虫分泌的石灰质及角质呈同心圆状层层积累堆砌而成的。珊瑚虫系一种发光的微小生物，其机体组成很简单，但繁殖力极强。这些岛中，有的形成时间不长，只在岛的顶部才有植被；另一些岛则从顶部直到水下部分都有植被。后一类岛屿，哪怕由珊瑚石形成，也已经年代久远。所以说，太平洋的水下深藏着大片大片的山地。标准岛就在山巅上游来逛去，像一个气球在阿尔卑斯山或喜马拉雅山的山顶之间飞行，差别在于：气球靠空气浮动，标准岛靠水浮动。

就像天空中有气流大面积移动一样，在大洋上面也有洋流活动。巨大的洋流由东向西运动。当太阳走向南回归线的时候，即六月至十月时，大洋深层就出现两股逆向洋流。此外，在塔希提岛的沿岸地区，人们发现有四种海潮。四种海潮达到最高潮的时间不相同。海潮的发生将彼此的作用抵消了，以至于几乎感觉不到海潮的作用。至于各群岛上的气候，那就各不相同了。多高山的岛屿能够阻止云团，所以常有雨水；低平的岛屿气候较干燥，因为海风常把水汽刮走。

娱乐城的图书馆里没有太平洋地区的地图，那才是咄咄怪事呢。弗拉斯高林是四重奏小组中最认真的一位，他发现图书馆里有一套完整的太平洋地图，于是他就经常去查阅。伊夫内斯则更喜欢沉浸在航行中出现的意外惊喜之中，更喜欢沉醉于这座人工岛屿给他带来的感叹之中，他压根儿不想使自己的脑子里充斥着地理概念。班希纳只对有趣的令人惊异的事物感兴趣。至于塞巴斯蒂安·左恩，他对航行的路线无动于衷，因为现在他将去的地方，他从来也没打算去。

所以，只有弗拉斯高林一人在仔细推敲他的波利尼西亚。他研究了组成波利尼西亚的主要岛屿：低地群岛、马克萨斯群岛、帕摩图群岛、社会群岛、库克群岛、汤加群岛、萨摩亚群岛、土布艾群岛、瓦利斯群

岛、范宁群岛，当然还有那些孤立于海洋中的小岛，如纽埃岛、托克劳岛、菲尼克斯岛、马纳希基岛、复活节岛、萨拉－戈麦斯岛等。他知道，这些岛从来就被一些有权势的大人物控制在手里，即使在宗主国保护下，掌实权的依旧是那些人物。他们的权力绝对不容别人染指，穷人永远屈服于有产阶级。他还知道，当地人信奉的教有婆罗门教、伊斯兰教、新教和天主教，而且在一切法属岛屿上天主教都占大多数，这是因为天主教仪式最隆重盛大。他甚至还知道，当地的语言并不复杂，字母才十三到十七个，已经混入了许多英语，最终必然会被盎格鲁－撒克逊的语言同化掉。此外，他还了解到，总的说来，以种族观点来看，波利尼西亚居民有减少的趋势，这是件令人遗憾的事情。因为波利尼西亚卡纳克人种极其优良，他们中间生活在赤道附近的要比生活在远离赤道岛屿上的皮肤白皙点儿，"卡纳克"的意思就是"人"。波利尼西亚人种一旦被外来种族同化，损失将是巨大的！是的，弗拉斯高林了解这一情况，他还知道许许多多其他的东西，这些东西都是他在同艾戴·辛高叶舰长谈话中听来的。于是，当他的伙伴们问他时，他就能轻松地回答他们。

因此班希纳叫他"拉鲁斯①热带地志"，不再呼其真名。

标准岛载着岛上的巨富在以上列举的主要岛屿之间游览。标准岛也是当之无愧的幸福岛，因为，该岛上凡一切物质上的需要及从某种角度来讲精神上的幸福，都有各种规定以及法律保障。有什么理由要以敌对、妒忌、分歧、权势问题去破坏现状呢？或者又有什么理由非要争个高低上下，在亿兆城从地理上已划为两部分后，还要在政治影响上分为两个派别——谭克东派及考弗莱派？不过，无论哪一派占上风，这事跟演奏家们都风马牛不相及。看来，这场斗争的好戏还在后面呢！

詹姆·谭克东是个地地道道的美国北方佬，为人自私，令人讨厌。

① 《拉鲁斯百科全书》是法国有名的百科全书词典。

他长着宽大的脸盘，不连鬓的络腮胡子有点呈暗红色，剃着平顶头，虽有六十来岁，两眼却炯炯有神，眼瞳几乎是黄色的，就像狗眼珠一般目光犀利。他高大伟岸，四肢强健有力。他身上很有草原上专设陷阱捕猎毛皮兽的猎户的气质。实际上，他从来也没有捕猎过，说他设陷阱，那无非就是把几百万头猪驱赶到他开设在芝加哥的那些屠宰场去罢了。这个人很粗野，凭着他的经济地位，他或许应该更有教养，更显得文质彬彬，可惜他年轻时没念过书。他很喜欢摆阔，富得像某些人说的，"口袋里叮当叮当直响"。然而，看来他从未觉得他的口袋已经相当满，因为他本人以及与他一伙的其他人总还想重操旧业，在商海中再捞一笔。

谭克东夫人是个平凡的美国妇女，是个非常听命于丈夫的贤妻良母，家庭的好主妇。她很慈祥，对子女很好，似乎她命里注定要抚养许多孩子，她也尽其职责，不辱使命。当一户人家有二十亿美元的家产可以给直接继承人去分时，有十几个孩子来分享，难道能说孩子太多吗？此外，这十几个孩子都体魄强健。

这个大家庭中，唯独长子引起了四重奏小组的注意。他今后将在这个故事里担任一个角色。沃特·谭克东相貌堂堂，风度翩翩，举止礼貌，和蔼可亲，但他的智力平庸。他从母亲身上得到的比他从父亲那儿继承下来的多。他受过充分完备的教育，跑遍了欧美，有时也外出旅行，然而由于习惯了并喜欢标准岛上的生活，所以，他不久就回到了岛上。他经常进行体育活动，在亿兆城富家子弟开展的网球、马球、高尔夫及棒球比赛中，他总是崭露头角、高人一筹。他认为，即使有朝一日他可以继承这笔财产，也没有什么了不起或可以引以为豪的。此外，他心地善良。确实，因为岛上没有真正的穷人，所以他也没有机会作出什么慈善举动。总之，希望他的弟弟妹妹都能像他。他的弟弟妹妹尚未达到婚嫁的年龄，但是他已近而立之年，应当想到婚事了。他是否想结婚呢？我们等着瞧吧。

左舷区最显赫的谭克东家族与右舷区最富声望的考弗莱家族之间有着截然相反的特点。奈特·考弗莱生来比他的对手高雅，他的身上体现出法国祖先赋予他的禀性，他的财产既不来源于地底下层层的石油，也不来源于猪的五脏六腑。绝不！他是依靠办实业——建铁路，开银行，才成了今天的考弗莱。对他来说，他只想太太平平地安享他的财富。对于这一点，他毫不掩饰——他会反对一切企图把"太平洋上的瑰宝"变成一个巨大的工厂或大公司的做法。他长得魁梧，五官端正，相貌英俊，头发开始发白了，长长的络腮胡子是栗色的，其中夹杂着几根银丝。他相当冷静，举止高贵。亿兆城的知名人士均保持着美国南方上流社会的传统，他则是这些知名人士中首屈一指的人物。他喜爱艺术，对美术及音乐全都在行，能讲一口在右舷区使用非常普遍的法语。他对美国文学及欧洲文学的近况都了如指掌，每当读到妙处，当美国西部及新英格兰的粗鲁汉们捶胸顿足感叹叫好时，他则会报以掌声和喝彩。

考弗莱夫人比丈夫年轻十岁，她刚刚度过四十岁的关口，不过她并不为这个年龄而怨天尤人。这是一名文雅高贵的妇女，出身于从前路易斯安那州法国血统的一个移民家族。她擅长音乐，尤其能弹一手好钢琴。不要认为，在二十世纪亿兆城里钢琴艺术会被摈弃。在第十五大街考弗莱公馆里，四重奏小组曾多次同她共同演奏，她的音乐天才令他们赞叹不已。

考弗莱家族的婚姻没能像谭克东家的婚姻那样硕果累累。这个家族只有三个女儿来继承父亲的巨额财产。而考弗莱并不像他的对手那样炫耀他的巨额财产。三个女儿都国色天姿，将来一到成年，少不了会有欧美的王族或财阀们来求婚。再则，在美国，这么巨额的嫁妆也不是绝无仅有。几年前，不是有人说起，一位才两岁的戴丽小姐因有七亿五千万美元的陪嫁而已经有人来提亲了吗？但愿这位小姐同与她真正喜欢的人结婚，并希望她不仅仅是美国最富有的妇女中的一位，而且还是最幸福的妇女中的一位。

考弗莱夫妇的长女黛安娜，平时，大家都亲切地称她黛，年方二十，是一位佳丽，集中了父母亲所有的身心方面的优点。她有一双美丽的蓝眼睛，一头秀发介于金黄色及栗色之间，她的玉肤仿佛刚开放的玫瑰花瓣，她身材婀娜，亭亭玉立。这一切都说明考弗莱小姐极受亿兆城青年们的注目，他们绝不会把这"无价之宝"拱手让给外乡人的。把考弗莱小姐比做"无价之宝"，是再贴切不过的说法。人们有理由认为，为了他掌上明珠的幸福，即使未来女婿不信天主教，考弗莱也不会将此当做婚姻的障碍。

非常令人遗憾的是，实际上，由于社会对立，使得标准岛上最有实力的两大家族分道扬镳。否则，沃特·谭克东倒似乎是与黛·考弗莱非常匹配的一对。

但是，对于这个联姻，想都不用去想，哪怕将标准岛分割成两半，左舷居民一半，右舷居民另一半，大家各奔前程，双方也不可能会签下这个婚约！

"除非两个青年真爱得死去活来！"有时，艺术总监一边眨眨夹鼻镜底下的眼睛，一边说道。

可是，看来沃特·谭克东并没有钟情于黛·考弗莱，反过来也是这样。或者，至少可以说，即使两位青年春心萌动，至少他们态度矜持，不敢越雷池一步，这也使得亿兆城里上流社会的好奇心无法得到满足。

标准岛沿约西经一百六十度的经线驶向赤道。于是岛前展现出太平洋最空旷而不见任何岛屿、任何陆地的这一片汪洋。这儿水深达到两法里。七月二十五日白天，他们开过了深达六千米的贝尔纳普海沟。测深砣还从沟底捞上一些奇怪的贝壳类及植虫类动物，它们居然能承受深水下六百个大气压的压力而毫无损伤。

五天以后，标准岛开进了一个属于英国的群岛——虽然这个群岛称

为亚美利加群岛。然后，标准岛又把巴尔米拉和圣卡隆两岛抛到了右舷后边。它又来到了距离范宁岛五英里的地方。这一带有许许多多岛屿，岛上鸟粪堆积，范宁岛就是其中之一，它又是亚美利加群岛中最大的岛。此外，这些岛屿只是露出水面的海底山脉的峰巅，往往少有植被，是不毛之地。直到当时，英国也没有把这些岛利用起来。但是，英国在这里伸出了一只脚，众所周知，英国人的腿是很长的，只要英国人的脚伸到了哪儿，哪儿总会留下他们无法磨灭的"功业"。

每天，弗拉斯高林被这奇妙航行中的各种所见所闻深深吸引，当朋友们去公园或附近的乡村溜达时，他就跑到岛艏炮台上去。在那里，他常常遇见舰长。艾戴·辛高叶也乐于告诉他近邻洋面上所特有的现象，而且一旦这些现象有趣，弗拉斯高林也会毫不遗漏地告诉伙伴们。

例如，七月三十日至三十一日的夜里，大自然慷慨地向他们展示了一幅景象，让他们一饱眼福，不禁赞叹不已。

这天下午，有人突然发现洋中有一大群水母，它们占了好几平方里的洋面。标准岛上的居民还从未碰到过这样大群体的水母，某些博物学者称它们为海洋水母。这是一类相当原始的动物，呈半球状，体形与植物相近。鱼类通常是极贪食的，可是它们将海洋水母看做花草，所以，似乎没有一种鱼把它们当做食物。而处于太平洋热带地区的独特水母平时又形如伞一般，有各种不同的色彩，透明，边上还有触须。每个水母的长度不过二至三厘米。我们可以设想一下，这样一大群水母该由几十亿个个体组成！

当他们在班希纳面前讲这个天文数字时，他答道：

"对标准岛上的社会名流来说，几十亿有什么了不起！对他们而言，这种数字是家常便饭。"

天色晚后，一部分居民跑到了"前甲板平台"，这就是指岛艏炮台上最高的一个平台。这时电车都客满了，电动汽车也载满了看热闹的人。

漂亮的汽车送来了全城的阔佬。考弗莱家族与谭克东家族也面对面相遇，但大家保持了一段距离。詹姆先生没有同奈特先生打招呼，当然，奈特先生也不向詹姆先生致礼。所有的大家族均全家出动了。伊夫内斯和班希纳高兴地同考弗莱夫人及她的女儿聊了一会儿，她们总是很客气地接待四重奏小组。也许沃特·谭克东没能加入他们的谈话而令人有点失望，而且，也许黛小姐也会诚心诚意地让这位青年加入进来。可是上帝啊！真这样做了，这是多么令人震惊的丑闻啊！《右舷新闻报》同《新先驱报》必然在它们的社交新闻栏目中含沙射影地发表一些不负责任的绯闻。

夜已漆黑时，当然我们说的夜是赤道地区有星星的夜，反正，天已黑了，但是太平洋仿佛灯火通明，一直亮到海底。整片巨大的海面都发出了光芒，泛出玫瑰色的或蓝色的磷光，这种光绝不是浪峰上的一条直射光线，而是像成千上万只萤火虫集合在一起发出的光。磷光极强烈，甚至像北极光一样，我们可以借助远远传过来的光线读书。简直可以说，太平洋在白昼吸收了太阳炽烈的光，而在夜间又将这些光释放出来了。

不久，标准岛的船首驶入了水母群中，水母就顺着钢铁岛沿分成两部分。几小时的工夫，标准岛就被一条光带所包围，而它们发光的本领一点也没有减弱，就像基督及其圣徒们头上所戴的光环。这个发光的现象一直持续到黎明。当绚丽的晨曦冉冉上升时，水母之光才逐渐被掩盖。

六天以后，"太平洋上的瑰宝"来到了赤道。赤道是人们假想出来的一个大圆环，若真的将它画在地球上，它会把我们的地球分割成两个相等的半球。在此地我们可以同时观察到天穹之下的南北两极。抬头北望，北极星闪耀，而南边的一端是南十字座星星在烁烁发光，犹如军人胸前佩戴的勋章。值得提一下的是，在赤道上的任一点观察天象时，似乎星星每天都与地平面垂直并做一次圆周运动。如果你们要想过白昼黑夜时间完全均等的日子，那么最好到赤道地区的岛屿或陆地上来定居。

　　自从标准岛驶离夏威夷群岛，据记录已经开出六百公里左右。从标准岛建成以来，该岛第二次穿过赤道，它首先南下，然后又往北折，从一个半球进入另一个半球。经过赤道时，亿兆城的居民将举办一个庆祝活动。届时，公园里有公众的游戏娱乐；在礼拜堂里则有宗教仪式；在岛屿的四周则举行电动汽车大赛。此时，在天文观测台的塔台上还要放焰火，于是，高升、金蛇焰火及色彩绚丽、颜色多变的花色焰火与天空中灿烂夺目的星星竞相争辉。

　　看到这里，读者一定会猜想到，通常，船只开到赤道时总要搞一个祭赤道的仪式，因此，标准岛在过赤道时会与初次完成此壮举的船员一样，模仿这个传统的做法。由于这是个习惯做法，人们也总是选择这一天为从离开玛德琳海湾后出生的小孩进行洗礼。同样，那些从来没进入南半球的外来客人也要进行洗礼仪式。

　　"这回要轮到我们喽。"弗拉斯高林对他的同伴们说，"我们要接受洗礼了！"

　　"乱弹琴！"塞巴斯蒂安·左恩反对，他以手势来表达他的愤怒。

　　"真的，拨弄大提琴的老家伙！"班希纳答道，"别人还要把一桶桶水往我们脑袋上倒，注意，那水可不是圣水。他们要让我们坐在木板上，然后将木板抽掉，把我们掀到水中，又会突然把我们推到水槽中。过一会儿，赤道老人会出现，他身后跟着一大群小丑，他们将到我们的脸上涂鸦，画出赤道无风地带！"

　　"他们可别以为我那么好欺负，可以骗我、耍我！"塞巴斯蒂安·左恩答道。

　　"那可是免不了的呀。"伊夫内斯说，"每个地方都有每个地方的习俗，客人入乡就得随俗嘛！"

　　"我们可不是自愿来的客人，受强迫者就可以不随俗！"四重奏小组的头儿毫不妥协地高声说道。

实际上，关于船只通过赤道时一些船上所举行的狂欢活动，左恩先生完全可以放心。他也根本不必担心赤道老人会出现。人们也不会向他及他的伙伴们浇海水，只会用最好的香槟酒来灌他们。人们也不会预先在望远镜镜头上画好一道线，然后骗他们说这道线就是赤道。这些都是甲板水手们的伎俩，可绝不是标准岛上举止稳重的人们的做法。

庆祝活动于八月五日下午举行。除了海关人员，全岛的职员都放假，海关人员从来不能离开他们的岗位。城里和港口的一切工作暂停。标准岛的推进器也停止转动，蓄电池里有足以供给照明及通信用的电力。再说，标准岛并没有停止不前，有一股洋流把它推向将地球一分为二的赤道。无论是礼拜堂里，还是圣母教堂里，唱诗声、祷告声都响起来，风琴齐奏。花园里，大家兴致勃勃，体育运动正在激烈地进行着。各个阶层的人都踊跃参加，那些最富有的人，以沃特·谭克东为首，在高尔夫与网球比赛中大显身手。当太阳从地平线边缘垂直往下落时，黄昏也就只剩下了四十五分钟左右的时间，那时，焰火冲天而上，一个没有月亮的夜空正好衬托出千万道彩色光焰所展现的美丽景象。

在娱乐城的大厅里，四重奏小组的成员们如前所说的，领受了洗礼，而且由比克斯泰夫亲自进行。标准岛总督把一杯杯起沫的香槟酒斟给他们，香槟满杯。四位艺术家的身上大有葛利高和罗德列①的遗风。左恩如果还要发牢骚，那就太不知好歹了。他幼年受洗时嘴上所碰的那么一点圣水只是咸水②而已，同现在的香槟酒是无法比的。

所以，巴黎人为了深表谢意，就演奏起他们驾轻就熟的几首看家曲子：

F大调第七弦乐四重奏，贝多芬作品第五十九号；

---

① 二者都是爱喝酒的人。
② 这里指初生婴儿受洗时的圣水。

降 E 调第四弦乐四重奏，莫扎特作品第十号；

D 短调弦乐四重奏，海顿作品第十七号；

门德尔松作品第八十一号，第七弦乐四重奏：行板、诙谐曲、随想曲及赋格曲。

　　他们把协奏音乐中的精华曲子都奏遍了，而且分文不取。大厅里边摩肩接踵不算，连大门口都围了个水泄不通。他们不得不演奏第二遍、第三遍。总督授予四位巴黎人一枚镶着好几克拉钻石的金牌，金牌的一面是亿兆城的市徽，另一面用法语铭刻着：

四重奏小组留念

标准岛公司、市府及全体居民敬赠

　　所有这些荣誉并没能感动执拗的大提琴手，这是因为，正像他的伙伴们经常向他指出的，他的个性实在太难相处，不可能与人相互谅解。

　　"我们等着瞧吧！"他仅仅以这句话作为回答，一边说着还一边用一只手焦躁不安地捻着胡子。

　　根据标准岛上天文学家们的计算，标准岛将在晚上十时三十五分穿过赤道。在过赤道的那一刻，岛艄炮台上有一门炮将鸣礼炮，有一根电线接到天文观测台广场中心的电力装置上。标准岛上的知名人士中哪一位有此殊荣能接通开关而鸣响礼炮，他的自尊心定然得到极大的满足。

　　可是这天有两位重要人物企图获得此份殊荣。读者猜得出，他们就是詹姆·谭克东和奈特·考弗莱。这使得比克斯泰夫感到极为棘手。市府同亿兆城两个舷区之间进行了极其艰难的首轮谈判。双方无法取得谅解。总督还特别邀请了卡里杜斯·蒙巴来当调停人。尽管他以精明干练著称，

又富有外交家的机敏和办法，但艺术总监先生也彻底地失败了。詹姆·谭克东一点也不肯让奈特·考弗莱，而考弗莱也拒绝向谭克东让步。看来这件事可能会闹僵。

当两个家族的首领在广场上面对面碰到时，僵局随即发生了，而且表现得相当突兀和粗暴。开关装置就在离他们五步之遥，伸手可及……

居民们意识到了这个棘手的问题，非常渴望亲眼目睹究竟谁占上风，于是挤满了花园。

演奏会之后，塞巴斯蒂安·左恩、伊夫内斯、弗拉斯高林、班希纳也去了广场，他们也想观察一下这种对立形势的发展。鉴于右舷区和左舷区两分天下，这场对立很可能在将来造成极其严重的后果。

两位知名人士往前走，连微微低头打个招呼都不想。

"我想，"詹姆·谭克东说道，"先生，您不会来同我争这份荣誉……"

"我正想等您让给我这份荣誉呢。"奈特·考弗莱回答说。

"让我在大庭广众之前丢丑，我绝对不接受……"

"我也决不能名誉扫地。"

"那咱们就走着瞧吧！"詹姆·谭克东大声说着，向开关装置迈近了一步。

奈特·考弗莱也往电器装置走近了一步。两位知名人士的手下开始介入。两个阵营里时而有人发出寻衅谩骂的声音。沃特·谭克东已经准备支持他父亲了，但这时他见到考弗莱小姐远远站着并不介入，显然，他显得有点尴尬。

至于总督，虽然有艺术总监在身边，随时可以起调解的作用，但很遗憾，他绝不可能把约克白玫瑰同兰开斯特红玫瑰放在同一束鲜花里面[①]。

---

① 1455—1485年，英国贵族约克家族（其旗徽是白玫瑰）同兰斯特家族（其旗徽为红玫瑰）发生了一场争夺王权的斗争。这场战争又称为"红白玫瑰战争"，该战争使得英国皇家的力量大大削弱。

有谁能知道这场追名逐利的角逐结果会不会同十五世纪英国贵族之间那场斗争同样可悲？

然而，标准岛驶过赤道线的时刻却一分一分地逼近。由于计算的误差不到八米，也就是说精确到了四分之一秒的时间，天文观测台发令开炮的时间马上来临了。

"我有一个主意！"班希纳轻声说道。

"什么主意？"伊夫内斯问。

"我往那机器按钮上砸一拳，他们两家就再也吵不起来了……"

"你可别乱来！"弗拉斯高林一边说一边用强有力的胳膊阻止了"殿下"。

要不是突然之间发生的一声爆炸，谁也无法预见这场争执会怎样结束……

这一声爆炸并非岛舰炮台发出的，大家听得清清楚楚，这声音是从海上传过来的。

所有居民一下子目瞪口呆，心都悬了起来。

声音发自标准岛之外的火炮，这意味着什么？

右舷港发来的电报马上说明了这是怎么回事。

距此两三英里的一艘船遇险了，它刚报告它的位置并且呼救。

幸好有这件意想不到的事缓解了刚刚剑拔弩张的态势！大家再也不想抢按电钮了，也不想穿越赤道的事了。另外，时间也太仓促，转眼间，标准岛已过了赤道。按规矩应该发出的那发炮弹则留在了炮膛里。还是这样更好些，谭克东家族和考弗莱家族的名声依旧。

大家离开了广场，由于这天电车也停开了，所以人群疾步走向右舷港的码头。

此外，当海上发来求救信号后，港口的官员已采取了一系列救援措施。原来停泊在船坞里的一艘电汽艇已经开出码头。当人群到达时，

汽艇已经从失事船只上救下了遇险人员并正将他们送上岛来。至于失事的船只，很快就被太平洋的海水吞没了。

这艘船就是离开夏威夷群岛后，始终跟随着标准岛的马来亚双桅船。

Chapter 11　马克萨斯群岛

八月二十九日早晨，"太平洋上的瑰宝"来到了位于南纬七度五十五分到十度三十分、西经一百四十一度到一百四十三度六分之间的马克萨斯群岛。从夏威夷群岛起航至此，机器岛已经行驶了三千五百公里。

该岛群名叫门达拿群岛，是因为一个名叫门达拿的西班牙人于一五九五年发现了该群岛的南端。这座岛屿又称做"大革命群岛"，因为马尔尚船长[①]于一七九一年到过该岛的西北部。这个岛群又称做努库希瓦群岛，因为这个岛群中最大的一个叫努库希瓦。然而，哪怕仅仅为公平起见，该群岛也应起名为库克群岛，因为这位著名的航海家于一七七四年就已经来该岛探险。

辛高叶舰长曾经把这段历史讲给弗拉斯高林。弗拉斯高林认为舰长说得非常合理，所以补充说："也可以把这个群岛称为法兰西群岛，因为马克萨斯群岛属于法兰西，在这座岛上就像在法国一样。"

的确，法国人有理由将这十一个分布在太平洋中的小岛看做法国停泊在此的一支舰队。其中最大的就是一级战舰努库希瓦岛、希瓦瓦岛；二级战舰有牙鸣、瓦普和瓦胡卡这一类，可算做各种巡洋舰；而最小的是护卫舰，诸如蒙塔内、法图伊瓦、塔胡阿塔；那些小岛或礁石则只能

---

① 马尔尚（1755—1793），法国探险家，因为他于法国大革命期间发现该岛，所以该岛称为"大革命群岛"。

算是传令通信小艇了。不过，这些岛不能像标准岛那样移动。

　　一八四二年五月一日，法国太平洋海军基地司令迪珀蒂－图阿斯海军准将以法兰西的名义入主群岛。该群岛距美国、新西兰、澳大利亚、中国、马六甲和菲律宾的海岸都在一千法里至两千法里之间。在这种情况下，海军准将的军事行动究竟是值得赞扬呢，还是应该受到谴责？在野派指责他，但当朝派却对他歌功颂德。无论如何，法国在那里有了一片疆土，我们的大型渔船可以来此躲避风暴、补给必需品，将来巴拿马运河开通，这条通道必将具有商业上的重大意义。后来，这片海域中其他一些属地、保护国添进来，与帕摩图群岛、社会群岛连成一片，形成了海上自然延伸地区。既然不列颠帝国的势力范围直至广阔的太平洋西北部海域，那么，法国的势力扩展到太平洋的东南部以平衡一下英国的势力，也是一件好事。

　　"可是，"弗拉斯高林问他那位极愿意满足好奇心的导游，"这儿有没有我国的军队驻扎？"

　　"直到一八五九年，"辛高叶舰长答道，"还有一个海军分队驻扎在努库希瓦岛。自从这个分队撤走后，国旗护卫的任务就落到了传教士身上，自然他们是不会让人把旗帜拔掉而不予抵抗的。"

　　"那么，现在又怎么样呢？"

　　"在塔哈耶岛上，现在就剩下一个法国居民、几个宪兵和当地的士兵。他们都听从一名军官的指挥，他还在岛上担任法官……"

　　"光审当地人的案子？"

　　"包括当地人和殖民者。"

　　"这么说，努库希瓦还有殖民者喽？"

　　"是啊……有二十多个。"

　　"这点人还不够组成一支交响乐队，甚至还不够组成一个管乐队，搞一个军乐队都很勉强。"

他说得对，马克萨斯群岛长约一百九十五英里，宽为四十八英里，面积共有一万三千平方公里，土著居民两万四千名。因此算下来，每一个殖民者属下有一千名当地的居民。

一条贯通南北美洲的交通新干线正在修建，马克萨斯群岛的人口会不会因此增长？这一点，将来才可能知道。但是，对标准岛来讲，这几天里，它的人口已经增加了，因为，八月五日晚，从马来亚双桅船上救起来的人加入了标准岛居民的行列。

他们总共有十名船员，另加一名船长。船长是个一脸刚毅的硬汉，我们已经提起过。他四十来岁，名叫沙洛。他的水手个个都是壮实的家伙，属马来亚西部岛屿上的那个种族。三个月前，沙洛将他们带到了檀香山，船上装着椰仁干。当标准岛到檀香山休整时，这座人工巨岛的出现就像它在其他岛出现时一样，使得当地百姓惊叹不已。马来亚人未曾登岛参观是因为很难获准，这一点我们已经交代过。这艘双桅船先前经常在标准岛附近出没，以便就近观察它。双桅船经常保持半链的距离，绕着标准岛转。该船时常出现并没有引起标准岛丝毫的怀疑。辛高叶舰长下令起航后几个小时，它也从檀香山出发了。此事也没引起标准岛的怀疑。再则，对这艘百来吨的、仅十一个人的船，用得着担心吗？没有必要吧？可是这种大意也许是个错误……

当炮声引起右舷港官员的注意时，双桅船离港也就两三英里。于是港口放下救生艇去救援他们。救生艇及时赶到，把船长及船员们都接到艇上。

这些马来亚人把英语讲得非常流利，在西太平洋土著居民中，这并非怪事，因为在这个地区，我们以上已经讲过，英国人已经不容置辩地占据了上风。所以大家也就知道了因为什么样的海上事故使得他们处于险境，而且，一旦救生艇晚到几分钟，这十一名马来亚人肯定会葬身鱼腹。

按船员们所说，一昼夜前，即在八月四日至五日的夜晚，一艘全速行驶的轮船擦了一下双桅船。双桅船的信号灯明明亮着，对方的船硬是

没有看到沙洛的船。碰撞得极轻微，那个船似乎一点也没有感觉到，因为它继续前进，除非（这类事很遗憾，却经常发生）肇事船只开足马力溜之大吉，以"避免昂贵的、令人扫兴的赔偿要求"。

这次碰撞对于一艘大吨位、钢铁船体、高速行驶的船来说是小事一桩，可是对马来亚船则是性命攸关的。它的前桅部折断，船上的人也想不通这艘船怎么会不立即下沉。但洋面已同甲板持平了，船在水面上维持了一段时间，船员们则死死抓住船舷墙。如果当时有海浪冲来，那么所有人肯定都被浪涛连同破船板一道冲走了。幸运的是洋流将小破船带向东方，使它漂近了标准岛。

然而，当舰长询问沙洛船长时，舰长显得极其惊奇，双桅船既已半沉半漂，怎么能漂流到右舷港呢？

"我也弄不懂怎么回事。"马来亚人回答道，"也许是因为你们的岛二十四小时以来开出的路不远吧？……"

"只有这种讲法才讲得通。"辛高叶舰长答道，"说到底，讲得通讲不通都无所谓。把你们救出来了，这才是最重要的。"

再说，当时也刚刚赶上。救生艇还没开出四分之一英里，双桅船就快速下沉了。

沙洛船长就这样首先把事情的经过向执行救援任务的官员叙述了一遍，然后向辛高叶舰长说了一遍。在船员们得到了当时看来属必需的最紧急的救助之后，他向标准岛总督西柳斯·比克斯泰夫又说了一遍。

接下来的问题是怎样把遇险的人遣返。当两船相撞时，双桅船正驶向新赫布里底岛。标准岛现在正往东南航行，不能改变航线折向西方。西柳斯·比克斯泰夫因此建议失事的人在努库希瓦岛下标准岛，他们在那里等待载货去新赫布里底群岛的商船。

船长和他手下的人面面相觑，似乎显得特别为难。因为这些可怜的人在双桅船及货物沉没以后已经两手空空，身无分文，这个建议使得他

们非常伤心。在马克萨斯群岛等候，要等到哪年哪月啊，遥遥无期等待时，他们又靠什么来生活呢？

"总督先生，"船长以哀求的声调说道，"你们救了我们的性命，我们也不知如何表达感激之情……只是，我们还希望能得到更大的方便，回去时能更加容易些。"

"那么，以怎么样的方式呢？"西柳斯·比克斯泰夫问。

"在檀香山，有人说标准岛在往南太平洋航行后将去马克萨斯群岛、帕摩图群岛和社会群岛，然后驶入西太平洋……"

"是这样的，"总督说道，"而且标准岛很可能一直往前开到斐济群岛，然后回到玛德琳海湾。"

"斐济群岛是个英属群岛，在那里我们可以比较容易地找到送我们回新赫布里底群岛的船只，从斐济群岛到新赫布里底群岛又不太远……不知你们能不能把我们一路带到斐济……"

"这件事我可做不了主。"总督回答道，"我们岛上禁止陌生人参加航行。等我们抵达努库希瓦岛，我将通过海底电缆线请示玛德琳海湾行政当局，他们同意的话，我们就把你们带到斐济。确实，你们从那里走会更加方便。"

因此，马来亚人就这样在标准岛上安顿下来了。八月二十九日那天，当标准岛出现在马克萨斯群岛海面时，他们都在岛上。

马克萨斯群岛位于信风带，帕摩图群岛以及社会群岛也处于这一地带，信风使这些岛区的气温适中，这里的气候对身体健康很有益。

当标准岛行驶到西北诸岛时正是清晨时分，辛高叶舰长已经到了他的岗位。他首先发现了一个沙地小岛，地图上标的名称是珊瑚岛。在洋流的推动下，海水冲上珊瑚岛，形成汹涌的海涛。

标准岛从珊瑚岛的右边开过去之后，瞭望员很快就报告，第一个岛屿，即法图乌库岛已在眼前，该岛地势陡峭，四周都是四百米高的悬崖绝壁。过了法图乌库就是牙鸣岛，岛的高度约六百米，从靠近标准岛的一面看去，景色荒凉，另一面则郁郁葱葱，该岛可以向小船提供两个停泊的港湾。

弗拉斯高林、伊夫内斯、班希纳听任塞巴斯蒂安·左恩发他那些发不完的牢骚，他们干脆在观察台上坐了下来，同艾戴·辛高叶以及他的几个副手做伴。"殿下"好几次试着根据牙鸣岛的名称发出奇怪的音来，由于他的脾气如此，人们也就见怪不怪了。

"肯定的，"他说，"这座岛是一群猫①住的，中间大概有一只是猫王。"

标准岛从牙鸣岛的右边驶了过去，不敢松懈，抓紧时间向马克萨斯群岛中的主要岛，即以它来命名的马克萨斯岛前进。现在，标准岛暂时也成了马克萨斯群岛中的一座岛屿，是一座与众不同的岛屿。

八月三十日，拂晓时分，巴黎的朋友又回到了他们的瞭望台上。其实，前一天晚上他们已经望得见努库希瓦岛了。当天气晴朗时，在十八至二十法里之外，就可以看见该群岛上的山，因为它们的顶峰海拔达一千二百米，宛如逶迤绵延的岛屿的巨大背脊。

"你们会发现，"辛高叶舰长对客人们说，"这个群岛上的各座岛屿有个共同的自然特征。各岛的制高点都是光秃秃的，寸草不生，这一带全是如此。在山腰三分之二的地方开始有植被，一直覆盖到山脚下的山沟峡谷中，郁郁葱葱地铺到海滩边白色的沙滩上。"

"可是，"弗拉斯高林讲出了他的想法，"努库希瓦岛似乎是个例外，至少它的半山腰是荒芜的不毛之地，没有植物生长……"

"这是因为我们是从西北方向过来的，"辛高叶舰长答道，"但如果我们绕到南边去，你们必然会因看到完全相反的景象而感到惊讶。到处是绿荫覆盖的原野，树木丛生，还有三百米高的瀑布。"

---

① 该岛名称与猫叫的声音近似。

154

"哟！"班希纳叫了起来，"这就是说飞流从艾菲尔铁塔的顶上倾泻下来！景仰之至，连尼亚加拉大瀑布都要妒忌了！"

"那可不会！"弗拉斯高林反驳道，"要知道，尼亚加拉虽然没那么高，但它宽得多了，从美国一边一直到加拿大那边，水幕幅宽达九百米……班希纳，你可是知道的，我们还一起参观过呢……"

"你说得对，我向尼亚加拉赔个不是了。""殿下"答道。

这天，标准岛保持一英里的距离沿岛航行。映入眼帘的始终是贫瘠的斜坡，斜坡往上爬高，直到中心地带的托维依高地，而悬崖石壁连绵不断。然而，根据航海家布朗说，这一带有良好的可停泊的港口。后来，人们果然找到了这些港口。

总而言之，努库希瓦的名字虽然能使人想到清秀旖旎的风光，但它总的地貌却相当沉闷，没有生气，就像迪蒙·迪维尔去南极以及大洋洲探险时同行的两个伙伴杜穆林先生及德格拉兹先生所说的："一切自然风光均局限于海湾之内，总是被关在以岛中心最高峰的支脉延伸出去的沟壑之间。"他们讲得很对。

标准岛沿着荒凉的海边行进，从海岸向西凸出的一个尖角绕过后，就微微调整了航向，降低了右舷推进器的速度，准备绕过由俄罗斯航海家克鲁森斯特恩命名为奇察科夫角的海岬。这里的海岸凹陷了进去，形成长长的弓形，在弓形的中央有个狭窄的入口，通到塔约港和阿加尼港。这里有几个港口，其中最优良的一个完全可以躲避太平洋上最可怕的风暴。

辛高叶舰长不下令在那里停泊。在南边，还有两个海湾，中心的那个叫安娜·玛丽海湾，也称塔约·哈埃海湾；而在岛东南端，马丁海岬的另一面，也有个海湾叫康屈勒，也称做塔伊比海湾。标准岛将在塔约·哈埃海湾休整十二天左右。

在离开努库希瓦海岸相当近的地方测量时，水仍然很深，因此可以在离海湾相当近、四十至五十寻的水深处抛锚。标准岛有此便利，可以同塔约·哈埃海湾靠得非常近。八月三十一日下午，标准岛就在这儿停了下来。

刚看见港口，右边就发出一阵阵噼噼啪啪的爆炸声，滚滚的烟雾从东边的悬崖上冒起来。

"嘿！"班希纳说，"有人开炮，欢迎我们抵达……"

"不，"辛高叶舰长回答说，"无论是塔伊斯族，还是哈巴斯族，岛上两个主要部族的人都没有炮，哪怕是最简单的欢迎礼炮都没有。你听到的声音是海洋浪涛冲击马丁海岬一个深邃的岩洞发出的，而所谓的烟雾，其实只是海浪冲击岩石使水雾飞扬起来形成的。"

"真遗憾，""殿下"说，"如果开炮，就意味着他们向我们致敬。"

努库希瓦岛有许多名字，也可以说有许多教名，是那些发现它的人给它起的名字。英格拉汉为它取名叫联邦岛，马尔尚冠名以绮丽岛，埃尔来特赋以亨利马丁爵士岛的名字，罗伯茨叫它亚当岛，鲍特则给它命名为麦迪逊岛。该岛东西长十七英里，南北长十英里，周长约为五十四英里。岛上气候温和，温度与热带地区相当，但是信风吹来，颇为舒适。

标准岛停泊在这里，绝对不用担心任何风暴或大雨的袭击，因为标准岛仅在四月到十月之间才会航行到此，这段时间内这里刮由东到东南的干燥风，当地人把这种风叫做"特瓦杜加"。该地区最炎热的季节在十月份，十一月和十二月则是一年中最干燥的季节。此后，从四月到十月，信风不断，从东方吹来，吹向东北方向。

讲到马克萨斯群岛的居民，先要谈到首先发现群岛者的估计，当时他们的估算有点夸张了，说该岛有十万居民。

埃利泽·雷克吕斯①以可靠的资料作依据，估算出群岛人口总数不超过六千人，而努库希瓦岛就占了其中大部分。在迪蒙·迪维尔所处时代，

---

① 埃利泽·雷克吕斯（1830—1905），法国地理学家。

努库希瓦人口有八千人，其中包括塔伊斯、哈巴斯、塔约那和塔伊比几个种族。但可以看出，当地人口长期以来在不断减少。是什么原因引起的？是种族间的战争造成了一部分当地居民死亡；是因为有人把壮年男子送到秘鲁种植园去做奴隶；是因为酗酒，或者是因为所谓开化了的殖民者给他们带来了种种灾难？是的，为什么不承认这最后一点呢？

在他们休息的一个星期里，亿兆城居民在努库希瓦的参观访问相当频繁。由于总督的恩准，该岛上重要的欧籍人士被获准登上标准岛回访亿兆城的市民。

四重奏小组方面，塞巴斯蒂安·左恩及其伙伴们进行了几次长途远足，远足带来的心旷神怡的感觉远远超过了疲劳的感觉。

塔约·哈埃海湾呈圆形，圆形的缺口处就是狭长的港口，标准岛在这个港口是无法找到泊位的，何况里面还有两片沙滩将海湾分割开，所以港口更加窄小。两片沙滩被一座带有陡峭悬崖的山隔开，峭壁上还留下了一八一二年由鲍特建造的堡垒的残垣断壁，当时这位水手正征服该岛，而同时美国却在联邦政府未予批准的情况下占领了东部海滩。

至于城市，来自巴黎的客人只是在海滩的另一端找到了一座不起眼的村庄，因为马克萨斯岛上的房屋大多数是分散地建造在大树脚下的。这里的山谷是多么美妙啊，山谷一直通到村庄，特别是塔约·哈埃山谷，努库希瓦的居民特别愿意在这里建造房屋。走进这片茂密的林带，置身于椰子树、香蕉树、木麻黄、番石榴、面包树、木槿之中，闻到那么多馥郁的树的清香，真是一种愉快的享受。巴黎的游客们在这些小屋中受到了热情的款待。就在这个地方，一个世纪之前，他们可能会被主人狼吞虎咽地吃掉。可是现在，他们得以细细品味用香蕉蜜糖制成的甜饼、面包果、黄色的水芋——这种水芋新鲜时很甘甜，但陈放之后会发酸，还有箭根薯。除此之外，这里还有一种大扁鱼，叫做哈娃鱼，一般都生吃，另外再有鲨鱼里脊，当地人待里脊腐败以后吃，里脊越腐败则越鲜美。巴黎的客人们都委婉地推辞了，他们不敢品尝。

阿塔那兹·多雷姆有时陪他们一起去游览。去年这位好好先生已经游览过该岛，所以他替同胞们当向导。也许因为他既不精通博物学，又不懂植物学，他常常会把与苹果相像的槟榔青同名副其实的香露儿搞错；或把外壳坚硬如铁的木麻黄及土人用其表皮做衣服的木槿、番木瓜、佛罗里达栀子混为一谈！其实，四重奏小组并不需要他这些似是而非的科学知识。他们在这里一览马克萨斯岛上的花卉树木，大饱眼福。这儿有高大的蕨类植物、滑亮的水龙骨、开红花或白花的中国蔷薇，有多种禾本植物、茄科植物、烟草，还有努库希瓦年轻姑娘们用做饰物的带紫色果实的唇形花。这里还有十来码高的蓖麻，有龙血树、甘蔗、橙树、柠檬树。柠檬树不久之前才从外面引进来，由于这里是热带地区，又正在夏季，所以长势喜人。

有一天早上，四重奏小组顺坡而上到了塔伊斯人村庄的另一头，他们沿着一条水流湍急的山涧往上爬，一直爬到山顶。放眼远眺，塔伊斯山谷、塔比斯山谷以及哈巴斯山谷都在他们的脚下，他们不禁高声赞叹起来。如果身边带着乐器的话，他们定会情不自禁地演奏一首抒情的曲子以报答大自然鬼斧神工的美景，也许，只会有几对比翼鸟能够聆听他们的绕梁之音。然而，当地称为"库鲁库鲁"的鸽子是多么美丽呀，它们在山顶翱翔着；那金丝燕又是多么可爱，它们将翅膀轻轻一掠，随心所欲地飞向天空；鹳则是努库希瓦港湾中的常客，它们经常在这儿栖息。

此外，在这里，哪怕在最茂密的森林之中也见不到毒蛇，一点也不用害怕。蟒蛇长仅两尺，同水蛇一样不会伤人。石龙蜥长着同花朵一般的蓝色尾巴，对它们都不必担心。

土著居民有显著的共同特征，身上具备亚洲人的特点，因此同其他岛上的居民有着明显的差别。他们身材一般，极其匀称，肌肉发达，熊

腰虎背。他们四肢纤细，脸盘呈长圆形，前额较高，眼睛黑黑的，睫毛较长，鼻子呈鹰钩状，牙齿洁白又整齐，肤色既不红又不黑，是阿拉伯人那种茶褐色的皮肤，面部表情总是显得愉快又温和。

从前，岛上的居民有文身的习惯。这里的文身并不是在皮肤上刺花纹图案，而是将油桐树的炭粒撒在皮肤上而灼成花纹，但是这种习俗已经完全改变了，现在取而代之的是传教士教会他们穿的棉布衣服。

"这里的男人们都很英俊。"伊夫内斯说道，"不过，当年他们只围一块缠腰布，以传统方式绾起头发，再张弓搭箭，那时可能比现在更英俊呢！"

有一次，当他们同总督西柳斯·比克斯泰夫一同去康屈勒游览时曾经谈到过这个见解。西柳斯·比克斯泰夫当时想带领客人们参观一下这个海湾，该海湾同拉·瓦列塔港一样分成好几个港口，要是努库希瓦属于英国人，那么早就变成太平洋上的马耳他①了。哈巴斯部族的人聚居在这一地区。港湾之间有着肥沃的土地，潺潺的瀑布倾泻下来注入小河，小河流经这片肥沃的土地。这里曾经是美国人鲍特同当地居民争夺岛屿的主要战场。伊夫内斯问总督时，总督回答他说：

"或许你说得对，伊夫内斯先生。马克萨斯土人围着缠腰布、穿着五彩缤纷的'玛鲁'及裙子，系着'阿胡本'——这是一种围在肩上的飘巾，再戴上近似墨西哥帽子的'第布达'，那个时代的他们确实比现在漂亮。肯定地说，现代服装不适合他们。但又有什么办法呢？文明的必然结果就是要庄重严肃。在传教士们传播现代文明，努力开导当地居民的同时，也就鼓励他们穿戴规范起来。"

"难道传教士们说得不对吗，舰长？"

"从礼仪角度看，完全正确。但从卫生角度看，我不敢苟同。努库希

---

① 马耳他是位于地中海中部的一个岛国，当时属于英国。

瓦人以及其他岛上的居民自从穿戴庄重后毫无疑问地失去了原来天生的强壮活力，那种与世无争的快活天性也消失了。他们慢慢觉得沉闷烦躁，身体也开始有病痛了。可是从前他们根本不知道什么是气管炎、肺炎、肺痨病……"

"而且，自从他们不再光着身子，他们就会伤风感冒了……"班希纳大声说道。

"你说得对！种族衰退的重要原因就在于此！"

"那么，我由此得出结论，""殿下"接上去说道，"亚当和夏娃被从伊甸园里驱逐出来、穿上了裙子和裤子以后才开始打喷嚏的，结果，作为他们退化了的后代，应当承担这个后果，因此我们就要患肺炎！"

"总督先生，"伊夫内斯问道，"我们似乎觉得这个群岛上的女人不及男人们漂亮……"

"在其他岛上也是如此。"西柳斯·比克斯泰夫答道，"可是你们在这儿看到的却是大洋洲各岛上长得最完美的一类女人。不是吗，凡是接近原始状态的种族都遵守这样一个共同的自然规律。在动物界不也是这样吗？一切动物，从形体方面看，总是雄性动物比雌性动物更美，这几乎是条永恒的规律，不是吗？"

"哎哟！"班希纳嚷了起来，"也只是到了地球的另一边，我们才能发表这类评论，漂亮的巴黎妇女可绝不会同意这种观点！"

努库希瓦的居民分成两个阶层，两阶层均遵守禁忌法。禁忌法是由强者富裕阶层制定出来的，以对付弱者、贫穷阶层，保护他们的特权与财产。禁忌的象征为白色，凡涂上白色的禁忌物，如圣地、墓葬建筑、首领们的府邸，都不准平民百姓接触。因此，就有了一个不可亵渎的阶层，这个阶层里有祭司、巫师，巫师们也叫做"图瓦司"；此外就是行政首领，称做"阿卡基"。另一个是受禁规约束的阶层，那就是大多数妇女以及下层平民。此外，受禁忌法约束的人，不仅不可以用手去触摸由禁忌法保护

的东西，甚至连瞧一眼都是禁忌的。

"这条禁规在马克萨斯群岛同在帕摩图群岛和社会群岛一样，都非常严厉，"西柳斯·比克斯泰夫补充说道，"我劝你们可千万不要触犯它。"

"听见了吗，左恩朋友？"弗拉斯高林说，"可得管好你的手、你的眼睛！"

大提琴手只是耸了耸肩作为回答，似乎这事与他没有任何关系。

九月五日，标准岛驶离塔约·哈埃。它从塔约·哈埃诸岛中最东端的花胡纳岛西边开始航行，大家只能从标准岛上远远地瞭望，看到岛上一片青翠的树木，这里没有海滩，临海的全是陡峭的悬崖。不用多说，标准岛经过这些岛屿时减缓了航速，因为如此的庞然大物若全速行驶，必然会卷起浪涛，将小船抛向海岸，波浪也会把沿岸淹没。标准岛驶过瓦布岛时，离岛仅距离几个锚链远。这里有两个港湾：一个叫"领地湾"，另一个称为"迎客湾"。一看名字就知道是法国人给起的。当年，马尔尚船长确实在这里挂起了法国国旗。

继续向前行驶，艾戴·辛高叶舰长把标准岛开进了第二组岛屿，驶向希瓦瓦岛，西班牙人把这座岛叫做多米尼加岛，这座岛是该群岛上最大的岛屿，由火山形成，其周长为五十六英里。人们可以非常清楚地看到发黑的山崖上嶙峋的悬崖，在岛中央的山丘上，茂密的绿荫丛中有瀑布倾泻下来。

一条三英里宽的海峡把希瓦瓦岛同塔胡阿塔岛分隔开，由于宽度不够，标准岛无法从海峡中穿过，它就从西边绕过塔胡阿塔岛。最早到达此地的欧洲船只就停泊在这里，即麦德·丢斯海湾，也就是库克命名为"大革命海湾"的地方。要是塔胡阿塔岛能距离它的凤敌希瓦瓦岛再远一点，那么它们之间要开战就会困难得多，各部族之间就会减少接触和摩擦，也就不会像现在这样斗志旺盛、凶狠地互相残杀了。

辛高叶舰长从东侧的不毛之地——荒无人烟的蒙塔内岛驶过后就掉

过方向，开往法图伊瓦，即从前的库克岛。说实在的，这座岛实际上只是一块巨型岩石，岛上热带鸟类大量繁殖，看上去整座岛简直就像是周长达三英里的一块甜面包！

九月九日下午，太平洋东南的最后一座小岛也从亿兆城居民的视野中消失了。为了能按照航线前进，标准岛调整方向，朝帕摩图群岛开去，它将由岛的中部穿过。

天气始终十分宜人，这儿的九月相当于北半球的三月。

九月十一日上午，左舷港的小艇驶近了一个浮标，浮标同通往玛德琳海湾的电缆联通。包着绝缘橡皮的铜线一端与天文观测台上的设备相联结，于是，跟美国海湾的电话相连。

标准岛公司当局听取了关于马来亚双桅船遇险的报告，那么，他们是否授权总督让遇险者留在标准岛上直到到达斐济群岛的海域再离开，以便从那里回国，那样既快又可以少花钱？

公司当局同意了。只要亿兆城的社会显贵们没有什么异议，标准岛甚至获准向西开进，直至新赫布里底群岛，在那儿让遇险者上岸。

西柳斯·比克斯泰夫把这项决定通知了沙洛船长。沙洛船长请总督代他向玛德琳海湾行政当局致谢。

Chapter 12 帕摩图三星期

　　说真的，如果四重奏小组不感激卡里杜斯·蒙巴，那么他们的忘恩负义就已到了令人愤慨的程度了，因为，哪怕他略施了一点骗人的伎俩，总还是他把他们引上了标准岛。只要他是为了使巴黎艺术家们在亿兆城受到上宾般的殷勤招待、得到优厚的薪俸，那么，艺术总监采取了什么手段又何足挂齿呢！塞巴斯蒂安·左恩老是赌气，终究，江山易改，本性难移，浑身长满利刺的刺猬是变不成毛茸茸的纤柔小猫的。但是，伊夫内斯、班希纳，甚至弗拉斯高林本人，也从来没有想到过会有这样的好日子。能在太平洋进行一次既无危险又不感到疲劳的航行，饱览海洋景色，岂不美哉！尽管海域在不断变化，但气候始终宜人，同样使人感到舒适爽快。再则，他们不必介入岛上两个敌对的阵营，大家都把他们当做标准岛上的知音，无论是左舷区谭克东家族还是右舷区考弗莱家族，还有其他声名显赫的人士，都将他们奉为贵宾。在市府大楼，总督及其助手们礼待他们；在天文观测台，他们又受到辛高叶舰长及其军官们的敬重；斯蒂瓦特上校及其部队对他们也如同贵客。凡是礼拜堂及圣母马利亚教堂有什么宗教仪式，他们都欣然协助奏乐。无论是在港口、工厂、官员中间，还是在职员中间，他们碰到的总是和蔼可亲的人。请问所有明智的人，在这种环境里，我们的同胞难道还会去怀念他们在合众国的城市间颠簸辗转的那种生活吗？难道这个世界上还会有人一定要同自己过不去而不希望得到如此的幸福吗？

无怪乎第一次见到艺术总监时他就说：

"你们将会亲吻我的手来感谢我！"

如果说，他们还没有吻过总监的手，他们也不会去吻他的手，那是因为习俗上男人的手是不可以吻的。

有一天，阿塔那兹·多雷姆——这位最幸运的人，对他们说：

"我来标准岛上已有两年了，一旦有人告诉我，我还能活六十年，那么，我希望这六十年能在岛上度过，否则我将饮恨黄泉。"

"你的胃口倒不小，"班希纳答道，"还想当个百岁寿星呢！"

"嘿，班希纳先生，我肯定能活到一百岁！标准岛上的人怎么会死呢？"

"可是不论在哪儿，人总不免一死……"

"这儿可不一样，先生，天国里的人不会死，这里的人也就不会死！"

对这番话，还有什么可以说的呢？诚然，时不时还是有几个人天数已到，在这媚人的岛上魂归天国。这时，轮船就把他们的尸首运到遥远的玛德琳海湾的公墓里。所以，一切都是有定数的，在这个世界上，幸福美满、尽善尽美地的生活也是不可能存在的。

但是，在海平面远处，总有几个黑点。看来还得注意，这些黑点正慢慢地形成一片片浓密的雨云，这些云层将在相当长的时间后引起暴风雨及阵阵狂风。谭克东与考弗莱之间的这种令人遗憾的对立已表现得相当尖锐，使人忧心忡忡。而他们的拥护者们又与之同仇敌忾。这两派会不会有一天正面冲突起来？亿兆城是否已受到了混乱、骚动、革命的威胁？亿兆城行政当局有没有强大的力量控制局势？西柳斯·比克斯泰夫有没有铁腕来维持标准岛上的凯普莱特和蒙太古①两个家族和平共处的局

---

① 凯普莱特和蒙太古是莎士比亚名剧《罗密欧与朱丽叶》中两个世世代代有冤仇的家族。

面？谁都无法预料。当两名仇敌都想要维护自己的荣誉、自尊并把它看得至高无上时，什么事情都可能发生。

自从过赤道线时的那一幕发生以后，两位亿万富翁成了公开的冤家对头。各人又都有朋友支持。于是两大区之间的一切来往都停止了。远远瞥见对方的人，马上就抽身避开；一旦迎面碰上就相互威胁，这时的目光是多么凶狠，而动作手势又是多么粗野！人们甚至已经在传说，从前芝加哥的商行老板和几个左舷区的人将要开一个商店，还请求标准岛公司准许他们办一个大型的屠宰加工场，他们将进口十万头猪，在这里屠宰、腌渍，并且卖到太平洋上的诸群岛……

由此，大家自然而然地认为谭克东府邸与考弗莱公馆是两大火药库，只要冒出一点点儿火星，那么这两处就会爆炸，自然，标准岛也会被一齐炸掉。可是不要忘记，亿兆城是浮在世界上最深的海洋上的一架大机器。当然，如果说"爆炸"，那么说的还是"精神意义上的大爆炸"，一旦发生这种情况，其结果就是标准岛上的名流豪富将会弃岛回国。这个决定势必会直接影响到标准岛公司的前途，也肯定会影响它的财政状况。

所有这一切形势是严峻的，其复杂的后果即使不是物质上的灾难，也已经够令人焦虑了。何况，谁又能保证不发生物质方面的灾难呢？

也许，标准岛当局的头脑比较清醒，不为表面上的相安无事所蒙蔽，也许当局会比较密切地注意沙洛以及马来亚人遭遇海难、受到热情款待后的活动。这么说并不是指他们发表了一些居心叵测的奇谈怪论，因为他们本来不善言辞，况且又远离标准岛的居民生活，同岛上其他人不来往，所以这个问题不存在。在这里，他们过着养尊处优的富裕生活，今后回到新赫布里底群岛时也许会怀念在这里度过的好日子。有没有理由去怀疑他们呢？有，也没有。只是，警觉的旁观者会发觉，他们总是在标准岛上东奔西跑，始终不停地在观察并研究亿兆城，考察大街的位置、布局，大厦、饭店的地址，似乎正在绘制一张标准岛的地图。在公园、乡村都能碰到他们。他们也常去左舷港或右舷港，去观察船只抵港或者离港。人们也可以见到他们散步时走到很远的地方，在海边探查。那里正是海关所在，工作人员日日夜夜值班守关。他们又常去标准岛前艏和后端的炮台上观摩。可是，说到底，这也没什么大惊小怪的，这些无所事事的马来亚人打发时间的最好方式不就是游览吗？难道说游览也是什么可疑的举止？

这时，辛高叶舰长把标准岛慢慢地驶向西南方。自从变成了这座移动岛上的居民，伊夫内斯整个都变了，令人兴趣横生的航行真使他陶醉了。班希纳和弗拉斯高林也兴致勃勃。每两周，他们举行一次演奏会，此外，不少人在举行家庭晚会时也竞相以高价聘请他们去演奏。而演奏之余，他们在娱乐城里度过了许多美好时光！亿兆城报纸上的消息通过电缆传过来，社会新闻则是新近几天发生的事，由定期的船带过来。所以每天早上浏览一下报刊就能知道欧美大陆上一切令人感兴趣的事情，有关这四个方面的事情均有报道：社交、科学、艺术及政治。有关最后一个方面，不得不承认，不论什么倾向的英国报纸，对这座活动岛屿的存在以及它畅游太平洋的做法，都不断非难、指摘。然而在标准岛上以及在玛德琳海湾，大家对这类流言飞语嗤之以鼻。

我们可别忘了提一下，几个星期前，左恩和他的伙伴们从国外消息栏目中已经读到，有几家美国报纸已报道四重奏小组失踪的消息。还有许许多多人尚未亲耳聆听到备受欢迎、名扬合众国的四重奏小组演奏，正翘首等待着，他们一旦失踪，不可能不掀起满城风雨。在约定的日子他们未能到达圣迭戈，所以圣迭戈方面报了警。后来经打听调查，人们总算发现，法国艺术家们在下加利福尼亚海边被人骗上标准岛，现正在标准岛上航行。总之，既然艺术家们没有因受骗而报案，那么，标准岛公司与美国政府之间也就没有交换任何外交照会。四重奏小组何时愿意

重新登上他们大获成功的舞台，他们必将会再次受到大家的热烈欢迎。

大家也都理解，两名小提琴手和一名中提琴手努力说服大提琴手，迫使他放弃他的抗议。因为如果他一味抗议，会使美国政府同"太平洋上的瑰宝"正式宣战。哪怕两个国家因为他的抗议而交战，这位塞巴斯蒂安·左恩先生也决不会后悔的。

还有，演奏家们被迫上岛之后，已经多次鸿雁传书，写信回法国。他们的家人现在也很放心，时常跟他们通信。邮件往来十分准时，就像巴黎和纽约间的邮班一样。

九月十七日早上，弗拉斯高林正坐在娱乐城图书馆里。他非常自然地觉得要查阅一下帕摩图群岛的地图，因为标准岛正驶向该群岛。一打开地图，他的目光刚接触到太平洋这一片海域，就自言自语地嚷了起来：

"成百上千的蘑菇！艾戴·辛高叶舰长开进这么个蘑菇堆里，他怎么应付呀？在这么一大群礁石和岛屿之间，他怎么能通得过？这类岛，有好几百个，就像池塘里的一大堆石头，他会触礁、会搁浅，标准岛的机器不是被这块尖石捅破就会被另一块尖石戳穿……最后我们会搁浅，死在这些小岛中，永远开不出去，这里的小岛比法国布列塔尼亚的莫尔比昂附近的小岛还密集！"

弗拉斯高林言之有理，他是个明智的人物。莫尔比昂只有三百六十五座小岛——同一年里的天数一样——而在帕摩图群岛，不费吹灰之力就可以计算出比那多一倍的小岛。群岛四周围着珊瑚礁。按照埃利泽·雷克吕斯的估计，其周长不下六百五十法里。

观察帕摩图群岛的地图，不由得使人惊叹，一艘船，特别是像标准岛这样一个海上大机器，竟然敢穿越该群岛。就在南纬十七度到二十八度、西经一百三十四度到一百四十七度之间的区域内有近千座小岛，单从马塔依瓦直到皮特凯恩，粗粗估计一下，就有七百来座岛屿。

因此，这个群岛还有许多其他奇奇怪怪的形容词也就不足为奇了。

它的名称中就有一个叫做"危险群岛"或"恶海"。因太平洋的特点就是地理形势多变，所以该群岛还有其他的名称，如"低洼群岛"，又称"遥远群岛"，用当地语言说，"遥远"就是"土阿莫土"。这座岛又称为"夜岛"以及"神秘的土地"。由于当地语言"土阿莫土"就是"被征服的群岛"之意，所以，一八五〇年，当帕摩图群岛的议员们在塔希提岛的首府帕皮提开会时，议员们对这个称呼表示了抗议。到一八五二年，法国政府尊重议员们的意见，在上述许多名称中选了"土阿莫土"为群岛的名称。尽管如此，在本故事中，我们还是用大家都熟知的名字，即帕摩图群岛，来称呼它。

这次航行险象环生，但无论怎么困难，辛高叶舰长却异常果敢。他对这一带海洋非常熟悉，大家完全信任他。他指挥一个机器岛像划一只小艇一样自如。他能使整个机器岛在原地掉转头，甚至可以说像在摇橹前进一样轻松。弗拉斯高林对标准岛完全放心了，帕摩图群岛上尖利的岩石甚至不会轻轻碰到机器岛的钢铁外壳。

十九日下午，天文观测台瞭望哨报告，群岛的前沿岛屿已在十几英里远的海面出现。这些岛的地势果然很低，有几座岛只高出海平面约四十米，而有七十四座岛高出海平面仅一米左右。有一点海潮时，岛每昼夜要被海水淹没两次。其余的岛只是被岩礁围绕着的珊瑚环礁、寸草不长的珊瑚礁以及顺着各岛方向延伸在周围的礁石。

标准岛从东边接近群岛，它的目标是去阿纳阿岛。阿纳阿岛曾经是首府，由于一八七八年那次可怕的飓风将它部分摧毁，群岛的首府迁往法卡拉瓦岛。那次飓风使得阿纳阿岛的居民大量死亡，并且使考库拉岛受到了严重的灾害。

标准岛首先看见了在三英里之外的伐希塔希岛。这一带是帕摩图群岛中最危险的地带，由于有洋流的冲击及向东延伸的岩礁，标准岛小心翼翼地行驶，如履薄冰。实际上，伐希塔希岛只是一大堆珊瑚而已，其间有三座长着茂盛树木花草的小岛，而北面的那座小岛上有当地最大的一个村庄。

第二天，大家瞧见了亚基地岛。该岛的礁石上面都长满了棕榈树、马齿苋和一种黄色的满地爬藤的草以及毛茸茸的琉璃苣。亚基地岛与其他岛屿的区别在于它没有环礁形成的礁湖。在相当远的地方就可以望见这座岛，因为亚基地岛的海拔超过了帕摩图群岛的平均海拔。

次日，另一座稍稍大一点的岛出现了，这座岛叫阿玛女岛，这座岛上的礁湖在西北角上有两个缺口，与大洋相通。

亿兆城的居民们因为去年来过此地，今年旧地重游，有点打不起精神来，所以就走马观花地欣赏一下。然而班希纳、弗拉斯高林、伊夫内斯却十分希望标准岛能停一停，那样他们就可以趁机上岛去勘察研究一下由珊瑚骨做成的岛——既然岛是由珊瑚形成的，那么它也不是天然生成的，换句话说，同标准岛也是相像的……

"不过，"辛高叶舰长指出，"我们的岛能移动……"

"它太能移动了，"班希纳答道，"它没有一个地方能停下来！"

"它将停在豪岛、阿纳阿岛、法卡拉瓦岛，先生们，你们有的是时间去岛上溜达。"

当他们问起这些岛是如何形成的时，艾戴·辛高叶舰长持的是通常大家都接受的那种理论。即在太平洋的这一区域，洋底缓慢下沉了三十米，于是珊瑚虫等水生动物在沉入水的岛面岩顶上找到了相当坚固的基础，它们就在上面建造珊瑚建筑。由于这类纤毛虫纲的小动物不适应在更深的水里生活，所以年复一年，珊瑚层一层层地往上堆，最后升出了水面，也就形成了群岛。帕摩图群岛中的岛屿可以分为三类，即栅栏类、裾礁类以及环状类。环状类岛也就是环礁形成的环形岛，这是印第安人的叫法，专指有内湖的环状岛屿。此外，由于海上垃圾被海浪抛上岛，于是形成一层腐殖层，风吹来了种子，于是植物在环状珊瑚岛上生长起

来，加上热带气候的影响，石灰基质的岛表面就长满了青草和植物，灌木和树也生长起来了。

"谁能预料到呢？"伊夫内斯说道。他一时兴致大发，想发表他的预言："也许有朝一日被太平洋淹没的陆地会重新露出水面，因为这些显微的小虫始终不断地在岩石上堆砌它们的产物。要是那样下去，那么，目前帆船和汽轮来来往往的地方会行驶着横贯欧美的特快列车……"

"调子太高，离谱了，我的老以赛亚①。"班希纳一点也不给情面地抢白。

就像辛高叶舰长所说的，九月二十三日，标准岛在豪岛前停下来。豪岛近海的水很深，所以标准岛就停在很靠近岛的地方，放下了小艇。小艇载着游客穿过通道驶往豪岛。航道的右边，一片椰树林形成了天穹。这里最大的村庄在一座山丘上，需行船五英里才能到达。村里居民至多三百人，大部分人均受塔希提公司雇用，在此捕蚌作业聊以为生。这里从前只有露兜树、香桃木，但现在这片土地上甘蔗、菠萝、水芋、烟草等长得跟露兜树、香桃木一样茂盛，特别是椰子树长得最好，宽阔的椰子叶遍布全岛，至少有四万余株椰子树。

可以说，椰子树是一种"省力树"，不用培植，自会成林。当地居民习惯食用椰子的果肉，其营养成分远远超过露兜果。他们还用椰子来喂猪、喂家禽，也喂狗。当地人特别喜欢吃狗排、狗里脊。此外，椰子经切碎，捣成渣浆，在太阳底下晒干后用极简陋的压榨机就可以榨出贵重的椰子油。所以常有货轮驶来，将椰子干运到大陆上去，那里的油厂加工时出油率更高。

豪岛上土著居民极少，因此，在该岛上观察及评论帕摩图群岛的居民并不合适。四重奏小组希望能更好地观察当地百姓，那还得去阿纳阿

① 以赛亚是《旧约全书》中的预言家，是第一位先知先觉者。

171

岛。标准岛于九月二十七日上午抵达阿纳阿岛。

当他们靠近阿纳阿岛时，才看见风景如画的苍翠山坡。这是帕摩图群岛里最大的岛屿之一，如果以石珊瑚岛基测量，该岛长约十八英里，宽为九英里。

据说一八七八年时，飓风在岛上肆虐，致使人们不得不把首府迁到法卡拉瓦岛。尽管此地是典型的热带气候，可以断定，即便遭到风灾的大规模破坏，几年之内就会恢复，但是灾害毕竟造成了巨大的损失。果然，现在阿纳阿岛又重现了从前生机勃勃的样子，岛上有居民一千五百人。同法卡拉瓦岛比较，阿纳阿岛只能甘拜下风，其重要原因在于阿纳阿岛内陆湖与海洋只有一个狭窄的航道沟通，而且由于内湖水位高于外洋，所以总有一股水浪往外涌。在法卡拉瓦岛，却正相反，它的南北各有一个航道使内陆湖与外洋相通。尽管主要的椰油市场已迁到了法卡拉瓦岛，阿纳阿岛始终因其风光绮丽、美景如画而得到游客的厚爱。

标准岛在极其优越的泊位一停下来，许多亿兆城的居民就乘船上岸。由于塞巴斯蒂安·左恩也同意上岸去游览，所以他与伙伴们第一批登上陆地。他们首先去图阿霍拉村，在去之前，他们先研究了一下该岛是如何形成的——同帕摩图群岛中所有的岛屿都相同。这里，珊瑚质的岛岸，即珊瑚环礁，宽度四到五米，沿海洋的一边非常陡，而靠近内陆湖的一边则坡度相当小。这座岛的周长约一百英里，同雷洛阿岛及法卡拉瓦岛不相上下。环带上集中了几千棵椰子树。在这座岛上，椰子树即使不是唯一的财富，也可以称得上是主要财富了。当地人小茅屋的正面总在椰子树的树荫底下。

一条沙砾铺就的大路穿过图阿霍拉村，由于沙砾是白色的，因此这条路白得耀眼。自从阿纳阿岛降级不再是帕摩图群岛首府后，法国常驻代表就不再居住此地。不过，他的房屋一直保留着，四周还有一堵并不豪华的围墙。一支由海军中士负责指挥的小队守备该岛，军营中飘着三色法国国旗。

图阿霍拉的房屋很值得我们称赞，这里的房子不是茅草屋，而是舒适、清洁、内有足够家具的小房子，大多数的房子都盖在珊瑚质的地基上。房顶用露兜树的树叶做成，而这种贵重树木的树干则用来做门窗。房子的四周远近错落地分布着一些小菜园子。当地居民用腐殖土铺满了菜园子，园子里的景象真使人流连忘返。

这儿土生土长的人皮肤比较黑，外貌并不特别漂亮。虽然他们同马克萨斯岛居民比，面部表情欠丰富，性格脾气也不够随和，但仍然是太平洋热带地区的那类外貌英俊的民族。因为他们既聪明又勤劳，所以可能有更强的能力经受考验，而不至于发生太平洋诸岛土著居民碰到的生理退化现象。

他们这里主要的工业，正像弗拉斯高林观察到的，即制造椰子油。正是因为这个原因，整个群岛上种植了大面积的椰树林。椰子树的繁衍就像环礁表面珊瑚质的增生一样不费吹灰之力。不过，椰子树有一个天敌，巴黎游客们有一天在内陆湖边的沙滩上躺着时曾经亲眼目睹过。

当时他们正躺着，发觉内陆湖的绿水同海洋的湛蓝色有着明显的差别时，一种爬行动物在草丛里发出了窸窸窣窣的声音，吸引了他们的注意。接着，大家顿时感到毛骨悚然。

他们发现了什么？……一只硕大无朋的甲壳动物！

他们的第一个反应就是一骨碌爬起来，紧接着第二个动作就是注视着这个动物。

"多么讨厌的东西！"伊夫内斯叫道。

"是一只蟹！"弗拉斯高林回答说。

真是一只蟹，当地居民称之为"皮尔戈"，这一带的岛上都有很多皮尔戈。它的前足形成两把坚硬的老虎钳或剪刀。它可以用前足打开椰子，椰子的果仁是它们最可口的食物。皮尔戈生活在地洞的深处，它们在树

根之间挖出很深的洞，在洞里铺上椰子的纤维表皮当做草垫子。到了晚上，它们就爬出地洞寻找掉在地下的椰子，它们甚至还会爬上椰子树的树干和树枝，设法把椰子打下来。当时他们看见的这只蟹该是饿坏了——班希纳这么说——否则它不会在正午时分从昏黑的窝里爬出来。

因为，看起来它将要干的事情极其奇特，所以巴黎游客们听之任之。它已看准了荆棘丛中的一个大椰子。它慢慢地将椰子表面的纤维剥离。当椰子果实露出来后，它就开始敲碎椰子的硬壳。它不断地敲击，而且始终敲一个地方。等到把果实打开后，皮尔戈就用尖利的后爪把果仁掏出来。

"可以肯定，"伊夫内斯说道，"大自然造就了皮尔戈，就是为了让它打开椰子的。"

"而大自然造就了椰子，也就是为了喂给皮尔戈食用的。"弗拉斯高林补充说。

"那么，我们与大自然唱反调，不让这只蟹去吃椰子，或使这个椰子不被蟹吃掉，你们看怎么样？"班希纳提议说。

"请你们不要跟它捣乱，"伊夫内斯说，"别让人对巴黎来的游客有坏印象，哪怕是对皮尔戈，也不要这么做。"

大家同意了，这时大蟹似乎用愤怒的目光瞥了"殿下"一眼，然后以感激的目光向四重奏小组的第一小提琴手致意。

在阿纳阿岛休息了六十小时后，标准岛开始向北航行。它驶进了一大堆星罗棋布、大大小小的岛屿，而辛高叶舰长胸有成竹地在航道间穿行。自然，在这种情况下，亿兆城的居民不再在街上溜达了，他们喜欢待在标准岛的沿岸，尤其是在岛的前艏炮台附近。在那里观察，总望得见一些岛屿，说得更确切点儿，望得见一些绿色的花篮漂在水面上，那景象就像荷兰运河上的花市一般。许许多多独木舟在标准岛的两个港口附近来回打转。不过港监已经接到命令，凡无关的船只不准入港。当活

动岛驶近石珊瑚悬崖时，好多当地的妇女游近标准岛。妇女们并没有同男人们一起坐在船里，因为在帕摩图群岛，人们禁止妇女上船。

十月四日，标准岛停泊在法卡拉瓦岛南边的航道口。在放下渡船之前，法国在当地的常驻代表到右舷港来拜访，于是西柳斯·比克斯泰夫总督命令把他迎入市府大楼会晤。

会谈在诚挚友好的气氛中进行。西柳斯·比克斯泰夫以官方要员的身份出现。在这种礼仪场合，身份是很重要的。法国常驻代表系海军陆战队的一名年资较高的军官，同西柳斯·比克斯泰夫相比，他的身份同样显要。无法想象，还会有什么比这更肃穆、更庄重、更文质彬彬的场合，也没有比这更加呆板拘束的场合了。

招待会一结束，法国常驻代表便获准游览亿兆城，由卡里杜斯·蒙巴陪同。因为巴黎客人同阿塔纳兹·多雷姆均为法国公民，所以他们愿意与艺术总监一起陪同这位法国代表。对这位老好人来说，能再次同同胞聚在一起无疑是桩令人高兴的事。

次日，总督去法卡拉瓦岛回访老军官。两人又恢复了昨天政要的显赫身份，冠冕堂皇。四重奏小组也登上陆地，去法国常驻代表机构拜访。这是一幢朴素的房子，里面还驻有由十二名从前的水兵组成的守备部队。法国国旗在旗杆上迎风飘扬。

虽然法卡拉瓦岛已经变为帕摩图群岛的首府，我们上面已经讲过，但比起阿纳阿岛还是略逊一筹。这里最大的村庄，即使有绿荫掩映，仍然比不上阿纳阿岛的山水风光秀美。再则，该岛上的居民迁徙者较多。除了椰子油生产中心位于法卡拉瓦岛之外，本地居民还从事珍珠采集工作。经营珍珠采集生意也迫使居民们经常去邻近的托屋岛，该岛专门配备采集珍珠行业所需的许多专用设备。土著居民都是无所畏惧的潜水好手，他们毫不犹豫地潜到二三十米深的海底，他们已习惯于承受巨大的深水压力而不会感觉难受，而且可以屏住呼吸持续一分钟以上。

有几个渔民被准许向亿兆城的知名权贵出卖他们捕捞的珍珠或贝类。当然，亿兆城的贵妇们并不缺少首饰珠宝，只是自然状态下未经加工的毛坯倒是很难觅的。于是机会来了，渔民们的货立即被抢购一空，其价格贵得惊人。只要谭克东太太买一颗价值连城的珍珠，那么不用说，考弗莱夫人会步她的后尘。幸好没有稀世珍品出现，两家没有哄抢抬价，她们也不知道真拍卖起来，价钱会高到什么地步。至于其他人家，则是心里记着朋友们买什么自己也买什么。所以这一天用航海术语来说，法卡拉瓦居民真是"在合适的时机，得到潮水的推动"。

这样，过了十天左右，十月十三日，一大清早，"太平洋上的瑰宝"就起航了。离开帕摩图群岛的首府时，标准岛就处于群岛的西界了。从此，辛高叶舰长再也不用为那些大大小小的拦路岛屿及数不清的礁石、珊瑚礁提心吊胆了。他的巨舰没有碰上、刮上任何礁石，已经从"恶海"的海域中出来了。在一望无际的太平洋上有一片占四纬度的海域，这片海洋把帕摩图群岛同社会群岛隔开。现在标准岛开向西南方。它由一千万马力的机器推动，驶向布甘维尔①用如痴似醉的语言赞美的充满诗情画意的塔希提岛。

---

① 布甘维尔（1729—1811），法国航海家，他的《环球航行记》记述了他于1766—1769年航行探险的经历。

Chapter 13　停泊塔希提群岛

　　社会群岛也称塔希提群岛，位于南纬十五度五十二分至十七度四十九分之间，西经一百五十度八分至一百五十六度三十分之间，面积为两千两百平方公里。

　　该群岛又由两个小群岛组成：第一个小群岛叫做向风群岛，包括塔希提岛或称塔希提伊岛、塔哈岛、塔帕马诺阿岛、艾玫诺岛（又称莫雷阿岛）、泰蒂亚罗阿岛、梅海蒂亚岛，以上岛屿均受法国保护；第二个小群岛称为背风群岛，包括土布艾岛、马努岛、瓦伊纳岛、莱亚泰—塔奥岛、博拉博拉岛、莫菲—伊提岛、莫皮蒂岛、马佩提亚岛、别林斯高晋岛、锡利岛，这些岛屿都由土著居民的君主管辖。这些群岛是库克发现的，为了纪念伦敦皇家学院，他将这些群岛命名为学院群岛，然而，英国人却称之为乔治群岛。该群岛距离马克萨斯群岛两百五十海里。按最新统计的结果，社会群岛仅四万居民，其中包括外来的居民以及土著居民。

　　向东北方向驶去，第一个映入航行者眼帘的就是向风群岛中的塔希提岛。这座岛上的马约峰，又名亚代姆峰，海拔一千二百三十九米，高耸在那里，所以天文观测台上的瞭望哨很远就望见了塔希提岛。

　　穿越四度海域的航行非常顺利。在信风的助推下，标准岛在美丽的洋面上纵横驰骋。而在天空中，太阳正在慢慢地偏向南回归线。再过两个月零几天，太阳就会到达南回归线，从那时起，它又要重新移向赤道。

那时，连续数个星期，太阳将一直在标准岛的头顶上照射，所以，岛上将会连续暑热。此后，标准岛将随太阳渐渐地向北，始终保持一定的距离，就像一只狗紧紧跟着主人。

亿兆城也是第一次到塔希提岛休整。去年，他们的行程开始得太晚了，他们向西之行并未超过帕摩图群岛，在离开了该岛后就又折回了赤道。可是，社会群岛却是太平洋上最美丽的地方。由于标准岛可以自由选择停泊的地点、可以选择气候宜人的地方航行，所以巴黎客人能在这里游览、观察一切迷人的事物，自然尤为赞叹。

"不错，但是，走着瞧吧！这种荒唐的冒险会有什么好下场！"塞巴斯蒂安·左恩每次都以这句话作为结束语。

"我才不管结果怎样呢，我只希望这次航行能永远继续下去。"伊夫内斯高声说道。

十月十七日黎明时分，标准岛已经能看得见塔希提岛了。他们望见的是塔希提岛的北岸。夜里，他们已经瞧见了维纳斯角的灯塔。再经过一个白天的航行，他们完全可以到达首府帕皮提。帕皮提位于西北面，在维纳斯角后面。这时由三十名知名人士组成的协商会议召开，会议由总督主持。同所有的议会一样，总是分成两个阵营，以达到平衡。其中一个阵营是詹姆·谭克东一派，主张向西航行；另一阵营则是奈特·考弗莱一派，主张向东航行。西柳斯·比克斯泰夫在表决平分秋色的情况下有决定权，于是他决定从南边绕过塔希提岛，然后去帕皮提。四重奏小组对这项决定额手称庆，因为这样他们就能饱览太平洋上这颗明珠的一切美丽景色了，布甘维尔曾把它比做希腊的柯特拉温泉——爱的温柔乡。

塔希提岛的面积为十万四千二百一十五公顷，约为巴黎面积的九倍。在一八七五年，岛上居民为七千六百名土人、三百名法国人、一千一百名外国人，而现在仅剩七千名居民了。从几何图形看，塔希提岛活像是

一个倒置的葫芦，葫芦的大头是主岛，小的一头是塔塔拉布半岛，而连接两个球部的地峡则是塔拉沃。

这是弗拉斯高林在研究社会群岛的大地图时作出的比喻，伙伴们觉得这个比喻太贴切了，于是他们就用这个新的别名来称呼塔希提——"热带葫芦"。

自从一八四二年九月九日成为法国的保护国之后，在行政上，塔希提岛分成六个区二十一个县。大家都记得海军上将迪珀蒂·图阿斯①、波马雷女王②与英国之间发生的龃龉，当时主要是由于一个名叫匹恰③的、专事贩卖《圣经》及棉布的恶劣投机商在中间挑拨离间才造成的，阿尔封斯·卡尔④在《细腰蜂》一书中曾把这个角色加以夸张，刻画得淋漓尽致。

标准岛保持一海里的距离沿着"热带葫芦"航行，不会有什么风险。这个葫芦的基础是珊瑚质，珊瑚质下的地基垂直往下，一直到海洋深处。在靠近岛之前，亿兆城的居民们首先欣赏了巨大的岛身，领略了得天独厚、比夏威夷群岛上更加秀美富饶的山峦，这里有苍翠的山峰、绿荫覆盖的峡谷，峭壁尖峰直冲天空，仿佛大教堂的尖顶。他们也看到了岛周围的一圈椰树林带，这条林带是由拍击悬崖的海浪形成的白色浪花浇灌而成的。

这一天，标准岛正沿西海岸运行，好奇的人们都集中在靠右舷港的地方，手拿望远镜眺望——四个巴黎人各拿一个，人们对岸边的万千气象兴趣横生。巴贝诺县就在眼前，穿过宽阔的峡谷看得见一条河从山脚下流出，在一个有好几英里长的峭壁凹陷处注入大洋。他们看到了希蒂阿——一个风平浪静的港口，大量的橙子就是从这里运往旧金山的。他

① 迪珀蒂·图阿斯（1793—1864），法国海军上将，于1830年征服阿尔及利亚。1842年，他驱逐英国传教士匹恰，将马克萨斯群岛及塔希提群岛纳入法国的保护国。
② 波马雷女王是1762—1880年统治塔希提岛的一个王朝的女王，下文中还要谈到。
③ 匹恰（1768—1848），英国传教士、医生、人类学学者。
④ 阿尔封斯·卡尔是法国记者和作家，《细腰蜂》是他的讽刺文集。

们还望见了马哈埃纳县，法国人于一八四五年在这里跟土著居民经过一场浴血苦战才征服该岛。

下午，标准岛穿过了狭窄的地峡，来到塔拉沃。当标准岛绕半岛航行时，辛高叶舰长下令驶近岸边，使得陶蒂拉县境内肥沃的原野以及众多的河流能一展风采，让大家尽情欣赏。正是岛上纵横密布的河流使陶蒂拉县成为全岛最富庶的地方。塔塔拉布平稳地坐落在珊瑚岛上，死火山的火山口上的陡峰雄伟地屹立在那里。

接着太阳开始西斜，接近了地平线，山顶上发出最后一刻的绛红霞光。色泽渐渐暗淡，最后各种色彩都融在一起，变为透明的热雾，氤氲缭绕，过了一会儿，就变成了朦朦胧胧的一派景象，并散发出一种夹杂着橙子和柠檬味的清香，香味随着晚间的阵阵微风飘逸四散。短暂的黄昏一纵即逝，于是深沉的黑夜接踵而来。

标准岛于是绕过半岛东南方海角的尽头，在第二天天亮时到达塔拉沃地峡的西海岸。

塔拉沃县种植业发达，居民众多，这里的橙树林之间有许多公路，平坦宽阔的公路通向巴贝利县。在塔拉沃县的制高点有一个堡垒。在这儿可以指挥地峡两边的防务。此堡垒由几尊大炮守卫。炮筒已经从炮眼口脱出，像铜质的排水管一样向下倾斜。堡垒的尽头就藏着法厄同港口。

"为什么要以这个狂妄自大、爱闯祸的小子[①]的名字来命名这个地峡港口呢？"伊夫内斯心里很纳闷。

这天白天标准岛尽量贴着岛岸徐徐前进。塔希提岛西海岸的特点就是岛的下部结构是珊瑚质的，这类结构使得海岸线尤为曲折多变。新的县展示出它们多样化的景致：巴贝依利县内时有沼泽地出现；马泰亚则

[①] 法厄同是希腊神话里太阳神阿波罗的儿子，他借了父亲的太阳车转圈，先后靠近、远离地球，而使地面烧焦或寒冷。他因闯下大祸，被阿波罗用雷矢射死。

是巴贝依利里的一个优良港口。然后，他们看到了瓦伊里亚河流经的一片宽广的峡谷，峡谷深处是一座五百米高的山，活像一个洗手盆的支架，上面支起了一个周长约半公里的大洗手盆。从前这个盆是火山口，现在看来里面肯定盛满了淡水，因为它同海完全不通。

然后，标准岛驶过了阿蒂毛诺县，该县境内种植着大规模的棉花田，接着是以经营农业为主的帕帕拉县。过了马拉阿海角，标准岛深入了由底阿戴姆延伸出去并由普纳隆河灌溉的帕路维亚峡谷一带。驶过塔普纳、塔陶海角及法阿河的入海口，艾戴·辛高叶舰长就把方向往东北微微偏了一点，巧妙地从莫托·乌塔小岛旁开过。晚上六点时，标准岛停在帕皮提海湾的入口处。

海湾入口的航道需要穿过许多珊瑚礁，所以非常弯曲，毫无规律。沿着航道直到法琅特海角处的小珊瑚礁上，都还保留已生锈的不能再使用的大炮。当然，辛高叶舰长有海图，因此不需要领航员。在入海湾的航道口，领航快艇来回穿梭，寻找客船。这时，其中一艘小船船头上挂着一面黄色的旗子，从船群中开出，直到右舷港港口下方。这艘船是卫生检疫船，它来交涉卫生检疫事宜。在塔希提岛有严格的规定，凡是没有由港口官员陪同的检疫医生的准许，外来船只上的任何人都不准登上该岛。

这位医生一进右舷港马上同标准岛有关管理机构联系。亿兆城里根本没有病人，整座标准岛上都没有。一切传染病，如霍乱、流感、黄热病等，标准岛上从来没有发生过，所以只需要办理一个简单的手续就行，于是按惯例，他当即签发了"无疫证书"。但是海上晚霞出现不久，天色很快黑下来，于是登岛时间推迟到次日，标准岛就地过夜，等待黎明的到来。

拂晓时分，炮声响起来，这是船舶炮台在向背风群岛以及法国各个保护地的首府塔希提岛鸣礼炮致敬，礼炮二十一响。同时，天文观测台塔顶上金太阳旗也三次升降示礼。

塔希提岛大航道地角处有个"潜伏炮台"，对此鸣炮答谢，同样也鸣了二十一响。

一大清早，右舷港熙熙攘攘。电车载着潮涌而来的人去社会群岛首府游览。无疑，塞巴斯蒂安·左恩和他的朋友们也在其中。由于标准岛上的小登陆艇不够用，当地居民就争先恐后地来运载好奇的游客，把他们摆渡到距右舷港六锚链的港口。

不过，应当让总督第一个登上塔希提岛，他必须按惯例会见岛上的地方官员和军事长官，此外，他还必须同样以官方的身份正式拜访女王。

于是，九点钟光景，西柳斯·比克斯泰夫，他的副手巴特勒米·卢日、于伯莱·哈库三个人都穿上礼服，两个舷区的知名人士——其中包括奈特·考弗莱和詹姆·谭克东，以及身穿亮丽制服的辛高叶舰长同他的军官们，还有斯蒂瓦特上校及他的随行人员，都乘上了华丽的电汽艇。汽艇一艘艘开往帕皮提港口。

左恩、弗拉斯高林、伊夫内斯、班希纳、多雷姆、卡里杜斯·蒙巴同其他一些官员同坐另一艘船。

当地的小摆渡船、独木船等都排在亿兆城官方代表的电汽艇后面。亿兆城以总督、各机关首长及社会知名人士为代表，一行人显赫威武。社会知名人士中两位富豪有足够的实力能将整个塔希提岛买下来，甚至可以把整个社会群岛，包括其女王，全部买下。

帕皮提是一个极优良的港口，而且这是一个大吨位的船只都能停泊的深水港。它有三条航道：北面的大航道七十米宽、八十米长，由于有一个小小的沙洲，航道稍受影响；东边有塔诺阿航道；西边还有塔普纳航道。

电汽艇沿着海滨雄壮威武地前进。海滨有不少别墅及游乐场，还有一些船只停在码头旁。众人在一处美丽的泉水脚下登岸，这口泉也是供水点，其水来自邻近的山上淙淙不断的活水源，其中一座山上装有信号

设备。

西柳斯·比克斯泰夫一行登岛后立即受到成群结队的法国人、土著居民及外国人的热烈欢迎。大家都认为"太平洋上的瑰宝"是人类智慧和才能的结晶，是最了不起的创举，他们为它欢呼。

刚登上陆地时的热烈场面过去后，这一队人就走向塔希提岛总督的官邸。

卡里杜斯·蒙巴穿上了节日的盛装，仪表堂堂，只在有官方仪式上，他才如此穿戴。他邀请四重奏小组随他前进，而四位音乐家觉得对这位艺术总监恭敬不如从命。

法国保护的范围不仅包括塔希提岛和莫雷阿岛，而且还包括周围其他群岛。殖民地的行政长官是岛上的总督。他手下有一名协理官员，负责指挥海军、陆军各种部队，负责殖民地的财政及地方财政，并且也负责司法行政。总督秘书长的职权范围是管理当地的民政事务。由这里派出常驻代表到各个岛屿上去，如莫雷阿·帕摩图的法卡拉瓦、努库希瓦的塔约·哈埃，此外还派出一名治安法官到马克萨斯群岛管辖的地区去。自一八六一年起，这里有一个农业及贸易协商委员会行使职能，委员会每年在帕皮提举行一次会议。炮兵指挥机关和工兵领导机关均设在这里。至于这里的卫戍部队，则包括了殖民地宪兵队、炮兵队和海军陆战队，有一名神甫、一名祭司，都拿政府的薪俸；外加九名传教士，他们被派往分散的各个岛上，在那里进行天主教的宗教活动。说实在的，巴黎人简直可以认为自己是在法国，在法国的一个港口里，而这一点使他们很高兴。

至于各个岛上的村庄，则由一个乡镇议会来管理。议会由本地人组成，由一名议长主持，有一名法官、一名警长和两名由当地居民选举出来的参议官来协助议长工作。

标准岛的这队官员在枝叶茂密的树荫下走向政府办公楼。到处都有

挺拔美丽的椰子树、长着淡红叶子的木蔷薇、石栗，成片成片的橙林、番石榴林、橡胶林，等等。办公机关就在这翠绿的树木之中耸立着，宽大的屋顶刚刚高过树叶，办公楼上安有漂亮的阁楼天窗，使得整个建筑风格明快。房子一共有两层，下面是铺面，上面有一层，房屋的正面显得相当美观。重要的法国官员都聚集在这里，殖民地宪兵队也列队欢迎客人。

总督极其热情而有风度地接待了西柳斯·比克斯泰夫。标准岛总督在这一带的任何一个英属群岛上都没有受到过如此热情的招待。总督感谢标准岛总督率岛光临，并希望标准岛年年都来访问，他同时又对塔希提岛不可能回访标准岛而感到可惜。会谈进行了半小时，大家又约定，次日标准岛总督将在亿兆城的市府大楼等候塔希提岛的官员们。

"你们打算在帕皮提休整并稍事逗留吗？"总督问道。

"逗留两周左右。"标准岛总督答道。

"那你们将有幸见到法国舰队，他们将于本周末抵达。"

"我们标准岛将十分荣幸地请他们光临。"

西柳斯·比克斯泰夫将他的随行人员逐个作了介绍，他的助手们、辛高叶舰长、部队指挥官、各位政府官员、艺术总监，还有四重奏小组的音乐家们，他们受到了同胞手足可以得到的最热情的欢迎。

可是，他接着要介绍亿兆城两个城区的代表时，出现了微妙的问题。怎么才能照顾到詹姆·谭克东和奈特·考弗莱这两名动辄发怒的老爷的自尊心呢？他们也有权……

"并驾齐驱。"班希纳提议说，他一边模仿着斯克利布①的著名诗句说道。

但是，最后这个棘手的问题由标准岛总督自己解决了，因为他了解

---

① 斯克利布（1791—1861），法国剧作家。

亿兆城两位蜚声海内外的亿万富翁之间的对立情绪。他极其敏感，凡事有分寸，在正式场合举止极为端庄得体，他能够非常得心应手地用外交手腕来处理事务，并且处理起来极其自然，一切都像是按照历法规定来的。毫无疑问，若遇到这类情况，一个英国殖民地的总督会为了效忠联合王国而火上加油。在塔希提岛总督的办事机关里，则从来不会发生这类事情。最后，西柳斯·比克斯泰夫对自己所受到的欢迎感到非常高兴，他就此辞别，他的随从人员也随即告别。

不用说，塞巴斯蒂安·左恩、伊夫内斯、班希纳和弗拉斯高林早就有意让已经累得够呛的多雷姆回到他位于第二十五大街的家里去。他们自己则希望尽量能在帕皮提多游览游览，看看帕皮提的四周，去附近主要的郊县远足，到塔塔拉布半岛上走走。总而言之，他们想把这个太平洋葫芦里的每一滴水都尝一尝。

这个计划既已打算好，他们就告诉了卡里杜斯·蒙巴，艺术总监当然完全同意他们的意见。

"可是，"他对他们说，"你们还是过四十八小时之后再去游览。"

"为什么不能今天就去呢？"伊夫内斯问道。他已心急如焚，想拿起旅游手杖就走。

"因为标准岛当局将去拜会女王陛下，最好也能同时把你们介绍给女王和她的臣下。"

"明天去吗？"弗拉斯高林问道。

"明天塔希提群岛总督将来标准岛回访，所以你们最好……"

"要我们出场，"班希纳回答说，"那么我们就出场呗，艺术总监先生。我们会出席的。"

离开总督办公楼，西柳斯·比克斯泰夫和一行官员去女王王宫。他们在树下信步走去，到王宫步行也只需不到一刻钟的时间。

王宫环境十分优雅，四周都是绿荫树丛。王宫呈梯形，是幢两层楼

房。屋顶同瑞士的山区木屋一般，屋顶之下，每层楼都有阳台。从楼上的窗口望出去可以见到延展到城市边缘的广阔的种植园。种植园之外，则是汪洋大海。总之，王宫盖得玲珑美观，虽不豪华，却舒适大方。

王国变成法国的保护国之后，女王并没失去任何东西。固然，停泊在帕皮提港口内外的船桅上以及城里民用建筑或军事建筑上都飘扬着法国国旗，然而王宫建筑顶上还是塔希提群岛传统的王族旗帜在迎风招展，旗帜上是红白相间的横向条纹，在旗帜的一角有三色小船的图案。

一七〇六年，基罗斯小船发现了塔希提岛，将它命名为萨奇塔里亚岛。一七六七年瓦利斯以及一七六八年布甘维尔进一步完成了对这个群岛的勘察。发现该群岛之初，由奥贝列阿女王统治，奥贝列阿女王死后出现了太平洋诸岛历史上最辉煌的波马雷王朝。

波马雷一世（一七六二——一七八〇）当国王时称为"奥托王"，意为"黑鹭"，后来改为波马雷。

他的儿子波马雷二世（一七八〇——一八一九）于一七九七年以非常友善的态度接纳了第一批美国来的传教士。十年之后，他加入了基督教。这段时期，岛上内乱纷起，流血斗争不断，整个群岛的人口逐步从十万降到了一万六千。

波马雷三世是二世的儿子，他于一八一九年即位，统治到一八二七年。艾玛塔，即他的妹妹，就是著名的波马雷女王。她生于一八一二年，受可恶的匹恰的保护，后来成了塔希提岛及周围岛屿的女王。由于她的第一个丈夫塔布阿没能同她生下孩子，被女王遗弃，她又跟阿里菲德结婚。这次婚姻使他们于一八四〇年生下了王储阿里翁耐，王储卒于三十五岁。自生下王储的第二年开始，波马雷女王同群岛上这位最英俊的美男子生下了四个孩子。其中一个女儿——黛丽美伐娜，一八六〇年后成了博拉博拉岛公主。塔马陶王子生于一八四二年，后来被封为莱亚泰—塔奥岛亲王，由于他残暴成性，后来他的臣民起来造反，把他推翻了。戴里塔布尼王子生于一八四六年，因为天生跛脚，所以对仪容有影响。最后是图阿维拉王子，他出生于一八四八年，曾到法国读书。

波马雷女王的统治并非歌舞升平。一八三五年，天主教传教士同新教传教士之间发生了冲突。冲突之后，天主教传教士被驱逐出岛。但是，一八三八年，他们又随法国远征军回来了。四年以后，塔希提岛上有五名首领都同意法国成为宗主国。波马雷女王不同意，英国也表示抗议。法国海军上将迪珀蒂·图阿斯于一八四三年宣布女王被废，并放逐了匹恰。这一系列事件引发了马哈埃纳和拉贝巴两地的殊死决战，众所周知，迪珀蒂上将因此声名狼藉，匹恰则获得两万五千法郎的赔偿。后来布鲁阿海军上将接任，奉命妥善处理这些问题。

一八四六年，塔希提岛屈服称臣，波马雷女王于一八四七年六月十九日接受了受法国保护的条约。但她保持了对莱亚泰—塔奥、瓦伊纳岛及博拉博拉岛的君主权。此后，各个岛上还发生过多次动乱。一八五二年，在一次骚乱中女王被推翻了，甚至共和国也宣告成立。最后，法国政府重新扶植女王掌权，但女王放弃了三个岛的王权，把莱亚泰—塔奥岛的君主权交给了她的长子，把瓦伊纳岛的君主权交给了她的次子，把博拉博拉岛的君主权交给了她的女儿。

目前，是她女儿的后裔——波马雷六世担任塔希提群岛的君主。

班希纳送给弗拉斯高林"太平洋大词典"的雅号，于是弗拉斯高林不断地扬扬得意地以他的学问来证明他当之无愧。他把历史上的一切小事和个人逸事细节都告诉伙伴们，一边说还一边解释：我们无论到哪儿去、跟谁打交道，了解他们总是对我们有益的。伊夫内斯和班希纳回答他说，把波马雷王族的家族谱列出来，弄个明白，确实大有益处。而塞巴斯蒂安·左恩却说，他觉得"知道和不知道是同一回事，无关紧要"。

至于多愁善感、易于激动的伊夫内斯，他已经沉醉于塔希提岛富有诗情画意的自然景色。这使他回想起布甘维尔和迪蒙·迪维尔在书中描

述的他们那些令人兴味盎然的旅行体验。一想到他即将拜谒文学作品中这位以爱之神著称的土地上的女王——一个真正的波马雷君主时，他不禁激动得溢于言表，想想吧，只要提到女王的名字……

"她的名字，意思是'咳嗽之夜'。"弗拉斯高林立即回答道。

"好极了！"班希纳大声说道，"好像是'伤风女神''感冒王太后'，得了，你去感染吧，伊夫内斯，可别忘了带上一块手绢！"

伊夫内斯对这个爱恶作剧的人所开的不合时宜的玩笑恼羞成怒，然而，其他人都放声大笑。最后，首席提琴手自己也被这气氛感染了，于是也跟大家一齐笑了起来。

标准岛总督、岛上的官员和知名人士代表组成的政府代表团受到热烈隆重的接待，陪同仪仗队由宪兵队长官和他的两名当地助手担任。

女王波马雷六世约四十岁光景。她同周围的王族成员一样，穿着淡粉红的礼仪服装，塔希提岛居民认为这种颜色最相宜。她在接受西柳斯·比克斯泰夫的敬意时，表现得既高贵尊严又和蔼可亲，即使欧洲的一位女王在旁，也会觉得她举止得体，无懈可击。她用纯正的法语交谈，优雅高尚，因为在社会群岛法语是常用语。此外，她正热切地期望着能亲眼目睹标准岛。在太平洋地区，人们常常谈论起标准岛。此外，她也希望标准岛今后还能光临。詹姆·谭克东则受到了特别的欢迎，因为整个王室家族都信奉新教，而詹姆·谭克东是亿兆城新教教区最孚众望的人物。可这么一来，奈特·考弗莱的自尊心受到了伤害。

四重奏小组并没有被忽略，他们也被介绍给女王。女王居然对臣下们说，她很希望能聆听四人小组的演奏并为他们鼓掌。臣下立即毕恭毕敬地鞠躬领旨，遵照陛下的旨意办。而艺术总监将作出安排，以满足女王的要求。

觐见持续了约半小时，离宫时王宫仪仗队像在他们一行进宫时一样，进行了隆重的欢送仪式。

一行官员准备重返帕皮提港。可是当他们走到军人俱乐部时，被挽留下来了。军官们专门为标准岛总督和亿兆城的杰出人士准备了午餐。于是，香槟酒斟满，大家干了一杯又一杯。他们乘上电汽艇要回右舷港时，已是下午六时，港口里挤满了电汽艇。

晚上，巴黎的音乐家们在娱乐城相聚时又聊开了。

"看来我们还有一场演奏会要举行呢。"弗拉斯高林说，"我们为女王陛下奏点什么呢？她懂不懂莫扎特或贝多芬的曲子？"

"给她来一段奥芬巴赫，来点瓦尔内、勒科克和奥德朗！"左恩答道。

"才不呢！我们应当奏旁布拉舞①曲，这是明摆着的事！"班希纳提出了不同的意见。接着，他扭动起腰来。确实，这种黑人舞蹈的特点就是扭摆腰髋部。

---

① 旁布拉舞，是一种非洲黑人舞，是按鼓声节奏来跳的，需扭动腰髋部。

Chapter 14　天天欢度佳节

　　塔希提岛就像标准岛的休整港。从此以后，每年他们开往南回归线，岛上的居民都将在帕皮提港口附近休息游览。由于塔希提岛上的法国官方当局和土著居民都非常热情好客，因此标准岛也十分感谢，投桃报李，为塔希提岛上的居民敞开了大门，或更确切地说，是开放了港口。所以帕皮提的军人和平民蜂拥而来，他们转遍了标准岛上的乡村、花园、大街，也从没有发生过影响两岛之间和睦关系的事情。一开始，标准岛总督领导警察局认真检查，是否有塔希提岛的居民未获准许而擅自闯入标准岛、选择该浮动岛屿作为自己的家园，因为这会使得岛上的居民因偷渡而增多。

　　由于标准岛的开放政策，按照互惠原则，当辛高叶舰长在塔希提群岛中任意一座岛外停泊时，亿兆城的居民都可以享有充分的自由，上岸游览参观。

　　为了将来能常来休憩小住，亿兆城里几个富有的家庭希望能在帕皮提港附近租下别墅，并且已经通过电报预先订好。这些家庭准备在塔希提岛安个家，就像巴黎人在巴黎周边的地区带着全家人和仆佣、车马建立别墅一般，在那里过着大庄园主的生活，同时又是旅游者，只要他们对狩猎有嗜好，甚至还可以在那里打猎。总之，可以在这儿过乡间生活，况且这里的气候于身心大有好处，这里的气温从四月直至十二月一直保持在摄氏十四度到三十度之间。此外的几个月，南半球是冬季。

那些放弃住自己的公馆而去塔希提岛上住舒适的乡村民居的显赫人物中，我们要指出，其中有谭克东家及考弗莱家。从第二天开始，谭克东夫妇及他们的儿女就搬到了塔陶海角一带一座环境优雅的瑞士式小木屋里。考弗莱夫妇、黛安娜小姐和她的姐妹们也离开了第十五大街的府邸，而下榻于隐藏在维纳斯海角绿荫丛中的一座舒适的别墅里。两个乡间别墅之间相距有好几英里，也许沃特·谭克东会觉得太远了一点，但是他实在无法缩短塔希提岛上这两个海角之间的距离。不过，这两幢别墅都有良好的马路，可以坐车直达帕皮提港口。

弗拉斯高林提醒卡里杜斯·蒙巴，既然这两户人家都离开了亿兆城，那么塔希提岛总督来回访标准岛总督时他们就要缺席了。

"哟！那才求之不得呢！"艺术总监答道，只见他的目光里露出一种外交家的精明和机智。这样就可以避免发生因其中一方丢面子而产生的冲突。设想，假如法国常驻代表先去访问考弗莱家，那么谭克东一家会怎么说呢？反之，如果他先去拜访谭克东一家，那么考弗莱一家又会有什么反应呢？他们两家都离开了，西柳斯·比克斯泰夫真会额手称庆的！

"不知两个家族的明争暗斗将来能不能结束？"弗拉斯高林问道。

"谁知道？"卡里杜斯·蒙巴回答道，"这事也许只能由讨人喜欢的沃特和妩媚动人的黛安娜来……"

"但直到目前，好像那个小伙子和这位姑娘两个继承人之间并没有什么苗头……"伊夫内斯说道。

"那也没有什么，"艺术总监答道，"只要有一次机会，而且一旦得不到天赐良机，我们也可以安排这种所谓的巧合嘛，只要是为了我们衷心喜爱的标准岛，又何乐而不为呢！"说到这里，卡里杜斯·蒙巴用两个脚

跟着地原地旋转了一圈，要是礼仪教师多雷姆在场，他定会为这个动作拍手叫绝，哪怕十七世纪的宫廷侯爵见了也无可挑剔。

十月二十日下午，塔希提岛总督、军事长官、秘书长及保护国的主要官员都登上了右舷港码头。标准岛总督以同他们的身份相应的仪礼隆重地接待他们。船艏炮台和船艉炮台都鸣响了礼炮。插着法兰西国旗和亿兆城旗帜的车子载着贵宾浩浩荡荡地向亿兆城进发。城里市府大楼的接待大厅已布置就绪，等待着会晤。沿路，亿兆城的居民热烈地欢迎贵客来到。到市府大楼门口的台阶前时，双方都发表了相当简短的正式谈话。

然后，塔希提岛总督一行参观了新教教堂、天主教教堂、天文观测台、两个发电厂、两个港口、公园，最后，还坐了电车去标准岛沿岸兜了一圈。他们转完一圈回来，娱乐城大厅里已经为他们准备好午餐。当塔希提岛总督和他的随行人员重新登上返回帕皮提港的汽艇时，标准岛上礼炮齐鸣，似雷声一般轰鸣，使客人们满怀着对这次盛情招待的美好回忆离去，这时已是下午六时。

第二天，即十月二十一日上午，四位巴黎音乐家又登上了帕皮提码头。他们未曾邀请任何人来作陪，连礼仪教师都未曾请，因为礼仪教师的腿脚受不了如此的长途跋涉。他们无拘无束，像放了假的小学生一样自由信步，能脚踩在有石头和植被的土地之上，心里乐陶陶的。

第一件事是要参观一下帕皮提。毋庸置疑，塔希提岛的首府是一座美丽的城市。四重奏小组的成员们就这样漫无目标地闲逛，他们对逛逛挺拔秀丽的大树树荫下的海滨小屋、海军军需库以及港口尽头的装卸场和大商店很有兴趣。然后，当他们走到一条与码头相通的马路时，发觉路上有美国式的铁轨，这时音乐家们已闯入城里了。

城里街道宽阔，街区方方正正，同亿兆城里的大街一样规划整齐，路边全都是绿茵，姹紫嫣红。虽然此时还是大清早，但是路上已有欧洲人和本地居民不断来来往往，而且，晚上八点钟之后比现在还要热闹，一直要到次日凌晨。要知道热带的夜晚，特别是塔希提岛的夜晚，并不适宜睡觉。尽管帕皮提的床是用椰子壳纤维编织的粗麻布制成的，床垫是用芭蕉叶制的，褥子是用吉贝缨子做成的，可还是热得人难以入睡，更何况为了抵挡使人心烦的蚊子的攻击，睡觉时又多了一层蚊帐。

至于这里的住房，很容易分清哪些是欧洲人的，哪些是塔希提人的。凡欧洲人的房子几乎全部都是用木材建的，基础部分都是砖石结构，有几码高，这类房屋的各种设备俱全，非常舒服；当地人的房屋则很少建在城里，往往是疏疏落落地分散在树荫下，常常用竹子榫接起来，外面包上席子而成。这类房屋干净、通风良好，住在这里也十分舒服。

那么这里原来的土著居民呢？

"从前的土人？"弗拉斯高林开始向伙伴们解释，"同夏威夷群岛上的土著居民一样消失了。法国殖民者到来之前，这里的土人自然而然地会把一块人的胸骨做成排骨当晚饭吃，同时按塔希提烹调方法来烤俘虏的眼睛，然后把它们献给国王！"

"啊，照你这么说，太平洋各岛上已经没有吃人的野蛮人了。"班希纳大声说，"怎么？我们走了几千英里路，最后竟然连一个野蛮人都碰不到！"

"别着急呀！"大提琴手说，他一边用右手在空中挥动，活像《巴黎的秘密》中的罗丁①，"耐心点儿，你光想着满足你的好奇心，傻瓜蛋，只怕我们将来碰到的比你想要见的还多！"

他自己还没听出这句话说得有多么精彩！

塔希提人的鼻祖是马来亚人，这种判断很有道理，而且，他们是马来亚人中一个称为毛利族的种族。莱亚泰就是"圣岛"的意思，或许曾

---

① 《巴黎的秘密》是法国作家欧仁·苏的作品，描写了巴黎下层人的生活，罗丁是其中一个人物。

经是毛利族国王的诞生地——太平洋背风群岛碧波中一个舒适的摇篮。

传教士到来前，塔希提社会有三个阶层：首先是王族及特权人士，人们公认这个阶层有制造奇迹的天赋才能；其次是族长和地主，他们也受到王族的管辖，也不受敬重；最后是平民百姓，他们没有任何土地，说有点财产，充其量就是土地上的出产。

自从变为保护国，由于受到了英国圣公会传教士的影响以及天主教传教士的影响，一切都发生了变化，只有他们的聪敏、讲话时绘声绘色的样子、乐天及大无畏的精神，还有他们英俊的相貌没有发生变化。看到城乡塔希提人的美貌，巴黎人不无钦佩和赞叹。

"啧啧！多漂亮的小伙子啊！"其中一个赞扬说。

"多么漂亮的姑娘啊！"另一个感叹道。

是的，男人的身材比一般欧洲人要伟岸，血气方刚，透出了古铜色的皮肤，他们的体形线条十分健美，活像古代雕刻的形体，面貌则极其和蔼可亲。毛利人确实长得很帅，眼睛大，目光犀利，他们的嘴唇稍嫌厚了一点，但长相和位置都很好。过去遇到战争时，战士身上必须文身，现在文身的习俗渐趋消失。

岛上最富裕的人似乎模仿欧洲人的穿着，他们穿着开领的衬衫、淡粉红色的上装以及长裤，长裤一直盖过高帮皮鞋，看样子很精神。不过这些男子吸引不住四重奏小组。不！我们的游客并不喜欢现代式样的长裤，他们宁可欣赏棉布制成的花花绿绿的从腰一直垂到脚踝的缠腰布，他们也不喜欢大礼帽或巴拿马草帽，而是欣赏当地人称做"埃"的用花朵、枝叶制成的男女均可戴的帽子。

至于妇女，还是同布甘维尔描写的传统塔希提妇女一样，像诗歌中赞美的那样优雅美丽、楚楚动人。她们或梳着长辫子，从肩上垂下，头戴用许多栀子花白花瓣做成的花冠，或者戴一个用椰子嫩皮做的轻巧玲珑的帽子。伊夫内斯仿佛在朗诵诗似的说道："这种帽子的名称特别甜美，叫'蕾娃蕾娃'，真像在梦①中。"除了她们服饰的式样特点之外，衣料色彩又是一个特点，举手投足间，衣料像万花筒一样，颜色会变化。她们举止优美，态度漫不经心，笑容可掬，目光犀利，说话时银铃般的嗓音柔和婉转。由于这一切，难怪当他们中有谁说"啧啧，多英俊的小伙子"时，其他三个人必然会异口同声地接上去："瞧！多漂亮的妞儿！"

上帝创造了如此完美的人，怎么可能不给他们一个相称的环境呢？上帝难道还能想象得出比塔希提岛更美的风景，由热带洋流和夜间甘露滋润的更加茂盛的树木花草？

巴黎客人在岛上以及帕皮提港邻近的区县游览时，对这里奇异美妙的植物世界赞叹不已。海滨地区更适宜于种经济作物，所以，这里的森林都让位于各种果树种植园，其中有柠檬树、柑橘、竹芋、甘蔗及咖啡，此外还有棉花园、薯蓣地、木薯地、木蓝、高粱和烟草。巴黎客人随后又大胆深入岛内山脚下茂密的树林中。树荫在他们头顶上形成了圆形的苍穹，山顶则隐隐约约戳穿穹顶似的高耸着。到处都见得到美丽挺拔的椰子树、木蔷薇、铁树、面包果树、石栗、塔马纳树、檀香木、番石榴、芒果、其根可以食用的箭根薯，同样也有可口的面包树。这是一种珍贵的树，树干很高、呈白色，树皮平滑，长有阔背深绿色的叶子，叶子中间结出一串串硕大的像面包的果实，表皮像是经过精雕细琢一样，其白色的果肉是当地居民的主食。

同椰子树一样比比皆是的另一种树，即番石榴。番石榴漫山遍野地长，一直覆盖到山顶或接近山顶，塔希提语中称番石榴为"杜阿瓦"，系丛生树，长成一大片茂密的番石榴林。布洛树则总是长成一片昏暗的荆棘丛，如果谁一不小心走进了布洛丛中，那么得费九牛二虎之力才能从

---

① 这是谐音双关语，法语中"梦"读做"蕾娃"。

这乱成一团的灌木丛中脱身。

除此之外，这里没有猛兽，唯一的一种四足动物就是猪，它在动物分类中介于家猪和野猪之间。牛、马都是从外地引入塔希提岛的。本地绵羊和山羊养得很多。总之，岛上的动物种类要比植物少得多，甚至鸟类也极少，像在夏威夷群岛上一样，这儿只有鸽子及金丝燕。除了蜈蚣和蝎子之外，也没有其他爬行动物。至于昆虫，这里有细腰蜂和蚊子。

塔希提岛的农产品不多，仅有棉花、甘蔗、椰子油、竹芋、柑橘和螺钿及珍珠。由于大规模地推广了棉花和甘蔗种植，岛上烟草和咖啡的种植就减少了。

然而，这些物产已经足够同美国、澳大利亚、新西兰、亚洲的中国、欧洲的法国和英国做相当规模的贸易了。其进口额约为三百二十万法郎，出口额为四百五十万法郎。

四重奏小组的远足旅行一直扩展到塔塔拉布半岛。他们去访问了法厄同堡垒，于是结识了海军一个分队的士兵。士兵们能接待同胞手足，感到兴高采烈。

在一家由殖民者开的饭店里，弗拉斯高林做了一件体面的事情。他请了附近的当地居民、县里的警署长官，用法国葡萄酒来招待他们。可敬的饭店老板同意以优惠价卖酒给巴黎人。作为回报，当地人则以当地土产来款待客人：有一串串黄澄澄，水淋淋，名叫"菲伊"的芭蕉；有经过加工的汁多味甘的薯蓣；还有放在一个装满灼热的石块的洞穴里焖熟的面包树果；最后，还有一种叫"塔耶鲁"的带酸味的果酱，是用椰子碾碎后做成的，保存在竹筒内。

午宴的气氛十分愉快。席间，客人们抽掉了几百支香烟。香烟是用在火上烤干的一张烟叶包在一片露兜树叶里卷成的。只是，法国人抽这种烟时，没有学塔希提的男男女女那样一个人抽上几口之后，传给另一个人再抽几口，一个一个往下传，法国人仍按法国方式抽。当警察署

的长官把自己抽过的烟递给班希纳时，班希纳谢绝了，他用当地话说：
"好烟，好烟！"因为他的语调特别滑稽，弄得所有在场的人都笑了
起来。

在他们访问游览的过程中，巴黎客人不可能每天晚上都回到帕皮提
港口或回到标准岛上去。再说，无论他们到哪儿，在村子里也好，在殖
民者的家里，在当地居民的家里也好，他们都得到了热情的接待。

十一月七日这天，他们计划去参观维纳斯角，一个真正的旅行家不
能不到那里一游。

拂晓时分，他们就精神抖擞地上了路。穿过了美丽的方大华河上的
桥，他们就沿着峡谷来到了哗哗直响的瀑布前。这瀑布有两个尼亚加拉
瀑布那么高，可是远不如尼亚加拉瀑布那么宽，飞流直下七十五米，发
出响亮的声音。他们就这样一路向前，沿着塔哈拉依山坡的弯道来到了
库克命名为"树岬"的小山丘。前面就是海边。这个地方之所以叫"树
岬"，是因为当时这里有一棵孤零零的树，现在这棵树已老死了。此地有
一条美丽的林荫大道，从塔哈拉依村直通到矗立在岛尽头的灯塔。

考弗莱一家就暂居这里——在苍翠的半山腰上。按理说，沃特·谭
克东不该到维纳斯角来，因为他们的别墅在很远的地方，可是巴黎客人
们却在这里看见了他。小伙子骑着马在考弗莱家的别墅附近游荡。他同
法国游客打了招呼，并问他们今晚是否准备回帕皮提去。

"不，谭克东先生。"弗拉斯高林答道，"我们接到了考弗莱夫人的请
帖，很可能在他们的别墅里过夜。"

"那么，我就和你们再见了，先生们。"沃特·谭克东回答说。

尽管这时天上没有乌云，然而年轻人的脸上似乎蒙上了一层阴影。
然后，他对树丛中雪白的别墅瞧了最后一眼，用双腿把马一夹，马就小
步跑开了。唉，也真是不该，为什么大富翁谭克东会又有做生意的想法
呢？还有，标准岛从建造开始就不是出于商业目的，谭克东坚持要做买

卖，会不会在岛上引起争执呢？

"哟，"班希纳说，"这讨人喜欢的骑士也许想要陪我们去呢！"

"是的，"弗拉斯高林补充说，"显而易见，我们的朋友蒙巴说得也许是对的。他碰不到黛·考弗莱小姐，败兴而归……"

"这不证明了即使腰缠万贯也不见得就幸福吗？"伊夫内斯这个大哲学家说道。

整个下午和晚上，四重奏小组就在考弗莱家的别墅里，同这家人在一起过得很愉快。在这里，他们像在第十五大街的公馆里一样得到了款待。聚会的氛围极其亲切友好，聚会中音乐艺术也成了一种快乐的享受。乐声美妙动听，我指的是钢琴演奏。考弗莱太太弹了几首新的曲子，黛小姐唱起歌来俨然一位职业歌唱家。因为伊夫内斯的声音十分浑厚，于是他的男高音刚巧同年轻姑娘的女高音相配。

也不太清楚究竟是为什么，也许班希纳是故意如此的，他在言谈中随口说起他们看见沃特·谭克东在别墅附近溜达。究竟他这么干算得上聪明还是应该对此缄口不语？即使艺术总监先生在场，看来他也一定会赞成"殿下"的做法。黛小姐的嘴角露出了几乎觉察不出的微笑，她美丽的眼睛中闪出异彩，当她又唱起歌时，声音更加感人肺腑。

考弗莱先生紧蹙眉头，他的夫人则对女儿瞧了一会儿，然后只问了她一句："你累不累，孩子？"

"不累，妈妈。"

"那您呢，伊夫内斯先生？"

"一点也不累，太太。我出生以前，大概是天堂里一个小教堂唱诗班里的孩子。"

晚宴结束，考弗莱先生认为已经到了休息的时候，这时已经是半夜时分了。

次日，四重奏小组怀着对这次淳朴而又亲切的聚会的喜悦心情又踏

上返回帕皮提的路。

在塔希提岛的停留只剩下一星期了。按标准岛预定的航线，它将往西南方向航行，要不是十一月十一日那天发生了一件令人兴奋的巧事，这一星期里，四位朋友将继续参观访问，那么也就没有什么可以特别提的，可就是无巧不成书。

早晨，帕皮提港口后面山坡上的信号台报告，法国太平洋舰队出现了。

十一点钟时，一艘一级巡洋舰"巴黎"在两艘二级巡洋舰及一艘驱逐舰的护卫下，在帕皮提港口抛了锚。

双方遵照惯例相互致敬，海军准将同他的军官们从飘着舰队军旗的"巴黎"号上下来，登上陆地。

这时，双方礼炮齐鸣，标准岛上的船艏炮台和船艉炮台也加入其行列，发出了友好的如雷般的轰鸣声。接着，海军准将同社会群岛的总督先后相互拜会。

对法国舰队的船只、船上的军官和船员来说，能赶在标准岛还停留在此地时到达塔希提岛并在此抛锚，真是非常幸运。于是借此机会，又是接二连三的招待欢迎以及宴庆。"太平洋上的瑰宝"向法国水兵们开放了，水兵们都以上岛一饱眼福为快。于是，足足两天之中，街上亿兆城居民之中，总有不少穿着法国海军制服的人。

西柳斯·比克斯泰夫在天文观测台恭迎宾客，艺术总监在娱乐城以及其他由他领导的机关迎接贵客。

就在这样的情况下，常常出奇制胜的卡里杜斯·蒙巴想到了一个主意，这个天才的主意一旦付诸实现，势必给人留下无法忘怀的印象。他就将这个主意报告了标准岛总督，总督在获得社会知名人士会议的同意后就照办了。

就这样，大家决定，十一月十五日举行一个盛大的节日庆祝会。庆祝会的主要活动内容是一场丰盛的宴会和一场在市府大楼的客厅里举行的舞会。到时候，亿兆城里住到塔希提居民家的人都已经回到标准岛上了，因为再过两天，标准岛就又要起航了。

自然，届时标准岛两个区的显贵人物都不会错过这个为女王波马雷六世、生活在塔希提群岛上的欧洲人、本地人以及法国舰队举办的盛会。

卡里杜斯·蒙巴被指定负责组织这次盛会，由于他既富想象力，又热情肯干，所以大家都把任务托付给了他。四重奏小组则由他安排，他们同意在晚会最吸引人的节目中插入一场演奏会。

至于发请柬的任务，则落到了标准岛总督身上。

首先，西柳斯·比克斯泰夫将亲自出马去邀请波马雷女王、诸亲王及公主来参加庆祝活动。女王欣然接受了邀请。塔希提岛的总督、法国高级官员们，以及海军准将同他麾下的军官们，对此盛情邀请深为感动，也接受了邀请，并且表示了感谢。

标准岛总督一共发出了一千份请柬，当然，一千名客人不可能人人都在市府大厅里入席，不可能！那里只容纳得下一百人，只能供王室人员、舰队军官、殖民当局官员、标准岛的主要官员、社会知名人士及高级神职人员就位。但是，花园里将同样设置筵席，安排有各种游戏，还施放烟火，老百姓也够吃够玩的了。

马列伽利亚国王和王后自然没有被遗忘，但是国王及王后陛下一贯厌恶奢侈豪华，他们在第三十二大街一座不起眼的住所蛰居，与外界很少来往，对总督的邀请首先表示感谢，其次，他们遗憾地表示不能应邀。

"可怜的君主！"伊夫内斯说道。

盛会之日来到了，标准岛上法兰西的三色旗帜、塔希提岛的旗帜，又加上了亿兆城的旗帜，色彩鲜艳，交相辉映。

波马雷女王和她的大臣都穿着节日盛装，在标准岛前后两个炮台的

礼炮轰鸣声中来到右舷港，受到了热烈欢迎。当标准岛的礼炮响起时，帕皮提港口和舰队的炮都齐鸣以示答谢。

晚上六点，这些显贵步行穿过花园，抵达布置得富丽堂皇的市府大楼。

大厅里的楼梯宽阔而高大，看上去气派极了，当初建造时每一级至少得花上一万法郎，就像纽约温德比特宾馆一样。在富丽辉煌的餐厅里，宾客们即将在筵席上入座。

标准岛总督匠心独具，巧妙地安排了宴会座次。标准岛上两个区的敌对大家族将不会产生任何摩擦，都会对自己的席位感到心满意足。此外，黛·考弗莱小姐的位置正和沃特·谭克东相对。对这两个年轻人，这样做也足够了，事实上也是不让他们靠得太近为好。

不用说，法国音乐家们没有可抱怨的，他们被安排在贵宾席，这再次证明了人们对他们的人品以及精湛的艺术天才的推崇和热爱。

说到这次值得回味的宴会上的菜单，那是由艺术总监经过精心考虑研究后制订的。这份菜单说明，即使从烹调艺术来看，亿兆城也一点不比古老的欧洲逊色。

人们只要从卡里杜斯·蒙巴精心设计的精美白纸上的烫金印字中就可以断定这些菜肴有多精美。

奥尔良汤

伯爵夫人奶油

毛奈比目鱼

那不勒斯牛肉里脊

维也纳鸡肉段

特雷维斯蛋清奶油鹅肝

冰果露

烤鹌鹑面包片

普罗旺斯生菜

英式豌豆

冰淇淋球、马其顿水果生菜拼盘、什锦水果

各式糕点

巴尔姆干酪夹棍子面包

葡萄酒：依干古堡、马尔戈堡、尚贝丹香槟

各种饮料

在英国女王、俄国沙皇、德国国王或法国总统的宴会上有没有见过比这个正式场合的菜单更加高级的佳肴及更完美的配合呢？欧美大陆上最受人喜爱的厨师们做得出比这更美味可口的菜肴来吗？

九点钟，客人们来到娱乐城大厅参加音乐会。节目单上有四段乐章供选择，只有四段乐章，一段也不多：

A 大调第五弦乐四重奏，贝多芬作品第十八号；

D 小调第二弦乐四重奏，莫扎特作品第十号；

D 大调第二弦乐四重奏，海顿作品第六十四号（第二部分）；

降 E 调第十二弦乐四重奏，翁斯洛作品。

巴黎的演奏家们再次大获成功，无论固执的大提琴手如何想，能登上标准岛来，真是万分荣幸！

其间，欧洲客人和其他地方的来客都参加了分布在花园里各个角落的游戏。草地上举办了村野舞会。可以告诉大家，社会群岛的居民很欣赏当地的流行乐器手风琴，于是人们随着手风琴的乐声翩翩起舞。刚好，法国水兵们特别喜欢这种气流振动乐器，由于"巴黎"号以及舰队中其

他舰艇上获准来岛的人数众多，所以各乐队的人都全数出场，手风琴狂热地演奏着，歌声中也融入了琴声，太平洋岛屿居民所喜好的民间小调《依妹》响起来，这时水手们就唱起《水手之歌》来响应。

另外，塔希提岛上的土著居民男男女女都擅长歌舞，也酷爱唱歌跳舞。这天晚上，他们多次重复地跳起雷波伊巴舞，这种舞蹈可以看做民族舞蹈，其节奏都跟着鼓点来。亿兆城市政府供应的各式清凉饮料使宾客们更加兴奋，无论是本地的舞客还是外来的，都尽情地载歌载舞。

与此同时，在阿塔那兹·多雷姆的指导下，市政府的大厅里举行了另一场更加小型但更高雅正式的舞会，名门望族都聚集在这里。亿兆城及塔希提的妇女们浓妆淡抹，个个穿戴得如天仙一般。亿兆城的名媛淑女专门挑巴黎时装大师设计的服装穿，殖民地最漂亮的欧洲妇女在她们面前也黯然失色。其实，这件事也没什么可以大惊小怪的，她们全身上下珠光宝气，头上、肩上、胸前都装饰了钻石。只有在这类贵妇人之中，争艳斗美才有一点意义。尽管考弗莱夫人和谭克东太太都显得雍容华贵，但是，谁敢去恭维一下考弗莱夫人或赞美一句谭克东太太呢？西柳斯·比克斯泰夫处心积虑力图维持岛上两舷区平衡，他岂敢造次？

在跳四对舞时，领头的四对分别为：塔希提女王与她威武的夫君，西柳斯·比克斯泰夫与考弗莱夫人，海军准将与谭克东太太，舰长与女王的第一傧相。同时，其他舞伴也组合起来了。他们之间或因情趣相投或因有好感而搭配，整个舞场的气氛十分轻松愉快。可是这时左恩却独自向隅，他那态度即使不是抗议或不满，至少也有不屑同流合污的感觉，就像《崩溃》①这幅名画中两个发牢骚的罗马人的样子。然而，伊夫内斯、班希纳、弗拉斯高林却和塔希提岛上最美丽的太太们以及标准岛上最甜美

---

① 一幅名画，描绘了罗马帝国崩溃的景象。

温柔的姑娘们跳华尔兹、波尔卡和玛祖卡①。这天晚上，也许有不少人在舞会后订下婚约，这岂不要让民政部门的人加班加点了吗？

更有甚者，在偶然巧合下，沃特·谭克东邀请了考弗莱小姐作为四对舞的舞伴，此时，全厅的人都非常惊奇。这究竟是巧合还是艺术总监这位干练的外交家采用了什么巧妙深奥的方法促成了这件事，还不得而知。无论如何，这件事是当天的头等大事，也许将会产生重要的后果，也许这件事标志着两大望族迈出了走向和解的第一步。

随后，在大草坪上施放了烟火。然后，花园里及市政大厅里的舞会继续进行，直至次日天明。

令人难以忘怀的盛会结束了，它将在标准岛所经历的长久美好的各个时代——但愿如此——留下永恒的纪念。

两天后，休整就结束了，大清早，舰长辛高叶就下令起航。就像进港时一样，标准岛离港时，陆地上、军舰上礼炮齐鸣以示欢送。于是，标准岛上的炮声也响了起来，以答谢塔希提岛和法国海军舰队。

标准岛向西北行驶，以便经过群岛的其余各岛。他们驶过了向风群岛，现在将要从背风群岛前行驶过去。

标准岛沿着莫雷阿岛的海岸曲折而行。该岛风景秀丽，岛上有不少山峰拔地而起，岛中心的最高峰高耸入云。莱亚泰即"圣岛"，是本地国王的诞生地。再往前就是博拉博拉岛，岛上最高的是海拔一千余米的一座山。继续往前是一系列的环状小岛，它们是塔希提岛在这片海域里延伸而成的，分别是莫菲—伊提、马佩提亚、土布艾、马努。

十一月十九日，日薄西山时分，塔希提群岛中最后的几座山峰也从视野里消失了。于是，标准岛调整了方向，向西南航行。它行驶的方向是通过电信系统在娱乐城玻璃橱窗后的地图上显示出来的。

---

① 这里分别指三步舞、轻快的两步舞以及波兰式的三步舞。

　　此时此刻，沙洛船长正以阴险的手势向马来亚水手指示通向正西方一千二百法里远的新赫布里底的航道。如果谁去注视他一下，准会为他的贪婪目光和粗野凶恶的表情惊愕不已。

L'île à hélice

Part 2

自从离开玛德琳海湾，半年以来，标准岛在太平洋里纵横驰骋，从一座岛开到另一座岛。其间，它经过不计其数的奇异美妙的地方，但从未发生过一次意外事件。每年这个季节，赤道附近的海域风平浪静，热带地区信风也一如常规。再则，哪怕狂风暴雨骤起肆虐，亿兆城地基坚实，两个港口、花园乃至乡村都感觉不到丝毫颠簸。狂风过去，风暴平息下来，"太平洋上的瑰宝"上的居民才发觉刮过一场风暴。

Chapter 1　库克群岛

　　自从离开玛德琳海湾，半年以来，标准岛在太平洋里纵横驰骋，从一座岛开到另一座岛。其间，它经过不计其数的奇异美妙的地方，但从未发生过一次意外事件。每年这个季节，赤道附近的海域风平浪静，热带地区信风也一如常规。再则，哪怕狂风暴雨骤起肆虐，亿兆城地基坚实，两个港口、花园乃至乡村都感觉不到丝毫颠簸。狂风过去，风暴平息下来，"太平洋上的瑰宝"上的居民才发觉刮过一场风暴。

　　这种情况下，人们必然会担心：过于格式化的生活会不会太平淡，太单调。巴黎艺术家们会立即第一个站出来说，这儿的生活一点也不平淡，在海上航行就像在一望无际的大沙漠跋涉，时不时会出现小片绿洲，在海上会有岛屿出现，就像他们已去过的诸群岛：夏威夷群岛、马克萨斯群岛、帕摩图群岛、社会群岛。而他们改向北驶后，也将会去这些岛：库克群岛、萨摩亚群岛、汤加群岛、斐济群岛、新赫布里底群岛等。一路上还会有其他岛屿出现。每抵达一座岛屿，他们就在那里进行不同方式的休息，得到企盼已久的畅游该岛的机会，从种族文化的角度来看，这些地区会使人的游兴油然而生。

　　至于我们的四重奏小组，即使他们有时间发牢骚，他们也无可抱怨。难道他们可以抱怨说，在这里与世隔绝？标准岛同欧美大陆的邮政通信服务非常准时。不仅油轮几乎定时为他们送来工厂所需的石油，而且

213

每两个星期货轮会在右舷港及左舷港卸下各种各样的货物，同时还带来信息和新闻，使得亿兆城的居民有丰富多彩的文化生活和娱乐消遣。

不用说，标准岛公司极其准时地支付音乐家们的酬金，从不拖欠。这证明公司有着用之不竭的经济来源。成千上万的美元就这样源源滚入他们的口袋。只要把钱积攒起来，等他们签的合同到期，他们将会很富有，成为阔佬。演奏家们从来也没像现在这样兴高采烈，他们再也不会惋惜在美国巡回演出收入"比较少"了。

"告诉我，"有一天，弗拉斯高林问大提琴手，"你以前老说，上了标准岛一定会后悔的，现在你的想法改变了吧？"

"不，没改变。"塞巴斯蒂安·左恩回答道。

"可是，"班希纳补充说，"等我们转完一圈时，我们的钱袋会鼓鼓囊囊的……"

"有一个鼓鼓囊囊的钱袋还不够，还必须有把握把它带回家！"

"你没把握？"

"没有。"

对这种想法，还有什么可说呢？其实，关于这个钱袋，根本没有什么可以担心的，因为每到一季度末，他们的钱都用汇票寄到美国去，存入纽约银行。所以，最好还是不理睬这个固执的人，让他抱住毫无理由的怀疑死死不放吧。

事实上，前景比以往任何时候都显得更加灿烂。两个舷区的敌对关系似乎正在进入一个平静阶段。西柳斯·比克斯泰夫和他的副手们理所当然地为此拍手叫好。艺术总监则在"市府舞会事件"发生之后更加不遗余力，不断推波助澜。是的！沃特·谭克东确实和考弗莱小姐共舞过。人们该不该由此得出结论，说两个大家族间的关系缓和了？有一点是肯定的，詹姆·谭克东和他的朋友们再也不谈把标准岛变为工商业岛屿了。最后，在上层社会里，大家谈起舞会事件，一些目光敏锐的人由此认为

两个家族会逐渐靠近，也许，不单是靠近，而是联姻。联姻之后，这两家之间个人的恩怨和社会公益上产生的矛盾也将就此结束。

一旦这些预料能够实现，那么门当户对、相互匹配的青年和姑娘就能实现他们最热切的期望，我们认为我们有权这么说。

毫无疑问，沃特·谭克东没法不为黛·考弗莱小姐的妩媚可爱而心动，他为之倾心已有一年之久。由于他的社会地位，他没向任何人诉说过情感深处的秘密。然而，黛小姐却隐隐有此感觉，真是心有灵犀一点通，她也为他的审慎态度深受感动。也许她也已经扪心自问，是否应该以一颗爱心来回报沃特的钟情。不过，从表面看，没有任何迹象表明她爱上了这个青年。她始终表现得矜持庄重，因为两个家族的荣誉和尊严及两家的距离要求她不可越雷池一步。

但是，如果当时有一个观察家在场，那么他必然会注意到沃特和黛小姐从来不参加第十五大街和第十九大街两个公馆里的辩论。当坚定的从不妥协的詹姆·谭克东怒发冲冠猛烈抨击考弗莱一派时，他儿子就一声不吭地低下头，怅怅走开。当奈特·考弗莱为谭克东派大发脾气时，他女儿就会垂下眼帘，俊美的脸蛋变得苍白，她会试图改变话题，当然，她做不到这一点。这两位家长对自己孩子的做法一点也没有察觉到，但凡做父亲的天生都是如此，像是眼睛蒙上了黑布一般，然而，考弗莱夫人和谭克东太太却并非一点没有察觉到——至少，卡里杜斯·蒙巴先生是这么认定的。做母亲的可是看得出孩子的心思的。孩子的这种思想状态对两位母亲来说，始终是块心病，因为她们意识到，唯一可能解决他们心事的办法是无法实现的。诚然，她们俩深深感到，由于两个冤家的敌意，由于在排位前后这类问题上自尊心受创后的长期积怨，任何和解、任何联姻都是不允许的……然而，沃特和黛小姐却相互爱慕……这已是明摆在两位母亲面前的事实。

人们不止一次跟小伙子提起亲事，要他在左舷区合适的姑娘中挑选一位。其中有不少长得沉鱼落雁、闭月羞花，且很有教养，家庭的地位和财产也与谭克东家族不相上下。这些家族对这门亲事也都很满意。詹姆·谭克东明确地要儿子接受，他的母亲也敦促他，不过不像他的父亲那么态度坚决。但是，沃特总是拒绝，他借口说他现在一点儿也不想结婚。然而，这位从前的芝加哥商人就是听不明白。他认为，如果一个人有几亿美元的家产，就不应该不娶妻。假如他的儿子看不中标准岛——就是他自己的社会环境——的任何一个姑娘，那么就让他外面去寻找，让他跑遍美国、欧洲！凭着他的名字、他的家产，更不用说他的人品、长相，随他挑。若他要找个公主殿下，也不在话下……詹姆·谭克东确实是这么说的。然而，每当父亲这么逼他，让他到外国去找个妻子时，他总是竭力顶住压力，丝毫不让步。他母亲有一次对他说：

"好孩子，这儿是不是有你喜欢的姑娘？"

"是的，妈妈。"他回答说。

因为谭克东太太没问儿子这个姑娘究竟是谁，所以他觉得不必说出她的姓名。

事实上，考弗莱家也发生了类似的情况。昔日新奥尔良的银行家想让他女儿嫁给经常来公馆参加聚会的小伙子，万一他们中没有一个中意的，那么他们可以把她带到国外去……他们可以去法国、意大利、英国……可是黛小姐回答道，她根本不想离开亿兆城，亿兆城不是挺好的嘛！她只想留在东城……考弗莱先生听了女儿的回答心里总是有点不安，却又不了解她如此回答的真正原因。

此外，自然喽，考弗莱夫人从未像谭克东太太直截了当地问沃特那样去问她女儿，再说，即使问了，黛小姐也不会像沃特那么坦率地答复她母亲——哪怕是自己的母亲，也不合适。

目前，事态就发展到这个程度。自从小伙子和姑娘意识到心中的那份感情后，尚未真心讲过一句话，只不过，有几次他们交换过目光。即

使他们相遇，也只是在正式场合，当西柳斯·比克斯泰夫举行招待仪式时，亿兆城的知名人士必须出席，哪怕是为了保持他们的地位和影响力也要出席。而在这种场合，稍微有一点小的纰漏都会引起严重的后果，所以沃特·谭克东及黛·考弗莱小姐都保持着非常严肃矜持的态度。

因此，人们可以推想出在标准岛总督举办的舞会上发生的那件事所产生的后果。一些大惊小怪夸大其词的好事者甚至认为这是一桩丑闻。第二天，这件事就在全城沸沸扬扬地传开了。其实，这件事再简单不过了：艺术总监邀请了考弗莱小姐跳舞，但当四对舞开始时，他却跑开了——多么精明的蒙巴哟！于是，沃特·谭克东顶替了蒙巴的位置，邀请姑娘同舞，姑娘接受了舞伴的邀请。

在发生了这样一件轰动亿兆城社交界的大事后，两个当事人各自为自己辩解，这也是完全可能的事，甚至是完全必然的。谭克东先生大概询问过他的儿子，而考弗莱先生一定也会问他的女儿。可是，黛小姐是怎么回答的呢？沃特又是怎么回答的呢？……考弗莱夫人和谭克东太太当时有没有介入，介入的结果又会如何呢？卡里杜斯·蒙巴尽管思路敏捷，敏感细腻，并多方设法打听，凭着他外交家的巧妙手腕，还是无法得知详情。因此，当弗拉斯高林问他时，他只是眨巴一下右眼作为回答。这一眨眼不能说明任何问题，他自己也一无所知。值得提一下的是，自从这个值得纪念的日子起，每当沃特遇到正在散步的考弗莱夫人及黛小姐时，会毕恭毕敬地向她们鞠躬致礼，而姑娘和她的母亲也会向他还礼。

如果相信艺术总监的话，这将是具有重大意义的一步，"跨向光辉未来的一大步"。

十一月二十五日上午，海上发生了一件事，此事同标准岛上两大望族之间的关系没有任何联系。

天刚亮时，天文观测台观察员报告，有好几艘战舰正向西南方驶来，这些战舰排成队列，保持着一定的间距。看来，这只能是太平洋上的一支舰队。

辛高叶舰长用电报通知了总督，总督则命令准备鸣放礼炮以示敬意。

弗拉斯高林、伊夫内斯、班希纳很想看看这种国际礼仪如何进行，于是登上了天文观测台上的塔台。

他们把望远镜对准了战舰。战舰共有四艘，与他们相距五至六英里，可是，桅杆上什么旗帜也没有悬挂，因此无法判断是哪个国家的军舰。

"没有任何标志，他们是哪个国家的海军呢？"弗拉斯高林问军官。

"什么也没有。"军官答道，"不过，看样子，我觉得是英国籍的战舰。再说，在这一带，除了英国舰队、法国舰队和美国舰队之外，极少有其他国的军舰出现。无论是哪一国的，只要它们再靠近一两英里，我们就可以判定了。"

战舰徐徐靠近，但行进速度相当缓慢，如果他们航向不变，将在标准岛附近几个锚链的地方驶过。

有一些好奇者爬上了船艏炮台，颇感兴趣地盯着战舰。舰上竖着三根桅杆，现代战舰已减到仅一根桅杆，所以相比之下，三桅老式军舰样子更加威武雄壮。舰上大烟囱里冒出的一缕缕浓烟被西风刮走，直飘向海平面与天相连的远方。

当战舰距离标准岛只有一英里半时，岛上的军官已经能够肯定它们是英国西太平洋舰队，因为西太平洋某些群岛，如汤加群岛、萨摩亚群岛、库克群岛都属于英国或由它保护。

这时军官已经准备好升起标准岛的旗帜，让以金色太阳为标志的旗帜在风中飘扬。大家等待这支舰队的旗舰发出致敬信号。

十分钟过去了。

"如果船上真是英国人，"弗拉斯高林评论说，"他们才不会热情地行礼呢！"

"有什么办法呢？"班希纳答道，"约翰牛的脑袋上总戴着一个用螺丝

拧上的帽子，得拧上半天，那螺丝才能卸下来。"

军官耸了耸肩。

"肯定是英国人，"他说道，"我了解他们，他们不会跟我们打招呼的。"

果然，为首的那艘军舰没挂旗帜。舰队驶过去，根本就不理会标准岛，就好像标准岛压根儿不存在。是呀！标准岛有什么权力存在于世？它有什么权力开到太平洋海域碍手碍脚？既然英国一直抗议，始终反对制造这个庞大的机器，认为它会造成撞船事故，因为它在这片海域会切断海上交通，那么何必要向它致意呢？

舰队驶远了，就像摄政大街或河滨大道上①一名缺乏教养的先生，看见熟人却假装不认识。就这样，标准岛的旗帜也一直没升上去。

因此，我们不难想象，在亿兆城里、在港口，人们怎样谈论这样妄自尊大的英国，骂这背信弃义的阿尔比翁②——现代的迦太基帝国③。大家下定决心，今后即使英国人打招呼，他们也不再答礼了——其实英国人绝对不会主动向你打招呼，所以作此种假设实属多此一举。

"跟法兰西舰队抵达塔希提岛相比，有天壤之别！"伊夫内斯大声说道。

"因为法国人一贯彬彬有礼……"弗拉斯高林接着说。

"这叫'持续而有感情地'④！""殿下"一边用优美的手势打着拍子一边补充道。

十一月二十九日上午，瞭望哨观察到了位于南纬二十度、西经一百六十度的库克群岛的前沿岛屿。库克群岛原名为芒艾亚岛或哈维岛。一七七〇年库克登上该岛后，把这一系群岛屿合称为库克群岛。这个群

---

① 摄政大街、河滨大道都是英国伦敦的大街。
② "背信弃义的阿尔比翁"是克勒特人贬低英国的一种说法。因为"阿尔比翁"的意思是指"白色的……"，而英国海边的岩石、悬崖都是白色的。
③ 迦太基帝国是古代的海上强国，由于英国也是海上强国，所以这儿把英国比喻成古代的迦太基帝国。
④ "持续而有感情地"系音乐术语，这里借来形容法国人一贯讲究礼貌。

岛包括芒艾亚岛、拉罗汤加岛、阿蒂乌岛、米乔岛、海威岛、帕默斯顿岛、阿杰梅斯特岛等岛。当地居民人数由原来的两万人减少到目前的一万两千人，本属麦豪里亚族，主要由波利尼西亚的马来亚人组成，欧洲来的传教士使他们改信了基督教。岛上的居民特别关心他们的自主权，始终顽强地抵抗外来的侵略。尽管他们正在慢慢地不得不接受澳大利亚英国殖民政权的影响——我们都知道殖民政权的影响是怎么回事——却还自以为是这片土地的主人。

标准岛首先驶近的是群岛中的芒艾亚岛，该岛是群岛中最大、人口最多的岛屿，实际上也是群岛的首府。按航行计划，标准岛要在这儿休整半个月。

那么，班希纳是否将在库克群岛见识到真正的野蛮人，即他在马克萨斯群岛、社会群岛及努库希瓦岛上寻觅而找不到的像鲁滨孙①一样的野人呢？他那巴黎人的好奇心能不能得到满足？他能否亲眼目睹真正吃过人的纯正生番？

"左恩，老朋友，"这天，他对伙伴说道，"如果这儿还找不到吃人生番，那么世界上就再也不会有了！"

"本来，我可以对你说'同我有什么相干'？"四重奏小组的"刺头"回答说，"不过，我倒也想问你：为什么世界上就不会再有了呢？"

"因为这座岛名叫芒艾亚，顾名思义嘛②……"班希纳差点挨了左恩一拳，他老是搞恶作剧，也是该挨揍。

无论芒艾亚岛上有没有吃人生番，"殿下"也无法上岛去同他们谈谈，原因是这样的：

当标准岛到达距离芒艾亚岛一英里处时，有一艘小木船从港口驶出，

---

① 这里指英国小说家丹尼尔·笛福的名著《鲁滨孙漂流记》中的主人公。
② 芒艾亚岛岛名的发音同法语中"吃"的发音相似。

停到了右舷港码头。木船上有英国的特派传教士，其实他只是一名普通的基督教牧师。他的权力比芒艾亚岛上部族首领还大，在这里实行专制的君主独裁。这个周长有三十英里的岛上有四千名居民，他们精耕细作，大量种植水芋、箭根薯和薯蓣。岛上最肥沃的土地都属于牧师。岛上最舒适的住宅也是他的，位于岛内最大的城市乌绍拉，坐落在一座山脚下。山上种着面包树、椰子树、芒果树、番椒树。另外他还有一个花园，花园里种着争妍斗奇的锦葵花、栀子花和牡丹花。牧师在这里有权有势，他手下有一支由当地人组成的警察队伍。连芒艾亚岛上的国王和王后见到警察都得低声下气。警察禁止人们爬树，禁止在节假日、星期天打猎和钓鱼，禁止人们晚上九时后散步，连购买消费品都要课以重税，否则就禁止买卖。凡违反以上规定者，一律处以罚金，罚金以皮阿斯特计算，每一皮阿斯特约合五法郎，罚款中的绝大部分都落入鲜廉寡耻的牧师的腰包里。

当这个矮胖子登上标准岛时，港口负责官员迎向前去，两人相互致礼。

"我以芒艾亚岛国王和王后的名义，"英国人说道，"向标准岛总督阁下致以皇家的敬意。"

"我奉命接受贵皇家的敬意并向你们表示感谢，特派传教士先生。"官员回答说，"我们总督即将亲自上芒艾亚岛去表示他的敬意……"

"热烈欢迎总督阁下。"牧师说道，他的面目充分暴露了他的狡黠诡诈和贪得无厌。

然后他装出柔和的语调接着问："我想，标准岛上的卫生状况很好吧？"

"再好也没有了。"

"可是，有的传染病，诸如流行性感冒、伤寒、天花等，有可能会……"

"连过敏性鼻炎都没有，牧师先生。请给我们发放无疫证书吧。我们到停泊地点后，再按规定同芒艾亚岛联系……"

"不过……"牧师答道,他显得踌躇不快,"一旦有疾病……"

"我再次重申,连个影子都没有!"

"那么,标准岛上的居民想要登岸喽?"

"是的,就像他们不久前在东部其他群岛登陆一样。"

"很好……很好,"矮胖子回答说,"放心吧,他们会得到很热情的招待,只要没有疾病……"

"我跟你说了,绝对没有。"

"那就让他们上岛去吧!芒艾亚岛居民会尽一切力量款待他们的,因为孟加人一向很好客……不过……"

"不过什么?"

"国王和王后陛下同各部族首领会议讨论决定,凡是登上芒艾亚岛和附近其他岛屿的外国人必须缴纳入岛税……"

"缴税?"

"是的,交两个皮阿斯特……这也不贵,您知道……每个上岛的人都要缴两个皮阿斯特。"

显而易见,是这位牧师提出入岛税建议的,国王、王后以及部族首领自然唯唯诺诺地马上采纳了,而这笔税收中将有不少的一部分归特派传教士所有。由于在东太平洋各个群岛从未有过类似的税收问题,港口官员不免对此感到奇怪。

"您不是开玩笑吧?"他问道。

"千真万确,"牧师肯定地说,"要是不缴纳这两个皮阿斯特,我们不让任何人上岛。"

"那好吧!"官员答道。

同牧师先生告别后,这位官员就去打电话,将牧师提出的入岛税问题转告舰长。

辛高叶舰长即刻同总督通话请示:鉴于芒艾亚岛当局的要求纯属无

理，况且又不肯退让，标准岛在此停泊合适不合适？

答复马上回来了，西柳斯·比克斯泰夫和属下讨论后拒绝支付这种歧视性税收，标准岛在芒艾亚岛、在库克群岛中其他各岛屿一律不停泊。贪婪的牧师的这个主意最终还是没有得逞，而亿兆城的居民宁可停泊到附近其他海域，去拜访不贪婪、不苛求的土著。

于是舰长向轮机手们下达了命令，重新启动几百万马力的发动机。这样，班希纳想同可敬的食人生番握握手的愿望也就成了泡影——话说回来，现在还有没有野人，又是另一回事了——尽管他也许有点惋惜，但起码有一点他可以宽心了，现在库克群岛上的居民之间不再相互吞食了！

标准岛在一条长形的海峡之中航行。这条海峡向北延伸，延伸到将四个岛屿连成一串的集结处。海上出现了不少独木小船，其中有的制造得很精致，配备得也很齐全，另一些则因陋就简，在树干中挖条槽就制成了船。这些船上的渔夫都是无畏的硬汉，他们出生入死去追捕鲸鱼。这一带海洋里，鲸鱼极多。

这些岛上土地肥沃，植物生长相当茂盛，因此大家也明白为什么英国首先要强迫这些岛国变为它的保护国，它想在将来把保护国变成自己在太平洋上的领土。

在芒艾亚岛附近时，他们已远远望见一圈珊瑚礁围绕着岩岸，岸上坐落着白得耀眼的房屋，房屋表面涂上了一层从珊瑚石里面提炼出的石灰。山坡上覆盖着一片暗绿色的热带树林，这些小山海拔均不超过二百米。

次日，辛高叶舰长见到了拉罗汤加岛。该岛树林密布，直到山峰。岛中央俨然屹立着一座高达一千五百米的火山，其山顶穿过浓密的树丛，直冲青天。礼拜堂被绿荫环绕，四周都是大片宽阔的枫树林，林带一直伸展到岸边。这里的树长得十分高大，枝叶茂密，树干弯弯曲曲，就像诺曼底的老苹果树或普罗旺斯的老橄榄树一样，树干有时在弯折处长出一个鼓包，有时又盘旋着往上长。

　　拉罗汤加岛上的一切商业都集中在太平洋德意志公司的手中，由该公司经理和主宰拉罗汤加岛上所有基督徒的牧师合伙经营，利益均分。也许他没有学芒艾亚岛他的同行那样施行外国人入岛税，或许亿兆城的市民可以不掏腰包去向岛上的两位女王致敬。岛上的两个女王，一个在阿洛湟尼村，另一个在阿戈罗牙村，正在争夺王权呢。因此，西柳斯·比克斯泰夫认为目前不是登上该岛的恰当时机，他的意见得到了社会知名人士会议的支持，他们在旅行中已经习惯于受到国王般的礼遇。总而言之，受到愚蠢的英国圣公会统治的当地居民白白丢失了一个赚钱的机会，因为标准岛上的富翁们囊中有的是钱，而且挥金如土。

　　傍晚时分，人们见到的火山峰已经变成海平面上一根小小的花柱了。无穷无尽的海鸟不请自来，停在标准岛上，或在标准岛上空盘旋。但是天一黑，它们就展翅远飞，回到群岛北部浪涛拍击的小岛上栖息。

　　于是，标准岛总督主持召开了一次会议，会上提议改变航线。标准岛现在正穿过英国的势力范围，若继续按照原定的航线前进，那么就应该沿着南纬二十度一直往西开，走汤加群岛、斐济群岛。可是，在库克群岛所发生的事情使人兴味索然，那倒远不如走新喀里多尼亚、忠诚群岛更好些，"太平洋上的瑰宝"在这些法属殖民地将受到法国式的文明接待。然后，过了冬至，标准岛再驶回赤道海域。要是真这么办，标准岛离新赫布里底群岛就远了，他们应当把那艘双桅船的船长及遇险船员送到新赫布里底。

　　当讨论到新航线时，马来亚人表现得坐立不安，因为一旦决定改变方向，他们回国将会困难得多，所以他们的不安事出有因。沙洛船长无法掩饰他的极度失望，甚至可以说，他满腔怒火，如果有人听懂了他对手下人所说的话，必然会觉得他的恼怒令人生疑：

　　"你们想想看，"他重复了好几遍，"你们想想看，他们把我们留在忠诚岛或新喀里多尼亚岛……而兄弟们却都在埃罗芒阿等我们！我们在新

赫布里底煞费苦心筹划好的事岂不泡汤了……难道就让这发大财的机会跑了不成？"

讨论结果，对马来亚人来说是吉星高照，对标准岛人来说则是不幸：改变航线的动议未获通过。因为亿兆城知名人士不喜欢轻易改变他们的习惯做法。航行将按照在玛德琳海湾起程时所定下的航线继续进行。不过，原计划中定下的在库克群岛停泊的十五天时间，决定用在去汤加群岛之前，先驶向西北方向去萨摩亚群岛。

当马来亚人得知这项决议时，无法掩饰他们的欣喜若狂。归根结底，社会知名人士会议没有放弃原计划，依旧能送他们回新赫布里底，他们自然应该欢呼雀跃，这难道不是天经地义吗？

Chapter 2 从一个岛驶向另一个岛

由于沃特·谭克东与黛·考弗莱小姐互相有了好感，左舷区和右舷区的紧张关系有所缓和，标准岛总督和艺术总监先生有理由认为标准岛的前途不至于因岛内分裂而被葬送。但从另一方面来看，"太平洋上的瑰宝"的生存依然受到严重威胁，它很难逃脱一场经长期策划的灭顶之灾。越往西航行，它就越驶近西部海域，而一旦到达了这片水域，它肯定会被消灭。且看这罪恶阴谋的魁首，不是别人，正是沙洛船长。

原来，马来亚人去夏威夷群岛并非出于偶然，双桅船在檀香山停泊也是特地在此等候标准岛，等它在一年一度的行程中来到此地。自标准岛起程后，双桅船尾随在后面，在标准岛的附近行驶，同时又力图不引起它的怀疑，随后又佯作发生海难，让标准岛来搭救他和他的同伙们。他们之所以这么做，是因为知道标准岛历来不接纳任何外来旅客。于是，他们借口要求带他们回国，让标准岛开往新赫布里底。以上就是沙洛船长的心计。

我们已经了解这个计划的第一步是怎么实施的，所谓双桅船的撞船事故完全是臆造的，没有任何一艘船只在靠近赤道时将它撞坏，是这些马来亚人自己把船凿沉的。他们盘算好能在海上漂浮着，直到标准岛听见他们的求援炮声赶来救助。此外，当右舷港放下的小艇把他们救起来之后，双桅船必须沉没，这样救援人员就不会怀疑撞船事故。另外，既然他们的船刚刚下沉，救援人员也就不会怀疑他们是否是货真价实的水

手了，而且既然船已沉没，那么势必要收留他们上标准岛了。

实际上，标准岛总督有可能不愿意把他们留下来，或者标准岛有明文规定，外人不得在此居留；或者，标准岛会决定到下一个岛时就把他们送下去……各种可能性都存在。沙洛船长的如意算盘有许许多多的风险，但是他甘心冒这点风险。总之，当取得标准岛公司的同意后，标准岛也就决定接纳双桅船的幸存者，并且将他们带往新赫布里底群岛。

这就是整个事件的来龙去脉。四个月来，沙洛船长同他手下的十个马来亚人无拘无束地生活在标准岛上。他们对全岛进行了深入细致的探查，特别是有关岛上的秘密，他们绝不会放过，因此对岛上的一切秘密都已了如指掌。一切事情都如他们所想象的那样顺利地进行着。曾有一刻，他们唯恐社会知名人士会议决定修改航行路线，所以非常担心，甚至不安到了令人怀疑的地步！幸好航线没有变更，还有三个月，标准岛将抵达新赫布里底，那里将会发生一起航海史上史无前例的大灾难。

新赫布里底群岛是航海者的一大难关。那儿，不仅四周都有众多的暗礁和激流狂澜，而且岛上有一部分居民生性残暴。一七〇六年基罗斯发现该岛，一七六八年布甘维尔、一七七三年库克对该岛进行过考察，当地还发生过多次血腥屠杀。塞巴斯蒂安·左恩始终认为标准岛的这次航行结局是凶多吉少，其原因也许就在于此。岛上有卡纳克人、巴布人、马来亚人，还有大洋洲黑人，他们都混居在这一带。该群岛中的一些岛，其实是不折不扣的海盗窝，岛上的居民则以杀人越货为生。

沙洛船长原系马来亚族人，他就属于这类恶棍，专门做海盗、捕鲸、编草鞋及贩卖黑奴营生，就像去过新赫布里底群岛的哈贡舰队医生所描绘的那样。这类恶棍在那一带海域多如牛毛，大肆危害、骚扰过往船只。沙洛船长一贯胆大妄为，他习惯于在充满凶险的各座岛上奔波，又深谙这种勾当，他先前也曾几次三番地领导大规模的杀人抢劫行动。这个沙洛并非初次下水，由于作恶多端、残酷出奇，他在西太平洋这一带海域臭名昭著。

几个月以前，沙洛船长同他的帮凶到了新赫布里底群岛中一个叫埃罗芒阿的岛，与岛上嗜血成性的居民合谋，策划了一个大阴谋。万一他们成功，从此就可以找一个他们愿意去的地方，到那儿洗手，过不愁吃穿的舒心日子了。他们早已听说这个标准岛，自去年开始，该岛就在南北回归线之间来往。他们知道富庶的亿兆城里装有不计其数的财富。但是由于亿兆城不会深入西部边缘海区，那么他们就必须引诱它到野蛮的埃罗芒阿岛来，这座岛上一切都已准备就绪，等着把标准岛彻底消灭。

此外，尽管新赫布里底人已经要求临近小岛的土著居民派人来增援，但该岛在人数上还是处于劣势，特别是考虑到标准岛上的居民相当多，更不用提他们所拥有的精良防卫设施了。因此，绝不能像袭击一艘普通的商船那样在海上对标准岛发起进攻，也不能派一队独木船去围攻。马来亚人只能利用标准岛上居民的人道主义精神去诱骗他们，让他们在毫不怀疑的情况下驶到埃罗芒阿岛……让标准岛停在岛外几个锚链的地方……几千名土人将发起突然袭击，打个标准岛措手不及，让标准岛撞在岩崖上，撞得粉碎……这时，海盗们就可以任意劫掠和杀戮。说实话，他们这个恐怖的阴谋很可能得逞。由于标准岛已经接纳了沙洛船长和他的同谋，亿兆城的居民正一步一步走向深渊。

十二月九日，辛高叶舰长已经抵达西经一百七十一度南纬十五度交汇的海区。由此到西经一百七十五度之间的地带就是萨摩亚群岛。布甘维尔于一七六八年曾来到这里，拉佩鲁兹[1]于一七八七年、爱德华于一七九一年均到过这儿。

标准岛上的人首先见到的是西北方向上的玫瑰岛，该岛上荒无人烟，因此不值得登岸。

---

[1] 拉佩鲁兹（1741—1788），法国著名的航海家。

两天之后，他们见到了马努阿岛，该岛两侧有两个小岛：奥洛萨加和欧夫。马努阿岛的制高点海拔为七百六十米。虽然该岛上人口有两千左右，但它并非萨摩亚群岛中最有趣的岛屿，所以标准岛总督没有下令停泊。十五天的时间最好停泊在图图伊拉岛、乌波卢岛或萨瓦伊岛。西太平洋中萨摩亚群岛以美丽著称，而这几个岛又是萨摩亚群岛中出类拔萃的。可是，马努阿岛在航海史上却也是有点名气的，因为，就是在马努阿的岸边叫做麦奥马的地方，库克船长的好几位伙伴葬身于海湾，这个海湾从此就有了一个名副其实的名字，称为"杀人湾"①。

从马努阿到相邻的下一个岛——图图伊拉岛，距离二十法里。十二月十四日至十五日的夜晚，标准岛靠近了图图伊拉岛。十四日晚，四重奏小组正在大船艏炮台附近散步，虽然那时距离图图伊拉岛还有好几英里，但他们已经"闻"到不远了。此时，空气中已带有几分迷人的芝兰芳香。

"这才不是一个岛呢，"班希纳大声说，"这是比弗香水店，是吕平香水厂，是最时髦的……"

"如果殿下不嫌憎，我宁可把它比喻成一个香匣……"伊夫内斯表示了他的意见。

"就算是一个香匣吧！"班希纳回答道，他一点也不想在他的朋友诗兴大发之时去杀风景。

真的，简直可以说有一阵幽香随着微风飘来，逸散在这沁人肺腑的洋面上，这是萨摩亚卡纳克人称为"穆索衣"的树发出的香味。

太阳出来时，标准岛正在图图伊拉岛北边六锚链的海面沿岛岸前进。图图伊拉岛仿佛一只苍翠的花篮，或者更确切地说，是片层层叠叠的树林，绿荫一直向高处延伸，最高的山峦高达一千七百多米。在标准岛靠近图图伊拉岛前，还见到几个小岛，其中有阿努岛。几百艘精美的独木

---

① 这个海湾名叫马沙克勒海湾，意即"杀人湾"。

船上，一些强壮的当地居民光着半身，正一边唱着四分之二拍的萨摩亚歌曲一边摇着橹，赶紧围上前来护送标准岛航行。要说其中长的独木船有五六十名船员划桨，一点也不夸张，这种船坚固异常，可以经常出海。这时我们的巴黎音乐家才明白为什么第一批到这儿的欧洲人为这些岛屿命名叫"航海者群岛"。总之，这个群岛的真正地理名称为"哈摩阿群岛"，大家更习惯称之为萨摩亚群岛。

萨瓦伊、乌波卢、图图伊拉诸岛由西北向东南渐次分布，而奥洛萨加、欧夫、马奴阿诸岛散布于群岛的东南部。这一系列由火山形成的群岛的主要岛屿就是以上几个。群岛总面积为两千八百平方公里，居民有三万五千六百名。所以，将首批探险家统计的数字减少一半才是正确的。

值得指出的是上述各岛中任何一座岛都具备标准岛那样的优良气候条件。岛上的气温通常保持在二十六度至三十四摄氏度。七月和八月是一年中最寒冷的两个月，而气候最炎热的月份是二月。譬如，从十二月到四月，萨摩亚有丰富的雨水。这个季节也是暴风雨最常发生的季节，风暴常常肆虐，造成灾害。

至于岛上的贸易，先是掌握在英国人手里，后来由美国人控制，之后又落到了德国人的手里。每年，这里的进口额达一百八十万法郎，出口额为九十万法郎。出口贸易品主要为农产品，如棉花，其种植面积正逐年增加，另外有椰子干。

岛上的居民原来是波利尼西亚的马来亚人，居民中仅混杂着三百名白种人和几千名从美拉尼西亚各个岛上招募来的打工者。自从一八三〇年来，传教士们让萨摩亚人改信了基督教。不过，萨摩亚人还是保留了他们自己的某些宗教习俗。由于英、德两国人的影响，当地居民中绝大多数人都信奉新教。然而，已有几千人开始信奉天主教，天主教圣母派传教士为了遏制盎格鲁－撒克逊信徒的增加，竭力发展新的天主教信徒。

标准岛停在图图伊拉岛南边的帕果帕果港停泊场。图图伊拉岛真正的港口就是帕果帕果，它的首府是列奥纳，位于岛中心。这次，西柳斯·比克斯泰夫与萨摩亚当局的交涉一帆风顺，亿兆城市民可以自由登岸。群岛的君主居住在乌波卢岛，英、美、德三国的代表机构也都设在该岛上，因此，也不必举行什么官方的会晤了。有相当数量的萨摩亚人也利用标准岛向他们开放的机会参观了亿兆城及其郊区。他们表示，亿兆城居民肯定能得到萨摩亚群岛上居民的真诚款待。

帕果帕果港在海湾的深处。这是一个极其优良的躲避海风的港口，而且出入方便，不少军舰经常来港停泊。

这一天，在第一批上岸的人中，人们很自然地见到了塞巴斯蒂安·左恩和他的三个朋友，艺术总监愿意陪同他们一齐去游览，所以结成一伙同行。同平时一样，卡里杜斯·蒙巴和蔼可亲，而且游兴勃勃。他听说三四家富豪组织了一次远足，他们将乘坐由新西兰马驾驭的马车去列奥纳玩。既然考弗莱家和谭克东家都应在内，那也许又会发生沃特和黛小姐某种亲近的事，这对他们来说真是可庆可贺的好事。

同四重奏小组一起散步游览时，艺术总监聊起这则新闻。他侃侃而谈，时而情绪高涨，同他平时的做派没什么两样。

"朋友们，"他又重提了话题，"我们正在看一出喜剧……只要天公作美，发生一件意想不到的小事，这个戏的结局就会皆大欢喜。比如，一匹马受惊了……一辆马车翻了……"

"或碰到强盗抢劫……"伊夫内斯说道。

"屠杀旅行者……"班希纳补充说。

"完全有可能发生！"大提琴手用哭丧的调子厉声说，就好像他在提琴的第四根弦①上奏出的音一般低沉、忧郁。

---

① 在大提琴的四根弦中，第四根弦发音最低沉。

"不会的，朋友们，才不会呢！"卡里杜斯·蒙巴几乎在叫喊，"根本不用发生屠杀等严重的意外事件，绝对不必那么严重……只要发生一件小事，大家都经受得住的小事，让沃特·谭克东奋勇救黛小姐的性命……"

"这件事发生时，得配上博瓦第厄或奥信特的曲子！"[①]班希纳一边说一边把手握紧一转，似乎在转风琴的手柄。

"这么看来，蒙巴先生，"弗拉斯高林接口说，"您是打定主意要吃他们的喜酒了？"

"岂止是打定主意，我亲爱的弗拉斯高林！我日日夜夜都在琢磨这件事。为这事，我的脾气都变暴躁了（可我们一点都看不出）。为这事，我人都憔悴了！（同样看不出）要是他们不结婚，我准会急死……"

"别急别急，总监先生，他们肯定会结婚的！"伊夫内斯答道，他用先哲的声调说，"上帝有眼，他不会让总监大人离开人世的。"

"我一旦死了，上帝可就损失大了！"卡里杜斯·蒙巴说。

然后，他们走向当地人开的一家小酒馆，在那里为未来的新郎新娘的健康干杯，他们喝的是椰子汁，还吃了几个美味的香蕉。

对巴黎人来说，能见到帕果帕果港大街上以及港口附近的绿荫丛里三三两两的萨摩亚本地居民，他们已大开眼界。这里的男人身材高大，皮肤呈黄褐色，脑袋圆圆的，虎背熊腰，四肢肌肉发达，表情显得温和开朗。不过，他们的胳膊、上身用树枝和草编织的裙子遮不住的地方都露出了刺着的花纹，花纹太多了。他们的头发是黑色的。据说，由于当地人的审美观不同，有的人头发笔直，有的人头发卷曲。可是他们又在头发上涂上一层雪白的石灰，就像欧洲人戴的假发。

"路易十五时代的土人！"班希纳说，"他们要是穿上了当时的服装，

---

① 这里指《婚礼进行曲》，喻"有情人终成眷属"。

佩上宝剑，穿上短裤长袜红跟鞋，再戴好插着羽毛的帽子，带上鼻烟壶，那么凡尔赛剧院一开幕，他们就可以出来亮相了！"

说到萨摩亚的妇女或年轻姑娘，她们同男人一样，穿着简单朴素，她们的手上和胸部都文有花纹，头上戴着用栀子花编的花冠，颈上挂着用红木槿做的项链。第一批到达这里的航海家曾经用许多华丽的辞藻来表达对她们的赞叹，看来他们讲得很有道理——至少对年轻姑娘来说没有言过其实。她们拘谨得有点过分，显得有点装腔作势，举止优雅，笑容可掬。当她们对四重奏小组说一声温柔悦耳的"卡洛发"，即"你们好"时，四名音乐家简直有点心醉神驰。

我们的游客们想要进行一次远足，或说得更贴切一点，应该是去瞻仰向往已久的圣地。他们第二天就实施该计划了。这一次瞻仰，使他们得到了机会，从岛的一头一直游逛到另一头。当地的一辆车子把他们送到与该岛方向相反的海岸边，那里的港湾名叫法兰萨湾，该名称显然是用以纪念法兰西的。那里有一座一八八四年建立的白珊瑚纪念碑，碑上的铜牌上铭刻着朗格勒船长、博物学家拉马农以及九名水手（拉佩鲁兹的伙伴）的不朽英名，他们均于一七八七年十二月十一日在这个地方惨遭杀害。

塞巴斯蒂安·左恩及其伙伴们横穿岛屿，回到了帕果帕果港。沿途翠绿的密林令他们赞叹不已，密林中藤蔓盘根错节，椰子树、野香蕉树以及许多可以用于制作高级家具木器的树木应有尽有。乡间，一片片水芋田、甘蔗田、咖啡田、棉花田、肉桂田纵横延展。到处可见橙树、番石榴树、芒果树、鳄梨树，还有攀缘植物、兰科植物、乔木蕨类植物等。在温暖湿润气候的滋润下，土壤肥沃丰腴，生长出品种丰富、令人眼花缭乱的种种植物。萨摩亚的动物却很少，只有几种鸟类、几种基本无害的爬行动物、一种哺乳动物——一种小鼠，它也是当地唯一的啮齿类动物。

四天以后，十二月十八日，标准岛离开图图伊拉岛继续向前，艺术总监热切企盼"上帝保佑发生的意外事故"没有发生。但是两大敌对家族之间的关系明显地有所缓和。

从图图伊拉到乌波卢岛充其量不过十二法里。次日上午，辛高叶舰长始终使标准岛保持与陆地四分之一英里的距离，先后经过了侬杜阿、萨木苏、萨拉夫塔三座小岛。这三座小岛像三个独立的城堡，守卫着乌波卢岛。舰长熟练地指挥着，到了下午，标准岛已经在阿皮亚停泊好了。

乌波卢岛是萨摩亚群岛中的第一大岛，拥有一万六千个居民。德国、美国和英国的代表机构都设在该岛上，他们联合组成了一个委员会，以保护各国利益。萨摩亚群岛的君主则在阿皮亚海角最东端的马里尼王宫里"统治"着群岛。

乌波卢岛的风景同图图伊拉岛上相似，山崖重叠，最高峰是米西翁山峰，整座山脉就像乌波卢岛的脊梁骨一样纵贯全岛。从前这些山都是火山，现在已经不再活动，茂密的森林覆盖着山峦，并且一直往上包围了火山口。山脚下，平原和田地同岛岸边海水沉积地带相连接，沉积地带上各种热带植物生长得异常茂盛。

次日，标准岛总督西柳斯·比克斯泰夫、他的副手们和几名社会知名人士登上了阿皮亚港口。他们去拜会德、英、美各国的常驻代表。这些常驻代表组成了共同治理的市政府，而群岛的各个行政机关就集中在市政府。

当西柳斯·比克斯泰夫和他的随行人员去拜会常驻代表时，塞巴斯蒂安·左恩、弗拉斯高林、伊夫内斯和班希纳也和他们一齐上岸了，他们想用这点空余时间游览一下这座城市。

首先，令他们印象深刻的是这儿的房屋反差很大。一类是欧洲人的房屋，商人在这些房屋里开商店。另一类则是从前卡纳克村庄里那种简陋的小屋，土著居民坚持住在这类小屋里面。这类住房，用一句话概括，倒是很舒适、卫生、小巧玲珑。它们分散在阿皮亚海岸，低矮的屋顶上有用棕榈树形成的漂亮的遮阳伞。

港口相当热闹，全群岛就数从这个港口进出的船最多。"汉堡贸易公司"还在这里建立了一支小小的商船队，专门从事萨摩亚各岛之间以及同邻近其他岛屿之间的短途运输。

英、美、德三国的势力在萨摩亚群岛上占据优势，但是，代表法国的天主教传教士们以他们的高尚、忠诚和热情在萨摩亚居民的心目中为法国赢得了好名声。当四重奏小组远远望见表面上看起来建筑风格不如基督教礼拜堂那么庄严朴素的小天主教教堂时，当他们见到再远一点的地方有一座学校建在山坡上，校舍的顶上高高升起一面三色国旗的时候，不由得感到发自内心的喜悦，甚至被深深地感动了。

他们一直沿着这个方向前行。几分钟后，一个法国机构接待了他们。天主教主母会教士对"法拉尼"——萨摩亚人是这么称呼外国人的——给予了同胞般的款待。教堂里共有三位教士，他们被派在米西翁教区工作，此外还有两名教士在萨瓦伊工作，各座岛上还有一些修女。

能同主母会的一位院长聊聊是件快乐的事。他是个上了年纪的人，已在萨摩亚生活了许多年。能够在此接待同胞——况且又是音乐家——他感到非常荣幸。他们聊着聊着，清凉饮料就送上来了，而这种饮料的配制方法只有教会才掌握。

"首先，"老人说道，"孩子们，你们不要认为我们这个群岛是野蛮、未开化的地方。在这里你们碰不到吃人肉的生番……"

"直到现在，我们从来没有碰到过……"弗拉斯高林说道。

"我们还觉得挺遗憾呢！"班希纳补充说。

"怎么，你们会觉得遗憾？"

"请原谅，神甫，作为好奇的巴黎人，我们承认觉得遗憾，其实是我们太喜欢这里的乡土特色的缘故。"

"哦!"塞巴斯蒂安·左恩说,"我们的航行还没结束呢,我们的朋友想要见见食人肉的生番,也许我们将来会碰到的,只怕我们见到的比我们想要见的还多……"

"这倒是有可能。"院长回答道,"越靠近西部的那些岛,在新赫布里底群岛、所罗门群岛,航行者必须十分谨慎,千万不要轻举妄动。但是,在塔希提群岛、马克萨斯群岛、社会群岛和萨摩亚群岛一样,社会已大大进步,变得文明了。我知道,由于屠杀了拉佩鲁兹的伙伴,萨摩亚人已经落了个生性残暴、习惯食人肉的坏名声。但是,此后发生了多么大的变化呀,特别是受到耶稣基督的影响!当代的土著居民也是文明人,他们有自己的像欧洲国家一样的政府,也有像欧洲国家一样的参众两院,也有革命……"

"欧洲式的革命吗?"伊夫内斯接着问道。

"是的,亲爱的小伙子,萨摩亚人照样也有政治斗争。"

"我们在标准岛上就知道,"班希纳说,"关于这座得天独厚的岛,神甫呀,我们无所不知、无所不晓!我们还知道,此刻,我们到来时,皇室内两大家族正为争夺王权而打得不可开交呢!"

"朋友,你们说得一点不错。萨摩亚群岛世袭的君主塔布阿与英德两国支持的马利埃托国王之间已经进行过激烈的战斗。我们全力支持塔布阿国王。双方已经流过不少血了,特别是在一八八七年十二月发生的那次大战中。国王们一会儿宣布即位,一会儿又宣布被废黜,到最后,三大列强居然宣布:根据柏林御前会议的规定,马利埃托为群岛的国王……居然是柏林!"

说到这个词,老院长不禁颤动了一下。

"你们瞧,"他说道,"迄今为止,德国人的势力在群岛上还占绝对优势。十分之九的土地掌握在他们手里。在阿皮亚港口附近,他们的战舰能得到给养。岛上的快速连发武器就是这些军舰运进来的……但是,也

许有一天，这一切会改变……"

"变为法国的势力范围？"弗拉斯高林问道。

"不，变为联合王国的势力范围！"

"哟！"伊夫内斯说了，"英国、德国还不是同一回事……"

"不，亲爱的小伙子，"院长回答说，"要知道，其中差别还很大呢……"

"可是，马利埃托国王怎么办？"伊夫内斯接着问。

"唉！马利埃托国王嘛，又一次被废掉了，你们知道，觊觎这个王位的人中间谁最有希望可以接替他吗？一个英国人，岛上最受人敬重的人之一，是个小说家……"

"一个小说家？"

"是的，罗伯特·路易斯·史蒂文森①，也就是《金银岛》和《新天方夜谭》的作者。"

"由此可见文学是多么神通广大！"伊夫内斯大声感叹说。

"我们法国的小说家都应该以他为榜样！"班希纳接口说，"哈哈，左拉②满可以当上萨摩亚王国的君主，左拉一世……他还将受到英国政府的承认，坐到塔布阿和马利埃托坐过的王位上，而在此之前，世世代代的君主却都是当地的土人！真成了天方夜谭！"

院长详细介绍了萨摩亚的风俗习惯后，他们的谈话也就结束了。院长还补充说，虽然大多数人都信奉威斯利派的基督教，但天主教似乎正在逐步扩大它的影响。他们传教的米西翁教堂已经显得太小，不久以后学校也要扩建。他为此非常高兴，他的客人们也和他一样为这些现象感到欢欣鼓舞。

---

① 史蒂文森（1850—1894），英国小说家。
② 左拉（1840—1902），法国著名作家，自然主义代表之一。

标准岛在乌波卢岛一共停泊了三天。

四重奏小组去教堂访问过后，传教士们也回访了法国艺术家们。艺术家们带领传教士们逛了亿兆城，传教士们惊叹不已，感到耳目一新。另外，说出这件事来也没什么不好意思的。在文娱厅里，四重奏小组请院长和他的修士们听了几段他们的拿手曲子。这位老先生竟然听得动了真情，激动得眼泪都流下来了，因为他酷爱古典音乐，他非常可怜，从未能在乌波卢岛的盛大民族节日中听过古典音乐。

起航的前夜，塞巴斯蒂安·左恩、弗拉斯高林、班希纳、伊夫内斯由礼仪教师陪同，来向主母会的传教士们告别。双方依依惜别的情景令人十分伤感，这种辞别很特别，因为辞别的双方一共只相处过几天，然而他们将永远不可能再见面。老院长紧紧地拥抱他们，祈祷上帝保佑他们。他们走时情绪非常激动。

第二天，十二月二十三日黎明时分，辛高叶舰长就下令起航了，标准岛在一队独木船中徐徐驶出。大队的独木船将为标准岛送行，一直护送它到邻近的萨瓦伊岛。

萨瓦伊岛与乌波卢岛仅相隔一条七八法里的海峡。但是，由于阿皮亚港位于乌波卢岛的北部沿海，所以首先得沿岛行驶整个白天，然后才能抵达海峡。

按照总督定下的航线，标准岛并不绕萨瓦伊岛走一圈，只是穿过该岛和乌波卢岛的中间水道，然后转向西南方，开往汤加群岛。因为标准岛不想在夜间通过旁边有阿波利尼亚和麦诺诺这两座小岛的狭窄通道，所以它以缓慢的速度前进。

次日破晓时分，辛高叶舰长指挥标准岛驶过了这两座小岛。阿波利尼亚岛上有二百五十名居民，而麦诺诺岛有约一千名居民。这里的居民素有萨摩亚群岛中最勇敢及最诚实的美称，这种说法确实名副其实。

在这个位置欣赏萨瓦伊岛，可以饱览该岛的绮丽风光。萨瓦伊岛由

坚固的花岗岩保护，虽然在冬季各种飓风、龙卷风、旋风使大海变得极其可怕，然而岛上却没受什么影响。该岛上覆盖着浓密的森林，岛的最高处是一座一千二百米高的死火山。在高大的棕榈树丛的穹顶下隐隐约约地可以看见一些分散的小村庄。此岛由奔腾咆哮的瀑布急流灌溉着，岛上有深邃的岩洞，海浪冲进岛上的岩洞，激流冲击山崖岩石所发出的巨大声音在山谷中回荡。

据说，萨瓦伊岛是波利尼西亚种族真正的发源地，岛上一万一千名居民是最地道的波利尼西亚人。于是，这个种族就叫"萨瓦伊基"，意为马豪利诸神的伊甸园。

标准岛慢慢驶离萨瓦伊岛。

到了十二月二十四日晚上，岛上最高的几座山峰也从视野里消失了。

Chapter 3　宫廷音乐会

　　从十二月二十一日开始，太阳在南回归线停留后又重新向北移动，任凭冬季的风雨在南半球海洋上作怪，北半球则又回到了夏天。

　　标准岛距离南回归线仅十来度纬度，它将要南下径直开往汤加塔布群岛①，到本次航行的最南边去，然后回头北上，使得标准岛始终位于最舒适宜人的气候条件下。固然，当太阳升到头顶上时，标准岛会有一阵炎热的时期，那是无法避免的，加之海上有凉风轻拂，岛上也就不那么热了。再则，离太阳远了，接收到的辐射热量也将大大减少。

　　从萨摩亚群岛到汤加塔布群岛的主岛，纬度约有八度，约九百公里的距离。没有任何必要加快航速。标准岛将优哉游哉地在这平静如镜的美丽海面上随波逐浪。这儿的海水同天空一样平静安宁，极少有突如其来的风暴。只要一月初能驶到汤加塔布群岛就行了，然后在那里停泊一个星期，再开往斐济群岛。从斐济再向北去新赫布里底，在那儿让马来亚船员上岸。接着标准岛再往北航行，回到玛德琳海湾。那样，它的第二次航行就完成了。

　　所以，亿兆城里的平静生活继续有条不紊地进行着，总还是欧美大城市里的生活方式。居民们或以电报或通过轮船往来，经常保持和新大

---

① 这里指汤加群岛的南部诸岛。

陆的联系，居民间常常走亲访友，而两个对立区域已经明显地相互靠近，人们经常散步、游戏，音乐爱好者们对四重奏小组的演奏会总是听得如痴似醉。

无论对新教还是对天主教来说，圣诞节都是亲切欢乐的节日，教徒们在各自的教堂里隆重举行了宗教仪式，各府第、公馆、商号公司也都热烈庆祝节日。从圣诞节那天开始直到元旦，标准岛将一直沉浸在庄重而又皆大欢喜的节日气氛中。

同时，岛上的两大报纸《右舷新闻报》和《新先驱报》不断向读者报道岛内新闻。其中有一则消息两份报纸同时刊出，引起了不少议论。

两家报纸在十二月二十六日刊载的消息是这么说的：马列伽利亚国王去市政府，总督在那儿会见了他。国王陛下这次造访怀着什么目的？有什么动机？一时间，满城风雨。要不是第二天的报纸提供了关于这件事情的确切报道，有人真会煞有介事地编出一些莫须有的千奇百怪的事来。

原来，马列伽利亚国王要求在标准岛天文观测台谋一份工作，上级机关立即同意了他的请求。

"真见鬼！"班希纳高声嚷嚷着说，"只有住在亿兆城才看得到这类咄咄怪事！一个国王整天对着天文望远镜观察天边的星斗……"

"这是地上的星宿与他在天际的兄弟进行对话。"伊夫内斯接上去说道。

消息是确实的。以下是国王不得不谋求工作的一个原因。

国王是一个称职的君主，他的妻子也是一个好王后。他们开明豁达，慷慨大方，虽然他们的王朝是欧洲历史最悠久的王朝之一，但他们从来没有认为自己是神圣不可侵犯的，并且竭尽所能来治理国家，尽管这个国家只是欧洲的一个小国。国王知晓的科学知识非常丰富，他对各种艺术十分欣赏，特别迷恋音乐，由于他知识渊博又深谙哲理，所以对欧洲各国君主制度的前景看得极其透彻。因此，他已时刻准备好，一旦臣民

不再需要他，他就挂冠而去。由于他没有直系的继承人，当时机一到，他就准备放弃王位，摘去王冠。他觉得他没有什么对不起祖先的。

三年前，这个时机来到了。再则，在马列伽利亚王国，没有发生革命，至少没有发生流血的革命。双方都认同，国王陛下与他的臣民的关系被推翻了。国王成了一个普通平民，而他的臣民已变成了民主国家的公民。他呢，也没有采取任何仪式就坐上车离开了王国，让一个新的制度去替代原来的制度。

国王虽然年届六十，但身体强健，他个人的健康状况大大好于他的王朝的健康状况，人们再努力，也没能够使王朝强盛起来。话说回来，王后的身体相当虚弱，她要求生活在一种气温变化很小的环境中，又很难找到气候环境条件几乎不变的地方，而且，若随着季节的变化在不同纬度迁徙，又必然会累垮她的身体，所以看来也只有标准岛才是她的唯一的家，其他地方都不可能满足这个条件。既然美国最富有的阔佬都选择了标准岛公司的海上大机器作为他们自己生活的城市，那么，看起来它具备了最优越的生活条件。

因此，当标准岛建立起来后，马列伽利亚国王和王后就决定选择亿兆城作为定居地。他们获准在岛上居留，但是只能作为普通公民居留，既无高贵显爵，又无特权。人们坚信，国王和王后陛下只想当普通平民，别无他求。他们租下了右舷区第三十九大街上的一座小公馆。房子四周有花园，花园直通到街上大公园。国王和王后就住在小公馆里，他们深居简出，从不介入两个敌对区域间的钩心斗角，安心过着平凡朴素的生活。国王始终热爱天文学，所以继续从事天文研究。王后信奉天主教，是个虔诚的教徒。由于"太平洋上的瑰宝"上没有穷困现象，所以她想献身慈善事业都找不到机会，也就只能过着半修道半世俗的生活。

以上就是马列伽利亚王国前国王和王后的遭遇。艺术总监把这些事情告诉了音乐家们。他末了又补充说，国王与王后是世间能碰得到的最完美的人，不过他们俩的财富与岛上其他人的相比，则显得很少。

对国王和王后在被废黜后能深明大义，心甘情愿地接受垮台，四重奏小组深受感动，不禁对两位放弃王位的人肃然起敬。法国是被放逐的君主的乐土，他们不去法国政治避难，倒选择了标准岛，这种态度就像有钱人从健康目的出发选择尼斯①或考夫岛②一样。当然，他们不是被流放的君主，并没被驱逐出国。他们当时完全可以留下来，现在也可以回国去，有做普通公民的权利。但他们根本不考虑这些事，倒宁可遵守标准岛上的一切制度，奉公守法，过与世无争的太平日子，还觉得这种日子挺好。

马列伽利亚国王和王后并不富裕，这是千真万确的事实，只要同亿兆城的大多数居民作一番比较，考虑到亿兆城昂贵的生活费用，就可以确信这一点。他们的养老金每年仅二十万法郎，付小公馆房租就要五万法郎，他们还能怎么办呢？下台后的国王和王后与欧洲的帝王相比已经够寒酸了，要知道，这些帝王若与戈蒂、冯·代比特、鲁彻特、马凯等家族及其他财阀相比，真是"小巫见大巫"。因此，尽管国王伉俪生活非常俭朴，仅支出必须花的钱，他们也已到了捉襟见肘的困难境地。只要能住在标准岛上，王后的健康状况可以大大改善，所以国王不想离开这座岛。于是他想到通过工作赚钱增加收入。这时天文观测台正有一个岗位缺人，薪水倒还相当高，于是，国王就去向总督谋求工作了。西柳斯·比克斯泰夫通过电缆向玛德琳海湾的上级领导请示后，同意为国王安排工作。这就是事情的经过，就是报纸上会宣称马列伽利亚国王刚被任命为标准岛天文观测台工作人员的始末。

---

① 尼斯是法国南方的一个城市，气候宜人，是旅游度假胜地。
② 考夫岛是希腊一个气候极宜人的地方。

无论在哪个国家，这种事情都会一石激起千重浪，大家会风言风语议论个没完。可是，在标准岛上，人们只议论了两天，时间一过，再也没人去想这事了。一个国王通过劳动在标准岛上自食其力，继续过宁静的生活，大家觉得这是极其自然的。国王既然是一位学者，他借助他的学识来生活，是理所当然的，一点也不会影响他的声誉。一旦他能发现一颗新的恒星或一颗行星、一颗彗星或是一颗随便什么星星，那么这颗星将以他的名字来命名，这个光荣的名字将会载入官方年鉴里的伟人录中。

在花园里散步时，塞巴斯蒂安·左恩、班希纳、伊夫内斯、弗拉斯高林也谈起了这件事。这天早晨他们见到国王去上班了，由于他们的思想还没有完全美国化，所以对这件异乎寻常的事总难以接受。他们各抒己见。

弗拉斯高林说道："依我看，国王陛下即使未能胜任天文学方面的工作，他也能成为教师，教授音乐课。"

"一个跑东跑西担任家庭教师的国王！"班希纳大声说。

"兴许他会去当的……他那些富得流油的学生付的上课费……"

"事实上，大家说他的确是一名出众的音乐家。"伊夫内斯说。

"如果说他是一名狂热的音乐爱好者，我一点也不会感到意外。"塞巴斯蒂安·左恩补充说道，"我们举办四重奏演奏会时，他和王后因为买不起门票而站在娱乐城门口听，我们那看见过。"

"哈！乡村乐师们，我想出一个主意！"班希纳说道。

"'殿下'的主意嘛，"大提琴手加了进来，"肯定是别出心裁的主意。"

"管他是不是别出心裁，塞巴斯蒂安，我的老朋友．你肯定会举双手赞成的。"

"听听班希纳的主意吧！"弗拉斯高林说。

"我的主意就是去国王和王后的家里开场演奏会，只让他们听，就在他们家客厅表演,奏几段最棒的。"

"嘿!"塞巴斯蒂安·左恩说,"你这个主意倒是不坏!"

"这还用说!像这类主意,我的脑袋里可是装得满满的,脑袋一晃……"

"里面就会叮叮当当响起来。"伊夫内斯接上去说。

"班希纳,好小伙子,"弗拉斯高林说,"你提出了这么一条好建议,今天我们够满足的。我们一定会使善良的国王和王后高兴的。"

"明天我们写封信,要求觐见。"塞巴斯蒂安·左恩说。

"不,我有更好的办法。"班希纳答道,"就在今天晚上,我们去陛下的小公馆自我引荐,带上我们的乐器,就像一支乐队到别人窗户下唱晨曲一般……"

"你应该说小夜曲,"伊夫内斯找到了碴儿,"因为我们晚上去……"

"就算你对吧!你这第一提琴手果然严厉、准确!我们也不要在错别字上做文章了……决定了吗?"

"决定了。"

这主意确实高明。毫无疑问,国王酷爱音乐,对他们这番煞费苦心的关心一定非常感激,并一定会十分高兴地听他们演奏。

所以,当天色暗下来时,四重奏小组背上了大中小提琴盒离开娱乐城,走向位于右舷区边缘的第三十九号大街。

国王所住的公馆系一幢很简陋的住宅,宅前有个绿草如茵的庭园。庭园的一边是下房,另一边是从未使用过的马厩。整幢房子有底层及上一层,走上台阶就可以进入底楼,楼上搭有一个阁楼,还安有气窗。房前左右方各有一棵长势茂盛的榆树,榆树荫下两条小径通往花园,花园面积还不到两百平方米,树荫掩映之下是一片片绿茵茵的草地。这幢小屋是无法同考弗莱、谭克东及亿兆城其他社会名流的公馆相比较的。这里仅仅是一名贤士、一位学者或哲人隐退的住处。在腓尼基王朝,阿布

多洛尼姆①在复得塞得王王位前如果有这么个去处，他定会心满意足。

马列伽利亚国王只有一个侍臣，就是他的贴身仆人，而王后所有的宫女也只是一名女仆。另外他们还有一个美国厨娘。从前同欧洲各大国君主称兄道弟的国王夫妇，退位后就只有这么几名侍从了。

弗拉斯高林按了一下电铃，仆人打开了铁栅门。弗拉斯高林告诉仆人，他和伙伴们—— 一些法国音乐家——希望向国王陛下表达敬意，请求陛下接见。

仆人请他们进去了。他们在台阶前停下来。仆人走了进去，立刻又出来了，说国王很乐意接见他们。他们被引进了过道，放下乐器，随即又被带进了客厅。与此同时，国王和王后也走进了客厅。

他们觐见国王的一切仪式仅此而已。

在国王和王后面前，艺术家们毕恭毕敬地欠身行礼。王后穿着深色衣服，十分朴素。她未戴任何头饰，浓密的头发及呈灰色的卷曲的圈圈衬托出她略略苍白的脸色和捉摸不透的眼神。她在窗台边的扶手椅中坐下。窗外就是花园，花园的那一头有许多大花坛。

国王站着向客人还礼。他请他们说明登门造访亿兆城这户偏僻人家的原因。

四位客人看看国王，国王身上似乎有一种难以言喻的尊贵气质，在浓得发黑的眉毛下目光炯炯——那是学者的一种深邃目光，白色的胡须宽而密，一直垂到胸前。他的表情严肃，但亲切的笑容使得严肃的气氛一扫而光，让人觉得他是个和蔼可亲的人。

弗拉斯高林诚惶诚恐地说话了，声音有点发颤：

"承陛下圣恩接见我们几名音乐家，我们想向国王陛下表示感谢，并致以崇高的敬意。"

① 阿布多洛尼姆是古代塞得王的子孙，贫困潦倒时曾当过园丁，后由亚历山大一世扶上王位。

"王后与我向你们表示感谢。"国王答道,"先生们,你们来访,使我们深受感动。我们想在这座岛上度过我们动乱的一生余下的日子,现在你们来到这座岛上,似乎为这座岛带来了一点法兰西国度的情意。各位先生,一个从事科学但是又热爱音乐的人,对你们这样蜚声音乐界的人物早已久仰大名。你们在欧美所获得的成就,我们已有所了解。你们四重奏小组在标准岛上博得的热烈掌声中,也有我们的,是的,只是稍微远一点罢了。所以,我们觉得有点遗憾,遗憾没能正式聆听你们的演奏。"

国王向客人指了指几张椅子,示意他们坐下。然后,他自己坐在壁炉前面。壁炉的大理石台上放着一座精美的王后年轻时的半身像,这是雕塑家福朗凯提的杰作。

弗拉斯高林只须回答国王说的最后一句话就可以点明来意了。

"陛下所言极是,"他接了上去,"您遗憾的是没能正式听到我们的演奏。我们当时的演奏怎么可能产生那种效果呢?我们奏的是室内乐,古典音乐大师们创作的弦乐四重奏需要融洽沟通的气氛,而当时热闹轰动的大场面不可能产生这种氛围,需要有圣殿中庄严肃穆的气氛……"

"是的,各位先生,"王后说道,"听这种音乐就像听我主和谐的福音一样,确实只有在圣殿才合适……"

"那就请国王和王后允许我们把这个客厅改为圣殿吧,仅仅一小时,只请国王和王后陛下听我们的演奏……"伊夫内斯这时也插进来说道。他的话还没说完,国王夫妇的脸色顿时兴奋起来。

"先生们,"国王说,"那么你们想要……你们已经想到了来演奏……"

"这正是我们造访的目的……"

"啊!"国王说道。他一边向客人们伸出手来,一边说:"由此看来,你们这几位法国音乐家的心地与你们的天赋才能一般出众……我以本人和王后的名义感谢你们，先生们。再也没有任何东西能使我们如此高兴了！"

于是，当仆人按吩咐把乐器搬到客厅里以便进行即席演奏的时候，国王和王后请客人们跟他们到花园里去。在花园里，他们交谈着，就像一些最知心的艺术家在交流心得一样。

国王深深体会到音乐的魅力，了解它的一切美妙神韵，并热烈地投入了这门艺术中。对几位音乐家一会儿将要演奏的那些作品的创作大师，他熟悉到了极点，巴黎客人们对此万分惊异。他认为海顿极富音乐才能，他的作品风格淳朴，匠心独具……他又回想起一位音乐评论家对门德尔松的评价：这是一位出类拔萃的室内音乐作曲家，他能以贝多芬的语言来表达他的心声……而韦伯则有极细腻的心灵感受力和骑士的风格，这些特点促使他成为一名独树一帜的大师！贝多芬是器乐的王子，他的交响乐所表达出来的是他的灵魂。贝多芬的作品无论从其高尚程度还是艺术价值来看，都不亚于诗歌、绘画、雕塑以及建筑艺术，这位巨星在创作完《合唱交响乐》后悲壮地陨落了，在最后这部作品里，器乐的振鸣和人类心中的肺腑之音已经水乳交融①，珠联璧合。

"可他却从来不能按着音乐的节拍跳舞！"

不用说，这种刻薄话一定是班希纳先生才会说的，他是在影射贝多芬耳背。

"不错，先生们，"国王微笑着回答道，"这正证明了耳朵并不是音乐家必不可少的器官。音乐家是用心来聆听的，也是用心来领会的。我刚才同你们谈到的这首无与伦比的交响乐，是在贝多芬已经完全失聪的时候创作的，难道这不已经充分证明了这一点吗？"

谈过了海顿、韦伯、门德尔松、贝多芬后，国王陛下又引人入胜地

---

① 这里指贝多芬在《第九交响曲》即《合唱》的第四乐章中加入了声乐合唱。

谈起了莫扎特。"啊！先生们。"他说道，"今天我太高兴了，话也多了。我已经有很长时间没像现在这样敞开心扉了。自从上了标准岛，我第一次遇到了真正的艺术家知音。莫扎特！啊，莫扎特……贵国有一位戏剧作曲家，我认为他是十九世纪末最伟大的一位戏剧作曲家。关于莫扎特，有人写过一些评论。我读过这些评论，也非常赞同，这些评论永远也不可能从我的脑子里消失！他说到，莫扎特如何得心应手地赋予每一个音符恰如其分的位置和音调，却又不影响整段乐曲的抑扬顿挫和特点。他还说到，莫扎特在赋予乐曲动人的真实感的同时，还赋予它完美的表现形式，忖度出各种情感和个性细微变化的音乐表达形式，他不正是唯一能够表达人类各种微妙细腻感情的音乐家吗？莫扎特，他不单是音乐之王——再说现在一个王又算什么？"陛下一边摇着脑袋一边说，"我要说，他是一个神，既然这个世上还允许有神论，我就要说，他是一位音乐之神！"

国王陛下在谈论过程中所表现出来的对莫扎特的热爱和欣赏，是很难言表、无法形容的。他和王后回到客厅时，音乐家们也跟着他们进去。他拿起了放在桌子上的一本书，看来这是他读了又读的一本书，书的名字叫《莫扎特的唐璜》。他把书打开，朗读了书上的几句话，这些话出自对莫扎特了解得最深刻也是最热爱莫扎特的艺术大师——闻名遐迩的古诺笔下：

"啊！莫扎特，神圣的莫扎特！凡是对你的作品有一点了解的人无不热爱你、崇拜你。你是永恒的真理！你是十全十美的代表！你的魅力无穷！你的作品永远深邃含蓄，却又清澈明亮。你既有完美的人性，又有稚童的淳朴！你用乐章表达出了你所感受到的世间万千气象，过去，没有人创作出过比你的作品更优秀的乐章，今后也永远不会有人能超越你！"

然后，塞巴斯蒂安·左恩和他的伙伴们拿起了乐器，在客厅柔和的灯光下奏起了他们为这次室内四重奏选定的第一支乐曲。

这是门德尔松作品的第十三号，A小调第二弦乐四重奏。国王夫妇从这首乐曲里感到无穷的快乐。

这个四重奏结束后，接着演奏的是海顿作品第七十五号，C大调第三弦乐四重奏，也就是奥地利国歌。四位器乐家演奏得美妙极了，无可比拟。以前从来没有一位演奏家能像这四位艺术家那样在"圣殿"中与听众心灵沟通、演奏达到炉火纯青的地步，而这场音乐的听众却只有退位的君主夫妇！当他们奏完因为作曲家的杰出天才而愈显壮丽动听的国歌后，又演奏起了贝多芬作品第十八号，降B调第六弦乐四重奏。这篇乐章悲怆忧伤，它强大的感染力使得国王夫妇听着听着眼睛湿润了。

然后演奏的是莫扎特的C小调赋格曲，曲子非常优美，没有任何矫揉造作，自然流畅，就像是清澈见底的一泓水，又像是微风轻轻拂过稀疏的枝叶。最后演奏的是神圣的作曲家最优美的曲子之一，作品第三十五号，D大调第十弦乐四重奏。这首乐曲结束了这个令人难以忘怀的夜晚，亿兆城的富商巨贾们从来没有享受到过这样美妙的音乐。

既然国王和王后已入胜境，因而不会厌烦，当然，四位法国人也不会厌烦的。

但是这时已是晚上十一点了，国王陛下对他们说："我们非常感谢你们，诸位先生，衷心地感谢你们，由于你们的演奏艺术精湛完美，我们获得了永远忘却不了的艺术享受。这对我们有很大的好处……"

"如果国王愿意，"伊夫内斯说道，"我们还能……"

"谢谢了，先生们，再次表示感谢！我们不能过分地利用你们的盛情厚意！时间已经晚了，此外，今晚……我还要值夜班呢……"

这句话出自一位国王的口，也提醒了音乐家们，使他们回到现实中来。面前的君主竟会用这种口气同他们说话，他们觉得窘迫不已，于是

低下头来……

"是的，各位先生，我不是标准岛天文观测台的天文学家吗？"国王用一种兴奋的口气说道，"我是观察星象的……观察流星的。"他又补充了一句，似乎有点激动。

Chapter 4 不列颠的最后通牒

　　一年的最后一星期里，大家欢度圣诞佳节，互相发出了许多请帖，邀请晚餐、邀请参加晚会以及官方的招待会。总督出面宴请标准岛上的知名人士，左舷区和右舷区的社会知名人士也都已欣然接受，这说明亿兆城两个舷区的居民正在逐步走向某种融合。谭克东一家和考弗莱一家坐到了同一张餐桌上。元旦那天，第十九号大街上的公馆和第十五号大街上的宅邸将交流贺年卡。沃特·谭克东甚至还收到了考弗莱夫人举办的音乐会的邀请信。女主人对他的接待似乎是个非常吉祥的征兆。不过，要想建立起更加紧密的联系，像卡里杜斯·蒙巴预料的那样，恐怕还有一大段距离呢。

　　卡里杜斯·蒙巴天天兴高采烈，一碰到人就重复他的话："成了，朋友们，成了！"

　　然而，标准岛继续向汤加塔布群岛平静地行进，似乎没有任何东西来干扰它。到了十二月三十日至三十一日的夜里，天气突然发生了未曾预料到的变化。

　　凌晨两三点钟时，远处传来了轰隆声。瞭望哨没有特别注意，因为不会有人对他们进行海上袭击，可能是南美洲各共和国的战舰在交火，它们之间倒是经常交火。归根结底，标准岛是一座独立的岛屿，它同欧美大陆的列强和平相处，并无瓜葛，何必为此担心呢？

再则，这轰隆的声音来自西太平洋海域，声响持续到天亮，这种声响肯定不是炮声，因为远处火炮发出的声音浑实而有规律，两者是不会混淆的。

有名军官向辛高叶舰长报告后，舰长来到天文观测台顶上观察海平面，展现在他眼前的宽阔的海面上没有一点亮光。但是，天空看起来有点反常，由于火光的反射，天空呈火红色，一直映到头顶高处。虽然天气晴朗，但是大气中像有一层雾一般，再看气压表，也不见有气压突然降低的现象以及气流的急骤变化。

当天色大亮时，亿兆城的居民们着实感到了莫名的惊讶。不仅轰轰隆隆的声音仍不断地传来，而且空气中混杂了一种红黑色的雾，这种雾像是一种细得摸不出来的灰尘，仿佛下雨似的飘飘扬扬地落下，简直是一场由煤烟粉尘构成的大雨倾泻下来。片刻工夫，城里的街道、房屋的屋顶都盖上了一层由胭脂红、茜草红、橙红、紫红等颜色组成的物质，其中还含有黑糊糊的火山岩渣一类的物质。

所有的居民都到户外来了——除了阿塔那兹·多雷姆，他每晚八点睡觉，次日总要过了十一点钟起身。不用说，四重奏小组的成员们也都已起床，他们来到天文观测台。舰长、他手下的军官们、天文学家们，当然也包括这位新来的职员——从前的国王在内——正在努力搞清楚这是什么现象。

"可惜呀，"班希纳说了，"这红色的物质不是液体，不是从波马尔或拉斐特古堡飘过来的红葡萄酒！"

"贪杯的家伙！"塞巴斯蒂安·左恩说。

真的，这现象究竟是如何产生的呢？以前曾经有过许多下红雨的先例，红尘是由硅石、有机蛋白粒子、氧化铬和氧化铁组成的。本世纪初，喀拉勃地区、亚伯路兹地区曾经普降红尘雨，当地迷信的居民甚至认为这种雨是血滴，实际上，这些红尘同一八一九年勃朗胜堡的红雨一样，不过是氧化钴的微粒而已。也有过这样的例子，远处发生火灾，热气流把煤烟和炭末的细微颗粒带到某一个地方。一八二〇年时，费尔南布不是下过丝雨吗？一八二九年，奥尔良也下过黄雨。一八三六年，在下比利牛斯地区正值柏树开花的季节，还曾经下过柏树花粉雨呢！

那么，从天而降，落到标准岛以及海面上的大量红色粉尘及火山灰渣等物质究竟是从哪里来的？

马列伽利亚国王发表了他的意见，他认为是西部某座岛的火山上飘过来的。天文观测台里他的同事们也同意他的观点。有人搜集起几把灰渣，渣土的温度比当时的气温还要高一点。换句话说，经过在大气中飘落，它们的温度尚未冷却下来。毫无规律的轰隆声还在继续，这种响声也许就是某座火山正在剧烈地喷发而发出的声响。这一带分布着许多火山口，有的正处于活动期，有的已进入休眠状态，但是，在地壳内部的运动下，休眠火山也可能重新爆发。此外，还有一些火山，虽然位于海底，可有时在地层板块的推动之下也会爆发，而且这类火山一旦喷发，其力量往往特别强大。

标准岛正开往汤加群岛，几年以前，不正是在此地，托富阿峰突然火山喷发，射出的岩浆灰烬覆盖了整整一百平方公里的面积吗？那一次，火山喷发前后有好几个小时，轰隆的声音不是也传到了两百多公里以外的地方吗？

一八八三年八月，克拉卡托火山爆发，殃及了邻近巽他海峡的爪哇岛和苏门答腊岛地区，摧毁了一座座村庄，导致生灵涂炭，又引起了地震，岩浆泥土横流。接着，海啸也来了，海水激流倒灌，出现湍急的旋涡，空气中充斥着硫黄的气味，许多船只不是就此葬入了海底吗……

确实，该认真地考虑了，标准岛是否正面临这种危险。

辛高叶舰长一直很不安，因为航行将会变得极其困难。他先下令降低航速，于是标准岛以最缓慢的速度前进。

亿兆城的居民心里都充满了某种恐惧感。塞巴斯蒂安·左恩关于这次航行的结局凶多吉少的预言是否正在应验？

将近中午时，天色昏暗。居民们都从屋子里走出来了，因为一旦海底火山爆发，其强大的力量足以破坏标准岛的金属外壳，那时，房屋都无法承受这种力量。居民们同样也非常担心发生另一种情况：一旦海水冲过岛沿的铁栏杆，汹涌澎湃而来，淹没整片田野，其后果也是一样严重的！

总督西柳斯·比克斯泰夫和辛高叶舰长一齐去船艏炮台察看，后面跟着一群居民。他们已经派一批军官赴两个港口。军官们接到命令，必须在那里坚守不息，守住岗位。机械师们也已经准备好，一旦必须转一百八十度向后逃避灾祸，必须及时扭转螺旋推进器。不幸的是，天空变得一片漆黑，航行越来越困难了。

到了下午三时，十步以外，就什么都看不见了。浓密的灰雾把阳光全部遮住了，以至于一点点模糊的光线都没有。特别令人害怕的是，标准岛的地面上盖满了落下的火山灰尘微粒，重量大增，因为它的吃水线已不能保持在海平面上。

标准岛不能同其他的船只相比，普通船只在这种情况下只要把货物扔到海里，或抛掉压仓物，船身就可以减轻重量了。可是标准岛不能，这时还有什么其他办法呢？只能相信标准岛固若金汤，等待着事态发展。

到了傍晚，或者也可以说是到了半夜，因为天空是漆黑的，只有看时钟才能知道究竟是傍晚还是半夜。由于火山灰继续往下落，不能再用高悬在岛上的月亮电灯，居民就将灯取了下来。只要这个现象继续下去，那么已经点了一整个白天的灯的民居和街道，还要继续点下去。

入夜后，情况并没发生变化。但听起来轰隆声的间隔时间似乎长了一点，声响也不如白天强烈。火山喷发的剧烈程度正在减小。这时，一阵阵海风刮起来，把火山灰烬往南方吹去，所以尘埃雨也小了。

亿兆城居民稍稍镇定了下来，决定返回室内。希望第二天标准岛的环境会恢复正常，那时只要对标准岛进行一次彻底的大扫除就行了。

做扫除倒无所谓。只是"太平洋上的瑰宝"的元旦过得太惨了。亿兆城差点儿遭到了庞贝城与赫库兰尼姆城①的厄运！尽管亿兆城并非地处维苏威火山脚下，可在海底遍布众多火山的太平洋海域航行就要冒很大的风险，不是吗？

标准岛总督、他的副手们以及社会知名人士始终留在市府大楼里。塔台瞭望哨对海平面远处以及标准岛上空所发生的一切细微变化都进行着严密的监察。为了维持向西南方的航向，标准岛依然不断地前进，可是它的速度已减到仅每小时两三英里。等到天亮时，或者说，至少要等到漆黑的天色消失后，再拨正航向，驶往汤加。到了汤加，他们大概会知道，太平洋这一片岛屿中究竟是哪一座岛上发生了如此剧烈的火山爆发。

无论如何，有一点是很明显的，随着夜色越来越深沉，这种现象在慢慢消失。

凌晨三点钟时，又发生了一桩事件，再次在亿兆城的居民中产生了恐惧的气氛。

标准岛刚刚受到一次撞击，透过钢壳结构，人们感觉得到巨大的震动。震动还没有强烈到把房屋震塌，或将机器震坏，螺旋推进器也不至于停止转动，但是毫无疑问，标准岛的前方与什么东西相撞了。

究竟发生了什么事？标准岛是否撞上了什么浅滩？不会的，因为它正在继续移动着。是不是碰上了礁石？会不会是在漆黑之中有一艘船驶来而没有看见它打着的灯，因此发生了相撞？这次撞船有没有引起严重的损

---

① 这两个城市都是意大利古城，因维苏威火山爆发而被埋没。

伤，这损伤即便不影响标准岛的安全，至少也必须在下一次停泊时进行大修……

西柳斯·比克斯泰夫和辛高叶舰长脚踩在厚厚的一层火山灰中，颇费力气地走到了舰艇炮台。

到了这里，海关工作人员告诉他们，刚才的一次震动的的确确是因为发生了一场撞船事故。一艘大吨位的自西往东开的船撞到了标准岛的岛尖。也许，这次冲撞对标准岛来讲并不严重，但是对另一艘船就不是那么回事了。只是在相撞的一刹那，有人见到了来船的巨大船体……也听见了呼喊的声音，但瞬间就消失了……海关边境站站长同手下的人赶紧到了炮台前艏，可是，再也没看见任何东西，没听见任何叫声……这艘船是否立即沉没了？不幸的是，十之八九是那么回事。

说到标准岛，他们发现这次撞船对它并没产生任何严重的后果。它的体积如此巨大，即使它以很慢的速度航行，只要轻轻地擦到一艘船，哪怕这艘船体积极大，功率很强，即使它是一艘一级装甲舰，这艘船也会有船沉人亡的危险，刚刚发生的很可能就是这种事故。

至于这艘船的国籍，站长说似乎听到过船上有人以粗重的声调下过命令，而这种声调的指挥操纵只是英国海军中才有。

情况很严重，可能引起的后果也将同样严重。联合王国会说什么呢？一艘英国军舰，就是英格兰的一部分，大家都知道，大不列颠帝国是绝不会任人宰割而听之任之的……标准岛可能会接到什么样的赔偿要求？它将要承担什么样的责任呢？

新年的开始居然如此不吉利。这天，一直到上午十点，辛高叶舰长始终无法在海上寻找受难者。因为，虽然海风使空气逐步凉爽，并开始把火山灰慢慢地吹散，海面上依然雾腾腾的，弥散着尘埃。最后，太阳总算穿透了尘雾，在海平面上空出现了。

城里的花园、乡村、工厂、港口都变成什么样子了！大扫除也不知

该怎么个扫法！归根结底，这是道路管理处的事情，只是一个时间和费用的事，现在这两样中哪一样都不缺。

于是大家立即投入紧张的工作中。首先，工程师们来到了岛艏炮台，察看发生撞船的岛沿，只是一点点擦伤，不足挂齿。坚硬的钢壳碰到另一艘船时就像一个楔子打入一块木头一样，因此，标准岛岛身未受到大的创伤。

海上既没有残骸，又没有碎片漂浮。从瞭望塔的顶上看下去，用最大的高倍望远镜看，也看不见任何东西，可是，出事以后标准岛挪动了才不到两英里。

为发扬人道主义精神，他们仍继续在海上搜索找寻。

标准岛总督在同辛高叶舰长商量后命令机械师停船，并将两个港口的电汽艇放下水。

他们在半径达五六英里的范围内搜寻了一遍，但还是没有任何结果。事情再明显不过了，当时这艘船正全速行驶着，因为突然碰撞而碎裂，就此沉入海底，也未留下什么痕迹。

于是辛高叶舰长下令以常速前进。中午时分，观察员指出，标准岛现在在萨摩亚群岛西南一百五十英里的地方。

在此期间，瞭望哨奉命细心观察。

下午五点时，瞭望哨报告在东南方向有浓烟袅袅升起。这些烟雾是不是搞得这一带海域人心惶惶的火山爆发后喷出的浓烟？很难推出这个结论，因为从地图上看这一带既没有岛，也没有小礁石。那么，是不是洋底又有一个新的火山口喷发了呢？

不是的，显然，这烟雾离标准岛越来越近。

一小时后，有三艘船保持着战斗的队形，开足马力迎面全速驶来。

半小时后，标准岛上的人已经能够分辨出，这些船是战舰。再过一小时，他们已经能清楚地分辨出它们的国籍了。这是大不列颠帝国的舰队，五周以前，就是它们遇到标准岛，却没行礼。

天色暗下来时，这些军舰离标准岛岛尖炮台只有四英里了。它们是否要从旁边开过，继续向前行进？不像。看他们的信号灯可以断定，它们已经停止前进了。

"这些军舰大概想要同我们联络。"辛高叶舰长对总督说道。

"等着瞧吧！"西柳斯·比克斯泰夫说。

但是，如果英军舰队司令就撞船事件来向标准岛总督提出赔偿要求，总督该怎么回答他呢？事实上，他们要联络很可能就是为了这个目的。也许，被撞沉船上的船员当时坐着救生艇逃了，然后又被他们救起来了？其实，总督说得也对，等着瞧吧，先听他们说是怎么回事，然后再拿主意也来得及。

第二天一大清早，他们就知道这是怎么回事了。

太阳初升时，为首的那艘巡洋舰后桅上已经升起一面海军准将的旗子，军舰徐徐驶到离左舷港约两英里的地方。一艘小艇从巡洋舰上放下，驶向港口。

一刻钟后，辛高叶舰长收到了下面这份电报：

> 海军准将爱德华·柯林松爵士麾下参谋长兼"先驱"号巡洋舰舰长特纳要求立即会见标准岛总督。

西柳斯·比克斯泰夫总督获悉后，就授权港口官员让小艇靠岸，并发报回答，他在市政府等候特纳舰长。

十分钟后，一辆供参谋长使用的车子在市府大楼门前停下，车上下来两名客人，舰长由一名海军上尉陪同。标准岛总督立即在他办公室的客厅里接见了他们。

双方随即互致惯例问候——只是双方都显得相当冷淡。

然后，舰长像在背诵一段常见的文学著作一般从容不迫地逐字逐句地说着，似乎只有一句长得没完没了的话：

"我荣幸地告诉标准岛总督阁下，目前我们的位置处在东经一百七十七度十三分，南纬十六度五十四分，在十二月三十一日夜里，从格拉斯哥开出的满载小麦、靛青、米、葡萄酒等价值巨大的三千五百吨货轮'格兰'号，尽管该轮船遵照航海条例在前桅点着白灯，右舷点着绿灯，左舷点着红灯，航行时仍被属于标准岛有限公司的标准岛撞沉，该公司的注册地址为美国下加利福尼亚玛德琳海湾，虽然'格兰'号在遭受撞击后开出了出事地点，于次日到达了离事故三十五英里处，但由于左舷侧面进水，轮船即将下沉，英国皇家海军一级巡洋舰'先驱'号幸运地将其船长、军官及船员救起后，该轮船就沉没了。当时由海军准将爱德华·柯林松爵士率领的舰队正在该区域航行，柯林松爵士现将该事故的经过通报西柳斯·比克斯泰夫总督阁下，敦请他确认标准岛公司的责任，并以标准岛全体居民的财产保证赔偿'格兰'号船东的损失，'格兰'号船船身、机器及货物方面的总价达一百二十万英镑，合六百万美元，此项赔款应该直接支付给爱德华·柯林松爵士，否则，他将会对标准岛诉诸武力。"

这句冗长的句子中只有逗号，没有句号。但这个句子把整个过程都交代得清清楚楚，不允许有任何借口推卸责任，那么标准岛总督会不会决定接受爱德华·柯林松爵士的赔偿要求，他会不会接受下列有关的说法呢？

1. 标准岛公司需要承担责任。
2. 对格拉斯哥"格兰"号货船的估价为一百二十万英镑。

西柳斯·比克斯泰夫用发生撞船后人们通常采用的论断反驳：
"当时由于火山喷发，西部海域天气昏暗，'格兰'号货轮亮着灯，固然不错，但标准岛也亮着灯。此时，双方都看不见对方，因此双方相撞属于不可抗拒力下发生的情况。因而根据航海法，双方各自负其损失，谈不上赔偿和责任的问题。"

特纳的答复是：

如果有两艘船在通常条件下航行，那么总督阁下所说的是有道理的。"格兰"号符合通常的条件；但是对标准岛则相反，它不符合条件，这是显而易见的，因为我们不能将标准岛看做一艘航船。标准岛的巨大岛身在海上移动要跨越许多航道，因此对来往的船舶构成了经常性的威胁。标准岛相当于一座岛屿——一座小岛，它像一座暗礁在海上移动，却又无法在地图上将它的最终位置确定下来。对这个无法用水文地理测量来固定其位置的障碍物，英国自始至终竭力反对。因此，标准岛对由于它的奇异特点而引起的一切事故均应负责任，等等。

很明显，特纳舰长的推理是颇符合逻辑的。说实在的，西柳斯·比克斯泰夫扪心自问也觉得特纳言之有理。但他不能擅自作出决定。官司必须让有关方面去打，他只能向爱德华·柯林松海军准将表明，他已经知道英方的要求。幸好没有死人……

"幸好，"特纳舰长回答道，"可是轮船毁了，因为标准岛闯的祸，几百万美元葬送了。总督现在究竟同意不同意向爱德华·柯林松爵士赔偿相当于'格兰'号轮船及船上货物总价值的这一笔钱？"

标准岛总督怎么会同意支付这笔钱？无论如何，标准岛有足够的保证金……只要法庭经过鉴定，确定了事故的原因，又估出造成损失的价值，并且判定责任在于标准岛，那么它会对英方所蒙受的损失承担责任的。

"那么，这就是阁下的最终答复了？"特纳舰长问。

"是的，这就是我的最终答复。"西柳斯·比克斯泰夫回答道，"因为我没有权力把标准岛公司的责任搭进去。"

标准岛总督同英军舰长再次行礼，但这次态度比刚才更加冷淡。特

纳上了车，一直开到左舷港，接着又坐上汽船，汽船将他送到了巡洋舰旁，他回到了"先驱"号。

当社会知名人士委员会得知西柳斯·比克斯泰夫的答复后，大家一致表示完全赞同。然后，全体居民经过讨论也都表示赞成。并且，大家都表示，对英王陛下的代表的无理要求以及那种骄横淫威绝对不能屈服。

既然对策已定，辛高叶舰长就传下命令，标准岛继续航行，并且以全速前进。

然而，一旦柯林松将军一意孤行，紧追不放，那时标准岛能否逃脱？他旗下的舰队速度会快得多，一旦他坚持要求赔偿，并以炮火威胁，标准岛能否抵挡得住呢？或许，标准岛上的炮火有能力回击英国巡洋舰上所配备的阿姆斯特朗火炮。可是，英国人射击的目标大得多……标准岛上的妇女、儿童找不到一个躲避的场所，万一战火纷飞，他们将会怎样？英国人必将弹无虚发，颗颗炮弹都能击中标准岛，而标准岛岛艏炮台开出的炮弹至少有一半射不中这些既小又在移动的目标……

那就要等海军准将爱德华·柯林松作出决定了。

他们并没有久等。

九时四十五分，联合王国的旗帜升到了桅杆顶上。同时，"先驱"号中央炮塔射出了第一发空炮。

在市府大楼会议室里，在总督和他的助手们主持的社会知名人士会议上，大家各抒己见。这一次詹姆·谭克东和奈特·考弗莱的意见完全一致。这些美国人都是些讲求实际的人，他们一点也不试图抵抗，因为抵抗可能会给标准岛带来生命和财产上的损失。

第二炮打响了。这一次，炮弹呼啸着飞过，跌落在离标准岛半锚链远的海里，炮弹在海里猛烈地爆炸，溅起了巨大的浪花。

接到总督的命令，辛高叶舰长把刚才与"先驱"号针锋相对升上去的旗帜降下半截，于是特纳舰长再次来到了左舷港。在那里，特纳拿到

269

了由西柳斯·比克斯泰夫签字并由岛上重要人士背书的支票，面额为一百二十万英镑。

三小时以后，舰队上空的最后一缕烟消失在东方海平面上，于是标准岛继续驶向汤加群岛。

Chapter 5 汤加塔布岛的禁忌

"那么？"伊夫内斯说道，"我们将在汤加塔布的主要岛屿停泊吗？"

"是的，好小伙子！"卡里杜斯·蒙巴接口说，"你们将有空暇时间去游览这个群岛，你们可以把这个群岛称为'哈派群岛'，甚至可以同库克船长一样，直接称之为'朋友群岛'。当年库克船长为了感谢他在此所受到的热情接待，曾把这个群岛称做'朋友群岛'。"

"那么，我们在这座岛上所受的接待总要比在库克群岛好得多喽？"班希纳问道。

"可以肯定。"

"我们是否将游览这个群岛中的每一座岛屿？"弗拉斯高林问。

"这里至少有一百五十座岛屿，要跑遍每一座岛是肯定做不到的。"

"那么，游完汤加群岛之后呢……"伊夫内斯问。

"然后，我们就去斐济群岛，再去新赫布里底群岛，把马来亚人送到那里。之后，我们就回玛德琳海湾，这样，我们的一大圈也就转完了。"

"标准岛是不是要在汤加群岛停泊几次？"弗拉斯高林又提出了问题。

"只在瓦瓦乌和汤加塔布停。"艺术总监回答道，"在这里你们还是找不到你们老惦记着的野人、真正茹毛饮血的生番，亲爱的班希纳！"

"又没有！怕是在西太平洋都没有了！""殿下"说道。

"对不起……在新赫布里底群岛和所罗门群岛现在还有不少野人呢。

在汤加，乔治一世国王的臣民差不多已经摆脱了原始状态。我想补充一句，国王统治下的妇女都美得可爱。不过，我并不劝你们娶一名娇美的汤加姑娘。"

"为什么呢？"

"因为当地人认为同外国人通婚是不吉利的，通常会脾气习惯不和。"

"好了，这下完了！"班希纳叫了起来，"我们的老朋友巡回琴师左恩本来还打算在汤加塔布娶妻的呀！"

"我？"大提琴手耸了耸肩表示反驳，"无论在汤加塔布，还是在其他什么地方，你懂吗，我才不会结婚呢。你开什么玩笑，可恶的家伙……"

"毫无疑问，我们的乐队指挥是一位圣贤。"班希纳答道，"你明白吗？亲爱的卡里杜斯，我甚至想请你允许我称呼你好好卡里杜斯，因为你这个人特别善良可亲。"

"悉听尊便，班希纳先生！"

"好啊！我的好好卡里杜斯，我拨弄了四十年的提琴，总算也懂得了一些道理，生活的道理告诉我们，在婚姻问题上要做到真正幸福，唯一的办法就是根本不结婚。"

一月六日早上，汤加群岛中北部列岛里最大的瓦瓦乌群岛出现在海平面上。北部列岛与群岛中其他两个岛群，即哈派和汤加塔布岛群不同，它是由火山形成的。三个岛群的位置都在南纬十七度到二十二度、西经一百七十六度到一百七十八度之间，一共有一百五十个岛屿，分布在这片面积为两千五百平方公里的海面上，岛上居民共约六万。

一六四三年，荷兰航海家塔斯曼的船队曾经航行到这里。一七七三年，库克的船队在第二次勘探太平洋的行程中也到达过这里。当一七九七年岛上的腓那腓那王朝被推翻并建立联邦国家时，发生了一场内战，岛上的大量居民在战火中丧生。就在这个时期，卫理公会派传教士来了，战胜野心勃勃的英国圣公会。目前，国王乔治一世是这个王国

无可争议的君主，该王国是英国的保护国，当然以后也许会是……究竟是什么，我们心照不宣，因为英国人对他们海外保护国的安排通常是处心积虑的。

在这些种植着椰子树的大大小小、星罗棋布的岛屿迷宫中航行，委实是件难事。而去瓦瓦乌群岛的首府内亚富，这是必经之路。

瓦瓦乌群岛系火山形成的岛屿群。正因为如此，这里常发生地震。因此盖房子的时候，人们十分小心，这儿的建筑里没有一颗钉子。墙壁是用藤条把椰树板锯成的细木条编结而成的，椭圆形的房顶用柱子或树干支撑着。这样盖成的房屋既凉爽，又清洁。当标准岛在卡纳克人村落旁的海峡之中穿行时，四名音乐家就在船艏炮台上极目眺望，他们对岛上的房屋建筑特别感兴趣，能不时地见到岛上错落分布的一幢幢欧式房屋，屋上的德国旗帜或英国旗帜迎风飘扬。

尽管群岛的这一部分是由火山形成的，但不久前散落的火山灰烬倒不是从这里喷出的。汤加群岛的居民不曾在黑暗中连续待四十八小时，因为西风把火山喷发物都刮到反方向去了。看来喷射出这些岩浆灰烬的火山很可能在东边某座孤岛上，不然就是萨摩亚和汤加群岛之间新生成的火山开始活动了。

标准岛在瓦瓦乌仅停泊一周。虽然好几年之前，一次可怕的龙卷风曾在岛上造成巨大的破坏，刮倒了一座法国主母会小教堂，并摧毁了许多当地居民的住房，但这座岛还是很值得游览的。乡下依然很有吸引力，有众多的村庄，村庄周围是一片片的橙树林。岛上有肥沃的原野，还有大片大片的甘蔗田、薯蓣田、香蕉树、桑树、面包树及檀香树。这里家畜只有猪和家禽。鸟类则仅有成千上万的鸽子和毛色鲜艳、喋喋不休地聒噪的鹦鹉。至于爬行动物，则只有几种不侵害人的蛇和很漂亮的绿色蜥蜴，这类蜥蜴很容易被人当做树上掉下来的绿叶。

艺术总监一点也没有夸大中部太平洋诸岛上马来亚种族共有的美。

男人们长得很俊，身材魁梧，也许有点儿肥胖，但是体形匀称，目光自豪，神态高贵，肤色深浅不同，肤色深者呈古铜色，浅者呈橄榄色。女人们都长得楚楚动人，身体各部非常匀称，四肢都长得很纤细，小巧玲珑，这使得欧洲来的殖民庄园里的德国女人和英国女人非常嫉妒。此外，当地的妇女仅仅从事编织草席、箩筐以及织同塔希提妇女织的相似的土布，做这一类手工不会使她们纤巧的手指变粗糙。另外，通过亲眼目睹，我们也能很方便地评判汤加妇女白璧无瑕的美丽。当时此地尚未流行讨厌的西裤，也未流行那种古怪的直拖到地的长裙。男人只围一块腰布和一根腰带；女人只穿一件短衫及一条短裙，短裙还用精制的干树皮做饰边，她们显得既端庄又风情万种。无论是男人还是女人，他们对发型总是非常讲究，年轻姑娘把头发高高地堆在前额，妩媚动人，为使高耸的发髻不致松散，她们用椰子纤维编成的簪当做梳子插在上面。

可是她们的绰约风姿一点也不能使固执的塞巴斯蒂安·左恩改变他的成见。他不会在这个世界的任何地方结婚，哪怕是瓦瓦乌、汤加塔布的妇女，他也不会娶其中一个为妻子。

他的伙伴们和他一样，每次登上这些岛，总会觉得非常得意。自然，他们很喜欢标准岛，不过，能脚踏实地同样也是令人愉快的，真正的山脉、自然的乡村、自然的河流都会使假河流及人工海岸为之逊色。只有卡里杜斯·蒙巴才会认为"太平洋上的瑰宝"比大自然创造的东西更优越。

虽然瓦瓦乌不是乔治国王平时居住的地方，但他在内亚富拥有一个行宫。这是一幢相当漂亮的别墅，国王常常来这里小住。真正的王宫在汤加塔布，英国官员的机关及官邸也在那里。

标准岛在南半球航行中最南的地点已接近南回归线，而汤加塔布就在这个区域。标准岛南行的最远一个停泊点也就是此地。

离开瓦瓦乌后，亿兆城的居民在两天的航程中大饱了眼福。一座岛刚刚在视野里消失，另一座岛已经出现在眼前了。所有的岛均由火山形

成，是在地心灼热火球的强大作用之下产生的。北部列岛以及哈派群岛中部各岛均具有这类地质特性。该海区的水文地图标得极其精确，辛高叶舰长因此才敢于冒险深入从哈派直到汤加塔布的像是迷宫一样的航道，而不致遭遇险情。再则，如果他要找人带路，倒不缺领航员。岛屿之间有不少船来来往往，大多数挂着德国国旗，是从事短途运输的双桅船，大型商船则用于把列岛生产的主要产品——棉花、椰子干、咖啡、玉米运到国外。

这里领航员多如牛毛，只要辛高叶舰长一开口，他们就会争先恐后地争取领航，而且那些船员也会蜂拥而来。他们都集中在由两个平行的独木船相连、上面铺着平板的平台上，平台之大，可以容得下两百名船员。是的，只要打一个招呼，几百名当地人就会接踵而来，因为领航费是按吨位来计算的，标准岛有两亿五千九百万吨。可以设想，这笔领航费将是天上掉下来的巨额财富！不过，辛高叶舰长对这一带海域了如指掌，他不需要他们的热心帮助。辛高叶舰长只相信他本人，他也相信手下军官们的熟练技能，相信他们会绝对准确地执行他的命令。

一月九日上午，他们望见了汤加塔布群岛，这时，标准岛离它只有三四英里的路了。汤加塔布不像其他许多岛屿那样因地质活动从海底升起、露出海平面后固定下来而形成的，所以它的地势相当低平，它是由珊瑚一层一层往上堆积，年代经久形成的珊瑚质岛屿。

这个珊瑚岛周长一百公里，面积达七百至八百平方公里，有两万居民，这是个多么浩大的造岛工程啊！

辛高叶舰长在毛夫加港口的对面停了下来。这个固定的岛和像希腊神话中奥底佳岛一样移动的标准岛之间立刻取得了联系。汤加塔布群岛同马克萨斯群岛、帕摩图群岛以及社会群岛真有天壤之别！这里，英国人占统治地位，国王乔治一世屈从于英国的统治，他们对原籍美国的亿兆城客人自然也相当冷淡。

但是，在毛夫加，四重奏小组却见到了一片法国人居住区。太平洋教区的主教就住在这儿，他正在这里的各座岛之间巡回传教。这儿有天主教教堂、修道院、男女生混读的教会学校。不用说，巴黎来客受到了同胞们诚恳热情的招待。修道院的院长还挽留他们住宿，这样，他们也就免得住到"外国人之家"去了。说起他们将游览的地方，重要的景点只有两个：努库阿洛法，即乔治国王所统治的地区的首都，以及富阿莫图村，这个村里有四百名居民信奉天主教。

当塔斯曼发现汤加塔布时，他把它叫做阿姆斯特丹，这个名字名不副实，岛上的房子都是用露兜树的叶子和椰子纤维建成的，两者毫无共同之处。当然，岛上欧式的房屋也不少，但总是用当地的名字更加适合这座岛。

毛夫加岛位于北岸，如果标准岛停泊时再往西几英里，那么努库阿洛法的皇家花园、王宫就都能映入眼帘。相反，如果辛高叶舰长再靠东一点，那么他可以见到一个楔进海岸相当深的海湾，而海湾深处就是富阿莫图村。辛高叶舰长既没靠西停，也没靠东停泊，因为他的标准岛有在上百个珊瑚上搁浅的危险，这儿的珊瑚岛之间只能通小吨位的船只。所以，标准岛在此停泊时始终只能泊在毛夫加前面。

虽然有不少亿兆城的居民在此港口上岸，但很少有人真想进入岛屿纵深地带。其实，岛上风景宜人，从前，埃利泽·雷克吕斯曾经对它竭力称赞，它完全受之无愧。可这里气候炎热，常有风暴发生，时而还有暴雨倾注下来，这种天气使得旅游的人兴味索然，只有那些狂热地喜欢旅游的人才会到岛上去东颠西跑。尽管这样，弗拉斯高林、班希纳、伊夫内斯还是去了。大提琴手没有同去，因为天黑之前，毛夫加海滩上凉风还没起来时，要他离开娱乐城里舒适的卧室，那是绝对办不到的。连艺术总监都连声抱歉，他也不想奉陪三位心血来潮的客人。

"我在半道上会被晒化的！"他对他们说道。

"没关系，我们把你装在瓶里带回来！""殿下"回答说。

即使作出这样的保证也不能说服卡里杜斯·蒙巴，他还是希望自己安然无恙。

亿兆城的居民们运气不错，三周以来，太阳已经开始向北半球移动，标准岛可以设法同这个炽热的火炉保持一定的距离，以便保持正常的气温。

所以，翌日早晨，三个朋友就在拂晓时分离开了毛夫加，向该岛的首府进发。当然，天气炎热，但在树荫下还过得去。这里有椰子树、蜡树、可加树。可加树的红黑色果实结成一串串的，像宝石一般璀璨夺目。

差不多正午时分，万紫千红的首府已经出现在眼前，这时正值千万朵花怒放的季节。王宫好像是从一大片花丛中钻出来的一样。当地人的房子都是矮小的木屋，周围都是鲜花，争奇斗艳。岛上另有一些外表完全英国式的房屋，其中有的是基督教传教士们的住所。两类不同风格的房子形成了鲜明对照。此外，卫理公会派的传教士在这里的影响极大，起初派来的传教士中曾经有相当一些被当地人残杀，但是现在，汤加人最终还是信奉了他们的宗教。值得注意的是，汤加人并未完全放弃他们卡纳克传统的宗教习俗。他们认为大祭司比国王还要尊贵。在他们先辈教导的关于天体形成的奇怪理论中，善神和恶煞都有着重要的功能。他们传统的禁规依然得到大家的遵守，基督教要破除这些禁规也不是一件容易的事情。一旦有人违反了禁规，他们就要举行赎罪仪式，仪式过程中有时会用人的生命来祭祀……

必须说明，按照某些探险家的记述，其中特别是艾利·马林在叙述他一八八二年的探险经历时，他们都认为努库阿洛法只是一个尚未完全开化的地方。

弗拉斯高林、班希纳、伊夫内斯压根儿不想匍匐在乔治国王的脚下向他表示敬意。这样的说法绝对不是比喻，因为这里的习俗确实就是必须去亲吻这位君主的脚。我们的几位巴黎客人很高兴，因为他们在努库阿洛法的广场上远远望见了"杜依"——当地话的意思是"陛下"。"杜依"穿一件白色的类似衬衫的上衣，腰间系着一条用当地土布织的短裙。他们如果真的吻了他的脚，那准会是整个航行之中最令人扫兴的回忆。

"这儿不见河流啊！"班希纳向伙伴们指出。

看来，在汤加塔布，在瓦瓦乌以及列岛的其他地方，水文图上既看不到小溪，也看不到湖泊。将雨水积在水池里，这就是大自然赋予当地居民的所有淡水，所以无论平民百姓还是他们的国王乔治一世，用水都很节约。

当天，三名旅行者逛得筋疲力尽后回到毛夫加港口，再回到娱乐城的套房里时心中十分高兴。他们对将信将疑的左恩说，这次游览是最有趣的一次。即使伊夫内斯诗兴大发，鼓动左恩第二天与他们一起去富阿莫图村，还是说服不了大提琴手。

去富阿莫图村游览将会花很多的时间，也会很累，于是西柳斯·比克斯泰夫很乐意借一艘电汽艇给他们，这样，他们的旅途就轻松多了。不过，深入这座陌生岛屿的确是一种勇敢的做法。旅行家们徒步绕过珊瑚岛海岸，出发去富阿莫图海湾。珊瑚岛旁边有许多小的礁石岛，岛上椰子树密密麻麻，似乎全太平洋地区的椰子树全都集中到了这儿。

下午才能到达富阿莫图村，因此必须在那里过夜。有一个地方，不用打听，定会招待法国人，那就是天主教传教士的住宅区。在接待他们时，修道院院长所表现出的喜悦心情令他们极为感动，使他们回想起在萨摩亚群岛所受到的主母会的热情接待。这个夜晚是多么美好，这次交谈又是多么投机！他们所谈的并不是汤加这块殖民地，倒是在谈论法兰西。教士们想起他们遥远的故土时，不免黯然神伤。可是，他们在这些岛上的善举不正弥补了他们的思乡之苦？能够看到这个弹丸之地的居民因为自己的努力而摆脱了英国圣公会传教士的影响，并改信了天主教，

对自己又非常尊重，这不也是一种安慰吗？为了发展新教徒，卫理公会不得不在富阿莫图村建立了一个教会分会，这件事本身就是天主教教士们的成功。

修道院院长带着自豪感请客人们来欣赏教会的办教机关。修道院的房屋是由富阿莫图村的当地人义务盖起来的，漂亮的教堂也是由汤加设计师设计的。哪怕法国同行们见了，也挑不出什么毛病来。

晚上，他们在村庄的周围散步，一直漫步到从前汤加国王的陵墓。陵墓是用叶纹石和珊瑚相拼建造而成的，古朴典雅。他们甚至还参观了这座年代已久的种植园，园里的印度无花果大得出奇，根部弯曲缠绕，像一条条蛇蜿蜒伸展，能蔓延到方圆六十米的范围。弗拉斯高林一定要量一下，并且把这个数字记在了他的笔记本里，还请修道院院长证明所记属实。这么一来，世界上有如此巨大树木的现象就不容怀疑了。

他们用完丰盛的晚餐，就在教会最好的房间里度过了一个舒舒服服的夜晚。次日早上美美地用完早餐后，他们跟住在富阿莫图村的传教士们依依惜别。当他们回到标准岛时，市府大楼钟楼上五点的钟声敲响了。这一切，三名旅行家再也不用声嘶力竭又比喻又夸张地让左恩相信他们的经历了，这次游览的确给他们留下了难以磨灭的印象。

第二天，西柳斯·比克斯泰夫接见了沙洛船长。沙洛求见的原因如下：

有一百名左右马来亚人，在新赫布里底群岛被招募后带到汤加塔布来垦荒——由于汤加人生性懒惰，得过且过地混日子，所以不得不到别的岛上去招工——不久之前，垦殖工作结束，所以这些马来亚人正在等候机会返回新赫布里底。标准岛总督先生愿不愿意让他们登上标准岛，把他们捎带回国？沙洛船长是来请求准许他们上岛的。五六个星期以后，标准岛就可以抵达埃罗芒阿。运送这些马来亚人对市政府来讲并非一笔昂贵的开支。如果拒绝这些人，会显得亿兆城政府悭吝。因此，总督同意了。沙洛船长连声道谢，而汤加塔布主母会的神甫们，也就是招募这

些工人的人，也表示十分感激。

谁会怀疑沙洛船长就此将同谋带上了标准岛？这些新赫布里底人上岛来就可以等到时机合适时帮助沙洛船长图谋不轨。沙洛船长在汤加塔布遇到了这些土人，又成功地把他们带上了标准岛，他怎么会不心花怒放？

这一天是亿兆城居民在汤加塔布群岛度过的最后一天了，他们定于次日起航。下午他们将参加一个半民俗半宗教性质的节日活动，当地人也将兴高采烈地积极参加。

萨摩亚群岛的土人和马克萨斯群岛的土人都很喜欢过民间节日。汤加人和他们一样，节日里的欢庆活动包括好几种不同形式的舞蹈节目。这类节目因其民族性而使得巴黎人很感兴趣，于是下午三点钟光景，他们又登上了岸。

艺术总监陪伴他们，这一次连阿塔那兹·多雷姆也愿意同他们一起去。礼仪教师出席这种重大的节日活动，当然求之不得。塞巴斯蒂安·左恩也决定跟他的伙伴们同行，左恩此行当然是为了去听听汤加的音乐，而不是为了去看当地居民跳舞作乐的。

当他们一行到达时正值最热闹的时刻。那儿有一百来个男男女女在欢歌跳舞，其中有小伙子、大姑娘，大家从葫芦里倒出一种叫做"卡瓦"的酒，灌进了喉咙，这种酒是从干枯的胡椒树根里提炼出来的。姑娘们个个娇媚动人，她们留着长发，等到结婚时就必须把长头发剪短。

乐队再简单也没有了，乐器就只有叫做"方居方居"的鼻笛和十二面名叫"拿法"的鼓。这种鼓敲击时极其短促，有时候，正像班希纳说的，这种鼓还能击出音乐节拍来。

当然喽，特别正统的阿塔那兹·多雷姆对这种名不见经传的舞蹈不屑一看，因为它不像正规法国派的四对舞、波尔卡、玛祖卡以及华尔兹那样上档次。因此，当伊夫内斯觉得这种舞蹈别具一格时，他毫不掩饰地对伊夫内斯耸了耸肩。

首先，土人们跳的是坐着的舞蹈，这时仅有表情、姿态、手势的变化及身体的摆动，节奏相当缓慢，气氛颇有悲戚之感。

土人身体摇摆着，慢慢站了起来，随即男女舞者把他们的热情全都投入了舞蹈之中，他们时而跳出一些优雅的舞姿，时而又表现出战士在战场上纵横驰骋、英勇无敌的气概。

四重奏小组以艺术家的身份来欣赏这种表演，他们心里想，要是土人听到巴黎舞会上令人舞兴骤增的音乐并被强烈刺激时，不知道他们会疯狂到什么程度。

于是，班希纳——是他，才想得出这个主意——向伙伴们建议，派人去娱乐城把他们的乐器取来，他们用勒科克、奥德朗和奥芬巴赫最热情洋溢、令人痴醉的八分之六及四分之二拍的舞曲来为舞蹈家们伴奏。

这个建议被采纳了，卡里杜斯·蒙巴毫不怀疑，伴奏的效果一定非同凡响。

半小时后，乐器取来了，舞会立即开始。

当本地居民听到大中小提琴大幅度拉响，发出纯粹法国调的音乐来时，显出了极其惊奇的表情，也表现得非常高兴。

不论阿塔那兹·多雷姆如何看，读者们，请你们相信，土著居民对这些音乐及其产生的效果并非无动于衷。事实证明，他们甚至不用别人教（不知多雷姆会作何感想），就能随着舞曲翩翩起舞。当左恩、伊夫内斯、弗拉斯高林和班希纳演奏到《天堂与地狱》[①]中描写魔鬼的一段乐曲时，汤加人男男女女竞相扭动着臀部，又拼命地走圆舞步，一个比一个疯狂，一个比一个舞艺精湛。艺术总监本人也无法自主，他也随着兴致，一个人跳起了四对舞。可是他只凭灵感所至，跳得全无章法。礼仪教师

---

① 《天堂与地狱》是奥芬巴赫所作的歌剧。

面对这混乱可怕的场面只得掩面感叹。当夹杂着喧闹的鼓声和带鼻音的笛声演奏到最高潮时，舞蹈者的狂热也达到了巅峰。要不是发生了一件使得这场群魔乱舞的场面中止的事，真不知道众人会疯狂到什么程度。

一名个子高大的汤加小伙子被大提琴手拉的奇妙玩意儿迷住了，他冲到大提琴前，夺了过来，拿起琴就跑。

"塔布禁物！塔布禁物！"他边跑边喊。

大提琴就此被宣布为禁物了！再也不能触摸它了，否则就会冒犯圣灵。一旦有谁违反了这条神圣的教规，大祭司、乔治国王、大臣以及平民百姓都将群起而攻之……

塞巴斯蒂安·左恩可不懂这些规矩。他舍不得这件由甘德和贝纳代大师制造的精品。因此，他立刻去追刚才抢琴的人。伙伴们也马上跟了上去。土人们也围了上去，场上即刻乱成一团。

可是那个汤加小伙子跑得飞快，谁也没法追得上他，因此只能让他跑了。几分钟的时间，他已经跑得很远很远。

左恩和三个朋友实在追不上，只能回来找卡里杜斯·蒙巴。蒙巴急得去评理，却一点也无效。这时大提琴手气得简直说不出话来，他岂止是生气！他怒发冲冠，上气不接下气。什么禁物不禁物，拿了他的琴就得还给他！哪怕标准岛不得不向汤加塔布宣战（以前不是也有比这更小的事情引起战争的），总之，大提琴必须物归原主。

所幸的是，标准岛当局干预了此事。一小时后，那个土人被抓获了，他只得交出了大提琴，处理这件事真是费了九牛二虎之力。西柳斯·比克斯泰夫总督都快下最后通牒了，由于此事牵涉宗教禁规，总督差一点成为情绪激昂的群岛百姓的攻击对象。

解除禁物的禁规必须严格遵照宗教仪式进行，按照习俗以及具体情况举行传统的祭祀仪式。于是，汤加人照例宰了许多猪，将猪放在洞里，用烧烫的石块焖。洞里面除了放石块，同时还放进了白薯、水芋、麦高果。

最后汤加人把焖熟的食物都吃了下去，吃得心满意足。于是仪式结束了。

至于塞巴斯蒂安·左恩的大提琴，在争抢中琴弦松了一点。他们发现，经土人念过咒语后，其优良性能并未受到任何影响，所以只需要校一下音就万事大吉了。

Chapter 6 一群野兽

　　标准岛离开汤加塔布后，驶向西北方的斐济群岛。随着太阳靠近赤道，标准岛也开始背离南回归线。它不必匆匆赶路，因为去斐济群岛只有两百法里海路。于是，辛高叶舰长下令以漫游大洋时的速度前进。

　　风力大小时刻在变化，但是，风大风小对这艘功率巨大的海上大机器又有何影响呢？即使在南纬二十三度线上发生暴风骤雨，"太平洋上的瑰宝"也不用担心。哪怕空气中云层里带着大量的电荷，标准岛上的建筑物、房屋顶上都安有避雷针，电荷就会流走。至于降雨，如果从乌黑的云层中落下倾盆大雨，标准岛则求之不得，因为，岛上难得下大雨，乡村和花园得到甘霖会变得更加青翠。所以，岛上居民生活在舒适优美的环境之中。时光在欢庆节日、音乐会和招待会中流逝。现在，左舷区和右舷区间经常有友好往来，看来已经没什么东西会威胁本岛未来的安全。

　　西柳斯·比克斯泰夫答应了沙洛船长的请求，把新赫布里底岛劳工送回去，对这件事，他一点也不觉得后悔。土人们尽量为标准岛尽力，他们像在汤加农村一样下地干活。沙洛和手下的马来亚人白天寸步不离他们，晚上这些劳工就按市政府的安排分别去两个港口。整座岛上没人抱怨过新赫布里底土人不好。也许，这是一个机会，可以设法使这些正直的人改信天主教。这些土人至今从未信仰过基督教，新赫布里底群岛的大多数居民，不管英国圣公会或天主教传教士怎么宣教，他们始终存

有戒心。标准岛上的教士倒想起了让他们皈依天主教，然而总督不让他们做这种性质的尝试。

这批新赫布里底人身材中等，年龄在二十岁到四十岁之间。他们的肤色比马来亚人深，他们的体形外貌不及汤加人和萨摩亚人，但他们非常吃苦耐劳。他们在汤加塔布把为主母会神甫们干活赚来的那点钱珍藏起来，根本不会想到用来买酒喝。再说，即使他们去买，标准岛也会严格限制他们的消费。另外，他们在岛上的一切享受都是免费的，也许他们在自己原始的岛上也从未享受过如此美好富足的生活。

然而，由于沙洛船长的阴谋，这些新赫布里底土人却要同他们的同乡勾结，合谋破坏标准岛。行动的时刻即将来临。到那时，他们与生俱来的残忍秉性就会昭然若揭。他们的祖先不就是太平洋地区臭名昭著的大屠杀的元凶吗？！

可是这时候，亿兆城的居民还认为他们的生活被安排得井井有条，不会有任何东西来扰乱他们的平静生活。四重奏小组每次演出总是获得成功。听众反复欣赏，从不感到厌倦，而且，掌声始终非常热烈。莫扎特、贝多芬、海顿、门德尔松的全部作品都快轮上一遍了。除了娱乐城里定期举办的音乐会外，考弗莱夫人也举办宾客满座的音乐晚会，马列伽利亚国王和王后也曾多次光临。谭克东本人还未成为第十五号大街公馆的座上客，可是，至少沃特已经成了四重奏音乐会的一名常客。他跟黛小姐的婚事总有一天会水到渠成……左舷区及右舷区居民的客厅里，大家都在公开地谈论这门亲事。有人甚至已经在议论谁来做这对未婚夫妇的证婚人……万事俱备，只欠东风，就等双方家长同意了。将来会不会出现某种意外，迫使詹姆·谭克东和奈特·考弗莱作出抉择呢？

然而，这种事情终于发生了。但这种情况是多么危险，对标准岛的安全已构成了多么大的威胁啊！

一月十六日下午，标准岛驶到汤加和斐济中间的海域时，东南方出

287

现了一艘船。这艘船似乎正向右舷港开过来，估计是一艘排水量七百至八百吨的轮船。该船连一面旗子也不挂，当它开到离标准岛只有一英里路时，还没有升起任何旗子。

这艘船是哪个国家的？从船体结构看，天文观测台瞭望哨说不出它的国籍。既然它根本无意对"可恶的标准岛"行礼，那么想来大概就是英国的船了。

此外，这艘船不想停靠任何一个港口，看来它将从标准岛旁边开过，那么，过一会儿大概就会消失在海平面上。

夜色降临了。天空没有月亮，昏黑一片。高空乌云密布，云就像层层绒布，将光线全部吸收而无法反射出来。海上一点风都没有，海面上和空气中都绝对平静。黑沉沉的夜色里万籁俱寂。

快十一点时，天气变了，眼看一场暴雨即将来临。一直到半夜十二点过后，天空还不时有闪电。雷声隆隆，不断响着，可就是没有一滴雨下来。

雷声是从某个有雷雨的远处传过来的。这种声音也许掩盖了另一种奇怪的吼叫声，使海关值班的官员听不到这种嗥叫呼啸的声音。这种既非闪电发出的声音又非雷鸣的声音弄得这一带海面上不得安宁。且不管这种声音是来自什么，反正事情发生于凌晨两三点钟。

第二天，亿兆城郊区传出一个令人惊愕的消息。在原野放牧的牧民突然恐怖地四散奔逃，有的逃向港口，有的逃向亿兆城的围墙。

这是件严重的事情：半夜里，约有五十头左右的羊被野兽咬死，那些血淋淋的残缺不全的肢体横七竖八地就躺在船艏炮台附近。同时还有几十头母牛、牝鹿和梅花鹿分别在养殖场、花园里遭到了同样悲惨的命运，还有二十来匹马也未能幸免……

这些动物无疑受到了野兽的攻击。什么野兽呢？狮子、老虎、豹子，还是鬣狗？怎么可能？以上列举的食肉类猛兽，在标准岛有谁见过一

个？难道它们能从海上来到标准岛？难道"太平洋上的瑰宝"驶近了印度、非洲和马来亚一带？只有那里的动物中有这样的猛兽。

不对！标准岛也并没有到过亚马孙河的入海口或尼罗河的入海口，可是，早上七点在市政府广场上，官员接待了两名来访妇女。她们诉说曾有一条巨鳄尾随着她们，这条鳄鱼后来爬到了曲蛇河边，随即游入水中不见了。她们说，就在这时，沿河边的草丛里有东西在窸窸窣窣地动，可以断定，草丛里还有其他鳄鱼在活动。

可以设想，这些耸人听闻的消息会产生怎么样的后果！一小时以后，瞭望员报告说发现多对老虎、狮子和豹子在田野里扑腾。好几头羊想从船艏炮台边逃过来，但最后被两只庞大的老虎咬死了。家畜被周围野兽的吼叫吓坏了，从四面八方跑回市区。一大清早下地干活的人听到野兽的咆哮声，也跑了回来。开往左舷港的第一班有轨电车碰到了三头狮子，狮子在后面紧追不舍，电车赶紧开进停车场，前后仅差百步之遥，它就要被追上了。

毫无疑问，昨夜有一群野兽闯入了标准岛。如果不立即采取防范措施，它们也会闯入亿兆城内。

是阿塔那兹·多雷姆把情况告诉音乐家们的。今天早晨，礼仪教师出门比平时早，他都没敢回家，就到娱乐城里来躲避野兽了。现在任何人也无法把他拉出娱乐城了。

"算了算了！什么老虎狮子，不过是鸭子①罢了，"班希纳高声说道，"你说的鳄鱼嘛，也只不过是愚人节时的鳄鱼！"②

可是，事实是明摆着的，不由你不信。因此，市政府命令关闭亿兆城的大门，并命令将两个港口及海关关卡都封锁住。同时，有轨电车停

---

① 这里用的是双关语，法语中，"鸭子"有"谣言"、"道听途说"的意思，这里指不相信有这种事发生。

② 法国的愚人节标志就是"鱼"，所以这里表示所说的鳄鱼仅仅是愚人节时开的玩笑，不可信。

开，在危险排除之前，禁止居民去公园和田野。

正当警察在关闭第一大街尽头、天文观测台广场那边的城门时，一对猛虎窜了过来，就在五十步开外的地方。它们的眼睛里闪烁着凶残的光，还张开了血盆大口。只差几秒钟，它们就闯进亿兆城了。

在第一大街的另一端，即市府大楼那边，人们也采取了类似的措施。现在，亿兆城可以不必害怕野兽闯进城里来了。

这个事件给《右舷新闻报》和《新先驱报》以及标准岛上其他报纸的新闻栏和杂闻栏提供了多少话题和素材啊！

事实上，城里的恐怖气氛已经达到了顶点。宾馆和住户都在门口堆起了障碍物。商业区里，商店的橱窗都上了铺板，没有一个店开门。只有住在高层的居民才敢惊慌失措地把脑袋露出来。街上只有斯蒂瓦特上校指挥的民兵巡逻队以及他手下的警卫队。

西柳斯·比克斯泰夫，他的助理巴特勒米·卢日和于伯莱·哈库，大清早就赶到现场并在市政府的办公室里值班待命。两个港口、炮台以及标准岛沿岸的警卫岗哨打来电话，向市政府报告一些令人担心的讯息。到处都有这类野兽……电报中报告说，至少有几百头猛兽。也许在恐怖之中，有人夸大其实，多加了一个"零"。但有一点是千真万确的，那就是有一定数量的狮子、老虎、豹和鳄鱼在乡村奔窜。

究竟发生过什么事情？是不是有个动物园因为笼子坏了，猛兽逃散到标准岛上来了？但这里怎么会有动物园？什么船上会载个动物园呢？那么会不会是昨晚见过的那艘船上的？如果是，那么现在这艘船又怎么样了？昨夜这艘船有没有在标准岛靠岸？这些野兽从笼子里逃出来后是否是通过人工河特别低的出水口上岛的？还有，那艘船是不是已经沉没了？可是瞭望员极目眺望也好，辛高叶舰长戴上望远镜观察也好，海平面上没有一片沉船漂散的残骸，而从昨夜到现在，标准岛却几乎在原地没有动过……再说，如果这艘船已经下沉，连这些食肉猛兽都上标准岛避难来了，难道船员就不会登上岛来？

市政府电话询问各地岗哨，但是岗哨都回答说，既没发生撞船事故，更没发生船只失事。尽管当时天色漆黑，但他们对这类事情绝对不会搞错。因此可以肯定，以上种种假设中，失事的假设是最离奇的。

"神秘……太神秘了……"伊夫内斯反复说道。

他和伙伴们聚集在娱乐城里。阿塔那兹·多雷姆将同他们一齐在娱乐城用早餐，看样子，他今天的午餐和晚餐可能也得在这里用了。

"真的，"班希纳一边嚼着浸在直冒热气的碗里的巧克力报纸，一边接口说，"我可实在猜不出，究竟发生了什么事情……不管怎么样，多雷姆先生，趁我们还没被野兽吃掉，我们自己先吃点吧……"

"这可难说了！"左恩答道，"也许被狮子、老虎吃掉，但也许会被野人吃掉……"

"我倒宁肯被野人吃掉！""殿下"说，"各人有各人的喜好！"

这个爱开玩笑的乐天派说完就大笑起来，可礼仪教师却一点笑不出来。整个亿兆城都弥漫着恐怖气氛，怎么也高兴不起来。

标准岛总督在市政府召集社会知名人士召开委员会。早上八点钟，与会者已经毫不迟疑地到达会场。大街小巷里，除了士兵及上岗的警察外，空无一人。

西柳斯·比克斯泰夫主持会议，讨论立即开始了。

"先生们，"总督说，"标准岛的居民现在正恐慌万分，事出有因，你们都知道其原因所在。昨天夜里，有一群猛兽和鳄鱼侵入了我们岛。现在当务之急是要消灭这些野兽，（毋庸置疑）我们能做到。不过，这里的居民必须配合我们。亿兆城城门关闭了，市内可以通行，但公园及乡村禁止通行。所以，在新的命令下达之前，亿兆城及两个港口和船艏及船艉炮台间的交通要禁止。"

大家对以上措施表示同意，于是会议进行下一项议题，以什么办法

消灭骚扰标准岛的可怕野兽。

"士兵及水手们都要动员起来，到岛上搜捕猛兽。请我们之中以前打过猎的人同他们一起进行搜捕行动，并且一旦发现严重的情况，尽可能避免……"

"从前我在印度和美洲打过猎，"詹姆·谭克东说道，"我已不是一个初出茅庐的猎手了。我已经准备就绪，我和大儿子将一道去……"

"我们感谢尊敬的詹姆·谭克东先生。"西柳斯·比克斯泰夫接着说，"我将以谭克东先生为榜样，同时，斯蒂瓦特上校率领一支士兵队，辛高叶一舰长指挥一支水手队伍，请各位先生们踊跃参加他们的队伍！"

奈特·考弗莱提出了同詹姆·谭克东类似的建议。后来，凡是年龄还不算太大的知名人士都积极表示愿意加入。亿兆城中有许多高速度远射程的武器，因此，由于大家忠诚尽职及勇敢的气概，毫无疑问，标准岛用不了多少时间就可以摆脱这些凶残的野兽，但最重要的一点，也就是西柳斯·比克斯泰夫所再三申明的：绝不要造成人员伤亡。

"说到这些猛兽，我们还不知道它们究竟有多少，"他又补充说道，"重要的是必须在短时间内将它们斩尽杀绝。一旦让它们有时间适应环境，生殖繁衍，那将对我们标准岛贻害无穷。"

"这群野兽的数目不会太多。"有一名委员指出。

"是的，"总督回答说，"它们只可能来自一艘运载野兽的船。这艘船可能是从印度、菲律宾或从其他群岛开出，要运到汉堡的某家公司，因为汉堡有专门的动物贸易市场。"

主要的野兽市场确实是在那儿，通常大象的市价达到一万两千法郎一头，长颈鹿两万七千法郎一头，河马两万五千法郎一头，狮子五千法郎一头，老虎四千法郎一头，豹子两千法郎一头。可以看出，这些动物的价格相当昂贵，并且还有上涨的趋势。此时，只有蛇的价格在下降。

讲到蛇，知名人士委员中有一位指出，也许船上的动物笼子里还会有各种蛇。总督对此回答说，还没人报告发现过蛇。此外，狮子、老虎、鳄鱼能够游过人工河流的河道口登上标准岛，但蛇是办不到的。

西柳斯·比克斯泰夫是这么认为的。

"因此，"他说道，"我们根本用不着害怕蟒蛇、响尾蛇、眼镜蛇、蝮蛇等会在岛上出现。但是就这个问题，我们一定要尽力使居民们放心。先生们，请大家不要耽误了时机，我们在找到凶猛野兽出现的原因之前，先捕杀它们。现在野兽已在岛上了，决不能让它们在岛上逍遥。"

总督的话极合情理，讲得也很有分寸，大家都表示同意。正当众人准备散会，以便在好猎手的指导下去参加围歼猛兽时，于伯莱·哈库要求发言，谈谈他的见解。

于是，总督就让他发言了，以下就是可敬的总督助理认为他应该在会议上说的话：

"各位委员先生，我不想延迟已经决定的行动。当务之急是要围歼猛兽。不过，我想到一件事想告诉诸位，也许这件事可以解释为什么标准岛上会有这群野兽。"

于伯莱·哈库出生在安的列斯群岛的一个法国家庭，这个家来到路易斯安那州定居时加入了美国国籍，该家族在亿兆城颇孚众望。他为人严肃稳健，处事缜密，从不轻率行事，沉默寡言，因此，他一旦开口，众人都非常相信他。因此，总督才请他发表见解。于是他只用几句逻辑严密的话表达了他的想法：

"诸位委员先生，昨天下午我们曾经发现一艘船。这艘船根本不让别人知道它的国籍，实际上，它无疑是竭力使人不了解它的来龙去脉。而我认为，毫无疑问，它正是运载猛兽的船只……"

"再明显不过了！"奈特·考弗莱接着说。

"对了！各位委员先生，你们中有人认为入侵标准岛是因为一次海难

引起的……我嘛……我可不这么想！"

"那么，"詹姆·谭克东大声说道，他似乎从于伯莱·哈库说的话中悟出了点奥妙，"也就是说是故意的、有目的的……预谋好的……"

"啊！"整个会场上不禁一怔。

"我相信，"助理以坚定的声音说道，"这个阴谋是由我们的夙敌约翰牛策划的，英国人不惜采用任何手段破坏标准岛……"

"啊！"整个会场发出第二次惊叹。

"因为他们无权要求销毁标准岛，就想把它变成无法居住的岛。所以这艘船就趁着夜幕将一大群狮子、豹子、老虎、鳄鱼都放到了我们岛上！"

"啊！"会场上发出第三次惊叹。

会场上的第一次"啊"是疑惑不解，但到了第三次，已经是肯定无疑的了。是的，只要是为了保持他们的海上霸权，英国人是无所不为的，眼前所发生的就是英国人的恶劣报复行动！肯定是的！英国人租来这艘船，目的就是为了干这卑鄙的勾当，使完害人的伎俩就溜之大吉了。肯定是的！英国政府不惜花掉几千英镑，企图使标准岛上的居民再也不能在岛上生息！

接着，于伯莱·哈库补充说：

"先生们！我之所以会产生这种看法，从最初的怀疑到目前的胸有成竹，是因为我想起了一件类似的事，在差不多同样的情况下，以前曾经发生过一个阴谋，而且直到今天英国人还洗刷不清他们在其中所起的作用……"

"他们可不缺少水！"一名委员说道。

"海水是怎么洗也洗不干净的！"①另一名委员接着说。

---

① 英国是海上霸主，其劣迹都与海洋有关。

"就像莎士比亚笔下麦克白夫人①手上的血渍一样！"第三个委员大声说道。

请注意，市政府的智囊团人人情绪激昂地指责约翰牛，可是于伯莱·哈库还没来得及说出他刚才提到过的阴谋究竟是什么事。

"诸位代表先生，"他接着说，"当英国不得不将安的列斯群岛归还法国人时，英国人想在岛上留一个痕迹，证明以前英国人曾经统治过该岛。天哪！他们留下的是什么遗迹呀！在他们走之前，瓜德罗普岛和马提尼克岛上从来也没见过一条蛇，可是盎格鲁－撒克逊殖民者一走，马提尼克岛上却出现了大量的蛇。这就是约翰牛的报复行为！他们在滚蛋之前，在他们的领地里扔了几百条蛇，从那以后，这些毒蛇就大量繁殖，对法国殖民者造成了巨大的危害。"

从来也没有人出来就此事为英国人辩白过，因此，对英国人的这项指控使得大家觉得于伯莱·哈库的设想言之有理。但能否就此认为约翰牛想把标准岛变为无法居住的岛屿，或者就此认为约翰牛已经把它当做法属安的列斯群岛来对待了？这两件事情都是无法得到证实的。然而事关标准岛的安危，在这件事情上，亿兆城的居民确实认为约翰牛是罪魁祸首。

"来吧！"詹姆·谭克东高声说，"法国人没能把马提尼克岛上的英国代理人彻底地消灭……"情绪激昂的大人物的这个比喻引得了全场暴风雨般的欢呼声、掌声和笑声，他接着说道，"可是我们亿兆城的居民一定能把英国佬放在标准岛上的野兽彻底除掉！"

雷鸣般的掌声再次响起来，经久不息，如潮水般一次比一次更热烈。

詹姆·谭克东在间隙补充说："各就各位吧，诸位代表。请别忘了，我们在追捕狮子、美洲豹、老虎、鳄鱼的时候，实际上也就是在追捕英

---

① 《麦克白》是英国剧作家莎士比亚的著名剧目。剧中，麦克白夫人怂恿丈夫弑君篡位，最后自己神经错乱，总是看见自己满手是血。

国佬！"

然后，会议散了。

一小时以后，本城主要报纸都刊出了这次会议上用速记记录下来的纪要。当居民们得知是哪个凶恶的敌人将兽笼打开、把猛兽引入，当他们了解到导致这群野兽侵入的罪魁祸首是谁后，个个义愤填膺，怒火中烧，忍不住破口大骂英国佬，使其子子孙孙都受到了诅咒，一直骂到英国的臭名声被人们遗忘为止！

Chapter 7 围　猎

必须歼灭侵入标准岛的所有野兽。无论是食肉野兽还是爬行类的凶猛动物，这些可怕的野兽中，只要有一对脱逃，将来岛上的安全就会成问题。一旦这对野兽繁殖后代，居民生活在岛上还不等于生活在印度或非洲的大森林里吗？好不容易制造了如此庞大的一个钢壳机器，把它驶入了辽阔的太平洋海域，又小心翼翼地从来不让它同令人不放心的海岸或岛屿接触，采取了一切严密的措施避免它感染到传染病或受到攻击，然而，一夜之间，突然……说实在的，标准岛公司应当毫不迟疑地上国际法庭控告联合王国，要求它赔偿该岛蒙受的损失。在这种情况下，人权不也受了粗暴的侵犯吗？是的，人权肯定已经被践踏了，一旦证据拿到手……

但是，正如社会知名人士委员会的决议中所说的，事有轻重缓急，必须立即行动。

有些被吓破了胆的人提出，岛上的居民应该逃离标准岛，到左右两舷港口坐船出去避一避。但事实上正相反，他们不可能这么做，再说，港口上的船也容纳不下这么多的居民。

不，不能那样做。必须围歼英国人送来的野兽，将它们消灭，这样，"太平洋上的瑰宝"不久就会恢复安全。

亿兆城立刻付诸行动。其中有人还提出了一些极端的办法，诸如将海水引到标准岛上或放火焚烧花园、平地和田野，以便将这些野兽全部淹死或烧死。只是，对两栖类动物来说，两种方法都不能奏效，所以最好还是进行部署严密的围猎行动。

事情就这么办。

这里我们要提一提，沙洛船长、马来亚人以及新赫布里底岛的土人都自告奋勇地帮忙，总督高兴地接受了。这些人表示要报答对他们的恩惠，实际上，沙洛船长唯恐出此意外事故后，亿兆城里的富商巨贾和家属们弃岛而去，唯恐标准岛行政当局不得不决定直航玛德琳海湾，这样会使他们的阴谋落空。

四重奏小组碰到这种情况，表现得镇定自若，为法兰西民族争了气。没有人会说四个法国人一碰到危险就贪生怕死。他们参加了由卡里杜斯·蒙巴领导的围猎小组。按蒙巴的说法，他以前曾碰到过比这更危险的情景，面对这些狮子、老虎、豹和其他一些不值一提的野兽，他只是耸一耸肩膀，觉得根本无所谓。也许，这位巴纳姆的孙子从前当过驯兽师，或当过马戏班子的老板？

围猎行动当天上午就开始了，并且旗开得胜。

这一天里，两条鳄鱼竟然斗胆地爬出了人工河。我们知道，鳄鱼在水里凶猛异常，但是一到陆地上就难于转动身体，所以就不那么凶猛可怕了。沙洛船长和马来亚人奋勇上前攻击两条鳄鱼，终于把它们杀死了，可是马来亚人中有一名受了伤。

与此同时，又有人发现了十来条鳄鱼，看来这是一群群生的鳄鱼，体形特别大，长四五米，因此极危险。因为它们都潜入了水中，水手们准备好，一旦它们浮上来就用霰弹开打，霰弹炸开时能把它们坚硬的甲壳炸碎。

同时，一队队围猎人员已经遍布乡村各地。詹姆·谭克东杀死了一头狮子。他曾说过自己"不是初出茅庐的猎手"，在千钧一发之际，他镇

定沉着，恢复了从前西部猎手特有的敏捷和机警。这是一头威武的狮子，属于那类价值五六千法郎的良种。正当它凌空跃起扑向四重奏小组时，一枚钢弹穿透了它的心脏，班希纳说他"已经感觉到它跳起时，尾巴甩过来扇起一股强风"！

下午，在围猎猛兽时，有一位士兵的肩上被狮子咬了一口，总督立即将这头狮子射倒在地，这是一头壮实漂亮的母狮。约翰牛想让这些凶狠强健的猛兽来标准岛上繁殖后代，这个算盘也成了泡影。

天色未晚时，有一对老虎在辛高叶舰长率领的水手枪下命归西天。在围猎中，他手下的一名水手被老虎爪抓了一下，受了重伤，随即被送往右舷港。根据多方汇集的消息看，放到岛上来的食肉猛兽中，数老虎最多。

入夜，猛兽在穷追猛打下都逃到船艏炮台那边的树丛中了。猎手们准备次日傍晚就把它们赶出树丛。

从傍晚直至第二天早晨，阵阵可怕的咆哮声、嗥叫声此起彼伏，一直没有停止过，使得亿兆城里的妇女儿童恐怖到了极点。即使这种恐怖消失，也得等好久好久才能缓过来。确实，谁能够确认标准岛已经把为英国人打头阵的猛兽全部歼灭了呢？正因为如此，亿兆城上上下下男女老少都像放连珠炮似的没完没了地在咒骂这"卑鄙的英国佬"。

破晓时分，围猎行动像前一天一样继续进行。总督同意辛高叶舰长的意见，命令斯蒂瓦特上校采用大炮对付猛兽群，将它们从树丛底下轰出来。右舷港的两门火炮搬到了船艏炮台旁。

这里是一片榆树林，一条电车轨道穿过树林，通向天文观测台。一部分野兽昨晚就躲在这片树林之中。有几头狮子和老虎的脑袋出现在近地面的树枝中间，露出发光的眼睛。水手、士兵和猎手们由谭克东父子、奈特·考弗莱和于伯莱·哈库率领，进入树林左边的阵地，守候那些未被连射炮打死而逃出来的猛兽。

辛高叶舰长一声令下，两门大炮同时开火，树丛里立刻响起一片可怕的嚎叫声。毫无疑问，好几头恶兽已经被击中。其余的——大约有二十来头——冲了出来，从四重奏小组成员身边蹿过，迎接它们的是一梭子枪弹，其中有两头被打死了。突然间一只体躯庞大的老虎向四重奏小组冲过来，弗拉斯高林被结结实实地撞了一下，翻滚出十步远。

伙伴们立刻赶过去救助他。当他们把他扶起来时，他有点蒙了，不过，很快就清醒过来了。其实，他只不过被野兽撞了一下，可是冲击力是多么大啊！

同时，大家也正设法围歼游入岛上人工河中的鳄鱼。怎么能确切知道已经把河里的吃人野兽歼灭干净了呢？幸好总督助理于伯莱·哈库先生想出了办法：打开河流的水闸，将水放干，这样就能猎捕鳄鱼了。这个办法立即奏效。

围猎行动中唯一牺牲的是奈特·考弗莱先生的一只精壮的狗。一条鳄鱼咬住了它，这只可怜的狗一下子被鳄鱼咬成两截。然而有十余条鳄鱼在士兵们的枪林弹雨中死去，标准岛也许从此以后再也不会有此类令人谈之色变的爬行动物了。

总之，这一天是围猎行动大获全胜的好日子，众人一共猎获了六头狮子、八头老虎、五头美洲豹、九头别的豹子，其中有雌性，也有雄性。

到了晚上，四重奏小组来到娱乐城餐厅吃饭，其中包括惊魂甫定的弗拉斯高林。

"但愿灾难已经过去。"伊夫内斯说。

"除非这条船是挪亚方舟，船上载着造物主创造的一切动物……"班希纳回答道。

当然，这不可能。这样阿塔那兹·多雷姆心中踏实了，他可以回第二十五号大街的公寓了。回到家时，门口还堆着障碍物，他见到了老女仆，她正在绝望地猜想老东家一定只剩下几根零星的碎骨头了。

当夜，岛上相当安静，只是偶然听到远处、左舷港附近传来的吼叫声。大家认为，只要第二天在全岛乡村再全面围猎一次，这些野兽就会被歼灭干净了。

天蒙蒙亮，一队队猎手已经集合起来。不用说，二十四小时以来，标准岛的方位没有移动过，因为所有的机械师、操作人员都去参加集体围猎行动了。

每个队里都有二十几名带着快枪的猎手。他们接到命令，在全岛进行搜索。由于野兽已逃散，斯蒂瓦特上校认为没必要再使用大炮。有十三头野兽在船艏炮台附近已中弹毙命。但是，两名海关官员被一头狮子和一头老虎掀翻在地，身受重伤，众人费了不少力气才将他们救出来。

从第一天开始围猎到此刻，总共消灭的猛兽达到五十三头。

这天四点钟，西柳斯·比克斯泰夫和辛高叶舰长，詹姆·谭克东和他的儿子、奈特·考弗莱以及两位总督助理，再加上几名知名人士，由一队士兵护卫来到市府大楼。社会知名人士委员会的委员们在这里等候两个港口、船艏及船艉炮台送来的战绩报告。

当他们走近大楼，距它仅隔百步之遥时，突然响起一阵惊呼声。接着，他们看见许多人，有妇女、儿童，惊慌失措地沿着第一大街奔跑。

于是，总督、辛高叶舰长以及同事们急匆匆地奔向市府大楼前的广场上，广场尽头的铁栅栏应当是关着的……但不知为什么疏忽了，现在铁栅门却开着，毫无疑问，有一头猛兽，也许就是岛上仅存的一头，越过铁栅门进了城。

奈特·考弗莱和沃特·谭克东是最早抵达广场的，他们立即冲到前面。

突然间，离奈特·考弗莱仅三步之遥的沃特·谭克东被一头巨虎扑倒在地。奈特·考弗莱已经没有时间把子弹推上膛了，他立即把腰带上

的猎刀抽出来，扑过去救沃特，当时老虎正张牙舞爪地要抓青年的肩膀。沃特得救了，可是老虎转过身来直扑考弗莱……

考弗莱用刀猛刺老虎，可是没能刺中它的心脏，他自己却仰天跌倒了。

老虎后退了一步，张开血盆大口，龇牙咧嘴地咆哮着……就在此时，枪响了，是詹姆·谭克东开的火。接着，又响了第二枪，子弹在猛兽身体里炸了。

大家赶紧把沃特扶起来，他的肩膀被虎爪抓破了。

至于奈特·考弗莱，他安然无恙，但是他从来也没有碰到过这样的险情，真是死里逃生。他站了起来，向詹姆·谭克东走去，郑重其事地说：

"你救了我……谢谢。"

"你救了我的儿子……我该谢谢你！"詹姆·谭克东回答。

两人互相伸出了手，这次表达感谢的握手意味着谢意很可能会转变成诚挚的友谊……

沃特立即被送到第十九号大街的府邸，他家的人都已回府。奈特·考弗莱则由总督挽着胳膊回到了公馆。

那么，这只老虎呢？艺术总监负责利用它的漂亮的皮。这只威武的动物将被用来制成上等的动物标本，陈列在亿兆城的自然博物馆里，旁边加上说明：

此标本由大不列颠及北爱尔兰联合王国赠送给标准岛。

本岛谨致深切的谢意。

假如我们要把这坑害标准岛的卑劣行动归罪于英国佬，难道，还找得到比这更加机智巧妙的报复手段吗？至少，班希纳"殿下"——这位诙谐幽默的专家是这么认为的。

　　第二天，谭克东太太拜访了考弗莱夫人，以示感谢，因为是她先生救了沃特。而考弗莱夫人也登门造访了谭克东太太，因为谭克东先生救了她的丈夫。这两件事都是人之常情，所以大家并不觉得奇怪。值得一提的是，黛小姐自告奋勇地陪母亲一起去，母女俩都关切地询问小姐的意中人伤势如何，在这种情况下这么做不也是理所当然的吗？

　　总之，一切都非常圆满，标准岛在歼灭了可怕的猛兽以后，又平安地踏上航程，驶向斐济群岛。

Chapter 8 斐济和斐济人

"你说有几座？"班希纳问道。

"两百五十五座，朋友。"弗拉斯高林答道，"是的，斐济群岛大大小小的岛屿共有两百五十五座。"

"那么多，对我们又有什么用呢？"班希纳接着说，"'太平洋上的瑰宝'又不可能在两百五十五座岛都停泊！"

"你呀你，你永远不通晓地理！"弗拉斯高林一锤定音了。

"那你呢，你懂太多又管什么用！""殿下"反驳道。

每当第二小提琴手想要传授点知识给他那些脾气倔犟的伙伴时，总是碰一鼻子灰。

但是，塞巴斯蒂安·左恩还能听得进一点点，于是他就跟随弗拉斯高林走到了娱乐城的地图前。每天标准岛移动位置，在这张地图上都有标记，可以很容易地看到标准岛从玛德琳海湾起航以来所走的航线。这条航线像"S"形，航线下半个圆圈的顶点就是斐济群岛。

于是，弗拉斯高林向大提琴手指明一六四三年由塔斯曼发现的这群岛屿——这一系列岛屿处于南纬十六度至二十度，西经一百七十四度到东经一百七十九度。

"那么，我们这个笨重的大机器必须穿过布满几百块石头的海路了？"左恩问道。

"没错，我的老朋友，"弗拉斯高林回答，"要是你仔细地瞧……"

"同时闭上嘴巴……"班希纳插上来说。

"为什么要闭上嘴？"

"闭上嘴苍蝇飞不进，苍蝇就不会叮你了。"①

"你说什么苍蝇？"

"说的是到处乱叮的苍蝇，被苍蝇叮的人到处说标准岛的坏话，什么时候他闭嘴了，也就没事了。"

左恩毫不在乎地耸了耸肩，又回过来问弗拉斯高林：

"刚才你说……"

"刚才我说，若要去维提和瓦努阿两个大岛，可以走三条航道穿过东部群岛：纳亚乌航道、拉肯巴航道、奥内阿塔航道……"

"不用说，还有一条把我们撞得粉身碎骨的航道！"塞巴斯蒂安·左恩高声嚷着说，"总有一天，我们会落到这个下场的！在这种海域里，整座城市加上许多居民，这么航行怎么行呢？不行的！这违背自然规律！"

"小心苍蝇！"班希纳提醒道，"左恩又被苍蝇叮上了，这不？快看。"

是的，顽固不化的大提琴手始终没有放弃他的观点，他老是吹冷风，讲不吉利的话。

事实也确实如此，在太平洋海面的这片区域，斐济群岛的第一批岛屿一字排开，仿佛专门为了阻挡由东方驶来的船只。可是读者尽管放心，这里航道的宽度是足以让辛高叶舰长把浮动的巨岛轻松地驶进，至于弗拉斯高林讲起的三条航道，那就更加不成问题了。斐济群岛中较大的岛屿除了上面提到的西部海域的两座岛外，还有奥诺岛、恩加拉岛、坎达武岛，等等。

---

① 法语中有一句俗话，当某人无故发怒时，就问他："什么苍蝇叮了你？"

从海底升起的山峰把一片海域围在中间，这片海名叫科罗海。此列岛是库克发现的，一七八九年勃利曾来过，一七九二年威尔逊也来过，所以，人们对它很了解。人们对它的了解，主要归功于一八二八年和一八三三年来过此地的迪蒙·迪维尔，一八三九年来过此地的美国人威尔克斯，一八五三年来过此地的英国人埃斯金。他们都对此列岛作过卓有成效的探测，此后大不列颠海军迪尔阿姆船长率领的"先驱"号远征到此，他们多次探险航行才绘制出如此精确的地图，使得水文测绘工作者名扬四海。

所以从东南方驶来的辛高叶舰长毫不迟疑地开进了孚朗加航道，孚朗加岛被撇在了标准岛的左后方。这座岛像是装在珊瑚托盘上的一块饼。次日，标准岛已经驶入了内海，这些从海底升起的山脉围成屏障，使得内海里风平浪静，不用担心外边惊涛骇浪的袭击。

当然，从英国人那里跑出来的凶恶猛兽在全岛引起的恐慌还没有完全消失。亿兆城的居民仍然像惊弓之鸟，惶惶不安。因此，他们依然有组织地在树林、田野及河流中进行不断的搜捕围猎，没有发现任何野兽的动静，白昼及夜间都没再听到野兽的嗥叫。头几天里，一些胆小怕事的人都不肯出城到花园及郊外去冒险。他们完全有理由担心，那艘船兴许已经把许多蛇放到了岛上，也许矮树林中已有成百上千条蛇——就像在马提尼克岛上所发生的那样。为此，岛上规定，谁抓住一条蛇就可以得到一笔奖赏。奖金按蛇的重量，给予等量的黄金，或者按照蛇的身长，每公分给予一定数额的奖金。若抓住一条蟒蛇，那就可以发一笔财了。但是，搜索后一条蛇也未抓获，大家心里踏实了。标准岛又恢复了往日的宁静。不管是谁阴谋策划了这件事，他至少已经损失了这些野兽。

这件事所产生的最积极的成果是亿兆城里两大派别实现了彻底的和解。自从发生了考弗莱救沃特事件以及谭克东救考弗莱事件之后，左舷区同右舷区的各大望族之间互相拜访、互相邀请、互相接待，招待会一

个接着一个，喜庆活动一个接着一个。每天晚上，亿兆城里知名人士的家里，特别是第十九号大街的公馆和第十五号大街的府邸中，总是在举办舞会及音乐会。四重奏小组忙得不可开交，这才勉强满足了需要。况且，他们的演奏不仅没有使听众的热情降温，反而使之达到了狂热。

有一天，终于传出一则重大新闻：正当标准岛的强大螺旋推进器在平静如镜的科罗海上轻快前进时，詹姆·谭克东先生正式登门造访了奈特·考弗莱先生，为他的儿子沃特·谭克东向黛·考弗莱小姐求婚。而奈特·考弗莱先生已经应允把他的女儿黛·考弗莱嫁给詹姆·谭克东先生的儿子沃特·谭克东。嫁妆不是什么问题，每个家庭都可以拿出两亿美元。

"他们一辈子都不愁吃不愁穿了……哪怕在欧洲生活也足够了！"班希纳评论说，他说得很对。

于是各方面的人物都向两家大户道喜。西柳斯·比克斯泰夫毫不掩饰他极度的喜悦，因为有了这次联姻，严重威胁标准岛前途的两个区的对立也就随之消失了。马列伽利亚国王及王后首先向这对青年人发出贺信并致以良好的祝愿。印着烫金字的铝箔名片像雪片似的飞到两家公馆的信箱里。各家报纸连篇累牍，不断刊出正在筹备的隆重婚礼——其奢侈豪华的程度是亿兆城也是全世界任何一个地方从来都没见过的。新郎送给新娘结婚用的服装都是通过海底电缆把电报拍到法国定做的。时尚服饰商店、大的时装公司、第一流的裁剪师、珠宝店及工艺品制作场都收到了数额惊人的订货单。将专门有一艘船从马赛港出发，经过苏伊士运河及印度洋，把法国工业的精品运过来。婚礼定于五周以后，即二月二十七日举行。此外，顺便说一句，亿兆城里的商人在这件婚事上也将获得他们的那一份利益，因为一部分婚礼用品将从他们那里采购，到时候标准岛上的富翁势必慷慨解囊，一掷千金，所以他们都可以发一笔财。

组织并筹备婚礼的角色，自然非艺术总监蒙巴莫属。当沃特·谭克东和黛·考弗莱小姐的婚事公开宣布时，卡里杜斯·蒙巴的高昂情绪，我们简直无法描绘。我们知道，他早就热忱希望促成此事，而且我们也知道他如何为了推动此事而不遗余力！他梦寐以求的事终将成为事实，既然市政府已经授予他全权安排组织，那么我们可以肯定，他定能不辱使命，把婚礼办得隆重而又欢快。

辛高叶舰长在报刊上登出了一项启事：婚礼当天，标准岛将处在太平洋上斐济群岛与新赫布里底群岛之间的那片海域。但在这之前，标准岛将在维提岛停泊十天左右，在广阔的斐济群岛中，标准岛只停泊这一次。

在这里航行有无穷的乐趣。海面上许多鲸鱼在嬉戏。它们从鼻孔里喷出千万条水柱，简直像尼普顿①大水池。伊夫内斯说，凡尔赛宫里的水池与它相比成了儿童的玩具。船只驶过时，总还有一群鲨鱼跟着它前进，因此，标准岛附近也有几百条巨大的鲨鱼伴随左右。

这里的太平洋水域已经是波利尼西亚的边缘，驶过了波利尼西亚，接着就是美拉尼西亚，新赫布里底群岛就在美拉尼西亚。这片洋区被一百八十度经线一分为二，通常，一百八十度经线被看做分界线，将辽阔的太平洋分成两部分②。凡是从西方航行过来的海员，到了这条线就要多撕掉一张日历；相反，凡是从东方过来的海员，越过了这条线，就必须倒退一天，否则就会把日期搞错，前后不一致。去年，标准岛曾经开到此地，但由于它没有继续向西越过子午线，所以当时不必调整日子。可是这一次就得照章办事了。由于标准岛当时由东向西航行，当天是一月二十二日，一过子午线后应改作一月二十三日③。

---

① 尼普顿是希腊神话中的海神。
② 这里的经度是按当时法国人的习惯标定方法而言的，假定地球子午线从巴黎经过，因而巴黎的经度为零度。
③ 此处系原文错误。

　　组成斐济群岛的两百五十五座岛屿中，仅一百座左右的岛上有居民。群岛居民总人数还不到十二万八千名，土地面积达两万一千平方公里。所以，斐济群岛的人口很稀少。

　　这些岛屿或是分散的小环岛，或是由海底山脉露出水面形成的，周围往往都有一圈珊瑚结构，但是这儿没有一座岛的面积超过一百五十平方公里。说到底，这一大片岛区只不过是从澳大拉西亚①分出来的一个政治上独立的区域，它早在一八七四年就已经隶属于联合王国，换言之，英国早已把它纳入殖民地范围了。斐济人最终决定接受大不列颠帝国的保护，是因为一八五九年他们受到了汤加入侵的威胁，那时，联合王国派出了威镇四海的匹恰的军队——也就是塔希提的匹恰——结果阻止了汤加的侵略。目前，斐济群岛共有十七个区。区行政长官都是本地人，他们在不同程度上都是末代国王塔坎博家族的盟友。

　　"不知道这是否是英国政治制度产生的结果？"辛高叶舰长就这个问题同弗拉斯高林议论时说道，"斐济群岛以后会不会同塔斯马尼亚一样，我真不敢说。有一件事情是肯定无疑的，那就是本地人正趋于消亡。殖民地并不见繁荣起来，当地居民也不见增加，妇女人数少于男子数就证明了这一点。"

　　"确实不错，妇女人数少是一个种族即将灭绝的征候。"弗拉斯高林答道，"在欧洲已经有几个国家受到这种女子人数少于男子人数现象的威胁。"

　　"再说，这里的本地人只是地地道道的农奴。"舰长接着说，"跟邻近岛上的土著居民一样，他们被种植园主招募去垦荒。此外，他们又大批地死于瘟病，一八七五年仅天花流行就死了三万多人。可是斐济倒是个好地方！你们自己会得出结论的。岛上内陆地区气温很高，但起码沿海

---

① 当时的澳大拉西亚包括澳大利亚、新西兰和新几内亚。

地区温度适中，适宜于大量的蔬菜及果树生长，如椰子树、香蕉树等。此外还盛产薯蓣、水芋以及西谷椰子。"

"西谷，"弗拉斯高林高声说，"哦，这使我们想起瑞士的鲁滨孙①！"

"说到猪、母鸡这些动物，自从引入群岛后，繁殖得极快。"辛高叶舰长继续说道，"因此，凡一切生活所需，这里应有尽有。但不幸的是，本地居民生性怠惰，尽管他们天资聪明，才思横溢……"

"有句俗话说，才华横溢的孩子……"弗拉斯高林接着说道。

"最难养活！"辛高叶舰长立刻补充答道。

实际上，这里所有的土著居民，波利尼西亚人、美拉尼西亚人以及其他地方的人不都是同小孩一样吗？

当标准岛继续向前开往维提岛时，中间又驶过了好几座岛，像瓦努阿瓦都、莫阿拉岛、恩安等岛，只是没有停靠。

到处都有狭长的独木船一队队地绕着岛岸四周行驶，这种小船上安装着用竹子交叉组成的平衡装置，既可以维持船身的平衡，又能用来堆放货物。独木船穿梭往来，看上去小巧玲珑，但它们既不想靠左舷港又不想进入右舷港。鉴于斐济居民声名狼藉，即便他们想要登上船，通常船只也不会准许的，很可能为此他们才不靠近港口。这里的土人倒真的都信奉基督教。自从一八三五年欧洲的传教士来到勒孔白定居下来，土人们差不多都开始信奉卫理教，其中也有几千人信奉天主教。可是由于他们从前喜欢吃人，哪怕成了教徒，也许还会想开开荤。此外，这是一个宗教习惯的问题，他们的上帝也喜欢血。这些部族中，仁慈善良会被看做软弱无能，甚至被认为是一种罪孽。吃掉敌人则被看做尊重敌人，碰到他们鄙视的敌人时就把他煮了，却不吃他。小孩的肉，是筵席中的

---

① 瑞士作家罗道夫·维斯撰写了一本《瑞士鲁滨孙漂流记》，书中描写了一个瑞士家庭因移民海外时，因发生海难而流落荒岛、开创新生活的故事。

主菜。不久前，塔坎博国王还喜欢坐在一棵树下吃他的御膳，也就是在每一根树枝上都挂上一块他喜欢吃的人肉。有时候，他们甚至会把整个部族都吃掉。在维提岛，靠近纳莫西有个纽洛卡斯部族就几乎被全部吃光，仅仅留下了几名妇女，其中一名妇女一直活到一八八〇年。

如果班希纳在这里的某座岛上还见不到沿袭老祖宗习惯的吃人生番，那么他肯定得放弃他的打算，再也不用在太平洋群岛寻觅这种地方特色了。

斐济西部群岛有两座大岛，即维提岛和瓦努阿岛；有两个中等大小的岛，即坎达武岛及塔韦乌尼岛。亚萨瓦是位于西北的一系列岛屿，那里还有一条圆岛航道。辛高叶舰长准备经由这条航道驶出斐济群岛，航向新赫布里底。

一月二十五日下午，维提岛的轮廓在海平面上出现了。这座山地海岛是整个群岛中最大的岛屿，面积有一万零六百四十五平方公里，比科西嘉岛还要大三分之一。岛上的一些山峰海拔一千三百至一千五百米。这是一些死火山或停止活动的火山，它们一旦苏醒，后果往往是很惨的。

维提岛与同它北边相邻的瓦努阿岛之间由一条海底岩带相连，估计在地壳表层形成时期，这一条岩带也是露出水面的。标准岛可以在岩带上航行，没有什么风险。在维提岛北边的其他海域里，水深四百至五百米，而在维提岛的南边，水深五百至两千米不等。

从前，群岛的首府为列雾卡，位于维提岛东面的奥瓦劳岛上。在列雾卡，英国人开的商行甚至比现在的首府——维提岛上的苏瓦市中的商行还多。然而由于苏瓦港位于岛的东南端，处于两个三角洲之间，沿岸地区河流交叉，因此对航运发展非常有利。至于开往斐济群岛的邮船的停泊港，则在坎达武岛南边的恩加拉海湾里面，这里离新西兰、澳大利亚、法属新喀里多尼亚群岛及忠诚岛最近。

标准岛就停泊在苏瓦港。当天就办妥了手续，得到准许可以自由登岸。无论对欧洲殖民者还是对当地土著而言，船只来访就意味着大家的财源来了。至于亿兆城居民，他们相信定会受到客气的接待，这种客气主要是为了赚钱，不见得是真心实意的。此外，也不要忘记，斐济群岛隶属联合王国，而联合王国的外交部同标准岛公司之间的关系一直很紧张，因为英方非常妒忌标准岛公司的独立。

第二天，即一月二十六日，标准岛上有交易的商人一早就登上了岸。而旅游者们——其中有我们的巴黎朋友——也不甘落后。班希纳和伊夫内斯拿弗拉斯高林——辛高叶舰长的杰出学生开玩笑，"殿下"说他是"噜苏种族地理学者"，尽管如此，他们还是照样请教他。无论他们问的是当地居民的风土习惯还是宗教习俗，第二小提琴手回答起来都头头是道。至于左恩，当他不知道时也会提出一些问题。当班希纳听说不久之前这个地方还是吃人肉的主要场所时，他不禁叹了口气，说道：

"是啊……我们来晚了，你们将会发现，斐济人被你们的文明彻底改变了。吃人生番现在爱吃烩鸡块和法式猪蹄！①"

"吃人？"弗拉斯高林骂班希纳，"我看该把你送上塔坎博国王的餐桌……"

"来吧！给我上一盘波尔多式的班希纳排骨！"

"瞧！我们就这样把光阴耗在毫无意义的嚼舌上……"左恩接着说。

"在前进的道路上，我们的前程不一起辉煌。"班希纳大声说道，"你不老喜欢说这种话吗，我的大提琴手？好吧，好吧，走，前进！"

苏瓦城建在一个小型海湾的右侧，民居都建在苍翠的山冈上。该城也有几个供船只停泊的码头。街上有用木板做的人行道，就同现代的大型海滨浴场、沙滩上一模一样。房屋均是木结构，大多系平房，偶尔也有两层的楼房，但相当罕见，这类木屋都明亮凉爽。城市周边地区有土

---

① 这是班希纳的玩笑话，意在影射弗拉斯高林的饮食习惯和喜好。

人的小屋，顶上有屋角飞檐，上面还装饰着贝壳。此地五月至十月是冬季，冬季常下倾盆大雨，所以房顶都修建得十分坚固，经得起暴雨的冲刷。熟知统计数字的弗拉斯高林说，一八七一年三月，该岛东部的姆本加岛在一天之内曾有过三百八十毫米的降水量——真是滂沱大雨。

维提岛同其他的岛屿一样，岛内各处的气候各不相同。岛上不同片区的土地上生长的植物也大不一样。在信风能吹到的东南部，空气湿润，地表覆盖着茂密的森林。相反，西北部则是一望无际的草原，可以种植作物。尽管如此，人们还是能够发现，这边的一些树木长势不好，已经枯萎。如檀香树一类在这一带几近绝迹，还有达夸松——斐济群岛上特有的一种松树——在这里也已很少见到。

然而，四重奏小组在岛上漫游时注意到，岛上的花草树木特别茂盛，如同热带地区。到处都有成片成片的椰树林及棕榈林，树干上都长着密密麻麻的寄生兰科植物，还有怪柳丛、露兜树丛、金合欢丛、乔木状蕨类。在沼泽地带则有许许多多红树，其根部常会爬出地面，弯弯曲曲地匍匐生长。反之，棉花和茶叶倒并不像人们想象的长得那么好，气候虽然温和，但也无济于事。其实，维提岛的土壤同群岛其他的土质一样，都属黄黏土，实质上都是由火山灰形成的。火山灰逐步分解，使得黄黏土可以适于种植作物。

至于动物，这里的种类也不比太平洋海域诸岛上多，此地有四十来种鸟，其中有引入岛内的虎皮鹦鹉及金丝雀，有蝙蝠、成群的老鼠、无毒的蛇。当地居民把蛇当做佳肴。这里还有多得不知拿它怎么办的蜥蜴，以及令人极其讨厌的能把什么东西都吃完蛀光的蟑螂。

然而，这里就是没有任何野兽，这使得班希纳又开起玩笑来：

"我们的总督西柳斯·比克斯泰夫当初应该留下几对狮子、老虎、豹和鳄鱼，那么现在就可以把这些食肉猛兽放到斐济群岛。这么做也不过是物归原主罢了。本来嘛，它们都属于英国。"

　　这里的土人是波利尼西亚人和美拉尼西亚人的混血人种，长得相当英俊。不过，比起萨摩亚人和马克萨斯人来，略为逊色。男子都长得很魁梧，显得孔武有力，他们的皮肤呈古铜色，肤色很深，近乎黝黑，头发浓密。他们之中多为混血儿。男子的服装十分简陋，往往只围一块腰布，或者披上一块当地称做"麻席"的土布。"麻席"是用桑树的纤维织成的，这种纤维还可以用来造纸。"麻席"的初级产品是洁白的，由于斐济人掌握染色的方法，便把它染上五彩缤纷的颜色，于是东太平洋列岛的人都买这种布。还得说明一句，斐济人有时居然喜欢穿英国人或德国人丢弃的欧洲旧衣服。看到斐济人穿上不合身的变了形的裤子，套上一件过时的、带口袋的短外套，甚至穿上一件风尘仆仆、不知换过几个主人最后落到他们身上的黑礼服时，巴黎人不禁出口调侃。

　　"这种黑礼服，拿出任何一件来，都可以根据它的来龙去脉写出一部小说！"伊夫内斯说道。

　　"这部小说只怕会失败！[①]"班希纳回答道。

　　至于本地的妇女，身穿"麻席"布做的短衫和裙子。她们不顾卫理教教派的规矩，穿戴得或多或少，有点随便。妇女们长得不错，其中有的还颇具青春的魅力，可以说长得很标致。然而她们和男人们一样，为了避免烈日暴晒，黑头发上都涂着石灰，形成一顶石灰帽子。这种习惯使人厌恶！此外，这里的妇女都抽烟，她们抽得跟她们的丈夫和兄弟一样多，而当地的烟草有一股烧焦的干草味，当她们把烟卷从嘴唇间取下时就夹在耳垂上，就像欧洲妇女的钻石及珍珠耳环一样。

　　通常，这里妇女的地位相当于奴隶，她们得承担最沉重的家务劳动，而在不久之前，这里的妇女还必须辛苦劳作以供养她们懒散的丈夫，辛劳过后，丈夫还有可能把她活活掐死。

---

① 双关语，原文中的这种衣服又可作"失败"讲。

在苏瓦附近参观的三天时间里，我们的游客曾多次想走进土人的小屋参观，但是他们立刻退了出来，这倒并非因为主人们不好客，而是因为屋里散发出一种难闻的臭味。这是因为这里的土人身上涂着椰子油，同时他们住的房子里关着猪、鸡、狗、猫，在这臭气熏天的草屋里，还总燃着达玛拿树脂，发出令人窒息的烟味……不！没法忍受得了。再则，一旦在斐济人的家里坐了下来，你不想失礼的话，就必须喝一碗"卡瓦"。"卡瓦"是斐济的一种上佳饮料，用胡椒树干枯的树根制成，味道辛辣异常，欧洲人喝不惯。此外，"卡瓦"饮料的冲制方法叫人实在接受不了，简直令人恶心：它不是经磨细后冲泡的，而是由主人用牙齿把树根嚼烂，再吐入盛水的容器里，然后主人端过来要你一定喝下去，你不能拒绝，必须接受并道谢。这一带各岛上惯用的一句道谢的话是"埃马纳恩底那"，也就是"阿门"的意思。

顺便提一下，这些草屋里蟑螂成群结队，白蚁时时刻刻在蛀蚀破坏草屋。还有蚊子——成千上万只蚊子——墙上，地上，还有土人的衣服上，成群结队，数也数不清。

所以，当"殿下"开玩笑时大家一点也不觉得奇怪。他用英语模仿丑角的滑稽腔调，面对一群群令人恐惧的飞虫大喊："蚊子！蚊子！"

总之，无论是他自己还是他的伙伴们，都不敢闯入斐济人的小草屋。为此，他们的民俗学研究很不完整，连学者弗拉斯高林本人也只能望"屋"兴叹——他就此在游记中留下了一大块空白。

Chapter 9　战争状态

正当音乐家们在尽情地游览观察群岛的风土人情时，标准岛上的几位知名人物正设法同群岛上的土人头领接触。"巴巴朗其"——这一带岛上是这么称呼外来人的——受到了相当客气的接待。

当地欧洲人当局的代表则是总督，他同时也是受英国保护的西部各岛的总督，这一片海域中的岛屿都在不同程度上受英国保护。西柳斯·比克斯泰夫认为没有义务去正式拜会英国总督。他们曾经见过两三次面，但只是相互注视了一会儿而已，并没有进一步接触。

德国总领事是本地最大的商人，标准岛总督与他的关系也只局限于同他交换了名片。

在停靠期间，谭克东家族与考弗莱家族组织了几次郊游，还游览了一直延伸到山顶的树林。

关于爬山，艺术总监对四重奏小组谈了他非常正确的见解。

"亿兆城居民对登高远足的兴趣特别浓厚，其原因是我们标准岛没有高低起伏，地势太平坦、太整齐规则……但我希望有朝一日，我们在标准岛上建造一座人工山，它能和太平洋各岛上最高的山峰比个高低。在人工山还没造起来时，市民们一逮住机会就会争先恐后地去参加登高活动，到几百米高的地方去呼吸清洁而新鲜的空气……这种行为其实是人类天性的需要……"

"说得精辟，"班希纳说道，"不过，我有一个建议，亲爱的好卡里杜斯！当你们建造钢铁山或铝质山时，请不要忘了在山的内部做一个漂亮的火山机关……这个机关里面要装上炸药箱和发火器。"

"这又有什么了不起！难道不能做吗，爱开玩笑的先生？"卡里杜斯·蒙巴答道。

"我就是这么说的嘛，难道不能做吗？""殿下"反诘道。

不用说，沃特·谭克东和黛·考弗莱小姐也参加了这些游览活动，当然，他们俩是手拉手去的。

在维提岛，游客们并没有忽略参观这座首府城市里那些令人感兴趣的地方——"姆布雷卡卢"，即神庙，这些地方同时也是举行政治集会的场所。这些建筑的地基是用石块垒成的，房间用竹子编成，屋梁上包着一层用植物纤维制成的帏布，而构造巧妙的细木条可以承受茅草屋顶的压力。游客们还参观了卫生条件良好的医院、城市后边梯田状的植物园。他们常常晚上才回去，于是他们就像古时候的人那样得手里提着灯笼回家，因为斐济群岛上没有煤气灯，也没有白炽灯、电弧灯或电石灯。不过，卡里杜斯·蒙巴话中有话地评论说："在大不列颠的光辉保护下，将来什么灯都会有的！"

那么沙洛船长和他的马来亚人以及在萨摩亚上船的新赫布里底群岛的土人们，在标准岛停泊时在做什么呢？他们谁也没有上岸。他们之中有人因为搞货运多次到过维提岛和附近的岛屿，有的曾经在这一带的种植园打工，对这一片区域早已熟悉，所以他们宁肯留在标准岛上。他们在标准岛上倒是充满新奇感，不断地东跑西颠，对亿兆城的城市、港口、花园、乡村、船艏炮台及船艉炮台百看不厌。幸亏标准岛公司慷慨相助，也多亏总督西柳斯·比克斯泰夫，只要再过几个星期，这些乡下人就能回自己的家乡去了，到那时，他们已在标准岛上待了五个月……

有几次，四重奏小组的伙伴们同沙洛船长聊天。沙洛船长非常聪明，

英语讲得十分流利。他跟他们谈到了新赫布里底群岛，谈到了这一带的土著，谈到了他们的饮食方式、烹调方法等，言辞之间热情洋溢。他所谈及的饮食方式和烹调方法令"殿下"特别感兴趣。因为班希纳心中有个秘而不宣的打算，他想在这里发现一种特别的佳肴，然后把佳肴的制作诀窍介绍给欧洲大陆的某个烹饪协会。

一月三十日，标准岛总督将右舷港一艘电汽艇调拨给塞巴斯蒂安·左恩和他的伙伴们使用，他们准备沿雷瓦河而上。该河流是斐济岛上大河之一。电汽艇上有一位机械师和两名水手跟他们同行，艇上还带了一名斐济人领航。他们请多雷姆一同前往游览，但是他没有接受，这位礼仪教师的好奇心已经消失……再说，也许他走开时会有学生来找他，所以，他宁愿待在娱乐城里的舞蹈场。

早晨六点钟，电汽艇装备完毕，带上了一些食品，因为他们要到晚上才能返回右舷港。于是，他们开出了苏瓦港，沿着海岸一直驶向雷瓦河河口。

此海域中，不仅岩礁到处可见，而且常有大群鲨鱼出没，对这两类东西，都必须多加小心。

"嘿！你们这儿的鲨鱼，"班希纳说道，"已经不是海里的食肉动物了，英国传教士使斐济人改信了基督教，大概这儿的鲨鱼也信基督教了，那么它们再也不吃人了，我们可以打个赌……"

"可别把它们想象得太好，"领航员回答道，"同样，你们也不要把远离海边的斐济人想得太好！"

班希纳只是耸了耸肩。别人骗他，用所谓食人的野蛮人的故事让他上当，其实土著们即使在过节的时候也不吃人。

领航员对河口以及雷瓦河的河道非常熟悉。这条大河又称做纳武阿河，涨潮时，海水一直涨到离海岸四十五公里的地方，这时坐小船可以上溯到八十公里处。

雷瓦河的出海口宽度超过两百米，河水在沙砾中流过，左岸地势低平，右岸山峦起伏。岸上，远处是重重叠叠的苍翠，其中尤以芭蕉树和椰子树长得最茂盛。此河的全称是雷瓦－雷瓦，太平洋各岛上的土人相当普遍地使用同一个音节重复而成的词，该河流的名称也符合这条规则。为此伊夫内斯说，土人大约是在模仿孩子们的发音，因为孩子常常发重复的音，如管父母叫"爸爸""妈妈"，把狗唤做"豆豆"，把马称为"达达"，把糖果叫做"蓬蓬"，等等。事实也是如此，土人的智力即使比一个孩子强，也强不了多少。

雷瓦河是由纳武阿（大河的意思）及瓦伊马努两条河汇合而成，其主要出海口名叫瓦伊尼基。

电汽艇绕过三角洲，从花枝簇拥、若隐若现的甘巴村前驶过。他们不准备停在这里，也不想停在乃塔西利村，因为他们想充分利用这会儿的水位，继续向上游开进。此外，这座村子刚被宣布为禁地，这样村里的房子、树木、居民，直到雷瓦河沙滩边的河水都成了不可接触的禁物。土著居民也绝不允许任何外人踏上这片土地。禁规有时是莫名其妙的规定，但起码土人是极其严格地遵守这些规定的。塞巴斯蒂安·左恩对此深有体会。所以游客们也都遵守这些禁规。

当游客们沿着乃塔西利村行船时，领航员请大家仔细瞧一棵高大的长在河岸一角的塔伐拉树。

"这棵树有什么特别？"弗拉斯高林问道。

"没其他的特别，就是这棵树从树根一直到树桠分权的地方，树皮上都划有一条条的刀痕。而刀痕的数目就表示在这个地方有几个人被烧熟，然后被吃掉……"

"就像面包师在他的小木棍上划刀痕记账！"班希纳发表了他的见解，然而他耸了耸肩，显然是不相信领航员的解说。

但是他却错了。斐济群岛确实是货真价实的吃人国度，而且，应当

强调，直到现在这种野性还没有完全消失。岛内部族很讲究饮食，因此这种野蛮行径还会继续下去。真的是因为这个缘故，照斐济人的说法，人肉鲜嫩可口，远远胜过牛肉。领航员告诉他们，从前有一名叫拉安德热奴杜的部族首领，他令人在他的领地里竖立起一块块石头。当他死的时候，石头数已经达到八百二十二块。

"你们知道这些石头代表什么吗？"

"我们实在猜不到，"伊夫内斯回答说，"哪怕绞尽了我们器乐演奏家的脑汁，我们也不可能猜出来……"

"石头用来代表这个首领吃过的人的数目！"

"他一个人吃了那么多人？"

"就是他一个人吃的！"

"他的胃口那么大！"班希纳认为领航员只是开斐济式的玩笑，所以接上了这一句。

十一点钟时，右岸钟声响了起来。由几幢草屋组成的奈利里村掩映在椰子树和芭蕉树中，呈现在游客们的前面。这个村庄里有个天主教堂，游客们能不能在此略事停留，与这里的神甫——与一位同胞握握手？领航员觉得没什么不合适的，于是，小船就系到一棵树的树根上。

塞巴斯蒂安·左恩和他的伙伴们登上了陆地，还没走两分钟，就遇见了修道院院长。院长五十来岁，外表可亲，五官端正，能同几位法国人嘘寒问暖，他十分高兴。他把他们带到了自己的屋子里。这个村子一共有一百名左右的斐济人，院长的屋子就在村子的中间。他再三客气地请来访者饮用当地的清凉饮料。可以放心，这类饮料并非令人大倒胃口的"卡瓦"，而是一种口味相当好的饮料，是用雷瓦河河滩上大量出产的蛤蜊、贝壳类动物熬成的汤。

传教士全心全意传布天主教的教义，但他碰到了不少困难，因为他必须同附近的一名卫理教派的牧师展开激烈的争夺。总的来讲，他对所取得的成绩非常满意，但他也承认，要使他的信徒们放弃吃他们吃得津津有味的"布卡洛"——人肉，他还需要做大量的工作。

"另外，"他又补充说道，"如果你们还要继续往里开，那么，亲爱的客人们，务必谨慎小心，时时留神。"

"听到了吧，班希纳！"左恩说道。

在小教堂午祷钟声响起之前，他们又上了路。半路上，汽艇遇到了几艘带平衡装置的独木船。船的平台上装载着香蕉。这里，征税员经常通过收取实物香蕉来替代货币捐税，两岸都是月桂、金合欢、柠檬树以及开着猩红花的仙人掌。抬头看时，香蕉树和椰子树上果实累累，它们的树枝长得很高大，与所有的花草树木形成了一片青翠的绿茵，一直伸展到山峦之后，那儿矗立着众山之巅——恩布格勒孚峰。

在这大片绿茵丛中，有一两座欧洲式的工厂，同该地区的原始景色很不协调。这些工厂是制糖厂，所有的机器设备都是现代化的，而产品呢，按一位来这里旅游的弗希努先生说，"完全可以和安的列斯和其他殖民地所生产的糖媲美"。

一点钟，汽艇已经上溯到雷瓦河的最远处了。再过两小时，潮水会退下，河流水位将明显下降，他们应该利用退潮的机会顺流而下。由于潮水流速很快，返航用不了多少时间，晚上十点之前，游客们就能回到右舷港了。

所以他们在这儿还有点时间，利用这点时间的最好方式，除了参观唐波村，难道还会有别的？唐波村靠村边的那些小房子离河岸只有半英里路，他们远远可以望得见。大家商定，机械师和两名水手留在原地看守汽艇，领航员则带领客人们进村去。该村始终保持着斐济地地道道的古老风俗，传教士们在这个地区呕心沥血，布教释经，但没有成效。此地巫术盛行，巫师的地位很高。其中有种巫术极盛行，名称也很难念，叫"伐克恩庄尼坎他卡"，意思是用树叶来作法。本地人特别信奉卡多阿

夫诸神，据说这些神祇是永恒存在的。他们还喜欢给神祇供奉特别的供品。这里的总督企图制止供奉，但无能为力，即使他想惩罚杀生供奉的做法，但也禁止不了。

也许，冒险深入这种危险的部落是鲁莽的行为，可是艺术家们怀着巴黎人的好奇心坚持要进去，于是导游也只好同意陪伴他们，但他叮咛说，千万不能走散。

唐波村有一百来座草屋。当他们走到村口时，首先见到了一些妇女，她们可真是十足的野蛮人，全身仅有一块简单的布系在腰间。她们正在工作，这时有外国人来打扰，她们也不觉得奇怪。因为，自从斐济群岛成为英国的保护国之后，外国人来岛上访问就已经不再使她们感到不自在了。

这些妇女正在制作姜黄汁。其制作方法是先把姜黄根存放于预先铺好草及芭蕉叶的沟穴里，再取出来，烘焙、碾碎，然后放在盛着蕨草的篮子中挤压，将压出的汁水灌进竹筒。所得姜黄汁既可以用做饮料，又可以当油搽。因为它有两种用途，所以使用得极其广泛。

他们进了村。村民既不对他们表示热情欢迎，也不邀请他们入室做客，没有表现出任何友好款待的意思。再则，小屋子的外观也没有任何吸引人的地方。屋里散发出椰子油变质后的哈喇味儿。四重奏小组暗自庆幸，幸亏当地斐济人不是很好客。

可是，当他们走到部族首领的屋子前时，这个头人——一个高个子的斐济人，模样粗野，面目狰狞——由一群土著簇拥着走过来。他头上涂着石灰，脑袋成了白色的，头发卷曲，身穿礼服：上身穿一件条纹衬衫，系一根腰带，左脚套上了一只毡拖鞋，外面又套上了陈旧不堪的带有金纽扣的蓝色燕尾服——燕尾服补了又补，走路时，两片燕尾一高一低地拍打着腿肚子。看到这幅景象，班希纳忍俊不禁，失声大笑。

然而，就在头人走向这群"巴巴朗其"的时候，被树杈绊了一下，失去平衡，一下子趴在地上。

立刻，按当地的礼节规定，头领的全体随从人员也都故意绊一下，毕恭毕敬地一个个都倒在了地上。

"这是为了分担耻笑。"导游解释说。

班希纳对这个礼节表示赞同，其实——至少他一个人觉得——在欧洲宫廷里有许许多多不同的习惯礼仪也同样荒唐可笑。

当所有的人陆续从地上爬起来时，头领和导游用斐济话交谈了几句，四重奏小组连一句话都没听懂。导游把这几句话译了过来，他无非是询问陌生人来唐波村做什么。他们回答纯粹是来参观访问，在附近游览一番。于是双方相互问答了几句话后，他们就被允许在这里参观了。

再则，头领对游客来唐波村参观，既没表示高兴，也没表示不满。在他的示意下，土著居民都回到草屋里了。

"他们看起来也不见得是凶神恶煞！"班希纳评论道。

"可是，我们也不能因此做出任何不谨慎的行为！"弗拉斯高林答道。

艺术家们在村里溜达了一小时，土著人也没有来干预。身穿蓝色礼服的头领已经回家去了，很明显，土著居民对他们的到来态度很冷淡。

塞巴斯蒂安·左恩、伊夫内斯、班希纳、弗拉斯高林和导游在村里的道路上溜完一圈，也没有一间草屋开门让他们进去。于是，他们向一片寺庙废墟走去，这是几间废弃了的破房子，离这儿不远处有一间房屋，那是一名巫师的家。

巫师站在门口，以不友好的目光瞅着他们，他的动作则似乎表示出他将厄运降到了他们的身上。

弗拉斯高林试图通过导游同巫师攀谈。这时巫师的脸上露出了令人极其憎恶的神色，态度生硬凶恶，以至弗拉斯高林死了心，不想再从这个斐济"刺头"身上得知任何信息。

这时，班希纳不顾别人的叮嘱，穿过了山坡上一片片浓密的芭蕉树

林，离开了大家。

左恩、伊夫内斯和弗拉斯高林在巫师那里碰了一鼻子灰，败兴而归。当他们准备离开唐波村时，才发现他们的伙伴不见了。

但是返回汽艇的时间已到，也已经到了退潮的时间，他们必须顺水而下返回雷瓦河的出海口。时间还相当紧张。

因为找不见班希纳，弗拉斯高林很着急，就放声喊他。

他怎么叫，也没有人回答。

"他究竟在哪儿？"左恩问。

"不知道啊……"伊夫内斯答道。

"你们有谁看见你们的朋友走开吗？"导游问道。

谁也没有注意到他！

"他肯定已经从村里的小道回到汽艇上去了。"弗拉斯高林说。

"他不该这样！"领航兼导游说道，"不过我们可不能浪费时间，快跟上他。"

大家怀着焦急的心情上了路。这个班希纳老是节外生枝，这里的土著野蛮、残忍凶暴，而他却总是认为这些都是道听途说、想象出来的，他的想法会使他陷入实实在在的险境。

在穿过唐波村的时候，导游怀着某种恐惧的心情注意到：没有一个斐济人露面。所有草屋的门都紧闭着。头领房屋前也没有人群集结，原来忙于制造姜黄汁的妇女们都已不知去向。似乎一小时以来，这个村子已经被人遗弃了。

于是这小队人马加快了脚步，好几次他们喊叫班希纳，可是没人答应。他会不会已经回到停泊汽艇的岸边？或者汽艇已经不在那里，机械师和两名水手看管的汽艇已经离开了……

还有几百步路。于是他们加快脚步，一穿过树林就望见了电汽艇，那三个人也都在他们的岗位上。

329

"我们的伙伴呢？"弗拉斯高林高声问道。

"他不是跟你们在一起吗？"机械师反问道。

"不，他离开我们已经有半小时了……"

"他没回来找你们吗？"伊夫内斯询问道。

"没有。"

不知这个冒失鬼怎么样了，领航员毫不掩饰他的重重忧虑。

"必须回到村子里去，"塞巴斯蒂安·左恩开口了，"我们不能丢下班希纳不管……"

尽管这么办有点危险，但他们还是把电汽艇交给了其中一名水手看管。返回唐波村时，最好要人多势众，装备好火器，哪怕搜遍各间草屋，也得找到班希纳，再回标准岛。

于是他们又踏上了唐波村的道路。村子及其周围依然毫无动静。居民们都躲到哪里去了？街上鸦雀无声，每间草屋都空无一人。

碰到倒霉事了，毫无疑问，班希纳肯定闯入了芭蕉林……然后被抓走了……他被抓到哪儿去了呢？至于他常嘲笑的那些食肉生番会如何处置他，那就不难想象了！在唐波村周围肯定是找不到的……在这片只有斐济人才熟悉的灌木丛中怎么能找到班希纳的行踪呢？再则他们还很担心，斐济人会不会去抢夺电汽艇？因为艇上只有一个水手看管……一旦发生这种情况，那么救出班希纳的希望就更成了泡影，并且连大伙儿的性命也都难保了……

弗拉斯高林、伊夫内斯、左恩焦急万分。怎么办？领航员和机械师也不知该怎么办。

弗拉斯高林还保持着清醒的头脑，于是他提议：

"回标准岛去……"

"不找回我们的朋友了？"伊夫内斯叫了起来。

"你真这么想？"塞巴斯蒂安·左恩补充道。

"我认为没有其他的办法了。"弗拉斯高林答道,"我们必须向标准岛总督报告这个事件……要让他通报维提岛的当局,然后采取行动……"

"对……走吧,"领航员建议,"要想趁退潮返回,一分钟也不能耽搁了!"

"如果来得及,那么这就是救出班希纳唯一的办法。"弗拉斯高林高声说。

确实,这是唯一的办法了。

于是他们离开了唐波村,心中七上八下,总担心电汽艇不在那儿。每个人都大声呼喊班希纳的名字,但徒劳无益。要不是他们心急忙乱,领航员和这一小队人或许会发现树丛后面几个凶狠的斐济人,他们正偷窥着他们离开。

倒是没有任何人来抢电汽艇。水手也未见任何人来到雷瓦河岸边窥视。

左恩、弗拉斯高林和伊夫内斯坐上汽艇时心里的难受是无法言表的。他们先是犹豫迟疑,大声呼唤,但是,弗拉斯高林说:"必须走了。"他说得完全正确,他们走了,也走得对。

机械师打开了电机,于是在潮水的助力下,汽艇顺着雷瓦河而下,速度惊人。

六点钟时,他们已经越过三角洲的西岬尖。半小时后,他们已经靠上了右舷港码头。

只用了一刻钟的时间,弗拉斯高林和两个同伴乘有轨电车来到了亿兆城,并且直奔市政府。

西柳斯·比克斯泰夫一知道情况立即赶到苏瓦,要求见群岛总督。总督同意会晤。

女皇陛下的代表听说了唐波村所发生的事件后,明确地指出,此事的后果是极为严重的……这名法国人已经落到岛纵深地区一个部族的手

331

中，政府当局对他们没有任何约束力……

"不幸的是，今天我们已经没法作出任何努力。"他补充说，"雷瓦河退潮时，我们的汽艇没法逆潮水而上行到唐波村。再则，必须去很多人，最可靠的办法是从丛林中穿过去。"

"那就这么办吧，"西柳斯·比克斯泰夫说，"但不能等到明天，必须今天就去，而且要立即动身……"

"可是我手下没有足够的人手。"总督说。

"我们有人，先生。"西柳斯·比克斯泰夫说道，"请你安排一下，你派一些士兵同我的人一起去，另外找一位对当地情况十分熟悉的军官来指挥……"

"对不起，先生。"总督阁下冷冷地答道，"我可没有这种习惯，听任别人……"

"对不起。"比克斯泰夫也说，"我明确地告诉你，如果你不立即采取行动，如果我们的客人回不来，那么责任就是你的，那时……"

"又怎么样？"总督以傲慢的口吻问。

"标准岛的炮火将会摧毁整个苏瓦城，把你们的首府，包括一切房屋财产，无论是英国人的还是德国人的，全部摧毁！"

这是不折不扣的最后通牒，总督只能就范，因为岛上只有屈指可数的几门大炮，没有办法抵抗标准岛的强大火力。于是总督屈服了，其实，他一开始就应该从人道主义的角度诚恳地接受标准岛总督的建议。

半小时后，一百名水手和兵士在苏瓦登陆。这支部队由辛高叶船长指挥，是他本人自告奋勇提出要求指挥这次行动的。艺术总监、塞巴斯蒂安·左恩、伊夫内斯、弗拉斯高林都跟在他左右。维提岛上派出一支宪兵小分队协助。

这支救援部队一出发就绕过雷瓦河湾，在向导的指引下直接进入荆棘丛中。向导，也就是领航员，对岛内的复杂地形很熟悉。他们以快速的步伐抄最近的路走，以便在最短的时间内抵达唐波村。

他们不必去唐波村，因为半夜后，约一点钟光景，命令传过来了，部队停止前进。在浓密的荆棘丛中，他们看见有一堆篝火正熊熊燃烧。毫无疑问，唐波村的居民正在那里集会，因为唐波村就在东边，走过去用不了半小时。

辛高叶舰长、领航员、艺术总监、三位巴黎艺术家向前走去……

他们走了还不到一百步就停了下来，一下子惊呆了……

炽烈火焰的对面，在男男女女乱糟糟的人群中间，班希纳被剥光了上衣，绑在一棵树上……这时，斐济人头领正举着斧头，向他跑去。

"前进！进攻！"辛高叶舰长立刻向他的水手和兵士们命令道。

这一下把土人们打了个措手不及，他们惊慌失措，吓得屁滚尿流，因为这支部队有的开枪射击，有的用枪托砸。眨眼工夫，空地上的土人都逃进了树丛中。

班希纳被松了绑，一下子倒在弗拉斯高林的怀里。

怎么来形容几位音乐家的喜悦啊？他们毕竟情同手足，高兴之中不由得热泪夺眶而出，同时也少不了对班希纳的责备，这也是理所当然的。

"嘿！你这个倒霉鬼。"大提琴手说，"你怎么会一个人走开呢？"

"你说我有多倒霉，我就有多倒霉，老朋友。"班希纳回答，"但是先别埋怨我，我还光着身子呢！把衣服递给我，一会儿见头面人物时总得像个样子！"

他们在一棵树下找到了他的衣服，他一边穿衣服，一边竭力保持那种临危不惧、镇定自若的英雄气概。打扮像样后，班希纳才过去同辛高叶舰长以及艺术总监握手。

"瞧，"卡里杜斯·蒙巴对他说，"现在你相信了吧……斐济人是吃人的……"

"这些生番也不至于像你说的那么厉害，我现在也没有缺胳膊少

腿！”

"这家伙一点儿也没变，还是那么任性，不听劝告！"弗拉斯高林高声说道。

"你们可知道，当我被当做猎物即将被宰割的时候，我感觉到的最大的耻辱是什么？"班希纳问道。

"即使把我吊死，我也猜不出。"伊夫内斯说。

"嘿！我觉得冤的倒不是被这些食人生番吃掉，不！我遗憾的是看到将要吃我的人竟然是穿着礼服——穿着蓝色的有金纽扣燕尾服的人，腋下还夹着一把雨伞……一把讨厌的英国雨伞！"

Chapter 10 标准岛易主

标准岛定于二月二日起航。前一晚，游客们都结束了参观游览，回到了亿兆城。班希纳被抓一事引起了满城风雨。由于四重奏小组受到全城普遍的喜爱，一旦"殿下"蒙受了不幸遭遇，整个"太平洋上的瑰宝"全都同情他、支持他。因此，当比克斯泰夫总督作出强硬决定时，知名人士委员会全力支持他，报纸对他的坚决行动倍加赞赏。这样，班希纳成了一个新闻人物。难怪呀，谁见过一名中提琴手的艺术生涯居然会在一个斐济人的肚子里结束！到此地步，班希纳才承认，维提岛的土著还没有完全放弃他们的吃人嗜好。话说回来，按斐济人的说法，人肉特别香，而班希纳这机灵鬼的肉自然就更令人垂涎三尺了。

拂晓时分，标准岛出发，朝新赫布里底群岛驶去。去新赫布里底群岛得向西多走十度经度，即多航行两百法里。既然要把沙洛船长和他的伙伴送到岛上，这段弯路必须要走。再说，也没有什么人不愿意。每个人都把能帮这些人的忙当做一件乐事，他们在围歼野兽时表现得多么英勇啊！而且，他们在这种情况下被送回故乡，他们该多兴奋啊！此外，亿兆城居民能得此机会去这个从未去过的群岛游览，何乐而不为呢？

经过计算，标准岛以相当缓慢的速度航行。因为，一艘专为谭克东家族和考弗莱家族运货的轮船从马赛港开出，它将在斐济群岛与新赫布里底群岛之间的海域上同标准岛会合，其地理位置在西经一百七十度三十五分、南纬十九度十三分。

不用说，现在标准岛上的全体居民普遍关心的事情就是沃特和黛小姐的婚事。人们难道还会想其他事情吗？卡里杜斯·蒙巴忙得连一分钟的空闲都没有了。他精心策划、安排这个标准岛上的盛大庆祝活动，仔细又周密。如果说他忙得人都瘦了，大家都会认为这是必然的。

标准岛以每昼夜平均二十到二十五公里的速度前进。它沿着维提岛前进，可以观赏岛上的景致。维提岛上树林茂盛，重重墨绿色彩相叠，风光异常秀丽。他们从瓦纳拉岛一直驶往隆德岛，即圆岛，要在平静的海面上行驶三天。地图上标出的这条航道就被称做隆德航道。航道相当宽阔，"太平洋上的瑰宝"徐徐地行驶在航道上。水中有不少鲸鱼被这架机器惊动了，慌慌张张地撞到了钢板上，震动了钢板。不过，大家都可以放心，由钢箱组成的船壳坚固得很，不用担心它被撞坏。

最后，到六日下午，斐济群岛上最高的山峰也从海平面上消失了。此时，辛高叶舰长已经将标准岛驶离波利尼西亚，进入了太平洋上的美拉尼西亚海域。

此后的三天里，标准岛在穿过了十九度纬度之后继续向西航行。二月十日，它到达了预定的与欧洲来的货船会合的地点。亿兆城的居民都知道在什么地点会合，因为在公布的航线上明白地标明了这个地点。天文观测台瞭望员正聚精会神地观察，几百架望远镜不断地搜索海面，等候货船出现……总之，全城的居民都在等待着，似乎货船的出现是一台戏的序幕，而这台戏的结局、大家所拭目以待的，则是沃特·谭克东和黛·考弗莱小姐终成眷属。

这时，标准岛只须原地不动，在群岛间狭窄的海峡中克服水流的作用，维持固定位置就行。因此，辛高叶舰长发出命令，而他的助手们负责检查执行情况。

"这样的航行多么有意思啊！"这天，伊夫内斯说。此刻正是午休时间，

通常，他和伙伴们饭后习惯休息两小时。

"是的，"弗拉斯高林回答道，"不论左恩老朋友怎么想，我们上标准岛来转一大圈总是值得的……"

"他老是像把锯子，吱吱嘎嘎拉着带五个升半音的 B 大调[①]！"班希纳补充说，他永远改不了爱开玩笑的老毛病。

"是啊，"大提琴手接口说，"特别是航行结束时，那才有意思呢，那时我们挣来了第四季度的薪水，钱装进了腰包……"

"对，"伊夫内斯说，"上岛后，标准岛公司已支付给我们三个季度的薪水了，我很赞成弗拉斯高林的做法，他把这一大笔钱已汇到纽约银行里，真是个不可多得的精明会计！"

确实，这位精明的会计采取了聪明的办法，通过亿兆城银行家把这笔钱存到了联邦一家信誉很好的银行。这么做并不是对标准岛不信任，唯一的原因是他总感到一家有固定地址的银行总比漂浮在水深达五六千米的太平洋海面上的活动银行更加安全可靠。

在雪茄烟和烟斗冒出的芬芳的烟雾里，伊夫内斯讲起了下面这一席话：

"朋友们，看来这场婚礼将办得十分豪华。艺术总监必然会千方百计，不辞辛苦，这是毫无疑问的。届时人们挥金如土，亿兆城里喝的酒像喷泉一样多，我敢肯定。可是你们知道，在婚礼上还缺少什么？"

"在金刚钻山崖上流下瀑布一般的黄金！"班希纳大声说道。

"不，"伊夫内斯说，"缺一首合唱歌曲……"

"一首合唱歌曲？"弗拉斯高林反问道。

"一点也不错。"伊夫内斯答道，"那天当然大家都要配乐。我们应该演奏比较流行的又合婚礼场面的曲子……但如果没有合唱，没有新婚曲，

---

① 这句话为双关语。法语中，"锯子"一词也可作"老是找麻烦的人"讲，此词的发音和"B调"相同。B调升半音多，演奏起来困难。这里指左恩脾气恶劣，牢骚多，凡事很难合他的心意。

没有贺新郎新娘的歌……"

"怎么会没有，伊夫内斯？"弗拉斯高林说道，"假如你用'热情''心灵''年华''爱情'这些字眼，找一些押韵的词相配，作成一首十二行长短句的诗，左恩巴不得立刻为你谱上曲，他以前曾经作过极为动听的乐曲……"

"这主意妙极了！"班希纳嚷嚷着说，"喂！老是嘟嘟囔囔的老家伙，你同意不同意？一定要有喜庆气氛，多用些'断音''快板''情绪激昂'[1]，然后以如痴如醉的音乐作个终曲，作这首曲子每个音符收费五美元……"

"不，不，这次分文不收。"弗拉斯高林接口说，"这次就算是四重奏小组献给标准岛富翁们的小小礼物。"

事情就这样决定了，大提琴手宣布，只要诗神给伊夫内斯创作诗歌的灵感，那么他必然会祈求音乐之神赋予他作曲的灵感。

这样，在神祇的帮助下将诞生一曲《婚礼合唱》，这支合唱曲专为谭克东和考弗莱两家联姻而作，模仿《爱情之歌》[2]。

十日下午，有消息说，东北方向有一艘大轮船正往这边开。看得见轮船，但还看不清国籍，因为还有十来英里远，而且当时已近傍晚，雾气笼罩了海面。

该船似乎开足了马力，完全可以肯定，它是朝标准岛开来的。估计它准备次日太阳出来时靠上标准岛港口。

这个消息引起了难以名状的轰动。所有的妇女都充分地发挥了她们的想象力，毕竟这是一艘五百到六百马力的货轮，它运来的有大批婚礼上的精美物品——珠宝首饰、时装服饰、工艺品，等等！

---

① 三者均属音乐用语，用在气氛热烈的乐曲中。
② 指所罗门所作《圣经·旧约》中的一部分，他以叙述爱情的方式来歌颂耶路撒冷的圣殿。

大家没有搞错，这艘轮船是朝标准岛开来的。第二天大清早，它就绕过了右舷港的防波堤，而且轮船的桅杆上挂的还是标准岛公司的旗帜。

突然间，亿兆城又接到电话，得到了另一个消息，说这艘船上降了半旗。

出什么事了？发生了不幸吗……船上有人死了吗？这可是个不吉利的预兆，因为两家联姻将确保标准岛的锦绣前程。

实际上完全是两码事。这艘船根本不是大家期待的从欧洲开过来的那一艘。它是从美洲沿海玛德琳湾过来的；再则，满载婚礼的贵重用品的那艘船也没有迟到，因为婚礼定于二十七日举行，而今天才二月十一日，这艘船有的是时间。

那么这艘船想干什么呢？它带来了什么消息？为什么下半旗？为什么公司要把这艘船一直派到新赫布里底群岛海域来找标准岛呢？

它是否有极其严重的情况要紧急通知亿兆城的居民？

是的，一会儿大家就会知道是什么事情了。

轮船刚一靠岸，马上就有一个人登上了岛。

这是标准岛公司的一位高级代表。许多好奇的人迫不及待地跑到右舷港码头上来，向他提出不少问题，但是他一概不予答复。

当时有一辆有轨电车刚要开出，他立即跃入一节车厢。

十分钟后，他已经到达市政府，他要求标准岛总督立即就"紧急公务"会见他。总督马上同意会晤。

西柳斯·比克斯泰夫在他的办公室接见了代表。办公室的门紧闭着。

不到一刻钟工夫，知名人士委员会的三十名委员都已接到电话通知：到会议室召开紧急会议。

此时人们在港口、在城里纷纷议论起来，种种猜测不胫而走。一开始的好奇转变成了疑虑，这种疑虑又逐步升级。

八点差二十分，由总督及其两名副手主持，知名人士会议正式开始。

于是，公司代表宣读了如下声明：

"标准岛有限公司已于一月二十三日宣布破产，威廉·梯·波默林先生受命全权负责清算工作，以确保该公司的利益。"

声明中所说的全权负责清算的人就是这位公司代表。

于是消息传开了，不过，说老实话，要是在欧洲，这将掀起一场风波，然而在亿兆城却没有产生大的反响。有什么办法呢？标准岛就像班希纳所说的，"总归是一大片美利坚合众国里分出来的一小块"。对美国人来说，破产并不是值得大惊小怪的事，更不会使他们感到意外……生意做到后来总是要破产的，所以破产是顺理成章的一件事情，大家都能接受。因此，亿万富翁们以他们惯有的冷静态度对待这件事……公司垮了……那就垮吧。即使信誉最卓著的金融财团也可能垮台的……标准岛公司亏空的数额大不大？很可观，就像清算人清产核资时所指出的那样：五亿美元，也就是二十五亿法郎……怎么破产的？投机生意？可以认为是投机，因为结果亏得一败涂地，但也可以认为这桩生意有成功的可能，因为这是一项巨大的房地产生意——人们原先计划在阿肯色州这片土地上建一座新的城市，他们买下了地皮，可是，由于地层陷落，这一片土地被湮没了，人们无法预先知道地层将会陷落……无论如何，这不能归咎于标准岛公司，因为地层塌陷了，股东们也就一下子垮了，这也是必然的事。看上去欧洲大陆非常坚固，但有朝一日也许欧洲大陆也会发生……不过，对标准岛来说，倒根本不用害怕这类事情，而且刚巧证明了它与大陆以及普通岛屿相比有着无可比拟的优越性。

现在，重要的是要行动起来。公司现有的全部资产就是标准岛、岛身、工厂、旅馆、住宅、田野、船只——一句话，就是威廉·特森工程师的这台水上机器上的一切以及它所有的附属设备，此外，还有玛德琳海湾里的一切厂房设备。现在要不要成立一个新公司以便将这一切都买下来呢？人们可以通过协商买下来，也可以通过拍卖买下来。是的，在

买下标准岛的问题上是不容犹豫的，卖出的钱就可以用于偿还公司的债务……但是一旦建立新公司，是否必须引进外国资本呢？亿兆城的居民们有没有足够的钱自己买下标准岛呢？从目前的居民变成"太平洋上的瑰宝"的业主不是更好吗？他们自己的管理机关难道不比已经倒台了的公司的管理机关更有效？

另外，大家也知道，知名人士委员会成员们的钱包里有的是钱。因此，他们一致认为应该立即收购标准岛。清算人有没有权力出让该岛呢？有的。再说公司如果想在短期内找到偿还债务所必需的钱，也只有在亿兆城富翁们的口袋里找，他们中有几位本来就是公司最大的股东。现在岛上两大主要家族间的对立已经不存在，两个舷区之间的分歧也已结束，所以这件事情很快就会解决。美国的盎格鲁－撒克逊人，做买卖从不拖延时间，因此大家当场就把资金筹集齐了。按知名人士委员会的讨论意见，不必再进行公开认购。詹姆·谭克东、奈特·考弗莱和其他几个人就拿出了四亿美元。他们既然已经肯出这么高的价钱，也就不必再谈什么价格了……要么拍板成交，否则就作罢……公司代表还是拍板了。

董事会于八点十三分在市政府会议厅召开。九点四十七分会议结束时，标准岛的产权已经转手到了两个超级巨富以及他们另外几个朋友的名下，标准岛的公司名称也已改为"詹姆·谭克东与奈特·考弗莱联合公司"。

可以说，公司破产的消息在标准岛的居民中并没引起什么混乱，同样，本岛几位头面人物把标准岛收购下来，也没有使得大家情绪激昂。人们觉得这是非常自然的事情。即使需要筹集一笔更大的款项，一会儿工夫就可以集齐的。对亿兆城的居民来说，他们深感满足，因为现在他们起码是在自己的地盘上，不再属于外国公司管辖了。为此，"太平洋上的瑰宝"上各个阶层——雇员、公务员、军官、士兵、水手等，向两大家族的家长致以深厚的谢意，感谢他们维护大众的利益。

这天，在公园里举行了一次公众集会。会上有人提出了一项建议以向两家表示谢意，这项提议立即得到了大家的热烈支持。群众再三欢呼，马上推举出代表，组成了一个代表团去考弗莱公馆和谭克东的府上。

代表团在两个府邸受到了热情的接待，回去时还得到了保证，即标准岛上的一切规章制度和习惯都不会改变。原来的行政管理机关也继续行使职权！所有的公职人员保持原来的职务不变，而所有的雇员也继续在原岗位工作。

说实在的，如果不这么办，又能怎样？

所以，艾戴·辛高叶舰长继续负责航海事务，标准岛航行最高指挥权仍然属于他，他则按照知名人士委员会确定的航线运行。同样，斯蒂瓦特上校仍旧统领岛上的军队。天文观测台的工作也没有改变，因此马列伽利亚国王的天文学家的职位也仍然可以稳稳坐着。总之，没有一个人被撤换掉原来的工作，包括两个港口、发电厂以及市政府机关，就连阿塔那兹·多雷姆的职位也保留下来了，虽然他的舞蹈、礼仪课根本没学生来。

当然，标准岛同四重奏小组签订的合同也不会改变，所以，四重奏小组可以一直领取合同所明确的丰厚薪金，直到航程结束。

"这些人真是杰出的天才！"当弗拉斯高林听说问题圆满解决时说。

"不就是因为他们钱多呗！"班希纳说。

"也许我们借此岛主更换的机会，可以解除我们签的合同……"塞巴斯蒂安·左恩怎么也不愿意后退一步，放弃标准岛迟早要遭遇不测的观点。

"解除合同？""殿下"说道，"亏你说得出口！你敢试一试！"他左手手指一伸一屈地动着，似乎正在拨弄第四根弦，一边威胁大提琴手，要请他吃一记每秒速度达八米半的拳头。

不过，标准岛总督的地位将有变动。以前，西柳斯·比克斯泰夫是由标准岛公司直接委派的，他认为现在他应该辞去这个职务了。在目前

的情况下，他的决定是合乎情理的。因此，他提出的辞呈被接受了。当然，标准岛岛主同意总督辞职时，对他采用了最敬重的措辞。至于他的两名副手，巴特勒米·卢日以及于伯莱·哈库，他们原本就是标准岛公司里的大股东，现在公司破产了，他们也损失惨重，只想等到有船开出时离开标准岛。

不过，西柳斯·比克斯泰夫还是同意留任，继续领导市政机关，直到航程结束。

整个标准岛产业在财政方面的重大变革就这样平静地完成了，既没有争端，也没有动乱，更没有对抗。事情处理得那么妥善、那么迅速，使得那位资产清算人当天就带上了主要买主的签字和知名人士委员会的担保书，乘船回去了。

讲到那位名叫卡里杜斯·蒙巴的受人敬重的传奇人物，举世无双的"太平洋上的瑰宝"的艺术及娱乐总监，他的职务、薪金及其他待遇都再次得到了确认，说句老实话，像他这么一位举世无双的奇才，难道能找得到一名接替他的人？

"行了！"弗拉斯高林说道，"现在，一切都十全十美了，标准岛前景光辉灿烂，用不着担心了。"

"走着瞧吧！"固执的大提琴手嘟嘟囔囔地说。

沃特·谭克东和黛·考弗莱小姐的婚事将在已经变化了的新环境条件下办理了。两大家族是从经济利益的角度考虑联姻的。实际上，无论是在美国还是在其他国家，经济上的利害关系是最牢固坚实的社会关系。对标准岛上的居民来说，这也是繁荣昌盛的保证。自从标准岛被亿兆城富翁买下来后，标准岛似乎比以前更加独立、更加牢固地掌握着自身的命运了。以前，总有一根锚链把它系在美国的玛德琳海湾里，而现在，这根锚链被割断了！

现在尽情地欢乐吧！

在这皆大欢喜的时刻，大家心里都有说不出的高兴，喜悦、幸福溢于言表，难道还用多说吗？这对未婚青年终日厮守，形影不离。沃特·谭克东与黛·考弗莱小姐之间表面上似乎只是门当户对的富豪联姻，实际上倒是心心相印的爱情的结合。大家都深信，他们俩之间的热烈爱情是不带任何铜臭气味的。小伙子和姑娘都有着优秀的品质，所以他们未来的生活是绝对幸福美满的。沃特心地善良，而我们也可以肯定，黛小姐也有着同样高尚善良的心灵。上帝创造了他们中的一个就是为了将他与另一个配成一对。如果说他们是天生的一对，有点俗气，那么，讲珠联璧合却是一点也不过分。他们已开始计算，离二月二十七日这个良辰吉日还有几天，还有几小时。他们只为一件事感到惋惜，那就是标准岛并不朝一百八十度的经线走，假如他们此刻向东航行，他们一过经线就可以在日历上缩短二十四小时，未婚小夫妻的吉日就可以提前一天来临。然而事实并非如此，婚礼预定在新赫布里底群岛进行，他们必须耐心等待。

另外我们还不要忽视，那艘满载欧洲奇珍异宝的大礼品船还未到达呢。其实，这对未婚夫妻完全可以不要这些豪华奢侈的物品。这些几乎是王公贵族才用的华贵物品，它们难道真能派什么用场吗？他们相互间献给对方的是真挚的爱，此外，还会想要什么呢？

可是，双方的家庭、朋友和标准岛上的居民希望这次婚礼办得光彩夺目，因此望远镜始终对着东方的海平面。詹姆·谭克东和奈特·考弗莱都已经许下诺言：谁第一个发现来船，谁就可以得到一笔丰厚的奖金。由于居民们心急如焚，这艘船哪怕开得再快，大家总也嫌它慢。

同时，婚庆的日程安排已经精心拟订好，包括有各种游戏娱乐、招待会，同时在新教教堂及天主教教堂各举行一次婚礼仪式，还有市府大楼举办的晚会，以及在公园进行的大联欢。卡里杜斯·蒙巴悉心安排，全身心地扑在上面。他不辞辛劳，可以说，不惜伤害自己的健康，但是又有什么办法呢！他这个人就是这样的脾气，一旦干了起来就像一列全

速行进的火车，谁也拦不住。

至于《新婚合唱》，早已谱写完成，伊夫内斯的诗和左恩的曲配合得天衣无缝，相得益彰。这首歌将由一个专为此组织起来的歌咏合唱队演唱。当夜幕初降时，天文观测台广场上灯光闪亮，这时传出大合唱的声音，效果必然很好。然后新郎新娘将双双出现在民政官员面前。婚礼的宗教仪式则将于子夜时分在亿兆城灯火辉煌、宛若仙境的气氛里举行。

终于，人们翘首以待的那艘船在海上出现了，是右舷港的一个瞭望哨得到了奖金，奖金是一笔数目可观的美元。

二月十九日上午九时，这艘船绕过了防波堤，接着，马上开始卸货。

用不着一一列举婚礼用品运货单上的物品，其中包括珠宝首饰、礼服、时装、艺术品。只要告诉大家，在考弗莱公馆的那几个大客厅里展出了这些物品，取得了史无前例的巨大成功。亿兆城的全体居民都想一睹为快，为此排起了长队。这些人中有许许多多是富得人们难以想象的大阔佬，他们有能力买下这些精美的物品，只是选购这些精品还必须有一定的审美观、艺术感，而这些人的审美观和艺术感就不敢恭维了。另外，若有外来人实在好奇，想知道这次婚礼物品的细目，他们可以查阅二月二十一日及二十二日的《右舷新闻报》和《新先驱报》。如果他们看后还觉得不满意，那在这个世界上就没有绝对满意的事了。

当伊夫内斯和他的伙伴们从第十五号大街的客厅一起出来时，他说不出别的，只是不断地赞叹：

"啧啧！啧啧！"

"啧啧！我看一切赞美、惊讶的词都无法表达，只有用这个语气词。"班希纳说道，"看了这些展品使你产生娶黛·考弗莱小姐为妻的想法，哪怕没有嫁妆，只要能得到她这个人！"

至于这对年轻的未婚夫妻，说实在的，对这些时髦的艺术精品及时装只是稍稍浏览了一下。

　　自从这艘船来到，标准岛又向西方行驶，以便靠向新赫布里底群岛。如果在二十七日以前能望见该群岛中的任何一座岛屿，那么沙洛船长将同他手下的人离开标准岛，标准岛也将就此返航。

　　由于马来亚人船长对西太平洋海域一带非常熟悉，所以，航行非常顺利。应辛高叶舰长的要求，他辅助舰长，始终待在天文观测台的瞭望塔上。只要一看到有岛屿出现，最简单的做法就是驶近埃罗芒阿岛，即新赫布里底群岛中最东边的一座岛屿，这样就可以避开群岛附近多得数不清的礁石了。

　　不知是偶然还是沙洛船长因为希望参加婚礼喜庆，所以他故意操纵得慢条斯理，尽量拖延时间，结果一直到二月二十七日上午他们才见到第一批岛屿，而这时已经到了预定举行婚礼的日子。

　　再则，这不过是一件小事。沃特·谭克东与黛·考弗莱小姐间的婚姻并不会因此而变得不幸福，而且，如果这些马来亚人能在婚礼上获得快乐——他们也毫不掩饰这种快乐——那就随他们吧，让他们参加标准岛的盛大喜庆活动吧。

　　标准岛先遇见了几座小海岛，由于沙洛船长准确的指点，绕过去后，开到了塔纳岛的北边，笔直地往埃罗芒阿岛驶去。

　　到了这一带，塞巴斯蒂安·左恩、弗拉斯高林、班希纳和伊夫内斯离他们在太平洋地区的法属领地忠诚岛及新喀里多尼亚就不远了——最多只有三百英里。此地正在地球上法国的对面，法国的死囚就被放逐到那里。

　　埃罗芒阿岛内植物茂盛，多高低不平的小山冈，山峦脚下是一片广阔的土地，适宜于种植。辛高叶舰长在距群岛东岸库克湾一英里处将标准岛停泊下来。如果靠得太近，就有危险，因为岛岸外半英里范围内的海面上有一片片珊瑚礁石延伸出来。此外，西柳斯·比克斯泰夫总督本来就无意在该岛前停泊，也不想在该群岛中的任何一座岛屿停留。喜庆活动一结束，马来亚人就下岛，标准岛就继续驶向赤道，以便回玛德琳海湾。

下午一点钟，标准岛停泊下来。

岛上行政机关命令，除了岛岸警卫站值班的海关人员外，所有的公务员、雇员、水手及士兵均休假。海关人员必须警戒不息。

这天的天气格外晴朗，凉爽的海风在轻拂，就像俗语所说的：天公作美。

"真的，你们别以为太阳骄横不可一世，它对这帮阔佬也是俯首听命，唯唯诺诺。"班希纳又高谈阔论起来，"他们命令太阳把白天拉长，就像《圣经》中的约书亚①那样，太阳居然会照此办理……啊，这就是金钱的力量呀！"

对亿兆城娱乐总监所编排的多种多样的动人节目，我们没有必要多加赘述。一到三点钟，全岛所有的居民，不论市民、村民还是港区居民，络绎不绝地沿曲曲蛇河河边拥向公园。名门望族同普通居民随和地聚在一起。大家饶有兴趣地积极参加种种游戏，也许是因为得胜者可以获得奖品吧。人们组织了露天舞会，舞会中最出色的一场是在娱乐城的大厅里举办的。在那儿，小伙子、姑娘们纷纷使出浑身解数，比谁最活泼、谁的舞姿最优雅。伊夫内斯和班希纳也在跳舞，当有机会成为亿兆城最漂亮的几位富家小姐的舞伴时，他们不比任何人逊色。"殿下"从来也没有如此讨人喜欢、如此机智风趣，从来也没有这样博得女性的赞赏。所以，当一位舞伴和他跳完一曲华尔兹，转得晕晕乎乎地对他说"啊，先生，我都出汗了"时，他竟敢回答说："是的，小姐，您多润泽哪！"

---

① 约书亚是《圣经》中的人物，他是希伯来人的领袖，摩西的继承人。传说中生活在公元前12世纪至公元前11世纪，他与许多奇异的传说有关。如本书中提到的，他和耶路撒冷王打仗时，眼看就要大获全胜，但天色已晚、时间不够。于是他命令太阳停止，让他有足够时间战胜敌人。太阳居然真的停住了，使他取得了胜利。

弗拉斯高林听到这句话，脸一下子红到了耳朵根。而伊夫内斯听到这句话时想，这小子满脑子邪念，说不准哪天打雷把他的脑袋也劈了。

得告诉大家，谭克东和考弗莱两个家族都全体出动了，黛小姐的妹妹们为姐姐的幸福而感到特别高兴。黛小姐挽着沃特的胳膊散步——他们原本是开放的美国公民，因而根本谈不上什么传统规矩。群众为这一对可爱的恋人鼓掌，向他们欢呼，给他们献花，祝贺他们。他们则非常友好，彬彬有礼地接受大家的祝贺。

此后，大家开怀畅饮。入夜，铝质电灯的月光倾泻出耀眼的光芒，太阳自惭形秽，消失在地平线之下。这类人工照明器具能使黑夜变得如同白昼一般明亮，太阳或许感到被贬低了。

九十点钟，合唱队唱起《新婚合唱》，这首歌的歌词作者也好，谱曲者也好，都不宜自夸，但实际上，这支合唱曲取得了巨大的成功！这时候，也许大提琴手本人都觉得他对"太平洋上的瑰宝"的偏见正在烟消云散……

十一点钟敲响了，一长列行人慢慢向市府大楼走去。沃特·谭克东以及黛·考弗莱小姐都走在他们家人的中间。全岛居民都陪同他们在第一大街上走着。

比克斯泰夫总督在市政府大厅里站着。这是他上任以来主持过的最美满的一次婚礼。

突然，从左舷区最边缘的地方传来了呼叫声。

正在前进的队伍在第一大街中间站停了。

叫喊声越来越尖厉，几乎就在同时，远处传来了爆炸声。

过了一会儿，几个海关人员——其中好几个受了伤——急匆匆地赶到了市府大楼前的广场上。

大家的焦虑到达了顶点。由于不知道究竟发生了什么危险，各种无端猜测使恐惧在市民的心中蔓延……

西柳斯·比克斯泰夫出现在市府大楼的台阶上，他旁边是辛高叶舰长、斯蒂瓦特上校，一些知名人士也已经赶来了。

海关人员报告说，有一群新赫布里底岛的人，有三四千名，已侵入了标准岛，这伙人中为首者正是沙洛船长。

Chapter 11 攻击与防卫

　　沙洛船长精心策划的卑鄙阴谋就此付诸行动了。同他一起被收留的马来亚人、在萨摩亚群岛登上标准岛的新赫布里底人，还有埃罗芒阿岛及附近岛上的土人，参与了这次袭击。这场攻击会产生什么后果呢？鉴于事件发生得很快，猝不及防，进攻又相当猛烈，标准岛吉凶很难预料。

　　新赫布里底群岛至少有一百五十座岛屿，这些岛屿都在英国的保护之下，从地理上附属于澳大利亚。然而，新赫布里底群岛的情况与同一海域靠西北方的所罗门群岛一样，在它们的保护权究竟属于法兰西还是属于联合王国的问题上还存在争执。何况，美国也想在这一片大洋建立它的殖民地，很不乐意见到欧洲强国来此建立殖民地。大不列颠帝国在这片群岛上插上它的旗帜，目的是替自己建立一个补充给养的基地，一旦澳大利亚殖民地要摆脱英国统治，这个基地就是必不可少的。

　　新赫布里底居民由黑人和马来亚人组成，他们都是卡纳克种族的后代。不过，这些土著居民的性格、脾气、禀性各不相同，北方诸岛和南方诸岛差异很大。由此，新赫布里底群岛又可分为南北两部分。

　　北方诸岛中，桑托岛、圣·菲利普湾一带，居民较有修养，肤色也较浅，头发不太卷曲，男人们矮胖强健，温和平静，他们从未攻击过欧洲人的公司或船只。瓦德岛或称夏威夷岛的居民也是如此，岛上有好几个繁荣兴旺的小城镇，其中有一个名叫维拉港，是群岛的首府。维拉港

又名法兰西城。该岛土壤丰腴，有肥沃的牧场及宜耕种的土地。这里还特别适合种植咖啡、香蕉、椰子。椰子干制造业[①]获利巨大。自从欧洲人来到此地，北方诸岛居民的习惯根本改变了，他们的道德水准和知识水准都提高了。由于传教士们的努力，过去司空见惯的食人现象已消失殆尽。不幸的是，卡纳克族正渐渐趋于灭绝，而且这个种族总有一天会灭种的，因为它同欧洲文明的接触使得该种族脱胎换骨了。

如果讲到南部诸岛，即使它们灭种了，也根本不用可惜。沙洛船长选择了南部诸岛来策划对标准岛的罪恶攻击，真是用心良苦，因为这些岛上的土著至今仍是纯粹的巴布人，是全人类中最低级野蛮的人。塔纳岛及埃罗芒阿岛上的人都是如此。特别是埃罗芒阿岛人，曾有一名鞋匠对海杨博士说："如果这座岛会说话，它会讲出许多发生在此地的令人毛骨悚然的事。"他的话很有道理。

事实上，这里的卡纳克种族跟北部诸岛的人不同，他们并没有因同波利尼西亚的血统结合而变成文明的种族。埃罗芒阿岛上有两万五千名居民。英国圣公会派了许多传教士来，一八三九年以来，其中就有五名传教士被杀害，他们仅使岛上的一半居民改信了基督教，另外一半依然不信教。再则，皈依基督教与否，关系也不大，他们都很凶狠残暴，虽然身材比桑托岛或夏威夷岛的土著羸弱、瘦小，名声却很臭。因为他们十分凶恶，到南方诸岛来游览冒险的旅客就必须做好充分准备，以免遭遇什么严重的危险。

我们可以举出一些例子。

半个世纪前，"震旦"号双桅船遭到海盗的抢劫，于是法国政府严厉镇压了海盗。一八六九年，传教士戈登被海盗们用狼牙棒砸死。

[①] 这里所说的椰子干制造业是指把椰子捣碎，或在阳光下晒干，或用火烤干，制成椰子干。椰子干是法国马赛生产肥皂的原料之一。——原注。

一八七五年，一艘英国船因为船上内奸与海盗勾结而受到袭击，船员都被杀戮，而后这些食人生番把他们都吃了。一八九四年，在路易西亚德群岛邻近的罗塞尔岛上，一名法国商人和他的工人，还有一艘中国船的船长和船员，都惨死在这帮食人者的手里。最后，英国不得不派出一艘巡洋舰即"皇家"号远征，以便惩罚这些杀害了大量欧洲人的血腥民族。班希纳刚刚逃出斐济人的獠牙，这次听人讲起类似的事情再也不敢耸肩膀说人吹牛了。

沙洛船长就在这种土人中网罗到了他的同谋。他答应他们任意劫掠这座"太平洋上的瑰宝"，而且声称标准岛上所有的居民都不能幸免。那些潜伏在埃罗芒阿岛上窥伺着标准岛的野人，有的来自附近的岛屿，那些岛屿只与此地隔一条狭窄的海峡；其中大部分来自塔纳岛，因为该岛离这里只有三十五英里。塔纳岛上派出了瓦尼西区的土著，他们身强力壮，又是梯波洛神的热诚信徒，他们全身几乎一丝不挂。塔纳岛又派出了黑滩人和桑加里人，这些人是群岛里最凶狠的、人见人怕的种族。

虽然北部诸岛的人相对文明一点，但不能因此得出结论说他们没向沙洛船长派出人手。夏威夷岛以北的一座岛叫海棠岛，该岛有一万八千个居民，当地人凡抓到俘虏就将他生吃掉。躯干是给青年人吃的，胳膊和大腿专供成年的男子吃，内脏则喂猪狗。还有巴马岛，岛上凶残的部落一点也不比海棠岛上的逊色。另外还有马里高洛岛，岛上有卡纳克生番。最后还有奥洛拉岛，这是群岛之中风气最差的一个，没有任何一个白人敢住在那里，几年前一艘法国船上的全体船员就是在这里被害的。沙洛船长的增援部队就来自以上各岛。

标准岛一出现，当它离埃罗芒阿岛只有几个锚链的距离时，沙洛船长就发出了土人们正在期待的信号。

几分钟之内，三四千名野蛮人就踩着露出水面的岩礁冲了过来。

形势极其危急，因为这些新赫布里底人一旦蜂拥侵入亿兆城，就会烧

杀劫掠，无恶不作，绝对不会退缩。他们发动突然袭击，已经占了优势。他们不仅有锋利的长标枪、带毒汁的毒箭，而且还有这些群岛上普遍使用的斯奈德枪。

由于这次攻击是由沙洛发起的，又经过长期策划，所以这次攻击一开始，标准岛就动员了全体士兵、水手、公务员以及所有能作战的男性市民。

西柳斯·比克斯泰夫、辛高叶舰长、斯蒂瓦特上校保持着镇定。马列伽利亚国王尽管已不像年轻人那样有力，但至少有大无畏的英雄气概。土人离左舷港尚远，港口军官正在组织抵抗。但毫无疑问，这些匪帮马上会扑向亿兆城。

第一道命令下达了：关闭亿兆城的所有城门。刚好，全城居民在城里庆祝婚礼。海盗会蹂躏乡村、破坏公园，这些已经被预料到了。两个港口和发电厂会遭到破坏，大家都很担心。船舶炮台和船舷炮台会被砸烂，这也没法制止。而最大的灾难将是标准岛的炮口被转过来对准亿兆城，而马来亚人很可能会使用大炮……

马列伽利亚国王建议，第一件事是让大多数妇女、儿童避入市府大楼。

这个巨大的市府大楼就像整座岛屿一样，陷入了漆黑之中。由于发电厂机械师们遭到攻击，发电机停止运转了。

辛高叶舰长早已考虑到这一点，他立刻将市府大楼里存放的备用武器分发给士兵和水手，他们不缺弹药。沃特把黛·考弗莱托付给谭克东太太和考弗莱夫人后就加入了战斗队伍。队伍中有詹姆·谭克东、奈特·考弗莱、卡里杜斯·蒙巴、班希纳、伊夫内斯、弗拉斯高林和左恩。

"得了……看来就要这样完蛋了！"大提琴手喃喃自语。

"才不会完呢！"艺术总监大声说，"不！不会就此完蛋。而且，我们心爱的标准岛绝对不会葬送在一小撮卡纳克人的手中！"

说得精彩，卡里杜斯·蒙巴！我们大家理解你，你把婚礼安排得如此井井有条，却被这帮新赫布里底海盗闹得天翻地覆，一想到这些，你怒火中烧，义愤填膺。对，必须打退这些恶棍。不幸的是，这些人虽然在人数上并没占优势，可是由于他们发动的是突然袭击，因此占了上风。

远处，两个港口方向传出此起彼伏的爆炸声。由于沙洛的行动基地位于埃罗芒阿岛，他不能让标准岛驶离该岛，所以已经开始设法停止螺旋推进器的运转。

标准岛总督、马列伽利亚国王、辛高叶舰长、斯蒂瓦特上校组成了城防委员会。开会时，他们首先想到突围出城。但这不是办法，因为一旦突围，必然会牺牲许多城防士兵，而现在他们多么需要这些士兵啊。要想让这些野蛮的土著仁慈为怀，那简直是痴心妄想，那就像让十五天前侵入标准岛的猛兽善良一样。此外，这些土著必定是想使标准岛在埃罗芒阿岛岩礁上搁浅，以便对它大肆劫掠。

一小时以后，进攻者已经抵达亿兆城的铁栅门前。他们力图推倒铁栅，但铁栅却很坚固，他们试图翻越栅门进城，但岛上的士兵们开枪射击，守住了栅门。

既然在攻其不备的情况下他们也没有将亿兆城攻下来，那么，要在一片漆黑之中强行攻破城市就更难了。因此，沙洛把土人都撤到公园和田野里等候天亮。

清晨四五点钟，东方地平线上微微泛出了鱼肚白。依照辛高叶舰长和斯蒂瓦特上校的命令，士兵们和水手们认为沙洛船长将会强攻天文观测台广场边的铁栅门，所以，他们中一半留守市府大楼，另一半就集中到了广场上。依目前的情况来看，标准岛不可能有任何外援，所以一定要不惜一切代价阻止土著人攻入亿兆城。

军官们率领城防士兵奔赴第一大街的尽头，四重奏小组也随他们前去。

"才从斐济食人生番处逃得一条小命，现在又不得不自卫，免得成为

新赫布里底人的美味排骨……"班希纳感叹起来。

"他们并不是把我们整个儿吃掉，而是要割成碎片，实在恶劣透了！"伊夫内斯接着说道。

"哪怕只剩下最后一块肉，我也要战斗，就像拉比什①剧中的主人公一样！"伊夫内斯补充道。

塞巴斯蒂安·左恩默不做声。我们知道，他对这次意外遭遇一贯有些看法，但是，到了该履行自己职责的时刻，他从不推卸责任。

天刚亮，双方就交火了。子弹穿过广场的铁栅门，在天文观测台城墙里的士兵们英勇地自卫，双方都有伤亡。亿兆城方面，詹姆·谭克东的肩膀负了轻伤，但他怎么也不肯离开战斗位置。奈特·考弗莱和沃特在第一线作战。马列伽利亚国王冒着枪林弹雨，专门找机会瞄准沙洛船长开枪。而沙洛同土著人并肩作战，毫不退缩。

真的，进攻者人数实在太多了！埃罗芒阿岛、塔纳岛和附近这些岛上凡可以打仗的土著都已出动，他们拼命地攻打亿兆城。然而，这时发生了一个有利的情况，辛高叶舰长觉察到了，即标准岛并没被风吹向埃罗芒阿岛，而是在水波的推动下漂向北方诸岛了——当然最好是漂向外洋。

然而时间慢慢过去了，土著人变本加厉地进攻，城防战士们虽然顽强抵抗，但阻止不了他们。近十点钟时，铁栅门被突破，土人们喊着叫着，拥进广场。辛高叶舰长被迫退守市府大楼，他们只能把大厦当做堡垒，在那里作最后的防卫。

士兵们和水手们一步一步地退却。也许新赫布里底人一冲进城就会表现出海盗的本性，散开冲进各个街区去劫掠财物，这样的话，亿兆城的守卫者倒可以重整旗鼓，扭转局势……

这个希望也成了泡影。沙洛船长不准土人离开第一大街。土人们将

---

① 拉比什（1815—1888），法国著名剧作家，1880年入选法兰西学院。

沿着大街一直攻进市府大楼，被困者的最后抵抗终将无济于事。当沙洛船长攻下市府大楼时，他就稳操胜券了。到那时，土人就可以放手抢劫和屠杀了。

"实在是……多如牛毛！"弗拉斯高林重复说道，说话之间，一根标枪从他的胳膊上划过去。

箭和子弹如雨点一样密集，他们只得赶快后撤。

两点钟左右，守卫者们已经退守到市府大楼的广场上。双方都已有五十来名战士捐躯，受伤的人约为死亡数的两三倍。在土人侵入市府大楼之前，岛上的居民急急忙忙跑进大楼，关紧所有的门，叫妇女和儿童赶快进入里面套房躲避，以免被子弹或弓箭射中。然后，西柳斯·比克斯泰夫、马列伽利亚国王、辛高叶舰长、斯蒂瓦特上校、詹姆·谭克东、奈特·考弗莱，他们的朋友们，士兵们和水手们，都在窗口各就各位。双方又激烈地开起火来。

"必须守住这里。"标准岛总督说道，"这可是我们最后的机会了，但愿上帝能创造奇迹来拯救我们！"

尽管攻下大楼的任务很艰巨，但是沙洛船长认为胜券在握，他当即发出了攻击命令。大门确实异常的坚固，没有大炮是攻不破的。土人们用斧子去劈大门，而窗口却不断在开枪，因此土人伤亡很大。可是他们的首领并不因此罢休，一旦他被打死，事态也许会改变……

两小时过去了。市府大楼仍在抵抗。攻击者中有不少都已中弹倒下，但是不断有新的人员替补。最优秀的射手们，如詹姆·谭克东、斯蒂瓦特上校，都千方百计想要击毙沙洛船长，但是总是不能如愿，他身边的许多人都倒下了，唯独他似乎刀枪不入。

在一阵最激烈、密集的枪声中，一支斯奈德枪射出的子弹飞起来，可是沙洛并没被击中，而是站在大楼中央阳台上的西柳斯·比克斯泰夫被打中了。他倒了下去，血涌到了嗓子眼，话已经讲不出来了。人们将

他抬到后面的客厅。不一会儿，他就断气了。就这样，标准岛上的首任总督，一个正直、善良、襟怀坦荡、精明能干的管理人员，壮烈牺牲了。

土人们更加疯狂地进攻。他们挥舞着刀斧又砍又劈，大门快要被他们劈开了。怎样才能阻止他们入侵标准岛的最后堡垒呢？如何拯救岛上的妇女、儿童，使他们免遭屠杀呢？

马列伽利亚国王、艾戴·辛高叶、斯蒂瓦特上校讨论从市府大楼后门逃走是否合适。但是，逃出去后又躲到哪里去？到船舷炮台？但是跑得到那里吗？逃到港口？恐怕土人早已控制了港口吧？还有伤员呢，伤员已经很多了，能把他们扔下吗？

就在这千钧一发之际，发生了一件值得庆幸的事，使得形势发生逆转。

马列伽利亚国王居然冒着枪林弹雨走到阳台上，他举起枪，瞄准了沙洛船长。同时，有一扇大门已经支离破碎，攻击者正要蜂拥而入……

正在这时，沙洛船长突然倒下了。

沙洛一死，马来亚人就停止了进攻，他们抬起首领的尸体退却了。大量的土人往广场上的铁栅门口冲去。

几乎与此同时，第一大街的另一处响起一阵喊声。枪声再次激烈地响起来。

发生了什么事？是不是防守港口和炮台的兵士们反攻得手了？是否他们进城增援来了？他们是不是想在寡不敌众的情形下从背后袭击敌人？

"是天文观测台的那一头有枪声？"斯蒂瓦特上校问道。

"也许是这帮匪徒又有了增援！"辛高叶舰长回答。

"我想不会。"马列伽利亚国王说道，"即使来了增援，也不可能是这么密集的枪声……"

"是的，有新的人手参战了，"班希纳高声叫道，"是我们的人……"

"瞧呀，瞧呀！"卡里杜斯·蒙巴接着说，"现在这帮强盗开始撤退了。"

"来吧！朋友们，"马列伽利亚国王说道，"把这些浑蛋赶出城去……冲啊！"

军官、士兵、水手们都下了楼，从大门口冲了出去。

土人四处逃散，一部分逃往第一大街，另一部分跑到附近的小路上去了，广场上顿时空空如也。

到底为什么会发生这个未曾预料到的、急遽的变化呢？是不是因为沙洛船长死了？或者是因为他一死，土人没人指挥而乱了方寸？或者是因为他们的首领既死，士气骤落，攻击者尽管人数众多，尽管马上就能攻破市府大门，仍然……这种可能性存在不存在？

辛高叶舰长和斯蒂瓦特上校身先士卒，约两百名士兵和水手紧随其后冲锋陷阵，中间还有谭克东父子、奈特·考弗莱、弗拉斯高林和他的伙伴们，他们沿着第一大街追歼溃逃的敌人。这些土人连回过头来放一枪或射一箭的工夫都没有了，纷纷把斯奈德枪、弓和标枪扔掉逃命。

"冲锋！前进……"辛高叶舰长以响亮的声音命令道。

然而，天文观测台那一头的枪声却越发激烈起来，可以肯定，那边的战斗已经打到了白热化的程度。

标准岛方面是不是有救兵了？可是，什么救兵呢？又是打哪儿来的呢？

无论如何，原先进攻的土人变得惊恐万分，四散逃窜。是否左舷港派出了增援部队攻打他们呢？

是的，有一千名左右的新赫布里底人在夏威夷岛法国殖民者的率领下攻进了标准岛！

四重奏小组碰到了英勇无畏的同胞，这些勇士们理所当然地用法语来向他们表示慰问。

这次意外的、奇迹般的救援行动的经过如下：

前一天夜里及当天早上太阳出来后，标准岛不断地向夏威夷岛漂移。

大家还记得，这座岛上居住着一批法国人，该岛正处于开发阶段，日趋繁荣。当这批殖民者听说沙洛船长正在进攻标准岛时，便决定率领一批当地居民赶来救援。可是，夏威夷岛上没有足够的船只把救兵全部送到埃罗芒阿……

因此，今天上午，当他们发现洋流已经把标准岛送到夏威夷岛时，这些正直善良的殖民者高兴得不知怎么才好，他们马上跳上渔船，岛上当地人也随之而来，不过，他们之中多数人是游泳过来的，然后，他们都登上了左舷港……

仅一会儿工夫，留守船艏炮台和船艉炮台的人以及留守港口的人都同他们会师了。众人越过田野、穿过公园，奔向亿兆城。由于援兵的到来牵制住了进攻的人，市府大楼因而没有落到匪徒的手里。当然，当时因沙洛船长中弹而死，军心已涣散了。

两小时后，新赫布里底的海盗们被追杀得伤亡惨重，想要捡回一条性命，只能跳海游往夏威夷岛，其中大部分人被标准岛上的士兵射死在海里了。

现在标准岛已不用害怕了，它得救了，它逃过了一次劫掠、一次屠杀。

一般说来，标准岛如此逢凶化吉，众人应该庆祝一下，也表示一下谢意。然而实际上，什么都没有。嘿！这些美国人总是令人感到奇怪！简直可以说最后的结局完全在他们的意料之中，他们早就预料到了……可是，是什么原因使得沙洛船长的阴谋最后只得到了灾难性的可怕结局呢？

无论如何，可以相信，标准岛的主要业主们必定暗暗称幸保住了二十亿的产业，尤其是当时正在举行沃特和黛小姐的婚礼，他们俩的婚姻保证了标准岛的前途，这二十亿可是货真价实的！

当这两名未婚青年重逢时，不禁紧紧地拥抱起来。旁边没有一个人认为这个举动有失体统。实际上，要不是节外生枝，一天前他们不就已

经成了夫妻吗？

　　美国人在有些场合特别热情，可是在有些场合却太冷淡，过于美国式的保留。这在对待救助他们的法国人方面完全体现出来了。我们的巴黎艺术家们热情地接待夏威夷岛上的同胞，握手时多么热情啊！四重奏小组从同胞那里得到了多么诚恳的祝贺啊！他们四个人虽然没有中弹倒下，但是两位小提琴手、一位中提琴手、一位大提琴手都置生死于度外，勇敢地担当起了自己应尽的责任。至于风度翩翩的阿塔那兹·多雷姆，则自始至终平静地留在娱乐城大厅里等候学生到来，而居然没有一个学生去，谁能因此而去责怪多雷姆老师呢？

　　艺术总监是个例外。尽管他是一个十分地道的美国北方佬，却高兴得几乎发狂。有什么办法呢？他的血管里流的是赫赫有名的巴纳姆家族的血呀，大家肯定会同意这种观点。这样祖先的后代必然不同于他的北美同胞，肯定不会像他们那样不懂知恩图报。

　　这件事结束后，马列伽利亚国王由王后陪伴回到了第三十七号大街的寓所。不久，知名人士委员会特地登门致谢，感谢他为共同的事业所表现的忠诚和勇气，国王确实受之无愧。

　　标准岛最后安然无恙，但是为此付出了沉重的代价。在最激烈的交火中，西柳斯·比克斯泰夫阵亡了，有六十多名兵士和水手被子弹或弓箭射伤。公务员、雇员、商人都英勇地投入了战斗，他们之中也有约六十名受了伤。标准岛上的全体居民都将参加这场集体葬礼，"太平洋上的瑰宝"对这些英魂必将永志不忘。

　　此外，亿兆城居民的一个固有特点就是办事雷厉风行，所以他们立刻把一切事情都安排妥当，使其恢复原样。他们在夏威夷岛上休息了几天后，这次流血事件的一切痕迹就都没有了。

　　新总督产生之前，大家一致认为，军事指挥权仍由辛高叶舰长掌握。在这个问题上没人有意见。詹姆·谭克东先生及奈特·考弗莱先生都没有在这个问题上提出任何要求。关于标准岛新总督人选的重大问题，日后将通过选举来解决。

第二天，居民们被召集到右舷港举行一个庄严的仪式。他们把马来亚人和土人们的尸体扔进了大海。对那些为了保卫标准岛而捐躯的公民，大家在他们的遗体前默哀之后将遗体送到新教教堂和天主教教堂，让他们在那里得到了应有的荣誉。西柳斯·比克斯泰夫跟平常人一样，人们为他的去世作祈祷，也同样哀悼他。

他们的遗体由标准岛上的一艘快速轮船运往玛德琳海湾，这些尊贵的遗体将被送到教会的墓地里。

Chapter 12　左舷区和右舷区分裂

　　三月三日，标准岛驶离夏威夷岛附近的海域。临行之前，亿兆城的居民对法国殖民者以及同他们合作的当地救援人员表示了深切的谢意。这些人都成了亿兆城居民的朋友，成了左恩及他的伙伴们的兄弟。标准岛今后每年都要来新赫布里底岛看看朋友们。

　　在辛高叶舰长的领导下，标准岛的修复工作进行得很快，其实，破坏并不严重。发电设备完好无损，燃油储量足以使发电机再运行好几个星期。此外，标准岛很快可以开到太平洋上装有海底电缆的地方。在那儿，可以直接同玛德琳海湾取得联系。此后的航行一定能顺利进行下去，圆满地完成。众人对此胸有成竹。用不了四个月，标准岛就可以返回北美洲沿海了。

　　艺术总监每每谈起这个奇妙的海上机器时总是眉飞色舞，这次左恩回答：

　　"但愿如此！"

　　"可是，我们的教训是够沉痛的。"卡里杜斯·蒙巴说道，"那些马来亚人看起来多么听话，任人使唤，还有那个沙洛船长，有谁会怀疑他们呀？！所以标准岛今后再也不会收留陌生人避难了……"

　　"即使有人遭遇了海难，你们也从旁边开过，不收留吗？"班希纳问道。

　　"你的心肠太好了，现在，我再也不相信海难，也不相信任何遇险

367

的人了！"

辛高叶舰长同从前一样，负责指挥标准岛的航行，但是民政和行政机关却不属于他管。自从西柳斯·比克斯泰夫去世，亿兆城已没有市长，大家也都已知道，前任总督的几名副手已经离职，因此必须任命新的标准岛总督。

由于没有民政官员，沃特·谭克东和黛·考弗莱小姐的婚礼都没法进行了。要不是可恶的沙洛耍的阴谋，怎么会有这么多麻烦事！不只是两名未婚青年，还有亿兆城里所有的权贵和全体居民，都急于使这桩婚事圆满结束。这桩婚姻是标准岛前途的最可靠的保证。事不宜迟，因为沃特·谭克东已经考虑要两家人一道登船去最近的一座岛上，由岛上的民政官员主持婚礼……真见鬼！哪儿没有民政官员呀，萨摩亚群岛也有，汤加也有，马克萨斯也有，只要开足马力，用不了一个星期都能到达……

一些深明大义的人说服心急的小伙子，大家正在准备选举，再过几天就能选出新的总督来了。新官上任的第一件事情就是主持这场公众都热切盼望着的结婚盛典。所有的庆祝活动将全部照搬原来的安排……要一名市长！一名市长……从每一个人的嘴里都发出了同一个呼声！

"但愿这次选举不要再次使对立情绪死灰复燃。本来嘛，这种敌对情绪还没完全消失……"弗拉斯高林说道。

不会的。另外，卡里杜斯·蒙巴决定竭尽所能使这件事得到妥善解决。

"何况，"他大声说道，"这对情侣在这件事上还可以起举足轻重的作用呢！我想，你们会同意我的意见，自尊心同爱情比较，恐怕占不了上风！"

标准岛继续往东北方向开，驶向南纬十二度与西经一百七十五度的交会点。在新赫布里底停泊之前，标准岛已经发出海底电报，请玛德琳海湾派出的给养船开往这片海域同标准岛会合。再说，补充给养的问题对辛高叶舰长来说并非伤脑筋的事情，目前的储备足够一个月，所以不

用担心。倒有一点是真的，大家对国际新闻所知甚少。政治新闻报道只有三言两语。《右舷新闻报》抱怨消息闭塞，《新先驱报》则深表遗憾……其实，这又有什么关系呢，标准岛本身不已经是一个完整的世界了吗？再说，地球上其他地方所发生的事情同标准岛又有什么相干呢？是不是标准岛上的人们又想要搞点政治了？啊！过不了多久，标准岛上的政治问题会多起来的，也许会多得使人腻味！

大选开始了，首先推举出三十名知名人士组成委员会。三十名知名人士中左舷区和右舷区各占一半名额。现在形势已经十分明朗，在选举新总督时必然会有争夺，因为詹姆·谭克东和奈特·考弗莱都会竞争这个位置。

筹备会议进行了几天。一开始形势就相当明显，由于两位候选人都要争面子，双方不可能互相谅解，至少很难达成协议。因此，在城里和两个港口，正在酝酿着动乱。两个舷区的警察都想方设法挑起群众性冲突，以便对知名人士委员会施加压力。时间很快过去了，双方看来无法达成一致的意见。现在，右舷区的人又担心起来，詹姆·谭克东和左舷区的头面人物会不会旧调重弹，把标准岛变成一座以工商业为主的岛屿呢？关于这一点，右舷区先前拒绝过，现在也绝对不能接受！总之，一会儿考弗莱派占上风，一会儿谭克东派占上风，因此，两大阵营之间出现了相互指责的谩骂声以及尖刻的嘲讽，而两户人家的关系又冷淡起来。沃特·谭克东和黛·考弗莱小姐对此不闻不问。政治上乱七八糟的事，同他们有什么关系？

不过，从行政管理角度来看，这个问题可以有一个极简单的解决办法，就是让两位竞争者轮流担任总督的职务。这一位先担任半年，再由另外一位担任半年。或者，如果觉得一年更好的话，甚至可以每人轮流执政一年。形成这样一个协议，双方将不再有敌对的竞争，而又能使双方都满意。但是在这个世界上合情合理的东西往往很难为大家所接纳，

标准岛虽然独立于这个世界各大洲，但是，岛上人们对权势名利的欲望却和尘世间一般庸俗！

"这不发生了吗？"一天，弗拉斯高林对伙伴们说，"这就是我以前老是担心会发生的麻烦事……"

"他们的内讧和我们有什么关系？"班希纳说道，"这件事的结果也不会给我们带来什么损失。再过几个月，我们就回到玛德琳海湾了。我们签的合同结束了，我们各人的口袋里都装上一百万薪水，然后踏上真正不会移动的陆地……"

"万一再发生什么灾难呢？"左恩这个人又反驳班希纳，说道，"一艘漂浮在海上的机器的将来会可靠吗？先是同英国船相撞，然后是遭遇野兽侵入，消灭猛兽后，又遭到新赫布里底人的入侵……土著居民入侵后又会有……"

"住嘴！"伊夫内斯大声叫道，"你说不出什么好话来，你要是不闭上嘴，我们就要给你挂上锁！"

无论如何，谭克东和考弗莱两家的亲事没能如期举行，总是一件深深令人惋惜的事。如果两户人家已经有这一层姻亲关系，那么，也许此刻的形势就比较容易缓和下来了。新郎新娘的干预也会更加有效……归根结底，这种混乱状态也不会持续太久，因为选举已经确定于三月十五日举行。

也就是在这种形势下，辛高叶舰长努力调停，力图使亿兆城两个舷区的居民和解，但是别人说，他最好是管好自己的事情。把航行搞好吧！他不是应该避开暗礁吗？那么就避得远一点吧……对政治，他辛高叶舰长是个门外汉，少来插手。

于是辛高叶舰长也不敢多说了。

在这场争论中，宗教界也卷了进去。连教士都插手他不应该管的事——这可能是错误的。可是以前，基督新教和天主教，牧师和神甫从来就是和睦相处的！

至于报纸，不用说，都摇唇鼓舌出场呐喊了。《新先驱报》为谭克东而战，《右舷新闻报》则为考弗莱助威。为了竞选，人们不惜消耗大量的笔墨。有人已开始害怕，事态发展到最后会不会引发流血事件……上帝啊！在抗击新赫布里底土人入侵时，在标准岛这片处女地上，血已经流得太多了！

普通居民最关心的还是这对未婚夫妇，他们的罗曼史刚完成第一章就中断了。但是普通居民又能有什么办法来确保他们的幸福呢？这时，亿兆城两个舷区之间的关系已经中断了，跨舷区的招待会、邀请及音乐晚会都停止了。要是这种现象再持续下去，四重奏小组的乐器都要发霉了。我们的音乐家们什么事情都不用干，就可以赚这笔可观的薪水了。

艺术总监表面上不肯承认事态的严重性，可是心里却急得要命。他的处境非常尴尬，他已经感觉到了。虽然他费尽心机，力图既不得罪任何一方，而事实上这样做到最后必然把双方都给得罪了。

三月十二日，标准岛离赤道已经相当近了，但是从纬度上看，与玛德琳海湾派出的船相会合的地点还有一段距离。看样子，选举将在会合之前进行，因为选举定于三月十五日进行。

同时，左舷区和右舷区的居民都进行了多种预选。预选结果总是选票相等，没有一方能多得一票，除非某一方的拥护者背离他们的领袖。然而事实上这些选民都很忠诚，他们立场坚定，决不动摇。

就在这时，有人想出了一个绝妙的主意。主意是那些普通居民想出来的，而且几乎是不约而同地想到的。这个想法很简单，然而很有见地，能消除双方的敌对竞争，就连两位候选人也肯定会同意这个公正的解决办法。

他们想到：为什么不把标准岛总督的职位献给马列伽利亚国王呢？这位从前的国君是个明智豁达的人，胸襟开阔，意志坚强。他的仁慈宽

厚以及独特的处世态度将是标准岛未来经受一切风云变幻的最可靠的保障。他曾经仔细观察并剖析过各种人，所以深刻地了解各种人。他懂得用人，也知道必须考虑到人的弱点以及他们背信弃义的一面。弃位的国王不会再有什么野心，他也绝不会想到以个人专权代替民主权力。民主制度是标准岛上的基本制度。他将仅仅是新建立的谭克东—考弗莱联合公司的行政委员会主席。

于是，亿兆城的商人、公务员组成了一个代表团，代表团中也包括两个港口的军官和水手，他们决定以请愿的方式向前国王提出这个建议。

前国王夫妇在第三十七号大街寓所底层的客厅里接待了代表团。国王诚恳地倾听了他们的提议，但斩钉截铁地拒绝了。退了位的国王夫妇回忆起了往事，说道：

"诸位，我感谢你们好意推举我，你们的要求也使我深受感动。但是我们俩对现状非常满足，我们希望没有任何事情来扰乱我们的平静生活。请你们相信这一点！任何权力必然会使人产生有关的空想，但是我们已经抛弃了一切空想！现在，我只是标准岛天文观测台上一个普通的天文工作者。我也不愿意干任何其他事情。"

在如此坚决的答复面前，没有再坚持的理由。代表团只能败兴而归。

表决的前几天，人们显得格外情绪激昂。两派之间绝对不可能达到谅解。詹姆·谭克东的支持者与奈特·考弗莱的拥护者们甚至避免在街上相遇。一个舷区的人再也不到另一个舷区去了。左舷区居民也好，右舷区居民也好，都不越过第一大街。现在，亿兆城由两个敌对的城市组成。唯一的一个一会儿跑到左舷区，一会儿跑到右舷区的人就是已然绝望的艺术总监卡里杜斯·蒙巴。他东颠西跑，好言好语，在中间调停，却左也碰壁、右也碰壁。每天总有三四次，他来到娱乐城的客厅，就像一艘没有舵的船搁了浅一般瘫在那儿。这时，四重奏小组就用一大堆好话来安慰他，可他却怎么也放不下心来。

至于辛高叶舰长，他做好交给他的任务，仅此而已。他指挥着标准岛按照预定的航线行驶。他对政治最头痛，也最讨厌。无论谁当总督，他都赞成。他手下的军官和斯蒂瓦特上校手下的军官都同他一样，对政治漠不关心。他们一遇到政治问题就会头脑发涨。因此，在标准岛上绝对不用担心军人篡权。

知名人士委员会整天在市府大楼里开会，他们讨论着，争辩着，直到吵起架来，乃至进行人身攻击。警察局不得不采取一些安全防范措施，因为从早到晚都有人聚集在市府大楼门前发出煽动性的叫嚣。

此外，一个令人沮丧的消息刚刚传来：前一天晚上，沃特·谭克东去考弗莱府邸，被拒之门外。两名未婚青年已被禁止来往。既然新赫布里底海盗攻击时，婚礼仪式尚未进行，那么谁能保证这仪式将来一定会进行呢？

终于，三月十五日来到了。选举将在市政府的大厅里举行。广场上挤满了吵吵嚷嚷的居民。这情景就像从前的罗马人聚集在基里纳宫之前等待红衣主教会议推举出在圣保罗教堂加冕的新教皇一样。

最终作出的决定会是什么样的呢？预选中双方得的票数一直相同。如果右舷区的选民始终忠于考弗莱，而左舷区的选民始终选定谭克东，将会怎么办呢？

关键的一天终于来到了。从一点钟到三点钟，标准岛上一切正常的活动全部停止了。五六千名居民在市府大楼的窗口下激动地焦躁不安地等待着，他们正在等待社会知名人士委员会表决的结果，该结果将立即通过电话传送到两个舷区和两个港口。

一点三十五分，进行了第一轮投票。

两名候选人所得票数相等。

一小时以后，进行第二轮投票。

第二轮票数同第一轮完全相同。

三点三十五分，举行第三轮，也就是最后一轮投票。

这次还是同样的结果，没有一个候选人获得超过半数的票数。

于是只能散会。这个决定也是正确的。如果大家都继续在那儿讨论，势必动起手来。知名人士们穿过广场，其中一部分去谭克东公馆，另一部分去考弗莱府邸时，人群中发出了极难听的谩骂声。

必须摆脱这种被动的局势，这样的形势再也不能继续下去了，哪怕继续仅仅几个小时也不行，标准岛受到的损害太大了。

"我告诉你们，你们可别说出去，"当班希纳和伙伴们听艺术总监讲到三轮表决的结果后，班希纳说道，"有一个很简单的办法可以干脆利落地解决问题。"

"什么办法……"卡里杜斯·蒙巴一边问，一边失望地把双臂举向天空，"什么办法？"

"把标准岛从中间割开，就像切蛋糕一样，把它变成相等的两个部分，割开后的两部分各走各的路，每一部分都有自己选出的总督。"

"什么？！把我们的岛分割开？！"总监喊了起来，好像班希纳要把他的手脚割下来一般。

"用一把无情的凿子、一个锤子和一把扳手，""殿下"补充说道，"把螺母松开，问题不就解决了吗？以后太平洋上不只有一座活动岛，而是有两座了！"

班希纳这家伙永远也没有严肃的时候，形势已经到了这样严峻的程度，他还在说笑话。

无论如何，即使班希纳的建议从事实上来说没有被采纳，既没有动用锤子，也没有动用扳手，更没有从船艏炮台到船艉炮台以第一号大街为中轴线把沿中轴线的螺母全拆下，可是从精神上来说，左舷区和右舷区的分裂却已经完成了。两个舷区中间似乎相隔着几百法里大海一样，虽"鸡犬相闻"，但"老死不相往来"了。的确，三十名社会知名人士委员会的成员，因为无法达成一致意见，干脆决定分开投票。一方面，詹姆·谭克东被选为左舷区总督，他可以随心所欲地来治理该舷区。另一方面，奈特·考弗莱被选为右舷区总督，他可以按自己的意志来管理该舷区。每个舷区将保留使用自己舷区中的港口、船只，保留自己的军官、水手、士兵、公务员、商人，双方都维持他们的发电厂、机器和发动机正常运转，各有各的机械师和司炉工，两个舷区都可以自给自足。

很好，只是辛高叶舰长怎么能把自己分身变为两个呢？艺术兼娱乐总监卡里杜斯·蒙巴又怎能完成好自己的职责并使双方都满意呢？

艺术总监这个职位，说实话，也不是一桩重要的事了。他的职位只是一个虚名而已，没有什么事可干了。标准岛上既然不可能调和，大有爆发内战的危险，哪里还谈得上什么娱乐、什么庆祝活动？

只要从以下的迹象看，大家就可以作出判断：三月十七日这一天，各报纸都刊登一则公告，宣称沃特·谭克东与黛·考弗莱小姐间的婚约彻底解除。

是的！婚约破裂了，尽管他们俩祈祷上帝，恳求父母，尽管卡里杜斯·蒙巴曾经说过爱情的力量更强，可现在爱情并没占上风。哼，也不见得！沃特和黛小姐不会就此分手的……他们会离家出走……在这个世界上他们总能找得到一个角落，在那儿可以生活得很幸福，也不必有千百万的家产来衬托爱情！

然而，詹姆·谭克东和奈特·考弗莱分别就任总督后，标准岛的航线并没有改变。辛高叶舰长下令驶向东北方向。一到达玛德琳海湾，肯定会有许多亿兆城的居民因为事态发展到这步田地而不满，肯定会重新在大陆上寻找"太平洋上的瑰宝"已不能向他们提供的宁静轻松的生活。甚至，也许标准岛就此会被人抛弃？那时，人们会把它清算折价，举行拍卖，或把标准岛论斤两像卖废铁一样卖掉，把它回炉熔化掉！

这些暂且不提，都是以后的事。目前的问题是距目的地还有五千英

里的航程，还需要约五个月的航行呢。在此期间，两个首领一旦意气用事或固执己见、寸步不让，会不会影响标准岛的航向呢？此外，两舷区居民已产生抵触情绪，左舷区居民和右舷区的人会不会大打出手，甚至开枪，再次血洗亿兆城的钢板马路？

不会的！双方大概不至于搞得如此过分吧！不至于再爆发一次左舷区和右舷区的分裂战争，而重蹈南北战争①的覆辙。然而所发生的极其严重的事件很可能导致一场真正的灾难。

三月十九日上午，辛高叶舰长在天文观测台他的办公室里等待有人向他报告远方的船只情况。根据他的判断，标准岛离与给养船会合的海区已经不远。瞭望哨设在瞭望塔的顶上，一旦有船只在海面上出现，瞭望哨就会立刻报告。在舰长身旁有马列伽利亚国王、斯蒂瓦特上校、塞巴斯蒂安·左恩、班希纳、弗拉斯高林、伊夫内斯和一些军官及公职人员。这些人，可以说是中立的，因为他们完全没有卷入岛上的内部争斗。对他们来说，最重要的就是尽快地返回玛德琳海湾，那时，这乱糟糟的局势就会结束了。

这时，电话铃响了两次，辛高叶舰长接到了两个传达命令的电话。电话是从市政府打过来的，詹姆·谭克东占据右侧楼办公，奈特·考弗莱占据左侧楼办公，他们正在办公室里，同他们的骨干在一起。两名总督都在这里治理标准岛。当然，他们作出的决定会是相反的。

就是这天上午，关于艾戴·辛高叶舰长应该行驶的航线问题上，两名总督没有达成一致意见。总督奈特·考弗莱决定让标准岛驶向东北方，以便在吉尔伯特群岛靠岸；但总督詹姆·谭克东坚持要建立一点商务关系，决定要标准岛走西南航道去澳大利亚一带。

---

① 这里指发生于1861—1865年的美国内战，美国南部与北部因为黑奴制的存废而发生了全面内战，北部最终获胜，黑奴制被废除。

两个冤家对头在航向问题上又针锋相对起来，而他们的朋友又发誓支持他们的首领。

当舰长同时接到两个打到天文观测台来的电话命令后说道：

"我怕的就是这个……"

"为了公众利益着想，这种对峙再也不能继续下去了！"马列伽利亚国王补充说。

"你决定做什么？"弗拉斯高林问道。

"真见鬼了！"班希纳大声说道，"辛高叶先生，我倒要看看你究竟怎么操纵！"

"乱弹琴！"左恩插进来说。

"我们得先告诉詹姆·谭克东和奈特·考弗莱，他们的命令是相互矛盾的，所以没法执行。再说，标准岛最好还是原地不动，在这一带等待前来会合的补给轮船。"

这个答复非常通情达理，马上通过电话传到了市府大楼。

一小时过去了，天文观测台再也没有收到任何其他通知。很可能两位总督放弃了改变航线以及各自朝相反方向行进的打算。

突然间，标准岛产生了奇怪的移动……这种移动表明了什么？这意味着詹姆·谭克东和奈特·考弗莱执拗地坚持己见，已经到了极点。

在场所有的人都面面相觑，一个问题接着另一个问题而来：

"怎么回事……怎么回事……"

"发生了什么事吗？"辛高叶舰长一面耸了耸肩膀，一面答道，"那就是詹姆·谭克东把命令直接发给了左舷港机械师华逊先生，而同时奈特·考弗莱把相反的命令发给了右舷港的机械师宋华先生。一个要求开往东北方向，另一个要求开往西南方向，结果就是标准岛留在原地打转。只要这两位倔老头的犟脾气一直下去，标准岛就一直要转！"

"来吧！"班希纳叫了起来，"弄到后来标准岛也跳起华尔兹来了！花

岗石脑袋跳的华尔兹！阿塔那兹·多雷姆只能辞职了！亿兆城的居民都不用再听他的课了！"

从某些方面看，这种局面也许有点滑稽，令人好笑。然而，不幸的是，两种不同的操纵，就像舰长所说的，是极其危险的。受到相反方向的一千万马力的牵拉，岛体很可能会支离破碎。

确实，所有的机器都已转到最高的速度，螺旋推进器也已经开到最大的负荷。从岛下钢板发出的颤动，大家已能感觉到岛体正在受到严峻的考验。大家设想一下，一辆马车，如果一匹马往左拉，另一匹马往右拉，其结果是不难想象的。

由于标准岛围绕着它的中心点转，而且越转越快，公园、田野都在画一个个同心的圆圈。而岛边沿的地方转动速度达到了每小时十至十二英里。

两名机械师操纵着机器，使得岛身旋转起来，但如果想让这两名机械师停下机器，这事想也不用去想。辛高叶舰长指挥不动他们。他们同两个舷区的居民一样，受到派性的驱使。华逊先生和宋华先生都是他们首领的忠实奴仆，他们必将坚持到底、针锋相对，以机器同机器抗衡，让发电机同发电机战斗……

这时发生了一个现象，所引起的不舒服的感觉本该使人们的头脑冷静下来，也使得横下的心变得慈善起来。

由于标准岛不断地旋转，亿兆城的许多居民，特别是妇女，开始觉得全身特别不舒服。尤其是离岛中心比较远，受到"华尔兹"运动影响更严重的人，他们已出现恶心呕吐的状况。

虽然形势越来越危急，但是，面对这种滑稽的对立局面以及离谱的做法，伊夫内斯、班希纳、弗拉斯高林却不由得狂笑起来。"太平洋上的瑰宝"起初只是从精神上出现了分裂，现在却马上要发生物质上的分裂了，这次分裂可能比单纯的精神上的分裂更为严重！

至于塞巴斯蒂安·左恩，由于岛在不断地旋转，他的脸色变得苍白起来，非常苍白……班希纳跟他开玩笑，说"把彩旗降下来了"①。其实，左恩恶心得厉害，他正在想，这场恶作剧难道真的没完了吗？被关在这个大转盘里，前途未卜……

整整一周时间，标准岛没完没了地围绕着岛中心即亿兆城转个不停。因此，城里人满为患，一群人拥到中心点来避免恶心的感觉，因为全标准岛上只有此地旋转得最慢，在这里感觉稍好一点。马列伽利亚国王、辛高叶舰长、斯蒂瓦特上校都努力调解，在共同进驻市府大楼的两个政府之间斡旋，却毫无结果。双方没有一个人肯退让一步。哪怕西柳斯·比克斯泰夫起死回生，在这种超级美国式的顽固不化面前，他也会徒劳无功。

而最倒霉的事情是一周以来天空始终乌云密布，看不见任何东西。辛高叶舰长已经不知道标准岛现在所处的地理位置。在功率强大的两台螺旋推进器的反向推动下，大家都能感到岛体中间的钢板箱在发出颤动。所以没有一个人想回到室内去。公园里熙熙攘攘，人声鼎沸，人们露宿在户外。一边爆发出"谭克东万岁"的喊声，另一边就高叫"考弗莱万岁"！大家都高举着拳头，眼睛里都闪烁着仇恨之光。现在岛上居民的派性趋势已经发展到盲目、疯狂的顶点，会不会由此导致一场内战？

无论如何，双方都对越来越迫近的危险视而不见。即使"太平洋上的瑰宝"会炸个粉身碎骨，他们也不肯让步。让"太平洋上的瑰宝"继续打转去吧，一直转到没有了电，发动机再也拖不动螺旋推进器。

在人们普遍怒气冲冲的时候，有一个人丝毫没有加入，那就是沃特·谭克东。他焦虑万分。他担心的不是自己，而是担心一旦标准岛突然解体，亿兆城将被摧毁，那时黛·考弗莱小姐怎么办。他已经一星期没能见到原本应该成为他妻子的这位姑娘。所以他极度失望，也曾无数

---

① 这里是双关语，以旗帜的红色比喻脸色，指左恩的脸色变得很白。

次地恳求父亲不要固执地如此摆弄机器……詹姆·谭克东根本不听他的话，把他打发走了。

于是，三月二十七日的夜里，沃特趁着夜色设法溜出去找这位姑娘。他想，一旦大祸临头，他应当在她身边。他首先混入第一号大街上的人群之中，然后溜进了敌方舷区，以便去考弗莱的府邸。

拂晓前，一阵惊天动地的爆炸声响起来，左舷港的锅炉因为超负荷工作，连同机房一同爆炸了。左舷区突然停电。半个标准岛就此陷入了一片漆黑之中。

Chapter 13　班希纳对局势的概括

由于锅炉炸掉，左舷港的机器现在已经无法运转了。但右舷港的机器依旧完好无损。结果，标准岛就等于没有任何牵引机器了，因为只剩下右舷的推进器，标准岛就只能原地打转，无法前进。

这个事故使得局势变得尤为严重。因为当标准岛还有两台推进器时，可以同时运转，只要谭克东派和考弗莱派达成协议，局面就可以根本扭转。那样的话，两台发动机还可以恢复正常的运转功能，改成相同方向运转，标准岛只是延误了几天时间，还可能调整方向驶往玛德琳海湾。

目前是不行了。哪怕双方达成协议，标准岛也无法再航行了，辛高叶舰长没有了不可缺少的推进器，无法把标准岛驶离这片遥远的海域。

此外，如果标准岛连续一周停留在原地，如果他们等待着的轮船同他们会合了，那么也许标准岛还可以设法返回北半球……

不对！这天天文观测发现，标准岛在长时间的旋转中向南移动了，从南纬十二度移到了南纬十七度。

实际上，由于新赫布里底群岛和斐济群岛距离较近，两个群岛之间产生了几股海流，这几股海流向东南方。当推进器相互配合正常运行时，标准岛可以毫不费力地顶着海流前进。但当它打起转来时，就由不得它了，海流把标准岛带往南回归线。

辛高叶舰长在弄清了这件事的来龙去脉后，开诚布公地向那些我们同情并称之为中立派的人说明了局势的严重程度。以下就是他说的：

"我们已经被往南带了五度。要知道，当一艘轮船上机器坏了时，水手还能拿出点办法来，但是，在标准岛上是没有办法的。我们的岛上没有帆具，因此无法利用风能。我们只能听候海流摆布。它们将把我们推到什么地方去呢？我不知道。至于从玛德琳海湾出发的给养船，它无法在约定的海面找到我们了。现在我们正以每小时八至十英里的速度漂向太平洋上过往船只最少的海域。"

艾戴·辛高叶用几句话概括了当前的形势，他无法改变这个局势。现在，标准岛就像一片巨大的海上漂流残物，只能听任海流的冲击。海流往北，它就被带往北方；海流向南，它就被带往南方——也许一直会漂到南极，到那时候……

很快，从亿兆城到两个港口，全体居民都已了解到所处的境遇。大家都已清楚地感觉到面临着极危险的情况。这样一来，由于害怕一场新的灭顶之灾，从某种程度上说，居民的头脑倒冷静下来了——人往往是这样的。人们再也不想大打出手，互相残杀了。仇恨依旧存在，可是，至少不再通过暴力来宣泄。慢慢地，各人都回到了自己的舷区、自己的街区、自己的家中。詹姆·谭克东和奈特·考弗莱不再争抢第一把交椅。因此，还是由两名总督亲自提出建议，知名人士委员会作出了目前形势之下唯一合理的决定，即把一切权力都交给辛高叶舰长。从此以后，标准岛的安全完全托付给岛上唯一的领袖——舰长。

艾戴·辛高叶毫不犹豫地接受了这项任务。他相信他的朋友们，他的军官们及所有手下的人员都会忠于职守。但是，现在辛高叶舰长已经没有两套发动机，标准岛无法行驶了，在这个面积达到二十七平方公里的浮动着的巨大机器上，他还能做点什么呢？

一直到此前，标准岛还被看做造船界的巨大杰作，但发生爆炸事故之后，标准岛已经变成了废物，变成了海风与波浪的玩具……

应该说，这次事故并非由自然力造成的。自从"太平洋上的瑰宝"建成后，战胜过狂风暴雨、惊涛骇浪。时至今日，错就错在内讧，错在亿万富翁之间争权夺利，错在一方固执地要开往南方，而另一方坚持要开往北方。正是由于他们的极端愚蠢，才导致左舷锅炉爆炸。

可是，一味责怪又有什么用呢？重要的还是先要弄清楚左舷港机器的损坏情况。辛高叶舰长召集了他手下的军官和工程师。马列伽利亚国王也同他们一起工作。这位深谙人际关系哲理的前国王，显然对人类的欲望和野心会造成如此严重的灾害一点也不觉得奇怪！

调查小组来到发电厂厂房和机器设备房。锅炉里因温度过高而引起的爆炸将一切都炸毁了，有两个机械师和六名锅炉工被炸死。为标准岛左舷区各部门供电的发电厂受到了同样惨重的彻底破坏。还算运气的是，右舷港的发电机还在运转着。

于是班希纳说："调查组用一只眼睛检查就够了！"

"算了！"弗拉斯高林回答道，"但我们还丢了一条腿，剩下的一条派不上用场了！"

瞎了一只眼，瘸了一条腿，标准岛伤残得太厉害了。

经调查研究，大家得出结论，由于损坏极其严重，机器无法修复，因此无法阻止标准岛向南漂流。为此，标准岛必须等到脱离了将它带往南回归线的海流后再作打算。

搞清楚损坏情况之后，应该检查一下钢板箱的情况。一周以来，它们受到旋转运动产生的强大扭曲力，会不会损坏呢？钢板之间有没有松开？铆钉依旧紧吗？如果已经有水漏进来，有什么办法可以堵住？

于是工程师们进行了第二项调查工作。交给辛高叶舰长的调查报告使他放下了心。有好几处的钢板因为受到拉力而断裂了，钢桦也断了；有几千个螺母掉了；有些地方钢板完全撕裂；还有一些钢箱已经灌入海水，但是吃水线没有降低。标准岛的钢铁地面仍然非常坚固结实，所以

标准岛的新业主不必担心失去他们的产业。在船艉炮台，裂缝最多。说到左舷港，有一个码头在爆炸后沉入海底了。不过，右舷港完好无损，在它的防波堤后面仍可供许多船只停泊，不受大海风浪的冲击。

命令下达了，凡是可以修复的机器设备，必须立即修复。必须让居民对岛上的物质环境、机器设备有安全感。标准岛没有了左舷推进器，因此不能开往就近的陆地，这已经够使人焦急了，但是，大家束手无策。

剩下的问题是严重的：饥饿和口渴。储备的饮水和食物能维持一个月还是两个月？

以下是辛高叶舰长盘点后的记录：

关于饮水，一点不用恐慌。尽管一个蒸馏水厂被炸掉了，另一个还在继续生产，可以满足一切需要。

关于食物，情况有点不妙。算来算去，除非对全岛一万名居民实行严格的配给制度，否则不超过两周食物就要消耗完毕。大家知道，除了水果蔬菜，一切都是从外地运来的。而现在，"外地"在哪儿？最近的陆地距离标准岛有多远？怎样才能靠近这片陆地？

因此，无论产生怎样怨声载道的后果，辛高叶舰长都不得不决定实行配给制度。当天晚上，这个坏消息就通过电话机和传真机公布于众。

亿兆城及两个港口都沉浸在一片恐慌的气氛中，人们预感到，比先前遇见的更为严重的灾祸已近在眼前。既然已经没有任何办法获得新的补给，那么要不了多久，以前常常见到的令人起鸡皮疙瘩的饿死鬼形象就会出现在面前。辛高叶舰长现在已没有一艘船可以派往美国。不幸的是，最后一艘船三周前开出，运送抗击埃罗芒阿岛入侵时牺牲的西柳斯·比克斯泰夫和其他保卫者的遗体回去了。当时谁也没有料到唯我独尊会使标准岛面临比新赫布里底群岛人攻进来时更加恶劣的局势！

当财富解决不了饥饿问题时，有几十亿的家产，富得像罗特席尔德家族、马凯家族、阿斯托尔家族、旺德比尔特家族和古尔德家族那样，又管得了什么用？当然，亿兆城富翁们的大部分财产都存放在万无一失的欧美银行里，但也许到了某一天，花百万还买不到一磅肉，买不到一磅面包，而这一天可能已经近了！

归根结底，得归咎于豪富们荒唐的内部倾轧，归咎于愚蠢的争权夺利，归咎于权欲熏心！豪富们是罪魁祸首！谭克东家族及考弗莱家族是元凶！是他们把军官、公职人员、雇员、商人及所有的居民推到了绝境，当所有这些居民被惹急时，他们会报复富翁们的，富翁们得小心！一旦居民们受到饥饿折磨时，什么事情做不出来呢？

虽然谭克东家族和考弗莱家族是这场灾难的罪人，大家永远也不会责怪沃特·谭克东和黛·考弗莱小姐，绝对不会。这位青年和这位姑娘没有任何责任！他们之间的关系保证了两个舱区的前途，破坏两区关系的绝不是他们俩。

由于天气不好，整整两天，天文观测未能进行，所以标准岛无法测定自己的确切方位。

三月三十一日，从大清早开始，天空就很晴朗，海面上的雾气很早就散开了，因此，可以在良好的条件下测定标准岛的位置了。

大家热切地期待着测得的结果。有好几百名居民聚集在船艏炮台处，其中有沃特·谭克东。但是，这些人中既没有他父亲，也没有奈特·考弗莱，没有造成目前危机的富翁。居民们指责他们制造了当前的灾难性局面，这是有道理的。他们自知已经引起公愤，就关在家里，闭门不出。

将近正午时分，天文观察员们准备在太阳升到最高点时作测定。测定采用的是两个六分仪。马列伽利亚国王手拿一个，辛高叶舰长手拿另一个，对着天际。

他们测出太阳高度后，就进行计算，经过复校，得出的结果是：

南纬二十九度十七分。

下午两点钟，又进行了第二次观察，当时的观察条件同样良好，得出的经度为：

东经一百七十九度三十二分。

这就是说，自从标准岛发疯似的开始打转到现在，在海流的冲击下，它已被带到东南方约一千英里远的地方。

从地图上来看这个方位，大家即可确认：最近的岛屿离这儿至少有一百英里，就是凯马代克群岛。该群岛上全是岩石，寸草不长，几乎没人居住，也没有任何自然资源。再说，怎么才能过去呢？正南方约三百英里处是新西兰大陆，但海流是往别处流的，怎么才能靠近新西兰呢？往西一千五百英里处是澳大利亚；往东去，航行几千英里可以抵达南美洲的智利一带。新西兰以南则是冰雪的海洋以及荒无人烟的南极洲。标准岛难道就这样漂流到南极，在那里与冰川撞个粉身碎骨？将来会不会有一天，航海家们在那儿发现因为断了给养而饿死的全体居民的残骸？

关于海流，辛高叶舰长将以最认真的态度来对付它们。如果这些海流一直不变流向，如果碰不到方向相反的另一股海流，如果在极圈附近碰到经常发生的强烈风暴，那又该怎么办呢？

以上这些信息自然会引起人们的恐慌，大家也越来越怨恨酿成大祸的亿兆城的罪魁祸首，怨恨那些豪富，他们才是造成这种恶果的罪人。全靠马列伽利亚国王在群众中享有的崇高威望，依靠辛高叶舰长和斯蒂瓦特上校的刚毅坚强，依靠军官们的忠心耿耿，依靠上述这些人在水手和士兵中的权威，才阻止了一场暴乱的发生。

白天过去了，情况没有变化，对每一个人——不论是亿万富翁，还是平民百姓——都实行了配给制度，每人只能领到一点食物。

同时，岛上加强了瞭望哨的观察工作，他们聚精会神地观察四周的海面。只要有一艘船只出现，他们就给它发信号，这样也许还能恢复同外界中断了的联络。不幸的是标准岛已经漂离了惯常的航道，很少有船会从靠近南极的海面上经过。而在南面，在吓慌了的人们的想象中，则出现了埃里伯斯①和特罗火山喷发耀眼的极地景象。

然而四月三日夜里却发生了令人欢欣鼓舞的情况。刮了几天的强烈北风突然停了。接着，海面上变得极其平静，东南方吹来了微风，春分时节这种气候突变现象屡见不鲜。

辛高叶舰长又产生了希望，只要标准岛往西漂一百英里，那么将有一股逆流把它推到澳大利亚或新西兰附近。总的来说，它再也不会漂往南极海面了，标准岛有可能会在澳大利亚附近的海上遇到一些船只。

旭日初升时，东南风已经相当强烈。标准岛已经比较明显地感受到了风力。岛上的高大建筑，如天文观测台、市府大楼、新教教堂和天主教教堂，都从某种程度受着风的推动，它们成了这艘巨大的四亿三千二百万吨大船上的风帆！

虽然天空不时有云彩迅速地飘过，太阳时不时还会出来，因此，大概可以进行准确的测量了。

当太阳从云间露出来时，他们对它测量了两次。

计算结果表明，从昨夜到今天，标准岛向西北方向返回了两度。

根据计算，标准岛除受风力外还受到其他力的推动。大家因此得出结论，它已漂离太平洋的一些大的海流，而进入另一股逆流之中。但愿它鸿运高照，确实遇到这股将它带向西北方的逆流，那么它就能指望得救了。不过，上帝啊，还必须要快点儿，因为食物配给量已经不得不再次减少。确实，面对一万名居民的吃饭问题，舰长十分焦急，因为食物

---

① 埃里伯斯是南极的火山。

储存量一天天在大量地减少。

当最后一次天文观测结果通知到两个港口及域区时，人们总算松了一口气。我们都有过这样的体会，人的情绪是说变就变的，很快会从一种感觉变为另一种，从绝望变为满怀信心。现在标准岛上的人就是这样。岛上的居民同陆地上大城市里密集聚居的劳苦大众不同，他们通常应该表现得镇定自若，善于周密的思索，也耐心得多，事实上，在发生如此危险的情况时他们也已经表现出这些优点。只是，在饥饿的威胁之下，他们也会惶惶不可终日的。

上午，风力渐渐加强。气压慢慢地下降。大海翻腾起了巨浪，这证明东南方的海面上气候有剧烈的变化。从前，怒涛的冲击对标准岛来说根本不成问题，可现在却一反常态。有几幢房屋自下而上产生了令人害怕的震动，室内的东西挪动了位置，就像发生了地震。这种现象在标准岛上从来没有发生过，大家都很不安。

辛高叶舰长和他手下所有的人始终在天文观测台值班，凡一切工作都在那里进行。建筑物所受到的震动使他们非常着急，他们必须承认情况极端严重。

"事态太明显了，"辛高叶舰长说，"标准岛的底部构造已经遭到损坏，钢箱之间已有开裂，原来使得岛成为坚固的、浑然一体的岛外壳已经被损坏了……"

"但愿上帝保佑它，"马列伽利亚国王说道，"不要再碰上什么强大风暴！因为它已经抵挡不住大风大浪了。"

是的，现在居民们对这片人造的土地丧失了信心。他们觉得脚下直打滑。就是有撞到南极冰岩上的危险，也比目前的情况要好一百倍！每时每刻都要担心标准岛会中间断裂、沉入太平洋的深渊，即使是意志最坚强的铁汉，一想到这情景也不免心慌害怕，何况这片海洋非常深，岛上的测深仪还测不到它的深度呢。

而一些钢箱又有了新的损坏，这是毋庸置疑的。有一些隔板受不住力，松开了，铆钉也脱落了。在公园里，沿着曲蛇河在城区边沿街道的表层，可以看得见由于地面断裂而引起的隆起现象。已经有好几幢房子倾斜，它们一旦倒塌，屋基必然会牵动地基结构。至于进水口，多得没法去堵。岛下面肯定有许多地方的钢箱已经灌进海水，因为吃水线已明显改变。标准岛的四周，无论是两个港口还是船艏炮台或船舻炮台，吃水线已经降低了近一尺。要是再往下降的话，海水都要涌到岛上来了。既然标准岛的整个岛基构造已经被破坏，那么它沉入海底只是一个时间的问题了。

辛高叶舰长从心底里不想把形势告诉大家，因为这势必引起极度的恐慌，甚至会发生更难以想象的恶果！居民们对那些做尽坏事、对此局面负有责任的人什么事情干不出来呢？船上的乘客可以跳上小船或扎起木筏逃生，可是标准岛上的居民无法逃生。不可能！他们的木筏就是标准岛，而此刻标准岛却正在下沉！

这天，辛高叶舰长命令时刻观察吃水线的变化情况。标准岛在不断地下沉，这证明了海水正在浸入钢箱，虽然是慢慢地渗入，却不断地进来，并且无法阻止。

与此同时，天气变得恶劣起来。天色灰白，有时灰中带有红色、古铜色。气压计上的数字迅速地下降。天空中的一切现象都说明一场风暴即将来临。在浓密堆积起来的水汽后面，天空一下子变小了，紧紧地压在标准岛边沿的上空。

夜幕降临时，刮起了可怕的大风，汹涌澎湃的怒涛在岛底下冲击着，钢箱承受不了巨大的冲击，散了，钢榫也断了，钢板裂开大缝。到处都发出钢板断裂的巨响，街道、公园草坪都有断裂的危险……天色又黑下来了，在这种情形下，大家都离开了亿兆城，避到乡下去了。因为乡下建筑物少，承重少，所以比较安全。居民们都分散居住到两个港口、船

艏炮台及船艉炮台附近。

将近九点钟时，标准岛发生了一次震动，全岛都猛烈地摇晃着，一直震到岛底部。负责供电的右舷发电厂沉入海底了。岛上变成了一团漆黑，也不知道哪儿是天，哪儿是海。

不一会儿，地面又发生了新的震动。房屋就像硬纸板搭成的积木一般，散架倒塌。再过几个小时，标准岛上的地面建筑物将一个也不剩！

"诸位先生，"辛高叶舰长说道，"天文观测台很快会倒塌……此地已经不能久留，快转移到乡下去，等这次风暴过去……"

"这次遇到的是旋风。"马列伽利亚国王边说，边指着气压计。气压已经降到七百一十三毫米。

标准岛被旋风刮得旋转起来，风暴积聚了极其巨大的能量。这种风暴掀起时，一片海水环绕着某一个几乎是垂直方向的轴迅速地旋转，旋转的方向由西往南又向东，同时，整股旋风又往南行，推向南半球。旋风是一团会带来无穷灾害的强烈气流。躲避它的最好方法是到它旋转的轴心，在那儿相对比较平静，如果到不了轴心，至少要设法躲到它运动轨迹的右侧，即"顺风向半圆运动区"，在这一侧可以避免被惊涛骇浪卷走。可现在，标准岛已经没有动力，根本无法操纵。这一回，可不是人类的愚笨，也不是领袖们的顽劣葬送了标准岛，而是一团极可怕的气流将它彻底毁灭。

马列伽利亚国王、辛高叶舰长、斯蒂瓦特上校、塞巴斯蒂安·左恩和他的伙伴们、天文工作者们以及军官，都从天文观测台撤走了，留在那里生命安全都成问题。他们撤退得非常及时！他们刚走了两百步，瞭望塔就在一阵轰隆隆的巨响中塌了，塔台把广场的地表面砸出了一个洞，然后一下沉入海底不见了。

过了一会儿，整个天文观测台建筑只剩下一堆废墟。

可四重奏小组想从第一大街回娱乐城，他们的乐器还在那里，只要有可能，得把乐器抢救出来。娱乐城还没有塌，他们赶到那里，将两把

小提琴、一把中提琴、一把大提琴带到公园里，寻找避难的场所。

公园里聚集了两个舷区的好几千名居民。谭克东和考弗莱两个家族都在中间。也许，对他们来说，周围漆黑一片倒是一件幸运的事，那样他们相互之间就看不见，也认不出来了。

沃特趁机来找黛·考弗莱小姐。在这岛毁人亡的最后时刻，他将挺身而出全力救助黛小姐。在危急时刻，他将同她一起抓住一块漂浮的破碎物。

姑娘猜到是小伙子来到了她身边，不禁脱口喊出：

"啊！沃特！"

"黛，亲爱的黛！我在这儿，我再也不离开你了。"

至于我们的巴黎朋友，他们再也不想分离了，他们紧紧地靠在一起。弗拉斯高林始终冷静镇定。伊夫内斯非常紧张，班希纳以嘲讽的态度忍受着。塞巴斯蒂安·左恩则一再对阿塔那兹·多雷姆（他总算决定过来，和同胞们共渡难关）说：

"我早就说过这事不会有好结果的！我说得千真万确！"

"短调颤音①已经够多的了，老以赛亚，""殿下"对着他吆喝着说，"少弹你的陈词滥调！"

夜半时分，旋风变本加厉，急速的气流卷到一起，掀起了一阵又一阵汹涌狂澜，浪涛冲击着标准岛。这场狂风与怒涛对钢铁的决斗将把标准岛带到何方？它会不会碰到某个礁石上撞个粉碎？它会不会在这茫茫大海上解体散架？

现在标准岛的钢壳已经千疮百孔。接合的地方都已开裂。所有的大型建筑——圣母马利亚教堂、基督教堂、市府大楼，刚才都已先后倒塌，倒下去时，地基上都出现了巨大的深渊，同时，喷涌的海水骤然冒出高大的水柱。这些富丽堂皇的雄伟建筑现在都已荡然无存。无数的财富、

---

① 短调颤音属于音乐专用术语，用在忧郁哀伤的乐曲中。

珍宝、名画、雕塑、艺术品从此销声匿迹。如果第二天居民们都还活着的话，如果亿兆城与标准岛还没有被大浪吞噬掉，那么他们将再也看不见这座城市了。

实际上，公园、乡村这些地方的地下结构一开始还能抵挡住风浪侵袭，可是现在海水也已经灌进来了。吃水线再度降低。标准岛的地面已经同海平面平了，旋风把大海上卷起的怒涛抛到岛上。

没有一个地方可以躲藏，没有一个地方是安全的了。这时船舰炮台正顶着风，它既挡不住阵阵恶浪，又抵不住呼啸袭来的像机枪一般的狂风。钢箱一个一个地破裂了，岛上脱节断裂的地方在不断扩大，一边开裂一边发出嘎啦嘎啦的巨响，盖过了轰隆隆的霹雳声。葬身鱼腹的灾祸已经迫在眉睫……

凌晨三点时，公园沿着曲蛇河河床约两公里长的一大片岛区断裂，于是大量海水从断裂处涌了上来。必须迅速逃离！全岛居民在乡间四散逃命。有的跑向港口，其余的跑向炮台。家人都失散，孩子也走失了，汹涌咆哮的海浪冲上标准岛岛面，像发生了海啸一样。

沃特·谭克东寸步不离黛小姐，他当时要把她带到右舷港去。黛小姐筋疲力尽，几乎动弹不得。沃特将她扶起来，抱在胸前，就这样，他在人群的惊呼声之中，穿过茫茫的黑暗，勇往直前……

清晨五时许，东边又一次响起了金属断裂的巨响。

一片面积约为半平方英里的岛身与标准岛的岛体脱离了。

脱落的一片就是右舷港，以及右舷的工厂、机器、商店，它们随波逐流或沉入海底了。

在旋风越刮越猛，肆虐到极点时，标准岛像一片漂流物一样，被摔过来抛过去，颠簸摇晃，岛壳完全散开，钢箱一个接一个脱离，有的原来就在水中，也就直接沉入太平洋深处了。

"首先是标准岛公司破产，接着，标准岛也完蛋了！"班希纳高声

嚷道。

这句话概括了当时的一切。

现在，奇妙无比的标准岛只剩下一片片残骸，零零星星地漂在海面上，就像彗星偶然飞出的碎片一样。只不过彗星陨石散落于太空，而标准岛的碎片漂浮在浩瀚的太平洋海面上。

Chapter 14 结 局

到了次日黎明时分，如果有人在几百尺高的空中俯瞰这片海域，他将看到：三片两三公顷大小的标准岛碎片漂浮在海面上，此外还有十余片面积小一些的碎片在海上随波逐流，它们之间的间距约十锚链。

天蒙蒙亮时，旋风已经开始减弱，这一类大风暴的特点就是瞬息万变。此刻，旋风的中心已经向东移动了三十英里。然而，受到翻搅的海面依然奔腾咆哮着，而大大小小的标准岛残片宛如怒涛中的小船，翻滚着，颠簸着。

标准岛受到损坏最严重的那部分就是亿兆城的城基。由于城市建筑的重量，这部分岛基已经完全沉入海里。如果有人想再寻找城里左右两舷区的大建筑或主要大街上的公馆，那是枉费心机。左舷区同右舷区的分裂如此干脆、彻底，可以肯定，居民们就是做梦也从来没有想到！

伤亡人数是否很可观？尽管全体居民及时疏散躲避到乡村去了，但只怕伤亡情况仍然相当惨重。

那么，考弗莱家族、谭克东家族对因他们罪恶的争权夺利而产生的后果总该心满意足了吧！因为他们俩谁也不能独揽大权了。亿兆城以及他们买下它所付出的巨资都被海洋吞噬了。不过，我们不必去怜悯他们，他们在美国和欧洲银行的保险箱里还有千百万的财富，吃饭养老绝对没有问题！

现在剩下的最大一片岛，就是从天文观测台到船艏炮台这一片乡村地带，就在这片面积约三公顷的地方挤着三千名遇难的船员。难道不该这么称呼他们吗？

第二大的一片岛比第一片略小，这里还剩下原左舷港附近的某些房屋、港口、几个食品库以及一个淡水供水池。至于机房和锅炉房，早在爆炸时被毁。有两千名居民在这片岛上栖身。如果左舷港上还有小船的话，也许他们会和第一片残岛取得联系。

我们都记得，标准岛的另一部分，即右舷港，在后半夜三点钟的一声巨响中已脱离标准岛。它无疑已经沉入海底，因为我们即使望穿了眼，也找不到它的一点踪影。

除了上述两片岛身残骸之外，尚有第三片，这片岛从表面积看倒有四五公顷，也还浮在水面上，这部分是与原船艉炮台相连的那一片田野，这片残骸上有四千名左右的遇险者。

另外还有十余片残岛，每片仅几百平方米，还有一部分劫后余生的居民在上面。

"太平洋上的瑰宝"现在就只剩下了这点碎片！

所以，在这场浩劫中死难者有好几百名。应该说，标准岛没有全部被惊涛骇浪吞没，还得感谢上帝呢！

然而，他们远离陆地，这些支离破碎的残骸如何才能抵达太平洋海岸？这些遇难者会不会饿死？这个海难史上找不到先例的大灾难过后，能不能有人活下来讲述事情的始末呢？

不，不应该绝望。这些漂浮的岛骸上有着意志刚强的铮铮铁汉，而他们会不惜一切努力拯救大家。

辛高叶舰长、马列伽利亚国王、天文观测台工作人员、斯蒂瓦特上校、他手下的几名军官、亿兆城里的一些知名人士、教会人士，再加上为数相当多的一部分居民，都集中在船艏炮台附近的那一片岛骸上。

考弗莱和谭克东家族的人也在这一片岛上。因为他们的家长应该对此承担重大的责任，他们都被这种责任压得抬不起头来，何况沃特和黛小姐失踪，已经使他们的感情受到了沉重的打击。他们俩是否在另一片岛骸上呢？还有没有希望再见到他们？

四重奏小组，甚至包括他们珍贵的乐器，都没有损伤。用一句他们自己说过的话来说，唯有"死亡才能把他们分离"！弗拉斯高林冷静地审时度势，心中尚存有一丝希望。伊夫内斯则惯于从戏剧性的角度来看问题，面对这次灾祸，却说："没有一个结局能比这个结果更加恢弘、更加气壮山河了！"

至于左恩，他不由得怒发冲冠。他作为先知先觉者，早就预料到标准岛会碰到一系列灾难，就像《圣经》中的耶利米预计到耶路撒冷的毁灭一样，但这事并没能使他心中得到安慰。他又冷又饿，还感冒了，咳嗽得很厉害。而这时永远改不好的班希纳又对他说：

"你错了，左恩老朋友，两个五度音①连在一起，在和声学上犯了忌！"

大提琴手一点精神都没有，否则，他真会把"殿下"掐死。

那么卡里杜斯·蒙巴呢？咳！艺术总监这个人物简直神了！是的，神了！对遇难者的得救，对标准岛的获救，他都没有丧失信心。大家定能设法回去……标准岛也一定可以修复！标准岛的几片岛骸还在，不用说，岛上的硬汉们定能驾驭这件造船业的杰作！

有一点是确定无疑的，那就是目前没有什么危险。所有重量可观的地面建筑——亿兆城里的大型建筑物、饭店、民房、工厂、炮台，这些在旋风刮起来时必然沉没的东西都已沉没。现在漂浮着的碎片残骸倒是没有太大的分量，吃水线也显著地上升了，岛面上倒没有海浪冲上来了。

情况已明显地好转，眼下，岛骸沉入海底的危险性可以排除，遇难

---

① 这里是双关语。在法语中，"五度音"和"一阵咳嗽"是同一个词。

者的精神状态也比先前好了。大家头脑都平静了一点，只有妇女和儿童缺乏分析推理能力，依然克制不了惶恐的情绪。

阿塔那兹·多雷姆怎么样了？岛身刚开始碎裂解体时，舞蹈礼仪教师和他的老女仆就一起被一片岛块带走了。但是，后来一股海流又把他冲回到他的四重奏同胞们所在的这片岛骸上。

辛高叶舰长像是一艘破船的船长，在赤胆忠心的下属的帮助下开始了艰巨的工作。首先，有没有可能把这些漂浮的零星岛片集中起来呢？如果可能，那么能否同各个碎片取得联系呢？后一个问题很快就解决了，没有问题，因为左舷港尚有好几艘完好如初的小船。派小船在一个个岛片之间来往，辛高叶舰长就能知道各岛骸碎片上还剩下什么生活必需品，剩下多少淡水、多少食品。

但能否测量出这片漂流岛块的方位，算出其经纬度？

不行！由于没有测量仪器，算不出方位来，既然如此，那么就无法确定该漂流残骸是否位于某陆地或某岛屿的附近。

上午九时，左舷港派出了一艘小船，辛高叶舰长随即带领两名军官下了船。借助该小船他可以去各个碎片上视察，这次视察调查的结果如下：

左舷港蒸馏水设备已毁坏，但淡水池里还有饮用水，如果人们把消耗量降到最低限度，那么还够大家用半个月。至于港口仓库里储存的食品，也可保证供给遇险人员半个月左右。

因此，遇难者们必须在两周时间内在太平洋附近的某块陆地登岸。

从某种程度上说，这些消息使大家安心了。然而，辛高叶舰长也了解清楚了，昨天这个可怕的夜里，有几百人葬身海里。至于谭克东家族及考弗莱家族，他们的悲伤之情是难以言表的。小船找遍了各个碎片岛骸，既没找到沃特，又没找到黛小姐。在灭顶之灾濒临时，青年抱着晕过去了的未婚妻跑向右舷港，而现在太平洋洋面上没有一点右舷港的踪影……

下午，风势一小时比一小时弱，海浪也平静了下来。残骸碎片上的人们几乎已感觉不到海浪的起伏。幸好有左舷港的小船穿梭来往，辛高叶舰长得以向遇难者运送食物，但他能给他们的量只能保证他们不致饿死。

此外，碎片残骸之间的联系变得越来越容易，越来越快。因为它们就像放在一盆水表面上的一些软木片一样，在引力的作用下，相互之间越靠越近。对信心十足的卡里杜斯·蒙巴来说，这怎么不是吉祥的朕兆呢？在他的脑子里，已经出现重新组合"太平洋上的瑰宝"的前景了。

这一夜是在漆黑中度过的。曾几何时，亿兆城的林荫大道上，商业区的街路上，公园的草坪上，田野及牧场上，有许多电灯，铝质月亮电灯放射出耀眼的光芒，将标准岛照得如同白昼，但这个时代已经一去不复返了！黑暗之中，好几个碎片之间发生了相撞事故。这种碰撞无法避免，好在撞得都不厉害，没有造成严重的损坏。

天亮时，大家发现各个碎片残骸间相距甚近，它们并排地漂浮在海面上，由于海面平静，所以不再相互碰撞。只要摇动几下橹，就可以从一个碎片划到另一个碎片。辛高叶舰长按规定配给食品和淡水，非常便利。实行配给制是非常重要的，遇难的居民们非常理解，也都服从了。

一些小船载着好几家人来来往往。他们在寻找劫难后未曾重逢的家人。有的家庭团圆了，喜出望外，暂时忘记了今后的危险，而那些千呼万唤却找不到失踪亲人的家庭又是多么痛苦啊！

显然，大海又恢复平静，这是最幸运的一件事。可能美中不足的一点是没有刮起东南风。否则东南风可以推动海流，而太平洋这个区域的海流是流向澳大利亚大陆的。

辛高叶舰长命令，瞭望员登上能观察到海面的地方观察，一旦有船只出现，就向它发出信号。可是在这片遥远的海域极少有船只经过，况且这时正处于春分时节，强烈风暴较多，船只不轻易航行至此。

所以，能看见水天一线处冒出缕缕青烟或在海平面上看见一叶风帆

的运气微乎其微。可是就在下午两点钟时，辛高叶舰长收到了一个瞭望员送来的报告，内容如下：

"东北方向上一个黑点很明显地在移动，虽然目前观察不到船身，但可以肯定，它将从标准岛旁边驶过。"

这个消息引起了不同寻常的激动情绪。马列伽利亚国王、辛高叶舰长、军官们、工程师们，都走到瞭望员指出的这艘船出现的方向。人们接到命令，必须设法吸引来船的注意，或者在桅杆上升起旗子，或拿出所有枪炮鸣放。如果这些信号到天黑还尚未被发现，那么将在最前面的碎片上燃起篝火，夜间，很远就能被看见，所以来船一定会发现他们。

用不着等到晚上了，瞭望员指出的黑点已经明显地驶近了。船上冒出浓浓的烟，毫无疑问，它正在设法靠近标准岛的那些残骸。

所以，尽管来船船身不高，既没桅杆，又没船帆，但望远镜始终对准着它。

"朋友们，"不一会儿，辛高叶舰长大声说道，"我看准了！这是我们标准岛的一部分……而且只能是右舷港那一片，被海流从海上带走了……大概是宋华修理好了机器，他正向我们开过来！"

听到这个消息，大家欣喜若狂。看来，所有的人从此得救了，右舷港的回归就好比标准岛重新获得了生命一样！

事情正如辛高叶舰长所设想的。右舷港断裂之后被卷入一股逆流，推向东北方向。天亮之后，港口长官宋华先生将略有损坏的机器稍加修理后重又开回遇难的现场，他还带回了好几百名幸存者。

三小时后，右舷港部分离岛骸碎片只有一锚链的距离了。宋华的凯旋使大家多么高兴和激动啊！人群中发出了多么热情的欢呼声！在发生大祸之前到右舷港避难的沃特·谭克东与黛·考弗莱小姐也在右舷港部分岛片上，他们俩现在就在一起，靠得很近……

右舷港回归，带回了食物和淡水，大家依稀感觉到了获救的希望。

右舷港仓库里贮存的燃料数量足以在几天之内供机器开动、发电机运转及螺旋推进器运行。推进器的功率达到五百万马力，它可以开到最近的陆地去。按港口军官的观察，这块陆地就是新西兰。

难题在于怎么使几千名乘客全部登上面积总共才六七千平方米的这片岛区。是不是只能派右舷港开到五十英里之外的地方，去寻找援助？

不！这样的航行需要的时间太长了，时间是极其宝贵的，确实，如果要想把遇难者们从恐怖和饥饿中解救出来，一天都不容耽误。

"我们有个更好的解决办法，"马列伽利亚国王说道，"右舷港、船艏炮台和船艉炮台，这三片岛骸足以容纳标准岛的全部幸存者。用坚固的铁链将三片残岛连接成一串，就像拖驳船拖后面的货船一样。然后让右舷港领头，以它五百万马力的牵引力就能把我们拉到新西兰！"

这个想法很妙，也切实可行。由于右舷港具备如此强大的牵引力，这个建议完全可以成功。现在居民们的心中踏实了，信心又恢复了，似乎已经望见了前面有个港口。

这天余下的时间就用于连接一片片岛骸。右舷港仓库提供了铁链。辛高叶舰长估计，在目前条件下，这一串岛块每昼夜可以驶八英里到十英里。从这里到新西兰航程为五十英里。所以，再加上海流的推波助澜，用五天时间就可以到达新西兰。刚好，食品和淡水尚可保证供应五天。然而，为谨慎起见，也得将可能遇到的延迟情况计划进去，所以，配给制度依然严格执行。

准备工作就绪，晚上七时，右舷港就在前面起航了。在它的强大推进器的作用下，拖在后面的两片岛块在平静的大海上缓缓地前进。

次日天亮时分，瞭望哨已经看不见任何一片标准岛遗弃的碎片了。

从四月四日至八日，没有任何事情值得一提。天气极好，几乎感觉不到海浪的颠簸，岛块列队在优良的条件下航行。

四月九日早上约八点光景，前左舷报告发现了陆地，是一片很大的陆地，从很远的地方就能看见。

用右舷港仪器测量以后，毫无疑问就确定了是哪一块陆地。

该片陆地就是新西兰北方大岛伊卡纳马维海岬。

又行驶了一天一夜，四月十日上午．右舷港终于停泊在离开塔拉纳基湾一锚链的地方。

当全体居民感到脚踩在了坚实的真正的陆地上而不是标准岛上的人造土地时，心中多么高兴，又多么踏实啊！可是，假如比海上风浪更加强大更加残酷的人类欲望与野心没有摧毁标准岛，那不知这架坚固的海上机器可以使用多少年呢！

遇难居民们受到了新西兰人非常热情的接待，他们连忙拿出标准岛居民所需要的一切。

一到达伊卡纳马维的首府奥克兰，沃特·谭克东与黛·考弗兰小姐的婚礼就举行了，在当时的条件下尽量操持得豪华气派。补充一句，在婚礼那天，四重奏小组最后一次作了表演。所有的亿兆城居民都想出席这场仪式。大家相信这对新婚夫妇将来一定会生活美满的。他们要是早一点结合，那该给大家带来多少好处啊！现在，这对年轻夫妇每人大概只有可怜巴巴的一百万年金了⋯⋯

但是，就像班希纳所说的，"尽管财富不多，从各方面看，他们还是能得到他们的幸福的"。

至于谭克东、考弗莱和其他的社会知名人士，他们还是计划返回美国，在美国他们用不着去争夺什么标准岛总督的地位。

艾戴·辛高叶舰长、斯蒂瓦特上校及他手下的军官、天文观测台的工作人员，甚至还有艺术总监卡里杜斯·蒙巴，都作出了同样的决定。不过艺术总监一点也没放弃他的想法，他绝不会放弃，他想重新建造一座人工岛。

马列伽利亚国王和王后公开地表示，他们深深地怀念标准岛，他们

曾经希望能在这片安静的土地上度过一辈子……但愿这对从前的君主夫妇能找到一片乐土，他们希望能远离政治倾轧，安然度过晚年。

那么四重奏小组呢？

哦，对四重奏小组来说，无论塞巴斯蒂安·左恩发什么牢骚，他们确实做了一笔很好的买卖。要是他埋怨卡里杜斯·蒙巴在他不愿意的时候骗他上了标准岛，那才真是忘恩负义呢！

实际上，从去年五月二十五日到今年四月十日，有近十一个月的时间过去了，这段时期，我们知道音乐家们过着丰富多彩的生活，他们已经领到了四个季度的薪水，其中有三个季度的钱已经存入旧金山和纽约的银行里，只要他们高兴，签一个字，银行就会照付……

在奥克兰，当结婚典礼结束后，塞巴斯蒂安·左恩、伊夫内斯、弗拉斯高林和班希纳去向朋友们告别，其中自然少不了阿塔那兹·多雷姆。然后，他们登上了一艘开往圣迭戈的小船。

五月三日，他们抵达了下加利福尼亚首府，他们要做的第一件事就是登报道歉，表示使大家久等了，现在特地致以深深的歉意。

"先生们，哪怕要等二十年，我们也会等待的！"

这就是圣迭戈音乐晚会的组织者给他们的回答，这位经理先生十分和蔼可亲。

再也碰不到比他更好商量、更彬彬有礼的人了。受到如此礼遇，最好的感谢方式就是尽快开始已经宣传了如此长久的音乐会。

在人数众多、情绪兴奋的听众前，从标准岛中逃生的四名演奏家表演了莫扎特第九号作品，F大调弦乐四重奏。这是他们的艺术生涯中最成功的演出之一。

世界第九大奇迹、举世无双的"太平洋上的瑰宝"的故事就此结束了。俗语说："凡圆满结束的事情都是好事；凡以灾难结束的事都是坏事。"标准岛的经历不正应验了这句老话？

　　结束了吗？不！卡里杜斯·蒙巴先生可不这么认为，他说，总有一天，人们会重建标准岛。

　　然而——好话可不能多次重复——建造一座人工的岛屿，能远涉重洋到处漫游，是否已经超越了人类才智的界限呢？此外，人类既不能呼风唤雨，叱咤风云，该不该制止自己狂妄地凌驾于造物主之上的行为呢？

《爱的教育》
湖南文艺出版社
ISBN：9787540446840
开本：32开/定价：25.00元
意大利政府官方授权名家权威
版本 意大利原版完整插图

《飞鸟集·新月集》
湖南文艺出版社
ISBN：9787540447243
开本：32开/定价：22.00元
每天读一句泰戈尔，忘却世上
一切苦痛

《假如给我三天光明》
湖南文艺出版社
ISBN：9787540447984
开本：32开/定价：22.00元
人类意志力最伟大的典范作品

《再别康桥·人间四月天》
湖南文艺出版社
ISBN：9787540447922
开本：32开/定价：25.00元
新月派代表诗人＆民国第一
才女 诗歌精选首度合集出版

《朝花夕拾》
湖南文艺出版社
ISBN：9787540448103
开本：32开/定价：20.00元
一位文化巨人的回忆记事
一幅清末民初的生活画卷

《落花生》
湖南文艺出版社
ISBN：9787540448097
开本：32开/定价：22.00元
被忽视的文学大师许地山的传
世散文名作

《背影》
湖南文艺出版社
ISBN：9787540448080
白话美文典范，"天地间第一
等至情文学"
散文杰作＆诗歌名篇

《伊索寓言》
湖南文艺出版社
ISBN：9787540448561
开本：32开/定价：25.00元
影响人类文化的100本书之一
世界上拥有最多读者的寓言始祖

《呼兰河传》
湖南文艺出版社
ISBN：9787540448448
开本：32开/定价：22.00元
一个天才作家奉献给人间的礼物
穿越时光的艺术珍品
一代才女萧红代表作

《雾都孤儿》
湖南文艺出版社
ISBN：9787540448493
开本：32开/定价：26.00元
英国现实主义文学的杰出代表作
中国译协"资深翻译家"权威
全译

《春风沉醉的晚上》
湖南文艺出版社
ISBN：9787540448509
开本：32开/定价：25.00元
郁达夫中短篇小说精选集
感伤的浪漫、率真的反叛

《春醪集》
湖南文艺出版社
ISBN：9787540448554
开本：32开/定价：23.00元
偷饮香美春醪的年轻人，醉
中做出的几许好梦

《城南旧事》
中国画报出版社
ISBN：9787802208056
开本：32开/定价：24.80元
名家林海音独步文坛三十多年
的经典作品

《猎人笔记》
湖南文艺出版社
ISBN：9787540448912
开本：32开/定价：28.00元
俄国现实主义艺术大师的成
名之作

《格列佛游记》
湖南文艺出版社
ISBN：9787540448530
开本：32开/定价：23.00元
世界文学史上极具童话色彩的
讽刺小说

《鲁滨孙漂流记》
湖南文艺出版社
ISBN：9787540448752
开本：32开/定价：25.00元
倾注勇气的冒险之旅、锐意
进取的孤岛求生记

《哈姆雷特》
湖南文艺出版社
ISBN：9787540448578
开本：32开/定价：20.00元
在他身上，我们看到作为一个
人的全部复杂

《十四行诗》
湖南文艺出版社
ISBN：9787540448561
开本：32开/定价：26.00元
你从未见过的"甜蜜的莎士
比亚"
时光流转中爱的不朽藏言

《最后一课》
湖南文艺出版社
ISBN：9787540449209
开本：32开/定价：22.00元
感受都德带给你心灵的震撼
和美轮美奂的诗意

《缀网劳蛛：许地山小说菁华集》
湖南文艺出版社
ISBN：9787540449322
开本：32开/定价：23.00元
被忽视的文学大师许地山的传
世小说名作

ANT

《子夜》
湖南文艺出版社
ISBN：9787540449285
开本：32开/定价：28.00元
"中国第一部写实主义的成功的长篇小说"

《汤姆·索亚历险记》
湖南文艺出版社
ISBN：9787540449117
开本：32开/定价：22.00元
"美国文学史上的林肯"
献给所有孩子和大人的礼物

《格兰特船长的儿女》
湖南文艺出版社
ISBN：9787540449230
开本：32开/定价：28.00元
"现代科学幻想小说之父"令人惊异的科学预言

《海底两万里》
湖南文艺出版社
ISBN：9787540449315
开本：32开/定价：28.00元
最具魔力的科幻小说经典
充满自由与孤独的深海之旅

《神秘岛》
湖南文艺出版社
ISBN：9787540449223
开本：32开/定价：28.00元
"现代科学幻想小说之父"令人惊异的科学预言

《羊脂球》
湖南文艺出版社
ISBN：9787540449292
开本：32开/定价：25.00元
在他笔下，世人可叹可笑，寒冷入木三分香

《小王子》
湖南文艺出版社
ISBN：9787540449643
开本：32开/定价：22.00元
纪念永不尘封的爱与责任

《古希腊罗马神话》
湖南文艺出版社
开本：32开/定价：26.00元
真正读懂西方的入门课和必修课
人类对最完美自我的期待

《一千零一夜》
湖南文艺出版社
开本：32开/定价：25.00元
芝麻开门独放异彩
东方文化不朽杰作

《瓦尔登湖》
湖南文艺出版社
开本：32开/定价：26.00元
倾听感受寂静之美
隐居的自然哲人絮语
让心灵自由呼吸

《钢铁是怎样炼成的》
湖南文艺出版社
开本：32开/定价：28.00元
永不过时的红色经典，闪烁理想主义光彩的励志杰作
一部"超越国界的伟大文学作品"。

《巴黎圣母院》
湖南文艺出版社
ISBN：9787540449933
开本：32开/定价：28.00元
"法兰西的莎士比亚"第一部
浪漫主义鸿篇巨制

《红与黑》
湖南文艺出版社
ISBN：9787540450076
开本：32开/定价：28.00元
一个平民青年奋力跻身上流社会的奋斗史

《八十天环游地球》
湖南文艺出版社
ISBN：9787540449957
开本：32开/定价：28.00元
凡尔纳最著名的作品

《呐喊》
湖南文艺出版社
ISBN：9787540449926
开本：32开/定价：22.00元
"以巨大的爱，为被侮辱和被损害者悲哀，叫喊和战斗"

《野草》
湖南文艺出版社
开本：32开/定价：22.00元
要读懂20世纪中国的深度，必看鲁迅；要读懂鲁迅的深度，必看《野草》

《茶花女》
湖南文艺出版社
ISBN：9787540450588
开本：32开/定价：20.00元
流传最广的爱情名著，经久不衰的舞台剧目。

《林家铺子》
湖南文艺出版社
ISBN：9787540450601
开本：32开/定价：18.00元
一个人奋力挣扎却无力抗拒的时代悲剧

《童年·在人间·我的大学》
湖南文艺出版社
ISBN：9787540451158
开本：32开/定价：28.00元
高尔基自传体小说三部曲，经久不衰的励志佳作

《复活》
湖南文艺出版社
ISBN：978-7-5404-5132-5
开本：32开/定价：28.00元
列夫·托尔斯泰最受推崇作品
一部人性重生的福音书

《安妮日记》
湖南文艺出版社
开本：32开/定价：26.00元
一个普通犹太女孩在"二战"
期间的心灵独白
一个不屈的灵魂在黑暗中呐
喊，在磨难中坚定地成长

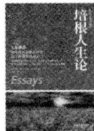

《培根人生论》
湖南文艺出版社
开本：32开/定价：22.00元
英国随笔文学的开山之作，以
智慧之光烛照现实人生
欧洲近代哲理散文三大经典
之一

《机器岛》
湖南文艺出版社
开本：32开/定价：28.00元
"现代科学幻想小说之父"
令人惊异的科学预言
幽默惊险的大洋之旅，见证海
上"世外桃源"的辉煌与毁灭

《格林童话》
湖南文艺出版社
ISBN：9787540452278
开本：32开/定价：32.00元
德国民间文学的集大成之作，
世界童话园林的迷人瑰宝

《安徒生童话》
湖南文艺出版社
开本：32开/定价：28.00元
充满奇异幻想的童话森林，流
溢诗意和幽默的美丽新世界
世界童话史上划时代的创作，
丹麦文学皇冠上的明珠

《麦琪的礼物》
湖南文艺出版社
开本：32开/定价：26.00元
曼哈顿桂冠散文作家和美国
现代短篇小说之父经典杰作
一部美国生活的幽默百科
全书

《木偶奇遇记》
湖南文艺出版社
开本：32开/定价：28.00元
被誉为童话文学的《圣经》荣
获意大利政府文化奖的唯一权
威版本

《圣经故事》
湖南文艺出版社
开本：32开/定价：29.80元
认识西方精神文明的必读经典
一部充满了民族悲伤和喜
悦、苦难与盼望的记录